Stephanie Bond

Ausgetrickst!

Roman

Ins Deutsche übertragen von
Claudia Geng

BASTEI
LÜBBE

BASTEI LÜBBE TASCHENBUCH
Band 14965

1. Auflage: September 2003

Vollständige Taschenbuchausgabe

Bastei Lübbe Taschenbücher ist ein Imprint der Verlagsgruppe Lübbe

Deutsche Erstveröffentlichung
Titel der englischen Originalausgabe: GOT YOUR NUMBER

Dieses Werk wurde vermittelt durch die Literarische Agentur
Thomas Schlück GmbH, 30827 Garbsen

Einbandgestaltung: Tanja Østlyngen
Titelbild: Premium – FL Images/P. Austing
Satz: hanseatenSatz-bremen, Bremen
Druck und Verarbeitung: Nørhaven Paperback A.S./Viborg
Printed in Denmark
ISBN 3-404-14965-3

Sie finden uns im Internet unter
http://www.luebbe.de

Der Preis dieses Bandes versteht sich einschließlich
der gesetzlichen Mehrwertsteuer.

1

Roxann Beadlemans Kopfhaut schien zu glühen. Schlagartig wurde ihr bewusst, dass sie nach wie vor die rote Perücke trug. Verärgert über ihre Gedankenlosigkeit riss sie sich das Überbleibsel ihrer Verkleidung vom Kopf, während sie ihren uralten Van Goldie in eine Parklücke vor Rigby's Diner zwängte. Rigby würde sie bestimmt feuern. Kellnern war zwar noch nie ihre Lieblingsbeschäftigung gewesen, aber der Job hatte große Vorteile (Rigbys Schwager war Vertreter für Krankenversicherungen), und die Arbeitszeiten waren flexibel. So konnte sie ihren Verpflichtungen bei der Hilfsorganisation *Rescue* ohne Probleme nachkommen. Bis zu diesem Morgen.

Mit einem Satz sprang Roxann aus dem Wagen und beugte sich kopfüber nach vorne, um mit einer Bürste rasch ihre echten Haare in Form zu bringen, die – kurz und dunkel – jetzt feucht an ihrem Kopf klebten. Biloxi, Mississippi, war zwar für seine große Hitze berühmt, doch nach zwölf heißen Tagen hintereinander, und das im Oktober, hatte Roxann doch auf einen Wetterumschwung gehofft. Sie musste die Wagentür zweimal zuknallen, bevor diese einrastete, und hastete dann zum Personaleingang des Restaurants. Die Fahrt zum Busbahnhof, wo sie die Familie Lindberg abgesetzt hatte, hatte länger gedauert als geplant. Hauptsächlich deshalb, weil die fünfjährigen Zwillingsbrüder sich bis auf die Unterwäsche ausgezogen und ihre Kleidungsstücke aus dem fahrenden Wagen geworfen hatten. Und das gleich zweimal nacheinander. Laut Roxanns Armbanduhr (zwei Zifferblätter für zwei unterschiedliche Zeitzonen) kam sie genau eine Stunde zu spät zur Arbeit in Rigby's Diner.

»Du bist eine Stunde zu spät«, bestätigte Helen, die Oberkellnerin, als Roxann in die Küche schlüpfte.

»Ärger mit der Karre.« Nicht die erste Lüge für einen guten Zweck.

Helen kicherte belustigt und platzierte einen dritten Teller auf ihrem Arm. »Kaum zu glauben, dass man mit einer fünfundzwanzig Jahre alten Kiste Ärger haben kann.« Helen war sechzig, besaß aber die Schlagfertigkeit und die Beine einer Zwanzigjährigen.

»Ist Rigby sauer?«

»Ja, aber ich bin für dich eingesprungen. Trotzdem, besser, du setzt deinen Hintern in Bewegung. Ich brauche nämlich zwei Etouffeeplatten.« Helen verschwand, steckte dann aber gleich nochmals den Kopf durch die Tür und zwinkerte Roxann mit einem ihrer stark geschminkten Augen zu. »Ach, fast hätte ich es vergessen – an Tisch neun sitzt so ein Steve-McQueen-Verschnitt, der nach dir gefragt hat. Wartet schon seit 'ner halben Stunde auf dich.«

Nervös krampfte sich Roxanns Magen zusammen. Verstohlen spähte sie hinter der Trennwand hervor, die die laute, dampfige Küche von dem momentan überfüllten Restaurantbereich trennte. Doch ihr wurde die Sicht versperrt von der Versammlung der *Morning Glory Ladys* mit ihren Gartenhüten aus Stroh, die gerade ihr wöchentliches Treffen beendeten und sich voneinander verabschiedeten. Roxann schlich zurück in die Küche, um das Etouffee für Helen anzurichten. Bei dem intensiven Geruch von Garnelen und gemahlenem Pfeffer begann ihr Magen zu knurren.

Sie hatte keinen blassen Schimmer, wer der Typ sein könnte. Dieser eine Anruf von Melissa Cape auf Roxanns Handy konnte ihnen beiden zum Verhängnis werden, wenn Melissas Exmann ihnen durch seine Nachforschungen auf die Schliche kam. Aber eigentlich hätte das Erscheinen jedes Mannes in Roxanns Leben dieses unangenehme Gefühl in ihrem Bauch ausgelöst, nicht nur Frank Cape.

Vielleicht war es ihr Vater? Aber Walt Beadleman verließ sein winziges Wohnzimmer in dem kleinen Häuschen in Baton Rouge nur, um seine Angel nach Katzenwelsen im Mississippi auszuwerfen. Niemals würde er auf die Idee kommen, nach Biloxi herunterzukommen, um sein einziges Kind zu besuchen, das schwarze Schaf der Familie – außer vielleicht, es läge ein Todesfall vor.

Vielleicht wartete an Tisch neun ihr Exfreund? Das letzte Mal, als sie Richard Funderburk gesehen hatte, war er völlig ausgerastet. Sie hatte es gewagt, ihm seine Trinkerei vorzuhalten. Danach war er von der Bildfläche verschwunden – in eine Zwölf-Stufen-Therapie, wie sie hoffte. Lernte man in dieser Therapie eigentlich nicht auch, jene um Vergebung zu bitten, die man schlecht behandelt hatte? Außerdem schuldete er ihr noch fünfzig Dollar – und mindestens genauso viele Orgasmen.

Vielleicht saß dort draußen aber auch ihr Nachbar? Seit dem peinlichen Auftritt ihrer Mitbewohnerin Elise, die ebenfalls für *Rescue* arbeitete, versuchte Mr. Nealy Roxann ständig davon zu überzeugen, Elise den Auszug nahe zu legen. Bei dem Gedanken, was der alte Mann, sein Hörgerät an die Küchenwand gepresst, alles aufgeschnappt haben könnte, durchfuhr Roxann ein Schauer. Die leise Hoffnung, dass er die ungeheuerliche, leidenschaftliche Erklärung von Elise überhört haben könnte, war in jenem Moment begraben worden, als Mr. Nealy Roxann »rein zufällig« bei den Mülltonnen über den Weg gelaufen war. Er hatte unverzüglich eine wirre Predigt auf sie niedergehen lassen mit dem scheinheiligen Fazit, niemand dürfe von einer Frau denken, sie sei »Sie wissen schon ...«, nur weil sie vielleicht etwas ungestüm war.

Allerdings hatte keiner dieser Männer auch nur im Entferntesten Ähnlichkeit mit Steve McQueen.

Als sich die schnatternde Schar der Gartenladys endlich aufgelöst hatte, konnte Roxann einen Blick auf den dunkelhaarigen Fremden werfen, der allein an Tisch neun saß. Die Anspannung fiel von ihr ab – nach der Beschreibung von Melissa Cape war deren Exmann hager und blond. Dieser Typ jedoch war um die vierzig, muskulös und hatte ausgesprochen markante Gesichtszüge. Sein kantiges Kinn war glatt rasiert, und seine Haare berührten seinen Kragen nicht einmal ansatzweise. Sein khakifarbenes Hemd war gestärkt und gebügelt. Zwischen seinen Lippen steckte lose eine nicht angezündete Zigarette, während er den Salzstreuer und den Serviettenständer zur Seite schob, vermutlich auf der Suche nach einem Aschenbecher. Als er keinen entdeckte, runzelte er die Stirn und setzte sich wieder auf die harte Holzbank, die Rigbys halbwüchsiger Sohn während der Sommermonate angefertigt hatte, und schlug ein zerfleddertes Taschenbuch auf. Ein düsterer Thriller, den Roxann bereits gelesen hatte – ein ziemlich spannendes Buch.

Hinter ihr tauchte Helen wieder auf. »Ein neuer Lover?«

»Nein.«

»Ein ehemaliger Lover?«

»Auch nicht.« Und außerdem ganz und gar nicht ihr Typ – obwohl sie, zugegebenermaßen, nicht mehr so genau wusste, was ihr Typ eigentlich war.

»Woher kennst du ihn dann?« Helen ließ nicht locker.

Roxanns Gedächtnis war zwar alles andere als berühmt,

aber sie war sich sicher, dass sie dieses Gesicht wirklich noch nie gesehen hatte. Außerdem teilte ihr die Geschäftsstelle von *Rescue* grundsätzlich mit, wann mit einem neuen Klienten zu rechnen war – zudem machte der Kerl nicht gerade den Eindruck, als ob er von irgendjemandem Hilfe nötig hätte. Tatsächlich wirkte er ungefähr so umgänglich wie ein Dobermann. Vielleicht war er ja ein Reporter, der sie anhand des aufgedeckten Clarion-Ledger-Falls der Hilfsorganisation aufgespürt hatte – der einzige gescheiterte Wohnortwechsel unter den hunderten, bei denen sie im Laufe der Jahre geholfen hatte, und durch den sie in die Schlagzeilen geraten war. Oder vielmehr die Beschreibung ihrer Verkleidung. Mit zusammengekniffenen Augen sah sie zu ihm hinüber. Aber, offen gesagt, wie ein Reporter sah der Kerl auch nicht aus.

Dann verzogen sich ihre Mundwinkel zu einem ironischen Lächeln. Klarer Fall – ein Bulle, bis unter die Ohren voll mit Fragen über Details oder Personen, die mit *Rescue* zu tun hatten. Ein starkes Stück, wenn man bedenkt, dass die Organisation sich bereitwillig auflösen würde, wenn die Polizei ihren Pflichten nachkäme.

»Roxy?«, hakte Helen nach.

»Hab den Kerl noch nie gesehen.«

»Soll ich ihm sagen, dass du heute nicht kommst?«

»Nein – dann sitzt er morgen wieder da. Ich schau mal, was er will.«

»Schrei, wenn du Unterstützung brauchst«, bemerkte die Sechzigjährige eher beiläufig, während sie gerade eine Rechnung eintippte. Aber Roxann wusste, dass Helen all die nervösen Frauen nicht entgangen waren, die mit ihren verängstigten Kindern im Schlepptau hier aufgetaucht waren und darum gebeten hatten, in Roxanns Bereich sitzen zu dürfen.

»Arbeitest du eigentlich für irgendeine wohltätige Organisation?«, hatte Helen sich einmal das Herz gefasst zu fragen.

»Keine Ahnung, was du meinst«, war Roxann ausgewichen, und Helen hatte nicht weiter nachgebohrt.

Roxann glitt hinter der Trennwand hervor. Sogleich schlug ihr der Lärmpegel der Gäste entgegen, die sich unterhielten. Gabeln klirrten auf Steinguttellern, und Gläser scharrten über Holztischflächen. Aus den Lautsprechern, die an der Decke montiert waren, drang Musik.

Als sich Roxann Tisch neun näherte, verspürte sie den Impuls, einfach weiterzugehen – sie konnte wirklich gut darauf verzichten, einen Polizisten im Nacken zu haben. Natürlich hatte sie es im Laufe der Jahre immer mal wieder mit Gesetzeshütern zu tun gehabt. Und nach ihrer Erfahrung waren die längst nicht so clever, wie sie aussahen, wobei der hier wenigstens beim Lesen nicht die Lippen bewegte.

»Guten Tag«, begrüßte sie ihn. »Was darf ich Ihnen bringen?«

Der Mann musterte sie bedächtig von oben nach unten – von ihrer merkwürdigen Frisur über ihre rote Polyesterbluse und den Rock bis hin zu ihren nackten Beinen und den schwarzen Schnürschuhen –, während er weiterhin auf seiner nicht angezündeten Zigarette herumkaute. Seine Haare waren dunkelbraun mit einem intensiven Rotstich, an den Schläfen silbern meliert. Seine Haut war gebräunt, er hatte haselnussbraune Augen und helle Wimpern – für einen Rotschopf eine ungewöhnliche Farbkombination. Auffällig. Sein finsterer Gesichtsausdruck wirkte allerdings eher abschreckend.

Er nahm die Zigarette aus dem Mund. »Sind Sie Roxann Beadleman?«

Keine Medaille mit dem heiligen Christopherus. Kein Ring von der Akademie. Kein Abzeichen. Dennoch würde sie einen Wochenlohn darauf setzen, dass er ein Polizist war. »Ja. Und Sie sind ...?«

»Haben Sie einen Aschenbecher?« Sein Akzent verriet, dass er aus Biloxi stammte. Er trug eine ausgebleichte Levi's und schwarze Tony-Lama-Stiefel. Die einzige Frage, die sich noch stellte, war, ob sein Pick-up mit überdimensionierter Fahrerkabine ein Ford oder ein Chevy war.

»Dies hier ist der Nichtraucherbereich, Sir.«

»Na, großartig. Wollte sowieso damit aufhören. Wie stehts mit Kaffee?«

»Nur Kaffee?«

»Ja, schwarz, zum Testen. Und schnell, wenns geht.«

Trotz seines harschen Tonfalls biss Roxann sich auf die Zunge und marschierte zum Kaffeeautomaten. Es bestand sicherlich keine Gefahr, dass der Typ ihr durch seinen Charme Informationen entlocken könnte.

In diesem Augenblick kam Rigby um die Ecke, das fleischige Gesicht hochrot verfärbt. »Wo zum Kuckuck hast du gesteckt?«

Sie setzte ein reuevolles Gesicht auf. »Ärger mit dem Wagen. Tut mir Leid, kommt nicht wieder vor.«

Er drohte mit dem Finger. »Für einen Job in meinem Laden stehen die Mädchen Schlange, Roxy. Unpünktlichkeit dulde ich nicht.« Sein Blick fiel nach unten. »Warum trägst du keine schwarze Strumpfhose?«

»Rigby, draußen sind fast dreißig Grad.«

Sein Kopf ruckte hoch. »Die *Strumpfhose* ist *Teil* der *Arbeitskleidung* – die Gäste haben es nicht gern, von Frauen mit nackten Beinen Essen serviert zu bekommen.«

Sie wagte es nicht zu lachen. »Es wird nicht wieder vorkommen.«

»Ich warne dich, beim nächsten Mal ...«

»Ich kümmer mich jetzt besser um meinen Gast«, unterbrach sie ihn, wobei sie die Kaffeekanne hochhob.

Verdattert zog er die Stirn kraus, um dann mehrmals mit seinen Wurstfingern zu schnalzen. »Dann steh nicht herum – siehst du nicht, dass der Laden brechend voll ist?«

Was man sich als Frau für eine Krankenversicherung nicht alles gefallen lässt. Sie kehrte zu ihrem geheimnisvollen Gast zurück und füllte die weiße Tasse, die vor ihm stand. »Einmal Kaffee, schwarz.«

Er trank ihn in hastigen Schlucken. »Nicht übel.«

»Kann ich sonst noch etwas für Sie tun?«

Er setzte die Tasse ab. »Ich muss Ihnen ein paar Fragen stellen, Ms. Beadleman.«

Sie ließ den Blick über die hungrigen Gäste schweifen, deren Blicke sie zu durchbohren schienen. »Wenn es die Speisekarte betrifft, gern, Sir, ansonsten bin ich im Moment etwas beschäftigt.«

»Wann haben Sie Schluss?«

Roxann runzelte die Stirn. »Danke, kein Interesse.«

Er erwiderte ihr Stirnrunzeln: »Mein Interesse an Ihnen ist rein beruflicher Art.«

»Was wollen Sie, und wer sind Sie überhaupt?«

»Detective Capistrano, Biloxi Police Department.« Er schenkte ihr ein bemühtes Lächeln. »Ich würde Ihnen ja meine Dienstmarke zeigen, aber ich möchte vermeiden, dass Ihre Kollegen denken, Sie stecken in Schwierigkeiten.«

Es gelang ihr zu lachen, obwohl ihr Puls hochschnellte. »Stecke ich denn in Schwierigkeiten?«

»Schon möglich. Ich bin auf der Suche nach Melissa Cape.«

Zwei Wochen war es jetzt her, dass sie Melissa und ihre Tochter zum Flughafen begleitet hatte – und die ganze Zeit hatte sie bei diesem Fall ein ungutes Gefühl gehabt. Es hatte lange gedauert, bis sie sich schließlich wieder beruhigt hatte.

»Roxy!« Rigbys Daumen schnellte ruckartig in Richtung eines Sixtopper, der darauf wartete, serviert zu werden.

Sie sah wieder zu dem Detective und schüttelte den Kopf. »Tut mir Leid, aber der Name sagt mir überhaupt nichts. Außerdem muss ich jetzt wirklich zurück an die Arbeit.«

Noch bevor sie reagieren konnte, packte er völlig unerwartet ihr Handgelenk – ein Umstand, der sie wesentlich mehr erschütterte als seine einschüchternde Geste. »Nicht, bevor Sie mir erklärt haben, weshalb der letzte Anruf von Melissa Cape vor ihrem Verschwinden zu Ihrem Handy ging.«

Roxann fuhr sich mit der Zunge über die Lippen. »Es passiert häufig, dass meine Handynummer versehentlich gewählt wird. Und jetzt, Detective, falls Sie Ihre Hand behalten wollen, schlage ich vor, dass Sie mich sofort loslassen.« Sein ungezwungenes Lächeln stand in Widerspruch zu dem kräftigen Druck seiner langen Finger. »Nicht, bis ich eine klare Antwort erhalten habe.«

Roxann hatte in ihrem Leben schon zu viele misshandelte Frauen gesehen. Auf solch rüdes Benehmen reagierte sie daher im Vergleich zu ihren Geschlechtsgenossinnen um einiges empfindlicher ... eine Charakterschwäche, mit der sie durchaus leben konnte. Also erwiderte Roxann sein Lächeln und kippte den »nicht üblen« Inhalt der Kaffeekanne über seinen Schoß.

Capriano gab ihren Arm tatsächlich frei, und sein Schmerzensschrei ließ das gesamte Restaurant verstummen. Währenddessen mimte Roxann die Unschuldige. »Oh, das tut mir *schrecklich* Leid.«

Rigby stürzte herbei und starrte auf die nasse Hose des Mannes. »Du bist gefeuert, junge Dame!«

»Aber er hat mich angegrapscht.« Sie sah Capistrano an. »Sagen Sie es ihm.«

Doch der Detective war in einer halb stehenden, halb zusammengekauerten Haltung erstarrt, das Gesicht schmerzverzerrt.

»Raus!«, brüllte Rigby sie an. »Und denk nicht einmal im Traum daran, dir über die Versicherung die Zähne richten zu lassen.«

Roxanns Blick fiel auf eine tränenüberströmte Helen, dann drehte sie sich auf dem Absatz um und marschierte hinaus, selber den Tränen nahe, was nun wirklich selten vorkam. Im Laufe der Jahre hatte sie beinahe jede erdenkliche Arbeit angenommen, die sich mit ihrem Engagement bei der Hilfsorganisation vereinbaren ließ – Nachhilfeunterricht, Kreditvermittlung per Telefon, Blumenbotin, Modellsitzen für Kunststudenten – aber dies war ihr erster Rausschmiss. Dabei hatte sie damals als Jahrgangsbeste am Notre Dame College abgeschlossen. Und jetzt wurde sie einfach mir nichts, dir nichts von einem Fettsack gefeuert, der nicht einmal einen vollständigen Namen hatte.

Ein sehr sauberer, sehr neuer schwarzer Ford Dooley Pick-up stach ihr auf dem Parkplatz ins Auge, und sie konnte sich ein amüsiertes Grinsen nicht verkneifen – der Wagen von Detective Capistrano, ohne Zweifel. Eine halbe Sekunde lang schwelgte sie in dem Triumphgefühl, ihn in Bezug auf sein Fahrzeug richtig eingeschätzt zu haben. Nur leider wurde dieses Hochgefühl ziemlich schnell von einer aufsteigenden Übelkeit erdrückt, die sie überkam, als sie sich langsam ihrer Situation bewusst wurde. Kein Einkommen, keine Versicherung, keine Aussichten.

Und schon tauchten andere schlechte Erinnerungen in

ihr auf – die Entfremdung von ihrem Vater, die hässliche Trennung von Richard vor Monaten, die merkwürdige Sache mit ihrer Mitbewohnerin Elise. Das einzig Gute in ihrer momentanen Lebenssituation war die Hilfsorganisation, aber in letzter Zeit ...

Sie kletterte hinter Goldies Lenkrad, während ihre Gedanken sich überschlugen. Sie drehte den Zündschlüssel, redete dem Wagen gut zu und klopfte gegen diverse Teile der Innenausstattung. Die hatten mit der Zündung zwar nicht das Geringste zu tun, aber für gewöhnlich funktionierte es. Tatsächlich erwachte der Motor auch diesmal stotternd zum Leben, als besondere Zugabe kam aus den Lüftungsschlitzen ein Schwall stickiger Luft. Goldie war zwar vor einigen Jahren nachträglich mit einer Klimaanlage ausgerüstet worden, doch das Gebläse hatte eine Woche nach Ablauf der Garantiezeit den Geist aufgegeben, und Roxann hatte es bislang nicht geschafft, es austauschen zu lassen.

»Allmählich werde ich zu alt für so was«, murmelte sie, wobei sie insgeheim das flaue Gefühl in ihrem leeren Magen verfluchte. Mit zweiunddreißig Jahren versuchte sie immer noch, die Welt, genauer gesagt zerrüttete Familien, zu retten. Welch Ironie, da sie doch keinerlei Kontakt zu ihrer eigenen Familie hatte seit ... tja ... jedenfalls seit langem. Im Grunde konnte man ihr Engagement bei *Rescue* durchaus als heuchlerisch bezeichnen. Oder schlimmer noch, als heuchlerischen Kampf in einer aussichtslosen Schlacht.

Manche Dinge lassen sich eben nicht kitten, Roxann, egal, wie viel Kleber man dafür verwendet.

Mit acht Jahren, als sie die zerbrochene Teetasse in der Hand hielt, die sie von ihrer Mutter geschenkt bekommen hatte, hatte sie unter Tränen dem Zynismus ihres Vaters mit einer ganzen Dose UHU und einer Rolle Tesafilm getrotzt. Doch in letzter Zeit waren Zweifel in ihr aufgestiegen, ob sie sich nicht vielleicht doch etwas vormachen würde. Schließlich hatte sie diese Tasse danach nicht mehr benutzen können, um daraus zu trinken.

In einem anderen Leben – in der sechsten Klasse, um genau zu sein – war sie von einem Schulberater gefragt worden, was sie später einmal werden wollte. »Richterin«, hatte Roxann prompt geantwortet. Das Tragen einer schwarzen Robe und das Schwingen eines Holzhammers, um die Guten vor den Bösen zu schützen – das war ihr damals als der perfekte und beste Beruf erschienen, den man sich vorstellen konnte. Doch irgendwo zwischen Pubertät und Erwachsensein hatte sie beschlossen, das fehlerhafte Rechtssystem zu umgehen und ihren Abschluss mit summa cum laude in Politikwissenschaft zu ignorieren, um stattdessen durch den tiefen Süden zu kurven und verzweifelte Frauen, die mit ihren Kindern vor einem gewalttätigen Partner flüchteten, schnellstmöglich in einen anderen Bundesstaat zu bringen.

Keine schwarze Robe, kein roter Umhang, keine vergoldeten Armreifen mit eingebauter Laserwaffe. Nur eine Frau, ein Transporter und ein Koffer voller Perücken. *Das ist dein Leben, Roxann Beadleman!* Applaus, Applaus. Nicht gerade das, was ihren damaligen Vorstellungen in der Mittelstufe entsprach.

Was treibe ich hier eigentlich?

Alles in ihrem Körper verstummte, aber eine Antwort auf diese Frage kam nicht. Roxann verstellte den Rückspiegel und musterte sich selbst – große, erschrockene Augen, blass und nach wie vor widerspenstiges Haar. Das letzte Mal hatte sie 1975 a. S. (ante Scheidung) ihr Haar lang getragen. Am Tag der Sorgerechtsverhandlung, als sie ihrem Vater zugesprochen worden war, hatte sie sich eine Locke ihrer langen Haare abgeschnitten, um sie ihrer Mutter zu geben. Das Loch in ihrer dunklen Mähne, in die ihr Vater so vernarrt war, hatte ihr eine solch boshafte Genugtuung bereitet, dass sie einfach wahllos weitergeschnitten hatte. Ihre Eltern waren entsprechend entsetzt gewesen, aber seitdem hatte sie die Haare immer kurz getragen. Als hätte sie etwas beweisen müssen – damals wie heute.

Roxann biss sich heftig auf die Zunge, während sie ihren Anfall von Selbstzerfleischung auf die Hitze, den Zeitungsbericht und ihren Rausschmiss schob. Was sie jetzt vor allem brauchte, war Ruhe, um nachzudenken. Sie lenkte Goldie in Richtung Sportanlage. Vielleicht würde ja ein Lauf auf dem Trimm-Pfad helfen, um sich durch dieses Chaos zu arbeiten, zu dem ihr Leben ausgeartet war.

Auf dem College waren ihr ihre Zukunftspläne so einfach und so richtig erschienen. Ihre Zeit einer lohnenden Sache widmen, genügend Geld verdienen, um über die Runden zu kommen, ihr Leben mit einem rechtschaffenen Mann teilen ... damals auf dem College hatte es ja noch Carl gegeben.

Dr. Carl Seger, Professor der Theologie. Seit dem Examen war sie ihm nicht mehr begegnet, aber in all den Jahren war sein Gesicht immer wieder vor ihrem geistigen Auge aufgetaucht, wenn sie gerade die Bestätigung suchte, dass Güte tatsächlich existierte. Zurzeit dachte sie ständig an ihn, da er vor ein paar Wochen eine Nachricht auf ihrem Anrufbeantworter hinterlassen hatte – ein richtiger Schock. Sofort hatte ihr törichtes Herz zu flattern begonnen, um dann wieder auf die Erde zurückkatapultiert zu werden, als er in sachlichem Ton erklärte, dass er anrufe, weil bei einer Ausschusssitzung ehemaliger Studenten sie für den diesjährigen Distinguished Alumni Award nominiert worden sei. Doch sie wollten keine übermäßige Aufmerksamkeit auf sie lenken, falls dadurch irgendwie das Programm oder ihre Anonymität gefährdet werden könnte. Dann hatte seine Stimme einen wärmeren Ton angenommen – in seinem eigenen Interesse legte er Wert darauf, dass sie der Uni einen Besuch abstattete, um die Auszeichnung während der Homecoming Week entgegenzunehmen. Er würde sie nämlich ... vermissen.

Sie hatte die Nachricht tagelang auf ihrem Anrufbeantworter gelassen und immer wieder abgespielt, oh, ungefähr zwei Dutzend Mal. Aber letztendlich hatte sie nicht zurückgerufen. Auch wenn sie noch so sehr darauf brannte, ihn wiederzusehen, war sie wohl kaum in der Lage dazu. Vor allem nicht unter dem Vorwand, eine Auszeichnung entgegenzunehmen, die sie gar nicht verdiente, auch wenn es nur zwei Personen auf der Welt gab, die den Grund dafür kannten – eine davon war sie selbst.

Dr. Carl Seger ... ein echter »Renaissance-Mensch«. Attraktiv. Gebildet. Edel. Und letztlich war sein Edelmut der Grund dafür, dass sie nicht zusammen sein konnten. Tief im Innern war ihr bewusst, dass sie die Männer in ihrem Leben und, bis zu einem gewissen Grad, auch ihr eigenes Verhalten an Carl maß, ihrem moralischen Kompass. Und aus heiterem Himmel wurde ihr mit trauriger Gewissheit bewusst, dass Carl ihr Typ war.

Mit höflichem Nicken begrüßte sie vertraute Gesichter auf ihrem Weg durch die Sporthalle, blieb jedoch kurz angebunden, wenn sie angesprochen wurde. Bei ihrem unsteten Lebenswandel verwendete sie gewöhnlich keine große Mühe darauf, Freundschaften zu knüpfen – schließlich waren Frauenfreundschaften kompliziert und Abschiede grundsätzlich unschön. Ein schallendes Gelächter aus einer Ecke der belebten Umkleidekabine ließ sie aufhorchen –

lachende Frauen mit einem normalen Leben, mit normalen Beziehungen. Wie beneidenswert.

Sie hatte unzählige Alltagsgepflogenheiten geopfert, die andere für selbstverständlich hielten, auch wenn sie diese »irdischen« Bindungen niemals vermisst hatte. Bis vor kurzem. Roxann unterdrückte das Gefühl aufkommender Panik und verfiel in Laufschritt. Wo waren nur die letzten zehn Jahre geblieben, und was konnte sie schon vorweisen? Ein zwanzigseitiges Resümee, einen Wagen, der Unmengen an Sprit verbrauchte, sowie ein paar Dutzend Bekanntschaften, die in alle Winde verstreut waren.

In flottem Dauerlauf erreichte sie den Trimm-Pfad. Sie sog die frische Luft ein und atmete gleichmäßig wieder aus. Wie im Flug legte sie zuerst eine Viertelmeile zurück, dann eine halbe. Das tröstende rhythmische Geräusch ihrer Joggingschuhe auf dem festen Boden versetzte sie an einen friedlicheren Ort, wo Frauen und Kinder nicht vor ihren gewalttätigen Göttergatten und Vätern geschützt werden mussten, wo sich Väter und Töchter gegenseitig achteten, wo intakte Familien für immer glücklich lebten.

»Und, wie solls jetzt weitergehen?«

Zuerst dachte sie, sie hätte laut mit sich selbst gesprochen. Dann wandte sie ruckartig den Kopf, und ihr Blick fiel auf Detective Capistrano, der seelenruhig hinter ihr herjoggte, wobei er nach wie vor seine mit Kaffee befleckte Jeans trug.

Roxann verkniff sich ein Stöhnen. Offenbar sollte der heutige Tag nicht so schnell besser werden.

2 **Ohne** das Tempo zu verringern, blickte Roxann hinter sich. »Detective, sind Sie gekommen, um sich zu entschuldigen, dass ich ihretwegen gefeuert worden bin?«

Mit zwei großen Schritten holte er sie ein und lief nun gleichmäßig neben ihr her. »Ich mich entschuldigen? Immerhin bin ich ja wohl derjenige, der den ganzen heißen Kaffee abbekommen hat.« Trotz seines leicht empörten Untertons vermied er jedoch einen direkten Blickkontakt. »Ich sollte Sie eigentlich wegen Körperverletzung verhaften. Das war immerhin ein tätlicher Angriff gegen einen Staatsdiener.«

»Sie humpeln ja nicht einmal, dann kanns auch nicht so schlimm sein.«

Der Anflug eines Lächelns huschte über sein Gesicht. »Trotzdem gebe ich Ihnen die Chance zur Wiedergutmachung ... beantworten Sie mir einfach ein paar Fragen.«

»Ich habe Ihnen doch schon gesagt, dass ich die Frau nicht kenne, nach der Sie mich gefragt haben.«

»Denken Sie noch einmal scharf nach – Melissa Cape. Blond, Ende vierzig, eine Tochter mit Namen Regina.«

Roxann beschleunigte ihr Lauftempo – so leicht würde sie es ihm nicht machen. »Nein, tut mir Leid. Was ist denn mit dieser Frau?«

Mühelos hielt Capistrano mit ihr Schritt, trotz seiner albernen Stiefel. »Sie ist verschwunden.«

»Ich wüsste nicht, dass es in Mississippi ein Verbrechen ist, wenn jemand verschwindet.«

»Schon richtig«, entgegnete der Detective, »aber wenn jemand mit einem Kind verschwindet, um die vom Gericht festgelegten Besuchszeiten mit dem Vater zu verhindern, erfüllt das durchaus einen strafrechtlichen Tatbestand.«

Erschöpft blieb Roxann stehen und wischte sich mit dem Unterarm über die schweißnasse Stirn. »Weshalb sind Sie hier, Detective?«

Capistrano blieb ebenfalls stehen und stützte sich mit einer Hand an einen Baum, der offenbar zu diesem Zweck vor zwanzig Jahren hier angepflanzt worden war. »Ich habe berechtigten Grund zu der Annahme, dass Sie für *Rescue* arbeiten.«

»Rescue?«

Geduldig lächelnd sah er sie an. »Sie wissen schon, die Untergrundorganisation, die Frauen dabei hilft, vor ihren gewalttätigen Ehemännern zu fliehen.«

Roxann zuckte die Achseln. »Klingt nach einer guten Sache.«

»Bestreiten Sie etwa, dass Ihnen dieses Programm bekannt ist?«

»Nein. Dann belästigen Sie mich also wegen meiner guten Allgemeinbildung?«

Er strich mit den Fingern über den Mund, um sein Lächeln zu verbergen. »Je eher Sie meine Frage beantworten, umso schneller sind Sie mich wieder los.«

»Wie war noch gleich Ihre Frage?«

»Sind Sie mit den Praktiken der Organisation *Rescue* vertraut?«

Roxann biss sich auf die Innenseite ihrer Wange, während sie ihre Worte mit Bedacht wählte. »Mir ist *Rescue* als

Organisation ein Begriff, und ich befürworte ihre Arbeit. Wie wohl jeder vernünftige Mensch es tun würde.«

»Aha, aber unterstützen Sie sie auch aktiv in ihrer Arbeit?«

Sie verschränkte die Arme. »Würden Sie sich nur ansatzweise mit diesem Programm auskennen, Detective, wäre Ihnen bewusst, dass ich niemals sagen würde, ob ich daran beteiligt wäre, und Ihnen schon gar nicht.«

»Wie Sie das darstellen, klingt es fast, als sei ich hier der Bösewicht.«

»Nun, für meine Begriffe stellt es sich so dar, dass das Programm Frauen unterstützt, die von der Justiz keine Hilfe zu erwarten haben. Vielleicht zählt ja diese Melissa Cape zu diesen Frauen.«

Capistrano legte den Kopf schief. »Wenn dem so ist, dann hat Ihre Organisation, wie aus der Aufdeckung des Clarion-Ledger-Falls zu schließen ist, Melissa Cape und ihre Tochter umgesiedelt und ihnen neue Identitäten verpasst.«

»Es ist nicht *meine* Organisation, Detective. Außerdem ist mir zu Ohren gekommen, dass dieser besagte Bericht ungenaue Informationen enthalten soll.«

»Tja, das liegt wohl daran, dass die Personenbeschreibung der Frau, von der diese Lady offenbar dazu überredet worden ist, ihren Ehemann zu verlassen, auf Sie zutrifft, abgesehen von den roten Haaren natürlich.«

In Roxann begann es zu brodeln. Bei Nanci Harmon handelte es sich um eine verwirrte Frau, der Roxann eine Nachsorge dringend empfohlen hatte, da sie offenbar nicht bereit gewesen war, den Kontakt zu ihrem gewalttätigen Exmann ganz abzubrechen. Letztendlich war die Frau nach ihrer Umsiedlung eigenmächtig aus dem Programm ausgestiegen und zu dem Mann zurückgekehrt, der daraufhin öffentlich verbreitete, dass hinter *Rescue* ein Haufen militanter, männerhassender Emanzen stecke. »Soweit mir bekannt ist, wird niemand zu irgendwas überredet.«

»Wenn Sie das sagen. Und wie soll ich nun Ihrer Meinung nach weiter verfahren, um Melissa Cape zu finden?«

Roxann entfuhr ein falsches Lachen. »Sie scherzen wohl.«

Verärgert sah er sie an. »Im Gegenteil, das ist mein bitterer Ernst, Ms. Beadleman. Ich bin fest entschlossen, diese Frau zu finden, und Sie werden mir dabei helfen.«

Roxann merkte, wie sie langsam panisch wurde. Dieser Mann war nicht zu unterschätzen. »Wenn Melissa Cape untergetaucht ist, um sich einen Wahnsinnigen vom Leib zu halten, wäre es dann nicht ein Wahnsinn, sie wieder zurückzuholen?«

Ein schuldbewusstes Lächeln umspielte seinen Mund, während er nachdrücklich den Kopf schüttelte. »Mir ist bewusst, dass Leute wie Sie davon überzeugt sind, das Richtige zu tun, aber ... verzeihen Sie mir ... nach meiner Überzeugung hat die Polizei die besseren Voraussetzungen, um Melissa Cape zu helfen, als ein Haufen Weiber, der Büstenhalter verbrennt.«

Vor unterdrückter Wut wäre Roxann beinahe geplatzt. Dabei war ihr durchaus bewusst, dass der Detective lediglich versuchte, sie zu provozieren, in der Hoffnung, auf diese Weise an Informationen heranzukommen. »Wenn sich Melissa Cape an *Rescue* gewandt hat, dann war sie offensichtlich anderer Meinung.«

Capistrano holte tief Luft und rieb sich die Schulter. »Hören Sie«, stieß er ungeduldig hervor. »Für Leute wie mich ist Ihre dämliche Geheimorganisation nichts weiter als ein lästiger Pickel am Arsch, und dieses Gerangel um das Besuchsrecht des Vaters ist mir egal. Aber Melissa

Cape besitzt wichtige Informationen zu einem aktuellen Fall, der ohne ihre Zeugenaussage nicht vor Gericht gebracht werden kann.«

»Worum geht es in diesem Fall?«

»Um einen bewaffneten Raubüberfall, bei dem ein Polizeibeamter schwer verletzt worden ist. Wir vermuten, dass er von Melissas Mann angeschossen wurde.«

»Ein Grund mehr, diesem Mistkerl das Besuchsrecht mit seiner Tochter zu verweigern. Außerdem wird er es jetzt sicherlich auf Melissas Leben abgesehen haben – damit sie nicht gegen ihn aussagen kann.« Roxann schüttelte den Kopf. »Ich kann Ihnen nicht helfen.«

Capristrano runzelte die Stirn. »Sie stehen in meiner Schuld, immerhin durfte ich meinen Kaffee nicht austrinken.«

»Und ich bin soeben gefeuert worden, also stehen *Sie* ja wohl eher in meiner Schuld.«

An seinem Hals zuckte ein Muskel. »Sagen Sie mir wenigstens, ob die Leute von *Rescue* sie umgesiedelt haben.«

»Von dem wenigen, was mir über die Organisation bekannt ist, weiß ich, dass den Mandanten absolute Vertraulichkeit zugesichert wird.«

In Caprianos Augen flackerte ein spöttischer Funke. »Dann kann ich wohl nur hoffen, dass Melissa Cape ihre Meinung genauso ändert wie die Mandantin in dem Zeitungsbericht.«

Roxann schob das Kinn vor. »Wenn Melissa Cape sich an *Rescue* gewandt hat, um unterzutauchen, muss sie guten Grund zu der Annahme gehabt haben, dass ihr Leben oder das ihres Kindes in Gefahr ist. Womöglich machen Sie alles nur noch schlimmer, wenn Sie sie verfolgen.«

»Das ändert jedoch nichts an der Tatsache, dass ein Kollege von mir im Koma liegt.«

»Lieber ein Polizist, der im Koma liegt, als ein Polizist im Koma und eine tote Zeugin.«

Er klappte den Mund auf, um es sich dann doch wieder anders zu überlegen, und stieß stattdessen einen Seufzer aus. »Ms. Beadleman, der beste Weg, um Melissa Cape zu schützen, besteht darin, ihren Exmann hinter Gitter zu bringen, aber dazu brauchen wir ihre Zeugenaussage.«

»Und Sie garantieren ihr persönlich, dass er nicht dank eines Verfahrensfehlers davonkommt?«

Erneut zuckte sein Halsmuskel.

»Und selbst wenn der Kerl wegen bewaffneten Raubüberfalls und versuchten Mordes verurteilt wird, was erwartet ihn dann – wie viele Jahre kriegt er?«

»Zwischen sechs und zehn.«

»Und was passiert, wenn er wegen überfüllter Haftanstalten vorzeitig entlassen wird? Dann hat ihr letztes Stündlein geschlagen.«

»Wir würden ihr Polizeischutz gewähren.«

»Na prima.« Wieder schüttelte Roxann den Kopf. »Detective, wie kommen Sie darauf, dass ich Ihnen helfen würde, wenn ich könnte?«

Er schürzte die Lippen und hob dann die Schultern. »Schätze, ich baue auf Ihr Verantwortungsbewusstsein, dasselbe, das Sie damals dazu bewogen hat, für diese Organisation zu arbeiten.« Wieder legte er den Kopf schief. »Es sei denn, Sie sind eine Heuchlerin.«

Ohne sich dessen bewusst zu sein, hatte er ihren empfindlichen Nerv getroffen. Seit das Rechtssystem Roxann von ihrer Mutter getrennt hatte, hatte sich bei ihr ein ausgeprägter Sinn für Gerechtigkeit manifestiert. So schlug sie sich grundsätzlich auf die Seite der Schwächeren, adoptierte herrenlose Tiere, sympathisierte mit den Außenseitern und versuchte generell, ihr Leben nach moralisch richtigen Prinzipien auszurichten. Und bis auf ein paar wenige Ausnahmen ...

»Kommen Sie schon, Ms. Beadleman, allmählich ist meine Geduld am Ende.«

Mit zusammengekniffenen Augen musterte sie den Detective. Ein stattlicher Mann mit einer Polizeimarke, der sich für einen Kollegen einsetzte. Obwohl Roxann seine Loyalität bewunderte, hatte sie nicht vor, Melissa Cape aus Mitgefühl für einen schwer verletzten Polizisten zu verraten. Melissa war in Sicherheit, und sie verdiente es, in Ruhe gelassen zu werden, um gemeinsam mit ihrer Tochter ein neues Leben zu beginnen.

»Auf Wiedersehen, Detective. Ich muss mich jetzt den Stellenanzeigen widmen.« Daraufhin drehte sie sich um und lief weiter den Pfad entlang.

»Wenn ich Sie das nächste Mal sehe«, rief Capistrano ihr hinterher, »sollte ich Sie vielleicht einfach gleich sowohl wegen Körperverletzung als auch wegen Behinderung der Justiz verhaften.«

Roxann drehte sich nicht um, aber sie spürte dennoch seinen brennenden Blick auf ihrer Haut. Ob er wohl bemerkt hatte, wie sehr er sie getroffen hatte?

Auf dem Rückweg rechnete sie schon halb damit, den Detective noch immer an den Baum gelehnt vorzufinden, doch er war verschwunden. Ob er sie heimlich beobachtete? Ob er ihr folgte? Die Polizei hatte auch vorher schon immer wieder im Dunstkreis der Organisation herumgeschnüffelt, aber immer nur, um eine vermisste Person aufzuspüren, und nicht, weil die Mandantin für eine Aussage gebraucht wurde.

Während sich ihre Lunge mit der ständig nach Fisch riechenden Luft von Biloxi füllte, zwang Roxann sich dazu, langsamer zu laufen, um ihre Strecke in normalem Tempo zu bewältigen.

Nachdem Roxann geduscht hatte, jagte sie Goldie über eine kurvige Straße in Richtung 255 Amberjack, Unit B, wobei sie sich hin und wieder vergewisserte, dass der Detective sie nicht schon wieder verfolgte.

Nur wenige Leute wussten, wo Roxann wohnte, da die Maisonette-Wohnung von der Organisation angemietet war. Sie hatte bereits so ziemlich überall im Südosten gewohnt, wobei sie vor fünf Jahren wieder in das Mississippi Valley zurückgezogen war – aus schlechtem Gewissen ihrem Vater gegenüber, wie sie annahm. Wahrscheinlich versuchte sie dieses schlechte Gewissen zu beruhigen, indem sie auf derselben Atlasseite lebte wie er.

Ihre Post erhielt sie über ein Postfach, und ihr Telefonanschluss war nicht registriert. Geschäftliche Angelegenheiten, die *Rescue* betrafen, wie zum Beispiel Treffpunkte mit neuen Mandantinnen, genaue Anweisungen für eine Umsiedlung und den Transport, erledigte sie über öffentliche Münzfernsprecher. Die Einzigen, die ihre Handynummer kannten, waren ihr Vater und ihr Ressortleiter von *Rescue*. Aus einem verzweifelten Versuch heraus, sie zu kontaktieren, war Melissa Cape durch einen Freund, der bei der Telefongesellschaft arbeitete, an ihre Handynummer gelangt. Obwohl Roxann die Nummer auf dem Display unbekannt gewesen war und sie den Anruf eigentlich nicht hätte entgegennehmen dürfen, hatte sie es dennoch getan. Aus Angst darüber, dass ihrem Vater etwas zugestoßen sein könnte, aus Angst, dass ...

Roxann seufzte. Vielleicht sollte sie ja diese Gelegenheit nutzen, um ihrem Vater einen Besuch abzustatten. Um die Verbindung wiederherzustellen. Obwohl zwischen ihnen im Grunde nie eine wirkliche Verbindung bestanden hatte.

Vater und Tochter zusammen unter einem Dach, ein ungleiches Paar, wobei alle beide schmerzlich eine schwarzhaarige Frau vermissten, die vor langer Zeit gegangen war.

Möglicherweise war die Unruhe, die Roxann in letzter Zeit verspürte, zurückzuführen auf die schwankenden Beziehungen zu den Menschen, die ihr eigentlich am nächsten standen. Ihre ständig wechselnden Arbeitsstellen und ihre verdeckten Einsätze waren nicht gerade dazu geeignet, enge Bindungen aufzubauen. Dabei hatte sie gedacht, in Elise, die ebenfalls für *Rescue* arbeitete, eine Freundin gefunden zu haben, doch das hatte in einer Katastrophe geendet. Andere Helfer der Organisation, die zu zweit arbeiteten, waren häufig hunderte von Meilen voneinander entfernt eingesetzt und gezwungen, den Kontakt untereinander auf das Nötigste zu beschränken. Und die Mandantinnen sah man nach den Einsätzen niemals wieder. Es war die perfekte Freizeitbeschäftigung für Einzelgänger.

Der Haken an der Sache war der, dass man einsam wurde.

Vielleicht könnte sie Capistrano ja von ihrer Fährte abbringen, wenn sie für ein paar Tage die Stadt verlassen würde. Oder vielleicht war es ja auch wieder Zeit für einen Ortswechsel, obwohl sie sich in Biloxi recht wohl fühlte und sogar damit geliebäugelt hatte, länger hier zu bleiben. Um Freundschaften zu schließen, nach einer festen Stelle zu suchen – eine anspruchsvollere Arbeit als Kellnern oder an der Kasse sitzen oder andere Gelegenheitsjobs. Roxann hatte sogar zum ersten Mal ihr Schlafzimmer gestrichen. Die Vorstellung, erneut umzuziehen, löste in ihr eine Betroffenheit aus, wie sie sie noch nie zuvor verspürt hatte. Bevor sie dreißig geworden war, hatte sie es romantisch gefunden, ihr Hab und Gut auf einen Truck zu verfrachten und sich am nächstbesten Ort niederzulassen. Aber jetzt machte sie sich Sorgen, einen neuen guten Frauenarzt zu finden und darüber, ob sie CNN empfangen konnte.

Während Roxann noch mit sich kämpfte, ob sie ein paar Tage wegfahren sollte, legte sie einen Zwischenstopp ein, um die Post von dieser Woche aus ihrem Postfach abzuholen. Rechnungen, Reklame, zwei Rundschreiben der Ehemaligen von der Notre-Dame-Universität, die beide nachgesendet worden waren, sowie ... neugierig musterte sie den dicken elfenbeinfarbenen Umschlag und hielt ihn gegen das Licht. Eine *Hochzeitseinladung?*

Sehr eigenartig, wo doch die meisten Frauen, die sie kannte, versuchten, aus ihrer Ehe zu fliehen.

3 **Die** Einladung war ursprünglich an Roxanns Postfach in Atlanta geschickt worden und anschließend an das in Montgomery, bevor sie nach Biloxi weitergeleitet worden war. Der Absender, gedruckt in schwarzer Schönschrift, lautete: Mr. und Mrs. Jackson Ryder, 1 Portobello Place, Baton Rouge, Louisiana. Roxanns Adresse war dagegen seltsamerweise mit blauer Tinte in einer Handschrift geschrieben, die ihr vage vertraut vorkam.

Roxann musste grinsen. Sollte ihre Cousine Angora schließlich doch noch unter die Haube kommen? Das war nahe liegend, zumal sie das einzige Kind von Jackson Ryder und Dixie Beadleman war, der Schwester von Roxanns Vater. Selbstverständlich hatte Dixie, nachdem sie die Aufmerksamkeit *des* Jackson Ryder, Erbe des Ryder-Hotel-Imperiums, auf sich gezogen hatte, ihren Namen zu Dee verkürzt. Dee klang nämlich schicker und angemessener, vor allem im Vergleich zu all den gemeinen Namen mit »D«, die sich Roxann für sie ausgedacht hatte.

Sie riss den abgegriffenen Umschlag auf und zog die kunstvoll gefaltete Einladung heraus. Beeindruckend. Überdimensional. Überdimensional kostspielig.

Mr. und Mrs. Jackson Ryder geben sich die Ehre, um Ihr Erscheinen anlässlich der Eheschließung ihrer Tochter, Angora Michele, mit Dr. Trenton Robert Coughlin zu bitten ...

So, so, Angora hatte sich also einen Arzt geschnappt. Etwas spät vielleicht, schließlich ging sie bereits auf die zweiunddreißig zu, doch der Auserwählte stand vermutlich gerade am Anfang seiner Karriere. Mittlerweile würde Angora die gesellschaftlich perfekt geschulte Ehegattin abgeben. Schließlich war sie in das Leben der Highsociety quasi hineingeboren. Im Gegensatz zu Tante Dee, die sich ihren Weg über die Baton Rouge Junior League erst hatte erarbeiten müssen, war Angora von Kindesbeinen an dahin erzogen worden, in ihrem Aussehen und ihrem Verhalten eine Debütantin mit weißen Handschuhen zu werden.

Während ihrer gemeinsamen Zeit am College hatten allerdings selbst die feinen Tennisspieler in ihren schicken Pullovern die Mädchen vorgezogen, die sich nicht so zierten, sodass Angora mit ihrer blütenweißen Tugendhaftigkeit einfach links liegen gelassen worden war. Die Debütantinnen, die sich aufgeschlossener zeigten, waren spätestens zum Abschlussball verlobt gewesen, nicht jedoch Angora – sie hatte unerschütterlich an ihrer Jungfräulichkeit festgehalten.

Stumm schüttelte Roxann den Kopf. Die Arme konnte es ihren Eltern einfach nie recht machen, egal, wie sehr sie sich bemühte. Obwohl von Natur aus schon recht hübsch und mithilfe einer Zahnspange, einer Kieferoperation und einer Nasenkorrektur – und das alles vor ihrem vierzehnten Lebensjahr – zur Schönheit geformt, hatte sie das Selbstbewusstsein einer Aussätzigen. Zugegeben, Angora war nicht gerade das klügste Wesen auf dieser Welt und sie hatte einen leichten Hang zum Flunkern, aber sie war kein schlechter Mensch. Ihre Eltern, das heißt Roxanns Vater und Angoras Mutter, hegten definitiv eine hartnäckige Abneigung füreinander. Während Walt Beadleman der Meinung war, seine Schwester sei überkandidelt, hielt Dee ihren Bruder für einen Versager. Die familiären Streitigkeiten und der gesellschaftliche Unterschied hatten die Cousinen praktisch in getrennten Welten aufwachsen lassen, bis sie an der Highschool in die Oberstufe kamen. Damals hatte Roxann nebenbei in einer Edelboutique gearbeitet, und eines Tages war Dee mit Angora im Schlepptau hereinstolziert, um ein Kleid für die Abschlussfeier zu kaufen. Dee hatte Roxann geschlagene zwei Stunden zwischen den Kleiderständern und der Umkleidekabine hin- und hergescheucht, bevor sie sich für ein Kleid entschieden hatte, das so viel kostete, wie Roxann als Boutiqueverkäuferin in einem ganzen Jahr verdiente. Während der ganzen Anprobeprozedur hatte Roxann jedoch immerhin erfahren, dass auch Angora sich im Notre Dame College beworben hatte. Hoffte Roxann inständig auf ein Stipendium, fürchtete Angora nichts mehr als die Aufnahmeprüfung, wie sie Roxann anvertraut hatte. Danach kam Angora häufig auf ein Schwätzchen in der Boutique vorbei. Sie war damals ein braves, schüchternes Ding, und sie hatte Roxann Leid getan, weil sie unter der Fuchtel ihrer grässlichen Mutter Dee stand.

Letztlich waren sie beide in Notre Dame aufgenommen worden und hatten sich gemeinsam eine Wohnung gesucht – gegen Dees Willen. Es war das erste und letzte Mal gewesen, dass Angora sich ihrer Mutter widersetzt hatte, aber es war die Sache wert gewesen. Bereitwillig hatte Roxann die völlig unbedarfte Angora unter ihre Fittiche genommen, bis Angoras schlechte Noten bekannt wurden. Natürlich hatten ihre Eltern Roxann dafür verantwortlich gemacht (obwohl sie selbst durch fabelhafte Leistungen glänzte) und ihre kleine Prinzessin in ein beaufsichtigtes Studentinnen-Wohnheim gesteckt.

Von da an hatten sich die Wege der Mädchen nur noch sporadisch gekreuzt, obwohl Roxann gespürt hatte, dass Angora die nächtlichen Pyjamatreffen, bei denen sie die magische Kugel befragten, genauso fehlten wie ihr. Nach Abschluss ihres Kunststudiums war Angora nach Baton Rouge zurückgekehrt, um dort in einem öden Kunstmuseum zu arbeiten. Roxann hatte sie seit sieben – nein, seit *neun* Jahren nicht mehr gesehen.

Natürlich war sie sicher, dass ihre Cousine mit Dr. Trenton glücklich sein würde. Und falls nicht, wäre Dee auf alle Fälle so glücklich darüber, einen Schwiegersohn mit akademischem Titel in der Familie zu haben, dass es für beide reichen würde.

Sie wandte sich der erfreulicheren Post zu – den Rundbriefen von der Universität. Hin und wieder war nämlich Dr. Nell Oney, Professorin für Ethik und ihre ehemalige Mentorin, die ihr das Engagement bei *Rescue* damals nahe gelegt hatte, mit ihrer eigenen Kolumne vertreten. Und ab und an wurde auch Carl Seger in den Rundbriefen namentlich erwähnt, da er die Aktivitäten ehemaliger Studenten betreute. Roxann kurbelte Goldies Seitenfenster herunter und blätterte die Rundbriefe durch, während sie auf dem Parkplatz des United States Postal Service eine Pause einlegte.

Die *Homecoming Week* war dabei, ein großes Veranstaltungsprogramm zu organisieren, um Geld für ein neues Studenten-Beratungszentrum zu sammeln – zum Beispiel durch einen Töpfermarkt, durch Sportveranstaltungen sowie eine Junggesellenversteigerung. Ihr Herz setzte einen Schlag lang aus, als sie eine Schwarz-Weiß-Aufnahme von dem Mann entdeckte, der ihr heute immer wieder durch den Kopf gegeistert war.

Dr. Carl Seger, Professor für Theologie und Trainer der Fußballunimannschaft, stellt sich im Zuge der Spendensammlung während der Homecoming-Veranstaltungen als Ehrengast für die Junggesellenversteigerung zur Verfügung.

Mit seinem grau melierten Haar sah der Mann nach wie vor blendend aus. Mit einem Finger strich sie über sein schönes Gesicht, über sein gewinnendes Lächeln, und ein nostalgischer Schauer rieselte angenehm durch ihren Körper. Sollte das Foto von ihm aktuell sein, wäre er in den letzten zehn Jahren um keinen einzigen Tag gealtert. Der Umstand, dass er immer noch ledig war, überraschte sie, zumal sich der Mann vor Verehrerinnen kaum retten konnte. Falls seine Seminare nach wie vor zu achtzig Prozent aus weiblichen Teilnehmern bestanden, würde er vermutlich ein hübsches Sümmchen auf der Auktion erzielen.

Vor zehn Jahren hatte Roxann selbst zu seinen Bewunderinnen gezählt. Vom ersten Moment an, als sie sein Theologieseminar besucht hatte, hatte Dr. Seger sie in seinen Bann gezogen. Attraktiv, überlegt, sprachgewandt. Verglichen mit ihm waren die Jungs auf dem College hoffnungslos unreif. Im ersten Semester hatten Angora und Roxann gemeinsam an seinem Seminar teilgenommen und zahlreiche Pyjamatreffen damit verbracht, wilde Fantasien über den Mann zusammenzuspinnen.

Aber da Angora aus der gemeinsamen Wohnung ausgezogen war, war ihr die heimliche Beziehung verborgen geblieben, die sich zwischen Roxann und Dr. Seger während ihres Abschlussjahres entwickelt hatte.

»Nach deiner Abschlussprüfung«, hatte er ihr einmal im Magazin der Bibliothek zugeflüstert, »müssen wir unsere Gefühle nicht weiter verstecken.« Die sexuelle Anziehungskraft zwischen ihnen beiden war offensichtlich, wenn sie ihr auch nicht nachgaben, und hatte ihr zahllose unruhige und schlaflose Nächte in ihrem Zimmer verschafft, an die sie sich lieber nicht erinnern wollte.

Wenige Tage vor der Abschlussfeier hatte Nell Oney ihr jedoch einen Besuch abgestattet. Carl sollte vor den Verwaltungsrat zitiert werden. Ihm wurde vorgeworfen, sich einer Studentin gegenüber unschicklich benommen zu haben. Immerhin war er Professor der Theologie und einer der Diakone der Universitätskirche. Es war offensichtlich, dass es sich bei der betroffenen Studentin nur um Roxann handeln konnte, sodass sie eingewilligt hatte, die Uni zu verlassen, bis sich die Lage wieder beruhigt hätte.

Auf Nells Drängen war sie der Organisation beigetreten und nach Memphis umgezogen, wo gerade ein Helfer gebraucht wurde. Sie hatte sich jedoch vorbehalten, sofort zurückzukehren, sobald Carl sich melden würde. Als er dann schließlich angerufen hatte, geschah dies lediglich, um an ihr Verständnis zu appellieren. Er hätte sich für die Arbeit und folglich gegen sie entschieden. Sollte seine Karriere ruiniert werden, hatte er ihr in gequältem Ton gesagt, könne er ihr nichts bieten, und die Ehre verlange, dass er bleiben würde. Natürlich hatte Roxann dafür Verständnis aufgebracht. Zwar hatte sie sich einen Monat lang die Augen ausgeheult, aber dann hatte sie sich in ihre ehrenamtliche Arbeit gestürzt, fest entschlossen, Carl etwas zu beweisen, selbst wenn er nie davon erfahren würde.

Während Roxann sein Foto betrachtete, stieg die ganze aufgestaute Erinnerung wieder in ihr hoch. Jeder verband mit einem bestimmten Menschen etwas Besonderes, einem Menschen, der die Frage auslöste, was hätte sein können. Selbstverständlich hatte es immer wieder andere Männer gegeben, Männer, die sich scheinbar um die Geschicke der Welt Gedanken machten, deren Bemühen sich jedoch darauf beschränkte, ein Gedicht zu schreiben oder ein T-Shirt mit Statements darauf zu tragen.

Zu diesen Männern zählte auch ihr Ex-Freund Richard Funderburk – er hatte mit seiner Gitarre und seinem Rucksack die Kneipen abgeklappert und Lieder über die gesellschaftliche Dekadenz gesungen, um anschließend das gesammelte Geld direkt in kanadisches Bier umzusetzen. Nach dem mystischen Sex mit ihm hatte Roxann immer grübelnd dagelegen und sich gefragt, ob sie wohl jemals wieder einen Mann kennen lernen würde, der sie so begeistert hatte wie Carl damals, und das ohne engeren Körperkontakt.

Roxann klappte den Rundbrief wieder zu. Ihre Augen weiteten sich jedoch, als sie auf der Rückseite ein Foto von sich selbst entdeckte, dessen Überschrift lautete: *Wir erinnern uns.* Auf dem Bild war ihr Mund gerade zu einem Protestschrei aufgerissen, und sie hielt ein unleserliches Plakat empor. *Im Jahr 1989 führte die Politikstudentin Roxann Beadleman einen Protestmarsch gegen sexuelle Diskriminierung in der Kunstfakultät an, der politische Veränderungen nach sich zog.*

Bei der Erinnerung an die Kundgebung konnte Roxann sich ein ironisches Lächeln nicht verkneifen. Die Kunstfakultät hatte damals eine Ausstellung mit Aktzeichnungen veranstaltet, die nach lebenden Modellen angefertigt worden waren. Die männlichen Akte waren seinerzeit mit kleinen Stofffetzen versehen worden, um die Intimsphäre zu verhüllen, die vom Betrachter gelüftet werden mussten, um das Darunter zu erspähen. Den weiblichen Akten hatte dieser »Keuschheitslappen« allerdings gefehlt. Roxann war über diese Diskrepanz derart entrüstet gewesen, dass sie Protestmärsche initiiert hatte, um die Stofffetzen entfernen zu lassen.

Als die Presse das Thema landesweit in Karikaturen aufgegriffen hatte, waren die Bildungsoffiziellen eingeknickt. Ihre neu erlangte Berühmtheit hatte jedoch die heimlichen Treffen mit Carl erschwert. Nachdem dann die Anschuldigungen gegen ihn aufgekommen waren, hatte sie South

Bend verlassen, um einen Weg einzuschlagen, der sie scheinbar in die Ziellosigkeit geführt hatte.

Versunken in einen Strudel bittersüßer Erinnerungen, fuhr Roxann in Richtung ihres Apartments, wobei sie versuchte, das leere Gefühl in ihrem Inneren zu ignorieren. Die verpassten Gelegenheiten schienen sie förmlich zu verspotten – Ehe, Familie, ein fester Wohnsitz, Sonntagsbraten. Vielleicht hatte sie ja nicht hart genug um Carl gekämpft. Unzählige Male hatte sie ihm gegenüber betont, dass sie an die Ehe nicht glauben würde. War es da denn ein Wunder, dass er seine Karriere und seine kirchliche Funktion nicht aufs Spiel gesetzt hatte ... Schließlich hatte sie ihm keinen Grund zu der Annahme gegeben, dass sie dauerhafte Beziehungen für realistisch halte.

Wie auch? Das galt damals wie heute. Die gescheiterte Ehe ihrer Eltern und ihre tieferen Einblicke in fremde Partnerschaften während ihrer Tätigkeit bei *Rescue* hatten sie so geprägt, dass ihr Scheidungen und Trennungen mittlerweile beinahe schon normal vorkamen.

Innerlich aufgewühlt, stellte Roxann den Wagen in einem mehrstöckigen Parkhaus ab und ging zwei Häuserblocks weit, um dann den Weg zwischen zwei Häusern hindurch abzukürzen. Dahinter hielt sie sich rechts und stapfte durch eine hohe Wiese, die zur Rückseite ihrer Maisonette-Wohnung führte. Nach einem letzten Blick über ihre Schulter hinweg, da sie immer noch damit rechnete, dass Capistrano sie verfolgte, stieg sie die kleine Treppe hoch und holte den Wohnungsschlüssel aus ihrer Tasche.

»Hallo, Roxann!«

Beinahe hätte sie ihre Zunge verschluckt, bevor ihr bewusst wurde, dass Mr. Nealy an der Hintertür seiner Wohnung stand, wo er sich auf einen Besen stützte. »Oh, hallo, Mr. Nealy.«

Daraufhin lüftete er seinen Hut. »Sie sind heute aber früh zu Hause.«

Sie begnügte sich mit einem stummen Lächeln, weil sie keine Lust hatte, sich in eine langatmige Unterhaltung verwickeln zu lassen.

»Ist Ihre Mitbewohnerin inzwischen wieder aufgetaucht?«

Sie schüttelte den Kopf – ein weiteres heikles Thema.

»Mochte sie eh nie leiden«, grummelte er.

Da sie ihn nicht ermutigen wollte, weiter über Elise herzuziehen, blieb sie stumm.

»Ach übrigens, was ich Sie schon lange einmal fragen wollte, jetzt, wo Sie allein sind, ähem, würden Sie mir heute vielleicht beim Abendessen Gesellschaft leisten?«

Beim Anblick seines keck vorgeschobenen Kinns realisierte Roxann ungläubig, dass der alte Mann sie gerade tatsächlich anbaggerte. Na wunderbar – eine Lesbe und ein alter Knacker ... das waren ihre einzigen Verehrer in letzter Zeit gewesen.

»Vielen Dank, Mr. Nealy, aber ich kann nicht.« Dabei war sie so hungrig, dass sie seinen Hut hätte verschlingen können.

»Sie wissen, Roxann, wenn Sie irgendwas brauchen, egal was, dann können Sie auf mich zählen.« Seine Stimme klang sonderbar wehmütig. Vor einem Jahr, bevor Roxann eingezogen war, war seine Frau im Blumenbeet tot zusammengebrochen.

»D-danke, Mr. Nealy. Einen schönen Abend noch.«

Er zwinkerte ihr zu und verschwand in seiner Wohnung. Mit einem Seufzer der Erleichterung steckte sie den Schlüssel in das Schloss. Zu ihrer Überraschung schwang die Tür widerstandslos auf.

Jemand war in ihrer Wohnung gewesen. Sämtliche

Schubladen waren ausgeleert, alles war durchwühlt und auf den Kopf gestellt worden. Sie erstarrte, um zu hören, ob der Eindringling sich noch in der Wohnung befand, aber es herrschte absolute Stille. Sicherheitshalber griff sie in ihre Sporttasche und zog eine Spraydose Reizgas heraus. Für den Bruchteil einer Sekunde erwog sie, nach Mr. Nealy zu rufen, überlegte es sich dann doch lieber anders – womöglich müsste sie ihn unter Umständen noch mitretten. Mit hämmerndem Herzen näherte sie sich dem Wohnzimmer, ihre Waffe im Anschlag. Mit einem Mal bedauerte sie, dass sie die vergangenen zwei Wochen das Kickboxing-Training verpasst hatte.

Auf der Suche nach einem Motiv überschlugen sich ihre Gedanken. Ein Einbrecher? Falls dem so wäre, muss der Arme zutiefst enttäuscht gewesen sein. Abgesehen von einer zerrissenen Perlenkette gab es bei ihr kaum etwas Wertvolles zu stehlen. Im Wohnzimmer herrschte ein völliges Durcheinander, sämtliche Kissen waren durcheinander geworfen, überall lagen Bücher verstreut, und sogar der Fernseher war umgekippt worden. Ob derjenige nach etwas Bestimmtem gesucht hatte? Vorsichtig schlich Roxann um die Ecke zu Elises ehemaligem Zimmer, das bis auf einen Karton mit Altkleidern – ebenfalls ausgekippt – leer stand.

Beim Anblick ihres Schlafzimmers wurde ihr übel. Die Tür zu ihrem Wandschrank stand offen, ihre Kleidung war über ihr Bett verstreut. Die Schubladen der Kommode waren aufgezogen, und sogar der Bettvorleger war umgedreht worden. Auf Roxanns Schreibtisch leuchtete der blaue Monitor des betagten Computers. Beunruhigt registrierte Roxann, dass auf dem Bildschirm ein Text zu sehen war. Aber erst nachdem sie im Badezimmer und unter dem Bett nachgesehen hatte, um sich zu vergewissern, dass sie wirklich allein war, wagte Roxann die Nachricht zu lesen.

ICH HABE DEINE NUMMER, DU HEUCHLERIN.

Der blinkende Cursor war ein stummes Ausrufezeichen. Roxann taumelte rückwärts, stolperte und landete unsanft auf dem Boden. Sie spürte den Geschmack von Blut in ihrem Mund, da sie sich versehentlich auf die Zunge gebissen hatte. Ein höllischer Schmerz ließ sie aufstöhnen. Roxann rappelte sich hoch, den Blick nach wie vor auf den Bildschirm gebannt. Das hier war eine persönliche Nachricht, kein Streich oder der spontane Einfall eines Einbrechers.

ICH HABE DEINE NUMMER

Aber wie war die Botschaft zu verstehen? Sollte es bedeuten, dass die Person ihre nicht registrierte Nummer tatsächlich kannte? Oder hieß es, dass da jemand belastende Informationen über sie hatte? Roxann überlegte fieberhaft. Wem war dieser Einbruch zuzutrauen, und wer würde sich die Zeit nehmen, eine solch rätselhafte Visitenkarte zu hinterlassen?

Vielleicht Frank Cape? Möglich, dass er ihre Adresse ausfindig gemacht hatte in der Hoffnung, Melissas Aufenthaltsort aus ihr herauspressen zu können. In dem Zeitungsinterview, bei dem der inhaftierte Ehemann zum Gegenschlag ausgeholt hatte, hatte er ein halbes Dutzend Mal das Wort »Heuchler« gebraucht. *»Diese* Rescue-*Bande ist ein Haufen von Heuchlern.«* Möglich, dass Frank diesen Ausdruck einfach übernommen hatte.

Oder Richard Funderburk? Als sie und ein paar seiner Freunde ihn auf sein Alkoholproblem angesprochen hatten, hatte seine Reaktion sie sprachlos gemacht – gehässig, feindselig und abweisend. *»Das zahle ich dir heim, du selbstgerechte Heuchlerin.«*

Oder doch Elise? Zwar hatte Roxann bei Elises Auszug den Schlüssel zurückverlangt, aber vielleicht hatte sie ja vorher einen nachmachen lassen. Und hatte Elise während der heftigen Auseinandersetzung, die ihrem Geständnis gefolgt war, nicht auch das Wort *heucheln* verwendet? *»Du hast mich hinters Licht geführt mit deiner geheuchelten Freundschaft.«*

Oder Detective Capistrano? Immerhin hatte er keinen Hehl daraus gemacht, wie gering er sie und das Programm einschätzte. »Es sei denn, *Sie sind eine Heuchlerin.*« Vielleicht war er tatsächlich so weit gegangen, ihre Wohnung nach Hinweisen über den Aufenthaltsort von Melissa Cape zu durchsuchen.

Oder – Roxann musste schlucken – holte sie jetzt doch die Vergangenheit ein? Ein schmutziges kleines Geheimnis, das sie hin und wieder aus dem Schlaf hochschrecken ließ, um sie daran zu erinnern, dass das ehrenhafte Leben, das sie sich aufgebaut hatte, die Frucht eines giftigen Baumes war. Aber niemand außer Angora wusste davon. Und die Vorstellung, dass sie Roxann mit ihrem Wissen terrorisierte – jetzt, wo sie doch kurz vor ihrer Eheschließung stand, war mehr als unwahrscheinlich. Außerdem hätte Angora genauso viel zu verlieren wie sie, wenn die Wahrheit herauskäme ... wenn nicht sogar mehr.

Sie zwang sich, keine sinnlosen Theorien weiterzuspinnen und sich stattdessen mit der momentanen Situation zu befassen: die Polizei verständigen und den Einbruch anzeigen. Doch auf halbem Weg zu ihrem Telefon hielt sie inne. Und was sollte sie der Polizei sagen?

Vielleicht, dass ein Mann hinter ihr her war, weil sie seiner Exfrau zur Flucht verholfen hatte, und – oh, nur so nebenbei erwähnt, handelt es sich bei der Frau um die Kronzeugin in einem Raubüberfall, bei dem ein Polizist angeschossen wurde, aber nein, den Aufenthaltsort der Frau könne sie nicht preisgeben.

Und sollte sie etwa sagen, dass ihre ehemalige Mitbewohnerin möglicherweise auf Rache aus sei, weil sie deren Avancen zurückgewiesen hatte?

Oder dass ihr Exfreund damit gedroht hatte, ihr eine Lektion zu erteilen, weil sie ihn vor seinen Freunden bloßgestellt hatte?

Außerdem hatte sie noch heute Morgen ein Gespräch mit einem Kollegen von der Kripo geführt, der möglicherweise das Gesetz in die eigene Hand genommen hatte, um die Antworten zu bekommen, die sie ihm verweigert hatte.

Sicherlich würde die Polizei unverzüglich anrücken – mit Handschellen.

Roxann unternahm einen flüchtigen Rundgang durch die Wohnung, um sich zu vergewissern, ob etwas fehlte. Man hatte zwar ihren Modeschmuck durchwühlt, aber ihre zerrissene Perlenkette lag nach wie vor in der geleimten Teetasse, die sie all die Jahre über aufbewahrt hatte. Auch vor ihren persönlichen Unterlagen war nicht Halt gemacht worden. Doch es war untersagt, die *Rescue*-Papiere zu Hause aufzubewahren – sie hatte sich außerdem angewöhnt, auch den kleinsten Papierschnipsel mit Namen und Telefonnummern in den Reißwolf zu geben. Auch der Inhalt ihres Papierwolfs war untersucht worden, was sie zu der Annahme führte, dass der Einbrecher entweder nicht nach etwas Bestimmtem gesucht oder irgendwann einfach aufgegeben hatte. Wahrscheinlich sollte sie eingeschüchtert, sollte ihr ein Denkzettel verpasst werden.

Eine Überprüfung der Fenster ergab keinerlei Hinweise darauf, dass sich jemand gewaltsam Zutritt verschafft hatte, und auch die Tür war nicht aufgebrochen worden. Folglich musste der Eindringling entweder einen Schlüssel oder zumindest einen guten Dietrich gehabt haben. Sie schnappte sich einen Matchbeutel und stopfte wahllos Kleider und ein paar persönliche Sachen hinein. Auf dem Weg zur Hintertür bemerkte sie, dass ihr Anrufbeantworter blinkte – eine Seltenheit.

ICH HABE DEINE NUMMER

Mit angehaltenem Atem drückte sie auf den Knopf. Zuerst war zweimal aufgehängt worden, dann folgte ein schrilles Pfeifen, das ihr einen kalten Schauer über den Rücken jagte, dann war erneut aufgehängt worden. Während sie die Nachrichten löschte, klingelte völlig unvermutet das Telefon los. Vor Schreck hätte sie sich beinahe in die Hosen gemacht. Erst nach dem dritten Läuten fand sie das schnurlose Telefon. Angespannt nahm sie den Anruf entgegen. »Hallo?«

»Ihre letzte Chance – ich wärme gerade einen Schweinebraten auf.«

Sie schloss die Augen und fragte sich stumm, warum sie dem Mann ihre Telefonnummer gegeben hatte. »Schweinebraten, danke nein, Mr. Nealy. Ich wollte gerade für ein paar Tage wegfahren.«

»Stimmt etwas nicht, meine Liebe? Sie klingen irgendwie merkwürdig.«

»Nein, alles in Ordnung. Mr. Nealy, Ihnen ist nicht zufällig heute jemand vor dem Haus aufgefallen, oder?«

»Nein. Warum?«

»Ach, nur weil ich ein Paket erwarte.«

»Ach so. Soll ich eigentlich Ihre Blumen gießen, während Sie weg sind?«

»Nein danke, nicht nötig.« Sie besaß überhaupt keine Pflanzen.

»Na schön, dann werde ich mal die Augen wegen Ihrem Paket offen halten.«

»Fein. Aber machen Sie keinem Fremden die Tür auf.«

»Oh ... Okay.«

Kein Grund, ein Risiko einzugehen, wenn es sich bei dem Täter um eine Bande aus der Nachbarschaft handelte. Roxann versprach Mr. Nealy, nach ihrer Rückkehr mit ihm zu Abend zu essen, und er schien sich damit erst mal zufrieden zu geben.

Roxann schlang sich ihre Tasche über die Schulter und ging in Richtung Tür, während sich ihre Gedanken überschlugen. Zuerst Goldie holen, dann die Zentrale von dem Einbruch informieren und anschließend Gas geben, wobei sie gleichzeitig überlegte, ob sie sich eine neue Bleibe würde suchen müssen.

Ihre Post lag verstreut auf dem Küchenboden, wo sie sie zuvor in ihrer Aufregung hatte fallen lassen. Roxann sammelte die Briefumschläge auf und hielt inne, als ihr Blick auf die Hochzeitseinladung fiel. Dabei kam ihr eine Idee.

Die Hochzeit sollte morgen Nachmittag in der pompösen Kirche von Baton Rouge stattfinden. Für heute Nacht würde sie sich ein Hotelzimmer nehmen und dann morgen um die Mittagszeit in ihrer Heimatstadt ankommen, dort die Höhepunkte der Hochzeit miterleben und anschließend bei ihrem Vater auf einen Plausch vorbeifahren. Vielleicht würde es ja ganz lustig, Angora wiederzusehen und dabei ihren Doktor näher unter die Lupe zu nehmen. Zum Kuckuck, auf alle Fälle lohnte es sich, ohne Vorankündigung hereinzuschneien, nur um Tante Dee eins auszuwischen.

Außerdem, um die Wahrheit zu sagen, konnte eine Auszeit nicht schaden, bis sich das Chaos in ihrem Kopf wieder beruhigt hatte, zumal sie sich so auch ein Bild von dem märchenhaften Leben ihrer Cousine verschaffen konnte.

Mit einem leichten Anflug von guter Laune glitt Roxann durch die Tür nach draußen und zog sie hinter sich zu.

4

Auf drei, meine Damen. Eins ... zwei ... drei.«

Angora Ryder bemühte sich, nicht zu blinzeln, doch der verzweifelte Gesichtsausdruck des Fotografen ließ vermuten, dass es ihr wieder nicht gelungen war. Obwohl sie von Kindesbeinen an daran gewöhnt war, sich in Positur zu stellen, um fotografiert zu werden, war sie heute aus irgendeinem Grund nicht dazu fähig, das Blinzeln zu unterdrücken. Konnte das etwa ein nervöser Tick sein?

»Versuchen wir es noch einmal«, gab der Fotograf vor. »Auf drei.«

Neben der Kamera stand ihre Mutter, die auf die eigenen Wangen deutete und stumm mit den Lippen: »Achte auf deine Lachfältchen« formulierte.

Achte auf deine Lachfältchen. Dees persönliches Mantra. Nach zweiunddreißig Jahren hatte Angora erkannt, dass dies der freundschaftlichste mütterliche Rat war, den sie erwarten durfte. Nun gut, heute war ihre Hochzeit, also Schwamm drüber und gute Miene zum bösen Spiel gemacht. Zumindest so gut es ging. Wenn sie doch bloß nicht dauernd blinzeln müsste.

»Nächster Versuch«, rief der Fotograf und starrte sie grimmig an.

Dreizehnter Oktober, endlich. Sie war nur noch wenige Minuten davon entfernt, einen intelligenten, attraktiven Arzt zu ehelichen. Danach würden sie sich auf eine dreiwöchige Hochzeitsreise nach Hawaii begeben, und nach ihrer Rückkehr würden Dr. und Mrs. Trenton Robert Coughlin (wie himmlisch das in ihren Ohren klang) nach Chicago ziehen. Dort würde Trenton nämlich eine renommierte Arztpraxis übernehmen, während sie eine Stelle bei der angesehensten Kunstgalerie in der »Windy City« hatte ergattern können. Zwar war das Angebot wohl eher darauf zurückzuführen, dass der Eigentümer für Notre Dame und seine Absolventen ein ausgeprägtes Faible hatte, aber na und? Sie würde schon zeigen, was in ihr steckte, sobald sie den nächsten Kandinsky entdecken würde. Man musste ihr einfach nur eine Chance geben ... und vielleicht eine tüchtige Assistentin.

Leb wohl, Baton Rouge River Walk Museum, nie wieder Ausstellungen katalogisieren. Leb wohl, Mutter, du alter Drachen. Leb wohl, Angora Michele Ryder. Willkommen Leben.

»Ich glaube, dieses Mal hats geklappt«, meinte der Fotograf. »Okay, meine Damen, wenn Sie sich nun bitte zur Seite drehen und ganz dicht zusammenrücken würden, damit ich den Springbrunnen hinter Ihnen mit drauf habe.«

Vierundzwanzig Brautjungfern in Zartrosa. Angora holte tief Luft, als die Mädchen von beiden Seiten enger heranrückten. Ein wahres Meisterstück, vierundzwanzig Mädchen aus dem Club zusammenzubekommen, die weder schwanger noch aus der Form gegangen waren, weil sie im Laufe ihrer Ehe ihre Figur vernachlässigt hatten. Aber sie hatte es dennoch geschafft. Zugegeben, drei der Mädchen kannte sie so gut wie gar nicht, doch sie stammten allesamt aus besseren Familien, und zwölf Brautjungfern auf jeder Seite machten sich schließlich hervorragend auf den Fotos.

Ursprünglich hatte sie ihre Cousine Roxann darum bitten wollen, ihre Brautjungfer zu sein, aber ihre Mutter hatte das strikt abgelehnt. Dee konnte Roxann auf den Tod nicht ausstehen. Eine Schande eigentlich, zumal sie Dees einzige leibliche Nichte war, aber so lagen die Dinge nun einmal.

»Angora, Schätzchen, leg die Stirn nicht so in Falten«, rief ihre Mutter in dem Augenblick.

Angora lächelte, wobei sie wieder schuldbewusst an die von Dee nicht erwünschten Lachfalten denken musste. Also versuchte sie, weder zu lächeln noch die Stirn kraus zu ziehen, um den Gesichtsausdruck zu bekommen, für den ihre Mutter ein Patent besaß.

In Wahrheit hasste Dee Roxann wegen ihrer Gewitztheit. Roxann besaß eine Cleverness, mit der sie so ziemlich jeden in der Familie ausstach, Dee eingeschlossen. Obwohl Dee mit ihrer berechnenden Art manchmal eine derartige Raffinesse an den Tag legte, dass es schon fast wieder bewundernswert war.

»Deine Cousine ist eine linksradikale Lesbe, und ich werde sie auf keinen Fall auf der Hochzeit dulden«, hatte ihre Mutter verkündet, als Angora den Vorschlag aufgebracht hatte.

Nur mit Mühe hatte Angora einen Lachanfall unterdrücken können. Roxann und lesbisch? Immerhin hatte ihre Cousine ihr mithilfe einer Zahnpastatube beigebracht, wie man einem Mann einen bläst. Zudem kannte Roxann wortwörtlich ganze Kapitel aus *Wie schlafe ich mit einem Mann* auswendig und hatte nach und nach sämtliche Stellungen nachgeahmt, die in *Spaß am Sex* abgebildet waren. Als Angora seinerzeit aus dem Wohnheim ausziehen musste, waren Roxann und ihr damaliger Jungakademiker und Dichterfreund gerade bei »Stellung Acht« angekommen. Sie hatte sich immer wieder gefragt, wie die wohl ausgesehen haben mochte.

»Mutter, wie kommst du darauf, dass Roxann eine Lesbe ist?«, hatte Angora gefragt.

»Weil sie so eigenartig ist. Und außerdem ist sie nicht verheiratet.«

»Ich ja auch nicht.«

Daraufhin hatte Dee ein ungeduldiges Schnauben von sich gegeben. »Das ist doch etwas völlig anderes. Und dann diese ewige Kurzhaarfrisur.«

Zwar hatte sie die fruchtlose Unterhaltung mit Dee nicht fortgeführt, dafür aber den Setzer um einen Blankovordruck der Einladung gebeten und diesen an die Postfachadresse geschickt, die sie Onkel Walt letzte Weihnachten hatte entlocken können.

Vor ein paar Monaten hatte sie sogar mehrmals einen Brief an Roxann begonnen, jedoch hatten die Sätze stets gezwungen und nichts sagend geklungen. Abgesehen von ihrer Verlobung hatte sich in ihrem Leben die letzten zehn Jahre nichts geändert. Dieselben Leute, dieselben Partys, ein und derselbe Tratsch. Verglichen damit waren die wenigen Details über Roxanns Leben, die sie aus Onkel Walt herausbekommen hatte, geradezu abenteuerlich – ihre außergewöhnliche Cousine bewegte sich anscheinend ständig am Rande der Illegalität – wie eine Art Geheimagentin. Obwohl Onkel Walt ihr nur ausweichend geantwortet hatte, platzte er förmlich vor Stolz. Angora würde ihr zweitliebstes Paar Diamantohrstecker opfern, wenn sie damit den Stolz ihrer Eltern wecken könnte.

Dabei rechnete Angora im Grunde nicht damit, dass Roxann zu der Hochzeit kommen würde – man konnte sich dessen zwar nie wirklich sicher sein, doch für eine Rebellin wie Roxann würden die Festivitäten eines Country Clubs wohl eher weniger anziehend sein. Zudem hatte Onkel Walt erwähnt, dass Roxann ständig ihren Wohnort würde wechseln müssen, sodass die Einladung sie wahrscheinlich gar nicht erreicht hatte. Mit wachsender Panik kam Angora zu Bewusstsein, dass Dee womöglich davon erfahren würde, sollte die Einladung als unzustellbar an den Absender zurückgeschickt werden.

»Schätzchen, was gibt es denn bloß, dass du ständig die Stirn runzelst?«

Angora setzte wieder den gewünschten Gesichtsausdruck auf und heftete den Blick fest auf das Objektiv.

»Geschafft!«, rief der Fotograf erleichtert aus.

Nun ja, sie würde sich noch überlegen, ob sie es Dee heimzahlen sollte, dass diese darauf bestanden hatte, Darma Walker Lowe einzuladen, Trentons Exfreundin. Jedes Mal, wenn die Walkers sich die Ehre gaben, fiel ihre Mutter förmlich auf die Knie – schließlich waren deren Immobilienimperium und Ansehen weit über die Grenzen hinaus bekannt. Trenton und Darma waren vor Jahren einmal ein Paar gewesen, aber sie hatte ihn wegen eines Schönheitschirurgen verlassen, der in der gesellschaftlichen Hierarchie höher stand. Sie hätten ohnehin nicht zueinander gepasst, wie Trenton ihr versichert hatte. Sie glaubte ihm, zumal keine zwei so gut zueinander passten wie sie und Trenton. Sie mochten dieselben Restaurants, schwärmten für dieselbe Musik und fuhren sogar dasselbe Automodell. Sie verstanden sich blendend.

»Gut, und jetzt die Braut mit ihren Eltern.«

Die Brautjungfern gaben ihr die Hand und wünschten ihr Glück. Während sie jeden einzelnen Händedruck erwiderte, ließ sie ihre Schleppe nicht aus den Augen, um sicherzugehen, dass niemand darauf trat. Wegen dieser fast vier Meter langen, mit Strass und funkelnden Pailletten besetzten Schleppe war der Traum aus weißer Seide zwar doppelt so teuer geworden, aber schließlich heiratete sie ja keinen Geringeren als einen Arzt.

»Du siehst wunderschön aus, Herzchen«, sagte ihr Vater, wobei er ihr Diadem berührte – die beeindruckendste von all ihren Kronen, die sie bei der Wahl zur Miss Northwestern Baton Rouge 1987 verliehen bekommen hatte. Normalerweise hatte Angora nur zwei-, höchstens dreimal im Jahr die Gelegenheit, sie aufzusetzen, und ihre Hochzeit war der perfekte Anlass, um sie aus ihrer Schachtel herauszuholen.

»Halt dich gerade, Schätzchen«, ermahnte Dee. »Und zieh den Bauch ein.«

Angora wandte rasch den Kopf zur Seite, um dem Hut ihrer Mutter auszuweichen, eine gewaltige fuchsiafarbene Kreation von einem berühmten schwulen Modedesigner aus New Orleans. Zwar hatte ihre Mutter kein Problem damit, auf die Talente von Schwulen zurückzugreifen, aber bei der Hochzeit war ihre Anwesenheit dennoch unerwünscht. Offensichtlich wusste sie über Mr. Fenton und Mr. Johnston, die beiden »Witwer«, nicht Bescheid.

Ihr Verlobungsring war heute Morgen von einem Juwelier gereinigt worden und saß nun funkelnd und glänzend an ihrem Finger. Ein Solitär von anderthalb Karat, geschliffener Smaragd, in einer Platinfassung. Dee legte großen Wert darauf, dass Angora Trenton von Anfang an deutlich zeigte, dass sie einen hohen Lebensstil erwartete. Unter Dees zahlreichen Geschenken für das Paar fand sich doch tatsächlich ein Abonnement für das Immobilienmagazin *DuPont Registry,* in dem ausschließlich die luxuriösesten Anwesen im Lande aufgeführt waren.

»Natürlich nicht für euer erstes Heim«, hatte ihre Mutter zu Trenton gesagt, »aber sicher für das nächste.«

»Und jetzt alle auf drei.«

Angora bog die Schultern nach hinten und zog den Bauch bis an die Schmerzgrenze ein. Sechs Wochen lang hatte sie sich nur von Möhren und Popcorn ernährt, um in diese Robe zu passen, aber das war es wert gewesen.

»Die Braut kneift ständig die Augen zu«, beschwerte sich der Fotograf.

Daraufhin versetzte Dee ihr einen Rippenstoß, wodurch Angora prompt den angehaltenen Atem ausstoßen musste. »Um Himmels willen, Angora, halt endlich die Augen offen. Das grenzt ja schon an Trägheit.«

»Das Mädchen ist vermutlich müde, Dixie«, verteidigte ihr Vater sie, was ihm einen missbilligenden Blick von ihrer Mutter einbrachte. Sie hasste es, »Dixie« genannt zu werden.

»Auf drei«, brüllte der Fotograf.

»Achte auf die Lachfalten«, murmelte Dee in ihr Ohr.

Erneut hielt sie die Luft an, streckte den Rücken, hielt ihr Lächeln im Zaum, riss die Augen auf.

»Geschafft!«

»Sieht nach Regen aus«, bemerkte ihr Vater und deutete mit dem Kopf auf die dunkle Wolkenwand, die von Westen herannahte.

»Sei ruhig, Jackson, heute darf es einfach nicht regnen.«

»Wenn du das sagst, meine Liebe.« Dabei zwinkerte er Angora zu.

Sie grinste zurück, Lachfalten hin oder her. Was ihre Mutter betraf, besaß ihr Vater eine Engelsgeduld.

»Und jetzt nur die Braut und der Brautvater.«

Daraufhin stellte sich ihr Dad neben sie und legte den Arm um ihre Schulter. »Ich bin stolz auf dich, mein Mädchen, weil du dich zu so einem anständigen Menschen entwickelt hast.«

Zwar war sie gar nicht so anständig, aber Angora war erleichtert, dass ihr Vater das von ihr dachte. Erleichtert und ein wenig schuldbewusst zugleich.

»Ich hoffe, du und Trenton werdet so glücklich wie –«, er warf einen kurzen Blick zu ihrer Mutter, um sich dann zu räuspern, »– dass ihr glücklich werdet.«

»Bestimmt, Daddy.«

»Und jetzt die Braut und die Mutter.«

Dee raunte ihr missbilligend zu: »Also wirklich, Angora, du ziehst vielleicht ein Gesicht heute.«

»Was für ein Gesicht soll ich denn machen, Mutter?«

»Werd jetzt bloß nicht schnippisch, junge Dame. Die nächste Stunde gehorchst du noch deinem Vater und mir. Und steh gerade.«

Angora biss sich derart heftig auf die Zunge, dass ihr die Tränen in die Augen schossen.

»Gut, das wars«, meinte der Fotograf. »Wir sehen uns nach der Trauung vor der Kirche wieder.«

Würde die Trauung doch nur endlich beginnen. Aber Angora musste zunächst unter Dees Aufsicht eine weitere Auffrischung ihres Make-ups und ihrer Frisur über sich ergehen lassen, und das alles im Stehen, damit das Kleid nicht zerknittert wurde. Ihre Füße taten weh, ihr Magen rumorte, und vor lauter Anspannung war sie schon ganz benommen. So musste sich ein Häftling kurz vor der Entlassung fühlen – in diesen Augenblicken, kurz bevor die Freiheit nahte, war das Gefühl, eingesperrt zu sein, am unerträglichsten.

Ihre Mutter stieß einen Seufzer aus. »Ich bin nicht sicher, ob der Chignon die richtige Entscheidung war, aber jetzt ist es sowieso zu spät. Du siehst etwas verquollen aus, Liebes, hast du denn Preparation H unter den Augen aufgetragen, wie ich dir geraten habe?«

Sie nickte, während ihr im selben Moment bewusst wurde, dass es bestimmt an dieser Hämorridensalbe lag, dass sie die ganze Zeit hatte blinzeln müssen. Vermutlich würde sie während der Trauung erblinden.

»Ich war so frei, von Dr. Henry ein kleines Carepaket zusammenstellen zu lassen, Liebes. Du findest es in deiner Handtasche.«

Dr. Henry, ihr Gynäkologe? »Was für ein Carepaket?«

»Ach, weißt du, nur ein paar nützliche Helfer zur Vorbeugung. Mir ist zwar bekannt, dass ihr beiden Kinder haben wollt, aber heutzutage schickt es sich nicht, in den Flitterwochen schwanger zu werden.« Sie rümpfte die Nase und marschierte davon.

Fassungslos kniff Angora die Augen zusammen. Nie zuvor hatte ihre Mutter über Verhütung beziehungsweise über Sex gesprochen. Als Angora mit neun Jahren Fragen zu diesem Thema gestellt hatte, erhielt sie von Dee die Auskunft, dass Sex eine heikle Angelegenheit sei und sie deshalb Angora lieber im Ungewissen lasse. »Dein Ehemann wird sich später schon um alles kümmern«, hatte sie versichert. »Halte einfach immer nur ein Handtuch griffbereit.«

Ihr Hochzeitsgeschenk für Trenton war ihre Jungfräulichkeit, und sie konnte es kaum erwarten, sich davon zu trennen. Von Angoras erster Periode an hatte Dee mit Argusaugen darüber gewacht. Lediglich bei einem Mann war sie in Versuchung geraten, das Gebot ihrer Mutter zu missachten, aber Carl hatte sie zurückgewiesen ...

»Bitte alle ihre Plätze einnehmen«, ordnete die Hochzeitsmanagerin mit einem Händeklatschen an.

Gott sei Dank. Dee erschien abermals, um das Kleid ein letztes Mal zurechtzuzupfen, dann verließ sie wieder das Ankleidezimmer. Ohne weise Ratschläge, ohne einen Zuspruch, ohne ein einziges Wort.

Als Nächste strömten die Brautjungfern hinaus, während sie schnatternd darüber spekulierten, welcher der Freunde des Bräutigams wen von ihnen wohl eskortieren würde, was, wie jeder wusste, für eine Brautjungfer das Aufregendste an der ganzen Sache war. Sie selbst hatte Trenton vor fünf Jahren bei der Wilcott-Stanton-Hochzeitsfeier kennen gelernt. Beth Stanton hatte damals nur achtzehn Brautjungfern gehabt, die Arme.

»Und nun die Braut«, bestimmte die Managerin mit einer ausladenden Geste in Richtung Tür, wo ihr Vater stand, den Arm einladend vorgestreckt.

Sie schwebte auf ihn zu und hakte sich bei ihm ein.

»Es ist so weit, mein Kind. Bist du dir sicher?«

»Ich bin mir sicher.«

Und als sie die Kapelle betrat und Trenton vor dem Altar stehen sah, war sie sich in ihrem ganzen Leben noch nie so sicher gewesen. Groß, blond, attraktiv. Jeder sagte, sie würden wie Ken und Barbie aussehen. In ihrer Fantasie malte sie sich die nächsten Jahre aus: ein wunderschönes Heim, flachsblonde Kinder, ein Wochenendhaus, zwei erfolgreiche Karrieren, Kinderschönheitswettbewerbe, ein Chalet, Geburtstagsfeiern, Enkelkinder, eine Yacht. Das alles lag lediglich die Länge dieses Mittelgangs entfernt.

Die Kirche war bis auf den letzten Platz belegt, und alle Gäste hatten sich erhoben und wandten sich ihr erwartungsvoll zu. Beim kleinsten Stolpern konnte sie sich darauf verlassen, dass Dee über den weißen Läufer im Mittelgang herbeistürzen und sie vermutlich damit strangulieren würde, weshalb Angora vorsichtig einen Fuß vor den anderen setzte. In Höhe der letzten Reihe stach ihr etwas Grelloranges ins Auge. Als sie das dazugehörige Gesicht erkannte, musste sie unwillkürlich grinsen. Roxann! Ihre Cousine wedelte leicht mit der Hand zur Begrüßung. Angora wurde ganz warm ums Herz – jetzt konnte Roxann sich mit eigenen Augen davon überzeugen, was sie alles erreicht hatte, was für ein Mann sich für sie entschieden hatte, welches Leben sie führen würde. Gut, es hatte ein wenig länger gedauert, aber ab morgen würde sie die verlorene Zeit wieder hereinholen. Vielleicht würde sich ja später beim Sektempfang die Gelegenheit zu einem Gespräch mit Roxann ergeben, bevor sie und Trenton zu ihrem Nachtflug nach Maui aufbrechen mussten.

Sie schritt weiter den Gang entlang, wobei sie Blickkontakt zu den Bekannten ihrer Eltern, den Mitarbeitern aus dem Museum und den zahlreichen Verwandten väterlicherseits aufnahm. Auch Darma Walker Lowe war da, mittlerweile mit roten Haaren und ganz in Schwarz gekleidet – ein fantastisches Kostüm von Givenchy, aber dennoch eine merkwürdige Wahl für eine Hochzeit am Nachmittag. Zu ihrer großen Erleichterung mied Darma ihren Blick. Angora richtete ihre Aufmerksamkeit wieder auf ihre Bestimmung.

Vor dem Altar teilte sich die rosafarbene Reihe der Brautjungfern von der anthrazitfarbenen ihrer Begleiter wie die Blüten einer gigantischen Blume, um für die Hauptperson Spalier zu stehen. Der Klang der Orgelmusik, die weißen Satintücher über dem Altar, dutzende von brennenden Kerzen – es war beinahe zu viel, um alles aufzunehmen. Heute war *ihr* Tag, das erste Mal in ihrem Leben, dass sie im Mittelpunkt stand, statt wie sonst die zweite Geige neben Dee zu spielen. Auch wenn sie in ihrem restlichen Leben keinen Ruhm mehr erlangen sollte, bliebe ihr stets dieser von Lilienduft erfüllte Tag.

Apropos Dee, sie schien tatsächlich glücklich zu sein. Glücklich und erleichtert zugleich. Als wäre ihre Pflicht erfüllt und als könnte sie ihre Energie nun auf andere Dinge richten, zum Beispiel auf die Umgestaltung von Angoras ehemaligem Zimmer.

Zuletzt richtete Angora ihre Aufmerksamkeit auf ihren geliebten Trenton. Auf den lieben, süßen, gut aussehenden

Trenton, der sich von all den noch zur Disposition stehenden Schönheiten in Baton Rouge sie herausgepickt hatte. Gleich würde er *ihr* eine Liebeserklärung vor den Augen dieser beeindruckenden Menschenansammlung machen. Er würde geloben, *sie* zu ehren, bis dass der Tod sie scheide. Beim Blick in seine strahlenden blauen Augen platzte sie fast vor Stolz.

Der Priester war ein älterer Mann mit einer sonoren Stimme. Beide Elternpaare hatten auf einer vollständigen Messe bestanden, weshalb die Zeremonie zu einem Kraftakt aus Sich-Verbeugen, Hinknien und Sich-wieder-Aufrichten wurde. Jedes Mal, wenn Angora sich vorher ihre Hochzeit ausgemalt hatte, war sie in ihrer Vorstellung von jedem einzelnen priesterlichen Wort gefesselt gewesen und hatte die jeweilige Bedeutung regelrecht in sich aufgesogen, bis sie sie verinnerlicht hatte. Aber jetzt waren ihre Sinne derart überreizt, dass die Worte nur an ihr vorbeiflogen. Bevor Angora es realisiert hatte, hatte sie bereits: »Ja, ich will« gesagt. Jetzt wandte sich der Priester Trenton zu. Vor freudiger Erwartung kribbelte ihre Haut.

»Ich ... kann nicht.«

Geschlagene zehn Sekunden lang war sie nicht fähig, Trentons Antwort zu begreifen. Hinter ihnen lachte jemand schallend in das fassungslose Schweigen hinein. »Wie bitte?«, sagte der Priester und bog mit der Hand eine seiner riesigen Ohrmuscheln nach vorn.

Trenton hob die Schultern. »Es tut mir Leid, Angora, aber ich kann damit nicht weitermachen.«

Ihr Kiefer klappte herunter, und ihre Lippen bewegten sich, ohne dass sie einen Ton hervorbrachte. Sie war wie gelähmt. Unter den Gästen hob ein Gemurmel an, ähnlich dem Gesumm eines Bienenschwarms.

Dann hörte man Dees bestes falsches Lachen. »Liebe

Gäste, hier handelt es sich sicherlich nur um ein kleines Missverständnis. Schließlich stehen die Kinder unter enormem Stress.« Ohne sich umzudrehen, wusste Angora auch so, dass ihre Mutter aufgesprungen war, um die Gemüter zu beruhigen.

»Ja«, meinte der Priester, der offenbar seine Fassung wiedergefunden hatte. »Eine kurze Unterbrechung kann vielleicht nicht schaden.«

Angora begann am ganzen Körper zu zittern. Der wichtigste Tag in ihrem Leben sollte ihr total versaut werden, bloß weil Trenton aus heiterem Himmel kalte Füße bekam? »Warum tust du mir das an?«, brachte sie piepsend an ihn gewandt hervor.

»Weil ich eine andere liebe.«

Sie schluckte. *Oh Gott.* »Wen?«

»Das spielt doch keine Rolle.«

»Wen?«

Er seufzte auf. »Darma. Als sie die Kirche betreten hat, war mir klar, dass ich dich nicht heiraten kann, Angora.«

Obwohl Angora vielleicht nicht gerade mit Intelligenz gesegnet war, ganz dumm war sie auch nicht. »Trenton, Darma ist bereits verheiratet.«

Er schüttelte den Kopf. »Ihr Mann ist vor zwei Wochen gestorben. Er hat sich mit einem Skalpell verletzt, und die Wunde hat sich entzündet.«

Deswegen das schwarze Kleid. Verflucht, das Schicksal spielte ihr wirklich übel mit. »Was sagst du da, Trenton?«

»Die Hochzeit ist vorüber«, verkündete er laut genug, dass es die anderen ebenfalls hören konnten. Um sie herum wurde es schlagartig still. »Aber es steht dir frei, den Ring zu verpfänden.«

5 **Dank** der Mikrofone, die rings um den Altar herum installiert waren, vernahm Roxann die Erklärung des Bräutigams genauso deutlich wie Angora. *Es steht dir frei, den Ring zu verpfänden?* Es war dringend nötig, dass jemand die Auffassung dieses Typen von einer Ehe mal geraderückte.

In ihr regte sich der alte Beschützerinstinkt. Obwohl Angora in einem goldenen Käfig groß geworden war – oder vielleicht gerade deswegen –, hatte sie das Herz am rechten Fleck. Während der Fahrt nach Baton Rouge hatte Roxann abwechselnd den Rückspiegel im Auge behalten und darüber nachgedacht, wie sehr ihre Cousine sich wohl in den vergangenen zehn Jahren verändert haben mochte. Doch kaum hatte Angora mit ihrem Aufsehen erregenden Diadem und ihren hektischen Flecken im Gesicht die Kirche betreten, war Roxann klar gewesen, dass sie nach wie vor unter der Fuchtel der herrischen Dee stand. Und Roxanns Hoffnung, dass Angora einen netten, einfühlsamen und zuvorkommenden Mann heiraten würde, hatte sich mittlerweile, wie es schien, zerschlagen.

Die Hochzeitsgäste standen immer noch wie festgewachsen da. Es schien, als würden sie darauf warten, dass ihnen jemand sagte, wie man sich in solch einem Fall verhalten solle. *Lauf los,* flehte sie ihre Cousine innerlich an. *Schnell raus hier, bevor die Geier sich auf dich stürzen.*

Aber Angora war wie zur Salzsäule erstarrt, den rosafarbenen Mund leicht offen. Mit der bösen Vorahnung, dass das Pandämonium gleich losbrechen würde, drängte Roxann aus der Kirchenbank heraus, nicht ohne eine ganze Reihe teure Schuhe in Mitleidenschaft zu ziehen. Dann stürzte sie den Mittelgang nach vorn und packte Angora an der Hand, die sich kalt und leblos anfühlte und bis zu den Fingern merkwürdig orange verfärbt war.

»Angora? Ich bin es, Roxann.«

Ihre Cousine drehte sich zu ihr um, die Augen blind vor Tränen, und Roxann bezweifelte, dass sie sie überhaupt erkannte.

»Komm, ich bring dich hier raus.«

Angora nickte apathisch.

»He Sie, wer sind Sie denn überhaupt?«, hatte der Exbräutigam die Nerven zu fragen.

»Das schwarze Schaf der Familie«, entgegnete Roxann. Unwillkürlich kam ihr der Gedanke – wie unfair er auch sein mochte –, den schönen Dr. Trenton das ganze Ausmaß ihrer angestauten Enttäuschung und Wut auf die Männer spüren zu lassen. »Die Freude ist ganz meinerseits«, sagte sie, ballte die Faust und schlug ihm direkt auf die Nase. Wie eine Aufziehpuppe taumelte er rückwärts, während das Blut hervorspritzte, und stürzte. Augenblicklich herrschte Aufruhr unter den Hochzeitsgästen, die jetzt allesamt aufsprangen, um besser sehen zu können.

Roxann schüttelte ihre schmerzende Hand, während sie Angora vorwärts schubste. »Komm schon.«

»Einen Augenblick, bitte«, kreischte eine Stimme, die sie eindeutig als die ihrer Tante erkannte. »Was hast du eigentlich vor?«

Roxann drehte sich zu ihr, und der Anblick ihrer Tante

versetzte ihr einen Stich in der Magengegend. »Hallo Dixie, immer locker bleiben. So wie dein Kinn.«

Dees Gesichtszüge wurden zu Eis, während das fuchsiafarbene Ungetüm auf ihrem Kopf hin und her wackelte. »Was hast du hier zu suchen?«

»Ich rette gerade Angora.«

»Lass sie sofort los, du ... du ... du ... Lesbe.«

Um sie herum wurde kollektiv nach Luft geschnappt. Verwundert zog Roxann eine Augenbraue hoch. »Lesbe? Hast du eben *Lesbe* gesagt?«

Zögernd machte Dee einen Schritt rückwärts. »J-ja.«

»Hast du unter deinem Sombrero so was wie einen Melder, der bei Homosexuellen anschlägt?«

Ihre Tante bog die Schulter zurück, das Gesicht hochrot verfärbt. »Raus hier!«

Roxann salutierte. »Mit Freuden.« Angora stand neben ihr, mit starrem Blick, während ihr Strauß an einem Elastikband von ihrem Handgelenk herabbaumelte. Roxann stieß einen Seufzer aus, um dann die grotesk lange Schleppe zusammenzuraffen, sie sich über die Schulter zu werfen und schließlich Angora in Richtung Ausgang zu treiben.

Draußen sah die Lage noch weniger verheißungsvoll aus als in der Kirche. Über ihnen braute sich ein Gewitter zusammen, und Donner grollte, der sogar Dees Gekreische hinter ihnen übertönte.

Obwohl Roxann Angora zur Eile antrieb, hatten sie den Parkplatz gerade erst zur Hälfte überquert, als auch schon die ersten Blitze zuckten und der Himmel seine Schleusen öffnete. Der Platzregen brachte wenigstens wieder Leben in Angora – ein kleiner Schubs genügte, und sie landete auf Goldies Beifahrersitz. Die Schleppe hingegen war da schon eher ein Problem.

Als Roxann es schließlich schaffte, die Tür zuzuschlagen, hing immer noch gut ein halber Meter mit Perlen und Pailletten besetzter Stoff heraus, doch es war nicht zu ändern. Roxann rannte um den Wagen herum und warf sich auf den Fahrersitz, schlug wie immer zweimal die Tür zu, bevor sie einschnappte, und stieß einen Seufzer der Erleichterung aus. Ihre Kleidung klebte förmlich an ihrem Körper. Sie warf einen Blick zu Angora hinüber, die zusammengesunken in ihrem Sitz saß, und konnte das Lachen, das in ihrer Kehle angeschwollen war, nicht mehr länger unterdrücken.

Daraufhin drehte Angora den Kopf zu ihr. »Was gibt es denn da zu lachen?«

»Du siehst aus wie ein begossener Pudel.«

»Vielen Dank auch.«

»Hey, das war bloß ein Scherz.«

Angoras Unterlippe zitterte. »Das ist der schlimmste Tag in meinem ganzen Leben.«

Durch ihren Umgang mit traumatisierten Frauen hatte Roxann gelernt, dass es besser war, offen zu reden. »Du bist soeben davor bewahrt worden, einen Idioten zu heiraten. Ich würde vielmehr sagen, dass dies der glücklichste Tag in deinem Leben ist.«

»Wahrscheinlich hast du Recht.« Angora schniefte. »Danke, dass du ihm eine verpasst hast.«

»Keine Ursache.« Überflüssig zu erwähnen, dass sie den Kerl sowohl zu ihrer eigenen Genugtuung als auch aus Rache für Angora umgehauen hatte. »Wer ist eigentlich diese Darma?«

»Seine Exfreundin. Sie hat ihm damals den Laufpass gegeben und einen anderen geheiratet.«

»Diesen Typen mit dem Skalpell?«

Angora nickte, wobei sie erneut schniefte.

»Und warum zum Geier hast du seine Exfreundin zur Hochzeit eingeladen?«

»Das war Mutters Idee.«

»Aha, das sieht ihr mal wieder ähnlich.«

Angora ließ den Kopf zurücksinken, und eine dicke Träne lief über ihre regennasse Wange. Ihre Haare hingen in nassen Zotteln herab. Ihr Gesicht war mit Wimperntusche und Lidschatten verschmiert und fleckig. Das Brautkleid war völlig ruiniert.

Roxann richtete den Blick nach oben. »Was ist eigentlich mit der Krone?«

Angora griff nach oben und brach erneut in Tränen aus. »Mein Miss-Northwestern-Baton-Rouge-Diadem.«

Natürlich, ein Diadem, keine Krone.

»Ich bin völlig am Ende«, schluchzte Angora. »Was soll ich denn jetzt machen?«

Roxann angelte eine Packung Papiertaschentücher aus der Ablage und gab sie ihr. »Ich vermute mal, dass du nichts zum Wechseln dabeihast, oder?«

An die Kopfstütze gelehnt, schüttelte Angora den Kopf und schnäuzte sich. »Meine ganze Aussteuer ist zu Hause.«

»Und wie komme ich da hin?«

»Ich ... wohne immer noch bei Mom und Dad. Und da kann ich unmöglich wieder hin.«

»Und wohin willst du dann?«

Da Angora ziemlich lange stumm blieb, wiederholte Roxann die Frage.

»Keine Ahnung ... i-irgendwohin, wo D-Dee mich nicht f-findet.« Vor Kälte klapperte sie mit den Zähnen.

Roxann stellte die Klimaanlage an, was bei Goldie denselben Effekt hatte, als würde sie die Heizung aufdrehen. »Wir könnten zu meinem Dad. Dort wärst du vor deiner Mutter bestimmt sicher.«

»Und O-Onkel W-Walt wird nichts dagegen haben?«

»Wahrscheinlich ist er gar nicht da.«

»Er weiß nicht, dass du hier bist?«

Roxann wand sich. »Ähm, n-nein, aber ich wollte sowieso nach der Hochzeit bei ihm vorbeischauen.« Jetzt war sie diejenige, die stotterte.

Lethargisch hob Angora die Schultern. »Von mir aus, solange ich nur ein paar Stunden vor D-Dee Ruhe habe. Vielleicht fällt dir ja etwas ein, wie es jetzt mit mir w-weitergehen soll.« Angora zog den fleckigen Sicherheitsgurt über ihr durchnässtes Kleid und ließ die Schnalle einrasten. Nach einem gewaltigen Schniefen seufzte sie auf. »Dann lass uns f-fahren.«

Roxann musterte ihre triefende Cousine mit Erstaunen – Angora hatte nach wie vor ein Talent dafür, Roxann in ihre melodramatischen Schwierigkeiten mit hineinzuziehen. Gestern noch hatte sie einen Polizisten an ihren Fersen kleben gehabt, war Opfer eines Einbruchs und Ziel einer subtilen Drohung gewesen. Und dennoch hatte sich ihre potenziell lebensbedrohliche Situation nun noch dadurch verschärft, dass Angoras Hochzeit geplatzt war.

»Habe ich eigentlich schon erwähnt, dass es schön ist, dich zu sehen?«, meinte sie sarkastisch.

Zum ersten Mal zeigte Angora ein klägliches Lächeln, und Roxann war sich sicher, dass ihre Cousine sich wieder fangen würde. Früher oder später.

6

Bis sie den Stadtteil erreichten, in dem Roxann aufgewachsen war, hatte Angora sich in den Schlaf geweint. Roxann war darüber froh, einerseits, weil Angora Schlaf bitter nötig hatte, andererseits, weil sie ihre ehemalige Wohngegend allein erkunden wollte.

Inzwischen war der Wolkenbruch in einen lästigen Nieselregen übergegangen. Lediglich der Scheibenwischer auf der Fahrerseite funktionierte und ermöglichte alle paar Sekunden einen freien Blick auf die Straße. Die ganzen Häuser, die Straßen von früher – alles wirkte kleiner und noch trostloser, falls das überhaupt möglich war. River Hills war eine Nachkriegssiedlung, aus der die Bauherren abgerückt waren, nachdem in den späten Sechzigern am Rande der Siedlung ein Kernkraftwerk errichtet worden war. Kurz danach waren die Grundstückspreise in den Keller gerutscht, und zahlreiche Bewohner waren in Richtung Stadt geflüchtet.

Walt und Ava Beadleman waren damals geblieben, um ihre Solidarität gegenüber dem Arbeitgeber ihres Vaters, RTC Electric, zu demonstrieren, sodass Roxann den rapiden Verfall der Gegend aus nächster Nähe mitverfolgt hatte. Zuerst waren Eigentumshäuser zur Pacht ausgeschrieben worden, dann hatten immer mehr Häuser leer gestanden, und das Baseballstadion war zum Umschlagplatz für Drogen verkommen. Durch staatliche Wohnprogramme waren

Minderjährige aus zerrütteten Familien hierher umgesiedelt worden, die mit ihrer Freizeit nichts anzufangen wussten. Nicht lange, und ganz River Hills war mit Graffiti verschandelt. Zudem hatte sie ihre eigene Theorie über die späteren Auswirkungen des Kraftwerks auf die Gesundheit der Bewohner – sowohl körperlich als auch anderweitig.

Die Unzufriedenheit ihrer Mutter mit ihrer Wohnsituation war der Anfang vom Ende der Ehe ihrer Eltern gewesen. Ihr Vater dagegen hasste Veränderungen und hatte sich geweigert, seinen Freundeskreis und seinen Lieblingsangelplatz aufzugeben. Jener Tag, als Roxann von der Highschool nach Hause gekommen war und ihre Mutter sie zum ersten Mal nicht an der Haustür erwartet hatte, war ihr noch deutlich in Erinnerung. Sie hatte sich in die Hollywoodschaukel auf der vorderen Veranda gesetzt und voller Angst gewartet, bis ihre Mutter gekommen war, mit rotem Kopf und schlechtem Gewissen. Roxann hatte ihr versprechen müssen, ihrem Vater nichts davon zu erzählen.

Danach war ihre Mutter immer häufiger weggeblieben und hatte Roxann schließlich einen eigenen Hausschlüssel gegeben. Ein blauer Wagen hatte ihre Mutter immer rechtzeitig zu Hause abgesetzt, damit sie das Abendessen zubereiten konnte, bevor ihr Vater von der Arbeit kam. Dennoch war es lediglich eine Frage der Zeit, bis Walt dahinter kam, dass seine Frau sich mit einem anderen Mann traf. Als er eines Tages seinen Arbeitsoverall zerrissen hatte und nach Hause gefahren war, um sich umzuziehen, hatte er Roxann alleine vorgefunden. Er hatte gewartet, bis der Mann ihre Mutter vor dem Haus absetzte, dann hatte er einen Pflasterstein von der Vordertreppe durch die hintere Scheibe des blauen Wagens geworfen, als dieser davonraste, und ihrer Mutter hinterher den Laufpass gegeben.

Die darauf folgenden, quälenden Monate hatte sie nur verschwommen in Erinnerung, mit Ausnahme einiger Telefonate, die sie zufällig mitgehört hatte. Die hässlichen Dinge, die ihr Vater ihrer Mutter an den Kopf geworfen hatte, saßen nach wie vor wie ein Stachel in ihr. Nach der Verhandlung um das Sorgerecht hatte sie ihre Mutter nur noch selten zu Gesicht bekommen. Ihr Vater hatte eine Frau aus der Nachbarschaft dafür bezahlt, dass sie sich um den Haushalt kümmerte, aber Mrs. Holt war eine mürrische Person, die nicht gestört werden wollte, wenn sie vor dem Fernseher saß.

In ihrem Innern schlugen die Emotionen hoch, während sie das Tempo drosselte, um in die Straße einzubiegen, in der ihr Vater nach wie vor wohnte. Braeburn Way klang viel zu freundlich für diese zugewucherte, heruntergekommene Straße. Als sie in die Einfahrt ihres Vaters bog, übermannte sie die Traurigkeit. Der blassgrüne Bungalow wirkte verfallen und in sich zusammengesunken, der Dachvorsprung war abgesackt, und die Schindelhauswand hatte dringend einen frischen Anstrich nötig. Der Vorgarten war ein einziges Gestrüpp aus Efeu und Unkraut, in dem die abgebrochenen Äste eines wilden Apfelbaums lagen, der seit Jahren keine Früchte mehr trug.

Da die Kieseinfahrt und der überdachte Abstellplatz leer waren, nahm sie an, dass ihr Vater entweder beim Angeln oder beim Saufen war. Oder vielleicht auch beides zusammen. Sie parkte auf dem Abstellplatz, damit sie das Haus betreten konnten, ohne noch nasser zu werden. Als Roxann den Motor ausmachte, schlug ihre Cousine die Augen auf.

»Wir sind da«, verkündete Roxann.

Stöhnend begann Angora sich zu rühren und hob den Kopf, um nach draußen zu blinzeln. »Wo sind wir?«

»Bei meinem Dad, schon vergessen?«

Schlagartig zuckte ihre Cousine zusammen. »Ach ja.« Die Krone saß bedenklich schief auf Angoras Kopf.

»Komm schon, Prinzesschen, wir verpassen dir jetzt was Trockenes zum Anziehen.«

Daraufhin schwang sie sich aus dem Wagen und ging zur Beifahrerseite, um Angora herauszuhelfen.

Angora stieß einen Schrei aus, als sie den Teil der Schleppe sah, der die letzten zwanzig Meilen außerhalb des Wagens mitgeschleift worden war. »Die ist ja völlig ruiniert.«

»Hast du etwa vorgehabt, das Kleid noch mal zu tragen?«, bemerkte Roxann trocken.

»Das nicht, aber ...« Erneut brach Angora in Tränen aus und ließ sich gegen Roxann fallen, die sie zum Nebeneingang bugsierte.

Der Schlüssel an Roxanns Anhänger passte nach wie vor, wie sie erwartet hatte. Sie führte Angora in die muffige Küche und schaltete das Licht an, bevor sie sie auf den einzigen Stuhl drückte, auf dem sich keine Zeitungsstapel türmten. In der Luft hing ein fischiger Geruch, und Staubmotten schwirrten träge umher, nachdem sie durch das Licht aufgeschreckt worden waren. Der alte braune Linoleumboden knarrte und knarzte unter ihren Sohlen.

Ein Kruzifix hing an der Wand neben dem Küchentisch. Ein stummes Zeugnis der strengen Gläubigkeit, der sich Walt Beadleman nach der Scheidung verschrieben hatte. Bei jeder Gelegenheit, speziell jedoch unter Alkoholeinfluss, hielt ihr Vater Predigten über die Tugenden der Keuschheit und Redlichkeit. Man brauche sich bloß anzuschauen, was ihre Mutter mit ihrer Unaufrichtigkeit der Familie angetan habe, schimpfte er dann immer, und dass ihr Verhalten zu ihrem vorzeitigen Tod geführt habe. Wie heißt es schon in der Bibel: *[...] und alle Lügner – ihr Los wird der See von brennendem Schwefel sein.*

ICH HABE DEINE NUMMER, DU HEUCHLERIN.

Roxann schüttelte sich und sah sich in dem überfüllten Raum um, wobei sich ihr Herz angesichts des Durcheinanders und der Verwahrlosung zusammenzog. Wie früher stieg wieder die Scham in ihr hoch. Schlimm genug, wenn die anderen Kinder damals wussten, dass sie in River Hills wohnte. Aber ihr Vater nahm es nicht so genau mit der Ordnung, sodass es ihr früher immer peinlich gewesen war, Freunde mit nach Hause zu bringen. Angora war niemals hier gewesen – Gott allein wusste, was sie im Augenblick denken mochte.

»Ich hole eben meine Tasche, damit wir uns umziehen können.« Roxann trabte nach draußen, und nach zwei Versuchen schwang die Wagentür unter Ächzen endlich auf.

»Wer ist da?«, rief eine ältere Stimme.

Sie sah über das Wagendach und erspähte den Nachbarn ihres Vaters, der in der mit Unkraut überwucherten Einfahrt stand und den Hals reckte.

»Ich bin es, Mr. Sherwood. Roxann Beadleman.«

In dem Gesicht des Mannes breitete sich ein Lächeln aus. »Roxann! Schön, dich zu sehen, mein Kind.«

»Ganz meinerseits, Mr. Sherwood. Wissen Sie vielleicht, wo mein Vater ist?«

Er nickte. »Er ist mit Archie Cann zu einem Angelturnier nach Gramercy gefahren. Wird vermutlich das ganze Wochenende weg sein.«

»Ich hätte vorher anrufen sollen«, bemerkte sie mit gemischten Gefühlen. Obwohl sie sich verpflichtet fühlte, ihren Vater hin und wieder zu besuchen, verliefen diese Treffen nie wirklich erfreulich. Und mit Angora im Schlepptau wäre die Verlegenheit wohl doppelt so groß gewesen.

»Hast du vor, länger zu bleiben?«

»Ich weiß noch nicht«, sagte sie ausweichend. »Wenn ich vorher wegmuss, werde ich Dad eine Nachricht hinterlassen.«

»Bestimmt wird es ihm Leid tun, dass er dich verpasst hat.«

Sie rang sich ein Lächeln ab, während sie den prall gefüllten Matchbeutel aus dem Wagen wuchtete. »Danke, Mr. Sherwood. Geben Sie auf sich Acht.«

Sie schob die Wagentür wieder zu und winkte zum Abschied, bevor sie wieder in das Haus ging. Angora stand an der Spüle, in der sich schmutziges Geschirr stapelte, und ließ gerade Wasser in eine verbeulte Teekanne laufen. »Ich dachte, wir könnten einen Tee vertragen«, bemerkte sie in bravem Ton.

Der Anblick einer Braut in voller Montur, die in der schäbigen Küche ihres Vaters gerade Tee aufsetzte, war beinahe unfassbar. Obwohl Roxann eher nach einem Bier zu Mute war und ihr Vater ihres Wissens nach sicherlich keinen einzigen Teebeutel im Haus hatte, entgegnete sie: »Klingt gut.« Sie deutete mit dem Kopf auf ihre Tasche. »Da drin sind trockene Sachen zum Anziehen.«

»Du wirst mir helfen müssen, aus diesem Kleid herauszukommen.« Als Nächstes jagte Angora Roxann eine Heidenangst ein, als sie versuchte, den altersschwachen Gasherd anzuzünden, und die Stichflamme die Pailletten auf Angoras Oberteil schmelzen ließ. Auch Roxanns Augenbrauen fühlten sich versengt an.

»Lass uns mal in mein altes Zimmer gehen«, drängte sie und ging durch die Küche in das heruntergekommene Wohnzimmer. Sämtliche Ablagen waren mit Büchern und Zeitschriften überfüllt. Sogar der Fußboden lag voll. Der verblichene Teppichboden war ausgetreten, und der vertraute Fernsehschrank, der viel zu viel Platz beanspruchte, war vor das Fenster gequetscht. In der Mitte der Decke verbreitete eine nackte Glühlampe ein grelles Licht, das die Zimmerecken aber nicht erreichte. Es war mehr oder weniger alles beim Alten geblieben.

Roxanns Aufmerksamkeit konzentrierte sich plötzlich auf ihr Diplom, das über der Couch hing wie ein preisgekröntes Kunstwerk. Gedruckt auf Büttenpapier in Irischgrün und eingerahmt in mattes Kirschholz, wirkte es an der abblätternden Tapete völlig fehl am Platz. Ihr Collegeabschluss war die einzige Leistung in ihrem Leben, die ihren Vater mit Stolz erfüllt hatte, doch dieses wertvolle Blatt Papier hatte die Kluft zwischen ihnen nur noch vergrößert, nachdem sie »ihre Ausbildung weggeworfen hatte«, um bei *Rescue* einzusteigen. Ihr Vater hatte sich nämlich regelrecht darauf versteift, dass sie die juristische Fakultät besuchen sollte.

»Alles in Ordnung mit dir?«, fragte Angora unvermittelt.

»Klar doch.« Roxann setzte sich wieder in Bewegung und bahnte sich einen Weg durch das Wohnzimmer. »Du musst entschuldigen – Dad haust wie ein Schwein.«

»Er ist eben einsam, so ganz ohne Frau.«

Schon immer war ihre Cousine sehr nachsichtig mit ihrem Vater gewesen. Vermutlich, weil sie ihn nur einmal im Jahr bei Dees Weihnachtsbrimborium zu sehen bekam, und dann auch noch in Höchstform.

»Wann warst du das letzte Mal zu Hause?«, wollte Angora wissen.

»Ach, weißt du, Dad und ich verstehen uns am Telefon am besten.« Ehrlich gesagt konnte sie sich nicht mehr genau daran erinnern.

Sie ging durch einen schmalen Gang voran und öffnete die Tür zu dem Zimmer, das früher einmal ihres gewesen war. Ungläubig kniff sie die Augen zusammen. Das Zimmer hatte sich nicht verändert, seit sie das letzte Mal darin geschlafen hatte. Obwohl die gelbe Steppdecke ausgeblichen war, war das Bett ordentlich gemacht, und am oberen Ende lagen zwei Kissen aus Jeansstoff, die sie selbst während ihrer Studienzeit genäht hatte. Der Raum war eng und niedrig und gerade groß genug für ein Bett, einen Schreibtisch und einen Polsterstuhl. Vor dem Bett lag ein kleiner grüner Fransenteppich. Früher war sie aus dem Bett immer direkt auf diesen Läufer und dann mit einem Satz auf den filzigen Badevorleger gesprungen, um nicht auf die kalten Holzdielen treten zu müssen.

Tritt auf einen Spleiß, und deiner Mutter bricht der Steiß. Damals war es ein wahres Kunststück gewesen, die vielen Splitter zu vermeiden.

Oberhalb der dunklen Holzvertäfelung hatte sie Pinnwände aus Kork angebracht, an denen nach wie vor einzelne, inzwischen gewellte, vergilbte Zeitungsausschnitte sowie Schnappschüsse von ehemaligen Schulkameraden hingen, die schon lange in Vergessenheit geraten waren. Auf dem Kopfbrett des Bettes war ihr großformatiges Porträt von der Abschlussfeier an der Highschool in einem altmodischen Rahmen befestigt. Sie wirkte darauf sehr ernst. Roxann warf einen kurzen Blick auf Angora – der spartanische, kleine Raum war das krasse Gegenteil zu dem Schlafzimmer ihrer Cousine, das mit allem ausgestattet war, was das Herz begehrte, darunter ein begehbarer Kleiderschrank und ein separater Salon mit Telefon und Fernseher.

»Sieht aus, als hätte dein Dad die Hoffnung nicht aufgegeben, dass du wieder hier einziehst«, lautete Angoras einziger Kommentar.

»Klar doch, in meinem Alter?« Da war es schon herausgerutscht, zu spät fiel ihr die Wohnsituation ihrer Cousine ein. »Oh – tut mir Leid. Bestimmt hast du deine Gründe, weshalb du noch zu Hause wohnst.«

»Nicht wirklich. Wo wohnst du eigentlich?«

»In Biloxi. Jedenfalls zurzeit.«

»Oh.« Angora schlüpfte aus ihren Schuhen, wodurch sie gut acht Zentimeter kleiner wurde und jetzt etwa noch ein Meter achtundsechzig maß. Sie waren gleich groß. »Wenn ich mich nicht sofort aus diesem Kleid schäle, sterbe ich.«

Kein Wunder – sie sah aus, als wäre sie in das Kleid gegossen worden, und durch die Feuchtigkeit war es bestimmt noch enger geworden. Während Roxann an dem Reißverschluss nestelte, musste sie daran denken, dass Angora stets einen Kampf um ihre Figur geführt hatte, mit Dees Atem im Nacken während jeder Mahlzeit. Als der Reißverschluss endlich nachgab, stöhnte ihre Cousine vor Erleichterung auf. Sie schälte die nasse Seide von ihren Schultern und stieg aus dem Kleid. Darunter kam eine Art Mieder zum Vorschein, das von den Achselhöhlen bis zu den Knien reichte und dessen bloßer Anblick schon Schmerzen verursachte.

»Das Badezimmer ist dort drüben«, sagte Roxann und zeigte mit dem Finger in die entsprechende Richtung. Dann ließ sie sich auf das untere Ende ihres Bettes sinken, was die altersschwache Federung mit einem unwilligen Quietschen quittierte. »Aber es gibt bloß eine Wanne, keine Dusche.«

»Egal, ein Bad wäre jetzt himmlisch.«

Obwohl sie im Moment ebenfalls gern gebadet hätte, ließ sie Angora den Vortritt. Schließlich hatte die Arme einen ziemlich schlimmen Tag hinter sich.

Angora öffnete die Tür zum Bad und blieb wie angewurzelt stehen. Vom Bett aus konnte Roxann gut beobachten, wie sich die Augen ihrer Cousine weiteten, als sie in dem trüben Spiegel an der gegenüberliegenden Wand ihre völlig verwüstete Frisur und ihr verschmiertes Make-up erblickte. Angoras Kinn begann zu zittern. Vorsichtig nahm sie das Diadem von ihrem Kopf und legte es auf das grüne Waschbecken, um anschließend die verbliebenen Nadeln aus ihren nassen Haaren zu entfernen. Der Blick in ihren Augen machte Roxann Angst – war das Hass?

»Lass mich das mit der Wanne machen«, bot sie an und schlüpfte an Angora vorbei ins Bad. »Ich meine nämlich, dass man mit dem Stöpsel etwas herumhantieren muss.«

Die alte Emaillewanne war zwar verstaubt, aber ansonsten noch in Ordnung. Sie drehte das Wasser auf, das die ersten paar Sekunden rostig herausfloss, und fuhr dann mit der Hand innen über die Wannenbeschichtung. Der Gummistöpsel ließ sich problemlos einstecken, und fast sofort kam heißes Wasser. Sie sah im Arzneischränkchen nach und entdeckte ein paar Kugeln mit Badegel, die eindeutig schon älter waren und zusammenklebten. Nachdem sie eine Hand voll davon in die Wanne hatte plumpsen lassen, wandte sie sich lächelnd wieder Angora zu, die nach wie vor ihr Spiegelbild anstarrte.

»So, jetzt kannst du rein«, meinte sie fröhlich.

Angoras Schultern begannen zu beben, ihr Gesicht verzog sich, und sie stieß ein derart klägliches Geheul aus, dass Roxann sicher war, Mr. Sherwood würde unverzüglich an sein Fenster stürzen. Roxann fing Angora auf, bevor sie auf den Boden fallen konnte. »Jetzt ziehst du erst einmal diesen Taucheranzug aus, damit du dich entspannen kannst.« Es erforderte Roxanns ganze Kraft, Angora das Mieder abzustreifen und sie dabei gleichzeitig zu stützen, doch es gelang ihr schließlich.

Gleich darauf sprangen Angoras Brüste und Hüften

förmlich in ihre normalen, recht üppigen Proportionen zurück. Das Mieder, in der Originalform eher in Puppengröße, hatte üble Abdrücke auf ihrer Haut hinterlassen.

»Bist du aus dem zweiten Stock gesprungen, um in dieses Ding hineinzukommen?«

»Es war die Sache wert – so konnte ich das Kleid zwei Nummern kleiner kaufen.«

Roxann warf einen Blick zurück auf den Berg aus schmutziger Seide, der auf dem Boden in ihrem Schlafzimmer lag, verkniff sich jedoch eine Bemerkung. Sie half Angora in die Wanne und drehte sich um, als sie den Teekessel pfeifen hörte. »Ich kümmer mich darum – ruf mich, wenn du mich brauchst.«

Angora nickte kläglich und ließ sich in die Wanne sinken.

Roxann seufzte und marschierte in die Küche zurück, um den Herd auszuschalten. Auf der Suche nach Tee machte sie ein paar Schränke auf, fand jedoch nichts außer Dosenravioli und Chili. Ihr Herz krampfte sich zusammen – offenbar vernachlässigte ihr Vater nicht nur den Haushalt, sondern auch sich selbst. Und auch sie vernachlässigte ihn.

Sie schnappte sich eine Packung Mülltüten und ging die Schränke durch, wobei sie alles herauszog, was verdorben aussah oder merkwürdig roch. Dann goss sie das heiße Wasser aus dem Kessel in das Becken, spülte das Geschirr und wischte bei der Gelegenheit noch kurz die Oberflächen in der Küche ab. Im Wohnzimmer räumte sie so viel Krempel wie möglich weg und ging anschließend mit dem alten Staubsauger durch, wobei sie sich insbesondere die Krümel und Flecken um den Sessel ihres Vaters vornahm.

Danach schaute sie wieder nach Angora, die, wie sie bereits vermutet hatte, fest eingeschlafen war – und dabei wie ein Bär schnarchte. Eine Nebenwirkung der Nasenkorrektur, hatte Angora damals steif und fest behauptet, als Roxann sich während ihrer gemeinsamen Collegezeit darüber beschwert hatte. Roxann seufzte. Vermutlich hatte Angora sich heute Morgen beim Aufstehen nicht vorgestellt, später am Tag in einer alten Wanne in einem heruntergekommenen Viertel zu liegen. Armes kleines reiches Mädchen.

Roxann ging zurück in den Gang und warf einen Blick in das Schlafzimmer ihres Vaters. Sie wollte zwar nicht in die Privatsphäre ihres Vaters eindringen, aber genauso wenig wollte sie, dass er im Dreck lebte. Die Tür stand einen Spalt offen, sodass sie den Kopf hindurchsteckte und erfreut feststellte, dass sein Bett einigermaßen ordentlich gemacht war. Auf einem Stuhl mit durchgehender Rückenlehne stapelten sich Kleider, aber sie waren offenbar frisch gewaschen und gebügelt. Roxann hob lediglich ein paar Handtücher vom Boden seines Badezimmers auf und befestigte den Duschvorhang richtig. Doch gerade als sie das Zimmer wieder verlassen wollte, blieb sie unvermittelt stehen, und das Herz schlug ihr bis zum Hals.

7 **Auf** dem Nachttisch ihres Vaters stand ein Farbfoto von ihrer Mutter in einem Silberrahmen. Roxann erinnerte sich an das Bild, weil ihre Mutter darauf so bezaubernd aussah mit ihrer toupierten Außenrolle und dem schulterfreien Kleid. Früher war das Foto auf dem Kaminsims aufgestellt gewesen, war aber dann irgendwann nach der Scheidung entfernt worden, zusammen mit den anderen Aufnahmen von ihrer Mutter.

»Wo sind die ganzen Fotos von Mommy?«, hatte sie damals gefragt.

»Weg«, hatte er alles andere als freundlich erwidert.

»Ich möchte bei ihr wohnen.«

»Tja, das kannst du vergessen. Hol mir mal ein Bier.«

Als ihre Mutter vier Jahre später bei einem Autounfall ums Leben gekommen war, wünschte sie sich nichts sehnlicher als ein Foto von ihr, konnte jedoch lediglich auf die Bilder in ihrer Erinnerung zurückgreifen. Bald wurden die Eindrücke von den raren Besuchen ihrer Mutter allerdings von dem Bild ihrer Mutter im Sarg verdrängt. In den letzten paar Jahren hatte sich Roxann das Gesicht ihrer Mutter überhaupt nicht mehr in Erinnerung rufen können. Aus diesem Grund war der Anblick des Fotos jetzt ein bittersüßes Geschenk. Ihre Mutter war eine sehr schöne Frau gewesen, mit vollen Lippen und ausdrucksstarken Augen. Mühsam kämpfte sie gegen die Tränen an, wie immer konsterniert über das unverständliche Verhalten ihres Vaters. Wann hatte er ihrer Mutter verziehen, sodass er ihr Foto wieder aus seinem Versteck hervorgeholt hatte?

»Roxann?«, rief Angora in diesem Moment.

Sie stellte das Bild wieder an seinen Platz, fuhr sich über die Augen und ging zurück ins Bad. Angora lag nach wie vor in der Wanne. »Würdest du mir beim Haarewaschen helfen?«

Obwohl Roxann unzählige Male in dieser Wanne gebadet hatte, ohne jemals die Hilfe eines anderen beim Haarewaschen in Anspruch nehmen zu müssen, tat sie ihrer Cousine dennoch den Gefallen. Offensichtlich war Angora es nicht gewohnt, sich allein die Haare zu waschen, und außerdem hatte sie ungefähr hundertmal so viele Haare wie ein normaler Mensch.

»Klar.« Roxann benutzte den Becher, in dem sie früher immer ihre Zahnbürste abgestellt hatte, um warmes Wasser aus dem Hahn über Angoras gesenkten Kopf zu gießen, bis das Shampoo ganz ausgespült war. »Fühlst du dich jetzt besser?«

Angora lehnte sich wieder zurück und versank bis zu den Schultern im Wasser. Ohne Make-up wirkte sie jünger und zarter. »Ein wenig.«

»Dann war dieser Kerl also tatsächlich der Mann deines Lebens?«

Angora betrachtete eine Ansammlung von Seifenbläschen, die sich gerade auflösten. »Das dachte ich zumindest.«

Erneut hatte sie diesen wilden Ausdruck in den Augen, der Roxann erschauern ließ. »Möchtest du, dass ich jemandem Bescheid gebe – deiner Mutter vielleicht?«

»Wie spät ist es?«

»Ungefähr halb sechs.«

»Vielleicht später.«

Sollten die doch ruhig noch ein bisschen länger zappeln. Roxann konnte ihr deswegen keinen Vorwurf machen. »Möchtest du hier übernachten? Dad ist bei einem Angelturnier, was bedeutet, dass wir das Haus für uns haben.«

»Ich kann ja sonst eh nirgendwo hin.« Jetzt klang sie wie ein kleines Mädchen.

Roxann ging in die Hocke. »Aber irgendwann musst du dich mit ihnen auseinander setzen. Im Übrigen trifft dich bei der ganzen Situation keine Schuld.«

»Oh doch – ich hätte mich Mutter widersetzen sollen, als sie darauf bestanden hat, diese Darma zu meiner Hochzeit einzuladen.«

Gib jedem anderen die Schuld, nur nicht dem Schuldigen. »Und was wäre passiert, wenn Trenton vielleicht zwei Monate später zufällig seiner Ex am Flughafen über den Weg gelaufen wäre?«

»Dazu wäre es nie gekommen«, entgegnete sie betrübt. »Wir wollten nämlich nach Chicago ziehen.«

»Ernsthaft?«

»Ja, ich soll eigentlich eine Stelle als Kunstagentin in einer großen, renommierten Galerie antreten.« Mit den Fingerknöcheln wischte sie sich eine Träne ab. »Das kann ich jetzt ja wohl alles getrost vergessen.«

Roxann runzelte die Stirn. »Warum denn?«

»Nun ja, weil ich nicht nach Chicago ziehen werde.«

»Und warum nicht? Du kannst doch auch ohne den Idioten dorthin gehen.«

Sie stieß ein bitteres Lachen aus. »Mutter und Vater würden mir niemals erlauben, allein dorthin zu ziehen.«

»Dann geh eben, ohne sie zu fragen.«

Roxann kannte diesen Blick nur zu gut – Angora war

stets hin und her gerissen zwischen ihrem Drang nach Unabhängigkeit und der Einschränkung, auf all die Annehmlichkeiten verzichten zu müssen. Mit einem Mal hellte sich ihr Gesicht auf. »Vielleicht kann ich ja mit dir zusammenziehen.«

»Ähm ... Das halte ich für keine so gute Idee. Außerdem steigst du jetzt besser aus der Wanne, bevor du dich noch auflöst. Ich will nämlich auch noch rein.«

Angora nickte und setzte sich auf. »Ich könnte jetzt wirklich einen Tee vertragen.«

Roxann schüttelte den Kopf, während sie unter dem winzigen Frisiertisch nach einem Handtuch suchte, das nicht allzu sehr verschlissen war. »Tut mir Leid, aber ich konnte keinen einzigen Teebeutel finden. Du kannst dir ruhig alles aus dem Kühlschrank nehmen, was noch nicht verdorben ist. Falls du Hunger hast, können wir auch rausgehen und uns was zu essen besorgen. Oder ich rufe den Pizza-Service.«

Für einen Augenblick leuchteten Angoras Augen auf, dann klopfte sie auf ihren Bauch. »Lieber nicht – ich bin nämlich gerade auf Diät.«

»Was für eine Diät?«, hakte Roxann misstrauisch nach, da ihr die ganzen Diätmittelchen wieder einfielen, die Angora früher zu sich genommen hatte, als sie noch zusammengewohnt hatten.

»Eine Kombination von bestimmten Nahrungsmitteln.«

»Was für Nahrungsmittel?«

»Äh ... Popcorn und Karotten.«

»Popcorn und Karotten? Hat deine Haut etwa deshalb die Farbe von einem Kürbis?«

»Sieht doch schön aus.«

»Herrgott, Angora, du bist richtig *orange*.«

Angora riss das Handtuch an sich. »Könnte ich jetzt bitte

einfach die Sachen zum Anziehen haben, die du mir versprochen hast?«

Roxann schüttelte den Kopf und ging dann in ihr Zimmer hinüber, wo sie den Reißverschluss des Matchbeutels aufzog. Sie wühlte darin herum, wobei sie sich wünschte, ihre Tasche sorgfältiger gepackt zu haben. Das Netteste, was sie Angora anbieten konnte, waren eine verwaschene Jeans und ein T-Shirt.

»Du machst Witze, oder?«, fragte Angora, während sie Roxann über die Schulter sah.

»Tut mir Leid, aber ich hatte es beim Packen ziemlich eilig.«

Sie hielt das T-Shirt hoch. »Du lieber Himmel, wann warst du denn das letzte Mal einkaufen?«

»Du meinst Klamotten?« Verlegen zog Roxann am Saum ihres orangefarbenen Pullovers.

Angora stieß einen Seufzer aus. »Die Farbe steht dir ganz und gar nicht.«

Roxann grinste. »Vielleicht sollte ich ja auch anfangen, Karotten zu essen.«

Angora nahm das Reizgas in die Hand. »Ist das etwas, was man als modebewusste Frau in Biloxi trägt?«

Roxann nahm ihr das Reizgas ab, bevor Angora es an sich selbst ausprobieren konnte. »Bloß eine Vorsichtsmaßnahme.«

Ihre Cousine seufzte erneut. »In diese Jeans passt mein Hintern niemals rein – hast du nicht etwas, was sich dehnt?«

»Nichts außer dem hier.« Dabei hielt sie einen roten String hoch.

»Jetzt ist mir klar, dass du mich verarschst.«

Roxann musste grinsen, zumal sie sich an Angoras Vorliebe für hüfthohe Alte-Damen-Unterhosen erinnerte.

»Wenn man sich einmal daran gewöhnt hat, ist so ein String gar nicht so schlimm.« Sie ließ Angora mit ihrer Unterwäsche allein, um für sich das Badewasser einzulassen. Während sie sich auszog, verspürte sie sekundenlang im Vergleich zu ihrem knabenhaften Körper Neid auf Angoras üppige Kurven, dann ließ sie sich bis zum Hals in das Wasser gleiten. Ein wohliges Stöhnen entfuhr ihr, als das warme Wasser ihre Waden umspielte, in denen sie noch die Anstrengung des gestrigen Tages spürte. Unwillkürlich tauchte dabei Capistrano vor ihrem geistigen Auge auf. Vielleicht hätte sie ihn ja gestern anrufen sollen, um ihm den Einbruch zu melden. Vielleicht hätte er ihr ja dann ...

Sie stieß ein verächtliches Schnauben aus. Vielleicht hätte er ihr ja dann *geholfen?* Wobei denn? Schließlich wusste sie nicht sicher, ob Frank Cape wirklich hinter ihr her war. Außerdem hielt sie Detective Capistrano für jemanden, der für alles eine Gegenleistung erwartete – beispielsweise Informationen über den Aufenthaltsort von Melissa Cape.

Nein, je mehr sie darüber nachdachte, desto stärker vermutete sie, dass Elise hinter der Verwüstung ihrer Wohnung steckte und sie die bizarre Nachricht hinterlassen hatte. Immerhin war Elise ein Computerfreak und hatte damals stundenlang an Roxanns Rechner gesessen, hauptsächlich, um im Internet zu chatten. Wodurch Elise auch, wie Roxann annahm, auf die Idee kam, dass ihre gescheiterten Beziehungen mit Männern automatisch bedeuteten, sie müsse lesbisch sein. Doch wenn dem wirklich so wäre, dachte Roxann voller Ironie, dann müssten die meisten Frauen lesbisch sein. Elise war schon immer sehr labil gewesen, weshalb Roxann vermutete, dass ihre neu entdeckte Homosexualität lediglich die Rechtfertigung war für all die Dinge, die in ihrem Leben schief gelaufen waren. Und der Einbruch war wahrscheinlich die Vergeltung dafür, dass

Roxann nicht sofort auf diesen Zug aufgesprungen war – Elise hatte ihr erzählt, dass sie einigen Männern, die sie enttäuscht hatten, ziemlich übel mitgespielt hatte. Der Umstand, dass Elise für *Rescue* hatte arbeiten dürfen, zeugte lediglich von dem ständigen akuten Personalmangel dieser Organisation.

Roxann holte tief Luft und atmete wieder aus, wobei sie ihre Rücken- und Nackenmuskulatur entspannte. Im Moment würde sie einfach für ein paar Tage abtauchen und sich vielleicht später, nach ihrer Rückkehr nach Biloxi, nach einer anderen Wohnung umtun. Obwohl ihr die Farbe wirklich gefiel, in der sie ihr Schlafzimmer gestrichen hatte ...

Offenbar war sie eingedöst. Angoras Stimme ließ sie derart aufschrecken, dass sie sich den Schädel an der Wanne anstieß. »Au!« Roxann sah hoch und erblickte Angora, die lediglich das T-Shirt und den knappen Slip anhatte und irgendeine Flasche in der Hand hielt. »Was hast du eben gesagt?«

»Entschuldige. Ich habe gesagt, sieh mal, was ich entdeckt habe. Tequila.«

Roxann rieb über die schmerzende Stelle am Kopf. »Erzähl mir jetzt nicht, dass du das trinken willst.«

»Genau das habe ich vor.«

»Bist du inzwischen unter die Kampftrinker gegangen, seit wir das letzte Mal zusammen gefeiert haben?«

»Margarita finde ich wirklich lecker.«

Lachend richtete Roxann sich auf und griff nach einem knappen Handtuch. »Das ist nicht dasselbe.«

»Komm schon, ich habe einen Drink verdient.«

»Dagegen ist auch nichts einzuwenden, aber es ist auch was dran an dem Spruch ›Tequila – to kill ya‹. Pur kann man den unmöglich trinken.«

»Im Kühlschrank habe ich Tomatensaft gesehen.«

Roxann zog eine Grimasse. »Wenn es denn unbedingt sein muss.«

»Klasse Figur«, bemerkte Angora, wobei sie mit dem Kopf auf Roxanns nackten Körper deutete.

»Oh, danke für die Blumen ...« Dummerweise stieg ihr die Röte ins Gesicht, während sie die Handtuchzipfel zwischen ihren Brüsten verknotete.

»Du warst schon immer so schön dünn.«

»Ja, dafür hast du die schönere Figur.«

»Schöner? Ich ziehe ernsthaft in Erwägung, einen Bandwurm zu verschlucken, um ein paar Pfunde loszuwerden.«

»Das liegt nur an Dees Geschwätz. Ich bestelle uns jetzt Pizza, und wir werden sie ohne Reue genießen.« Vorausgesetzt, es gab einen Pizza-Service, der diese Gegend belieferte. »Und, wie trägt sich der String?«

Angora zog eine leichte Grimasse. »Wie eine zweite Haut.«

Lachend marschierte Roxann in ihr Zimmer und sah das Durcheinander aus Kleidern durch, die über der gelben Steppdecke verstreut lagen. Dann schlüpfte sie in Unterwäsche und schwarze Jeansshorts und zog sich einen pinkfarbenen Pullunder über.

»Kann ich mir eine Rosshaarbürste ausborgen?«, fragte Angora, während sie mit den Fingern durch ihre fast trockene goldene Mähne fuhr. »Ich kann mir nämlich nicht erlauben, Spliss zu bekommen.«

»Hier drin müsste eine Bürste sein«, erwiderte Roxann, wobei sie die oberste Schublade ihres Schreibtisches aufzog. »Aber ich kann nicht versprechen, dass sie aus Rosshaar ist.« Sie wühlte durch ein Sammelsurium von Dingen, die Erinnerungen in ihr weckten: Schlüsselanhänger, Taschenbücher mit Eselsohren, ihr Namensschild von der

Boutique, in der sie während ihrer Highschool-Zeit gejobbt hatte, ihre Quaste von Notre Dame ... Warum hatte sie die eigentlich nicht mitgenommen, als sie von zu Hause ausgezogen war?

Tja, warum nur.

»Unsere magische Kugel!« Kreischend zog Angora das uralte Spielzeug – unentbehrlich für die Pyjamapartys damals – zwischen dem Krempel hervor. »Ob sie wohl noch funktioniert?« Sie legte die Hände auf die Kugel und schloss die Augen. »Bin ich eine völlige Versagerin, weil ich vor dem Traualtar sitzen gelassen worden bin?« Sie schlug die Augen wieder auf und sah in dem »magischen« Fenster nach. »›Ja, definitiv.‹« Sie sah hoch. »Sie funktioniert noch.«

Roxann musste lachen, erleichtert darüber, dass ihre Cousine offenbar ihren Sinn für Humor wieder gefunden hatte. »Wenn ich mich recht erinnere, ist das Ding doch kaputt – es zeigt nämlich immer nur ›Ja, definitiv‹ an.«

»Ist das ein College-Jahrbuch?«, fragte Angora und zog ein gebundenes Heft hervor, auf dem »1987« eingeprägt war. Wieder kreischte sie auf, eine nervende Angewohnheit ihrer Cousine, wie Roxann sich erinnerte. Vor lauter Feuereifer, ihr Foto zu finden, hatte Angora ihren Haarspliss völlig vergessen. »Hier bin ich ja. Oh, was für eine scheußliche Jacke, nicht wahr?«

Roxann warf einen Blick über ihre Schulter. »Bei der Mähne fällt die Jacke doch gar nicht auf.«

»Na schön, dann wollen wir mal dein Foto suchen, du Leuchte.« Sie blätterte rasch zurück zum Buchstaben »B« und legte dann die Stirn in Falten. »Kein Bild verfügbar.«

Roxann grinste. »Tut mir Leid, dich enttäuschen zu müssen.«

Plötzlich rutschte zwischen den Seiten des Jahrbuchs ein

Umschlag hervor und fiel zu Boden. Eine vage Erinnerung stieg in Roxann hoch, als sie sich bückte, um ihn aufzuheben.

»Ein Liebesbrief?«, zog Angora sie auf.

»Ja, richtig erkannt.« Weder sie noch Carl hatten es gewagt, ihre Gefühle für den anderen zu Papier zu bringen.

»Mach ihn auf.«

Roxann griff in den Umschlag und zog mehrere gelbe Bogen von einem Collegeschreibblock hervor. Als sie sie auseinander faltete, fühlte sie sich plötzlich in die Vergangenheit zurückversetzt. »Du wirst es nicht glauben.«

»Was?«

Roxann hielt die Bogen für Angora hoch, damit sie die Überschrift auf den Seiten lesen konnte: MEINE LEBENSLISTE.

»Unsere Lebenslisten?«, murmelte Angora. »Oh mein Gott.«

»Oh mein Gott« war der richtige Kommentar. Womit konnte man mitten in einer Lebenskrise noch mehr gequält werden, als an all die Dinge erinnert zu werden, die man sich im reifen Alter von achtzehn zum Ziel gesetzt hatte? »Lass uns die Flasche Tequila köpfen.«

8 **Roxann** kam zu dem Schluss, dass Tequila mit Tomatensaft vermutlich der scheußlichste Cocktail war, der jemals erfunden worden war. Zum Glück übertünchte die Pepperonipizza den Geschmack. »Weißt du noch, was wir an dem Abend gemacht haben, als wir unsere Lebenslisten geschrieben haben?«

Angora setzte sich mit angezogenen Beinen auf die Steppdecke und zog das T-Shirt über die Knie. Sie hatte ihr Diadem aufgesetzt, und ihre Augen glänzten bereits nach gerade einem halben Glas »Tequatosaft«. »Ich habe damals meinen ersten und letzten Joint geraucht.« Angora beugte sich vor. »Du hast nicht zufällig etwas Gras?«

Roxann verzog den Mund zu einem ironischen Lächeln. »Fehlanzeige. Tut mir Leid, wenn ich dir das sagen muss, Angora, aber ich bin erwachsen geworden. Außerdem warst du damals eine Woche krank, nachdem du den Joint geraucht hast.«

»Davon weiß ich nichts mehr.«

Ein praktischer Wesenszug von Angora – selektiver Gedächtnisschwund, ergänzt durch die Fähigkeit, alles, woran sie sich noch erinnerte, zu beschönigen. »Vermutlich weißt du auch nicht mehr, wo wir an dem Abend waren, als wir unsere Listen geschrieben haben?«

»Keine Ahnung.«

Roxann musterte das Gesicht ihrer Cousine und fragte

sich, wie viel von ihrer Collegezeit Angora wohl in ihrem Gedächtnis ausgeblendet hatte. Eigentlich hatte Roxann seinerzeit erwartet, dass ihre Cousine sich maßlos darüber freuen würde, endlich nicht mehr unter Dees Fittichen zu sein. Stattdessen hatte Angora immer wieder unter Heimweh, Depressionen und sogar Panikattacken gelitten. Vier qualvolle Jahre lang. »Wir waren vorher bei dem Gedenkgottesdienst für dieses Mädchen gewesen, das damals vor der technischen Fakultät überfahren worden ist.«

Angora biss sich auf die Lippe. »Tammy Paulen.«

»Stimmt«, entgegnete Roxann und blätterte weiter zu den Studenten im Abschlusssemester und überflog die kleinen Schwarzweißfotos. »Da ist sie ja – Tammy Renee Paulen, Hauptfach Philosophie.« Auf dem Bild zeigte Tammy, eine hübsche Blondine, ein breites Lächeln, auf ewig gebannt, in einer weiten Bluse mit Schulterpolstern und mit Dauerwelle. Wer hätte damals bei dem Fototermin daran gedacht, dass sie ihren Abschluss nicht mehr erleben würde.

Mit diesen schwermütigen Gedanken beschäftigt, lehnte sich Roxann mit einem der Kissen im Rücken gegen das Kopfteil des Bettes. »Tammy war damals in einem derselben Seminare wie ich. Ich weiß noch, dass ich das restliche Semester immer an ihrem leeren Platz vorbeigegangen bin. Das war echt makaber. Hast du sie auch gekannt?«

»Nein«, erwiderte Angora und nahm noch einen Schluck aus ihrem Glas.

»Hier steht, dass sie Mitglied von Delta Zeta war.« Angoras Studentinnenvereinigung.

Sie zuckte mit den Achseln. »Ja, ich kannte sie zwar vom Sehen, aber nicht näher. Die älteren Semester haben sich doch nicht mit den Neulingen abgegeben.«

Roxann legte den Kopf schief und meinte: »Ich dachte, du hättest sie noch an dem Abend gesehen, als sie umgekommen ist.«

Ihre Cousine bog den Oberkörper zurück und hob dann langsam die Schultern. »Kann sein. Ich kann mich nur verschwommen erinnern.«

Daraufhin wandte Roxann sich wieder Tammys Foto zu und fragte sich, was Tammy Renee Paulen wohl aus ihrem Leben gemacht hätte. Etwas Besseres, als Mitglieder aus zerrütteten Familien voneinander zu trennen? »Den Schuldigen hat man nie ermittelt, oder?«

»Ein paar Studenten sind verhört worden ... meine ich.«

»Der Gedenkgottesdienst damals war richtig ergreifend.«

»Ja, und ihre Mutter hat ein grünes Kostüm angehabt«, meinte Angora zustimmend.

Auch in Roxann stiegen weitere Erinnerungen hoch. Studenten mit verheulten Augen. Nervöse Vertreter der Uni. Allgemeine Betroffenheit. Angoras kreidebleiches Gesicht ...

Angora hatte die Sache damals besonders mitgenommen, nachdem sie mitbekommen hatte, dass Tammy wegen der Schwere ihrer Verletzungen nicht in einem offenen Sarg aufgebahrt werden konnte. Sogar derart mitgenommen, dass sie den Gottesdienst vorzeitig verlassen hatten. Als sie wieder in ihr Zimmer im Wohnheim zurückgekehrt waren, hatte Roxann Angora angeboten, zusammen einen Joint zu rauchen, damit sie sich wieder etwas beruhigen konnte. Roxann hatte die Szene von damals nur allzu deutlich in Erinnerung.

»Wir haben gekifft und uns darüber unterhalten, was wir mit unserem restlichen Leben anstellen wollen«, erinnerte sie sich.

»Und du hattest die Idee mit der Liste.« Angora lächelte, offensichtlich erleichtert über den Themawechsel.

Roxann klappte das Jahrbuch wieder zu und bereute insgeheim, von diesem schlimmen Vorfall angefangen zu haben – eigentlich sollte sie ihre Cousine doch eher aufheitern, weil die gerade von ihrem Zukünftigen sitzen gelassen worden war.

Angora kramte die Blätter durch, die zwischen ihnen auf dem Bett lagen. »Aber warum hast du eigentlich beide Listen?«

»Sie sind mir irgendwann nach deinem Auszug in die Finger geraten.«

»Ach ja, stimmt. Mutter war ja felsenfest davon überzeugt, dass du einen schlechten Einfluss auf mich ausübst.«

»Womit sie auch Recht hatte.«

Angora beugte sich wieder vor. »Ich muss einfach fragen – wie war denn die achte Stellung?«

»Hä?«

»Stellung acht. Du weißt schon – *Freude am Sex* und der langhaarige Dichter?«

Roxann lächelte. »Ach das. Ich erinnere mich zwar nicht mehr genau an diese Stellung, aber dafür fand ich die variierte Löffelchenstellung nicht schlecht.«

Angora stieß einen dramatischen Seufzer aus. »Gott, in dem anderen Wohnheim war es furchtbar öde.«

Das Tollhaus, wie es unter den Studenten inoffiziell genannt worden war. »Aber war da nicht ständig etwas los?«

»Nichts, was mich vom Hocker gehauen hätte«, entgegnete Angora und schüttelte ihre blonde Mähne, die sie immer noch nicht gebürstet hatte. »Da hast du schon eher für Schlagzeilen in der Unizeitung gesorgt.«

»Ja, ich wollte auch die Welt verändern.«

»Und was machst du jetzt genau? Onkel Walt hat etwas von einem höchst geheimen Auftrag erwähnt.«

Roxann nickte. »Wenn ich dir davon erzählen würde, müsste ich dich anschließend umbringen.«

Angora riss die Augen auf.

»War bloß ein Scherz.« Sie lachte über die Leichtgläubigkeit ihrer Cousine. »Ich helfe Frauen, die in Schwierigkeiten stecken.«

»So wie ich.«

Wieder konnte Roxann sich ein ironisches Lächeln nicht verkneifen. »Bloß dass die Frauen, mit denen ich es zu tun habe, gewöhnlich schlimmere Probleme haben, als vor dem Traualtar sitzen gelassen worden zu sein.«

»Das ist lediglich eine Frage der Perspektive«, konterte Angora und rümpfte die Nase, um dann stirnrunzelnd in ihr Glas zu schauen, bevor sie einen weiteren Schluck nahm. »Trotzdem war mir immer klar, dass du in deinem Leben etwas Sinnvolles machst.«

ICH HABE DEINE NUMMER, DU HEUCHLERIN. Nervös kippte Roxann einen Schluck von dem Getränk herunter. »Na ja, man kann sich darüber streiten, was sinnvoll ist und was nicht.«

»Stand das auf deiner Lebensliste, dass du dich für Frauen einsetzen willst?«

»Ich glaube nicht, jedenfalls nicht so konkret. Ehrlich, ich kann mich nicht erinnern.«

»Wie viele Punkte stehen denn auf deiner Liste?«

Roxann nahm die Bogen in die Hand und überflog sie bis zur letzten Seite. »Fünfunddreißig. Und du?«

»Sechsunddreißig. Was steht bei dir als Erstes?«

»Lass mich nachsehen ... ›Durch Europa trampen‹.«

»Und, hast du das getan?«

»Noch nicht.« Nicht bei den Hungerlöhnen, für die sie arbeitete, und die mickrige Aufwandsentschädigung, die sie von *Rescue* erhielt, floss direkt in einen Investmentfonds. Mit dem Finger strich sie über ihre Armbanduhr mit den zwei Zifferblättern. In London war es gerade ein Uhr morgens. »Aber das hole ich irgendwann nach. Was steht bei dir als Erstes auf der Liste?«

Angora grinste verlegen. »Die Wahl zur Miss America gewinnen.«

Natürlich.

»Das ist immer noch möglich«, beharrte sie.

»Gibts da nicht eine Altersgrenze von höchstens fünfundzwanzig?«

»Hey, ich könnte mich ja durchmogeln, aber leider muss man auch Single sein. Oh, das hatte ich jetzt glatt vergessen – ich bin ja Single.« Wieder stiegen ihr die Tränen in die Augen.

»Aber du bist doch noch – wie heißt das doch noch gleich? Miss Uptown Baton Rouge?« Der Alkohol fuhr ihr in die Glieder wie Menthol.

»Miss *Northwestern* Baton Rouge.«

»Oh. Nun gut, bei der riesigen Krone lasse ich das gelten.«

»Danke.« Schniefend zog Angora mit einem Stift einen Strich durch den ersten Punkt auf ihrem Blatt. »Als Zweites steht bei mir ›Ein Flugzeug fliegen‹.«

»Ein Flugzeug fliegen?«

Angora zuckte die Achseln. »Warum auch nicht?«

»Weil ein Flugzeug ein Riesending aus Metall ist, das mit einem Affenzahn durch die Luft jagt.«

»Willst du damit sagen, dass ich nicht intelligent genug bin, um zu lernen, wie man ein Flugzeug steuert?«

»Das nicht.«

»Gut, weil ich das immer noch fest vorhabe. Was steht bei dir als Zweites?«

»›Französisch lernen‹. Weil ich mir natürlich auch Paris anschauen werde.«

»Hast du deswegen früher diese hässliche Baskenmütze getragen?«

Roxann runzelte die Stirn – Carl hatte sie damals nämlich schick gefunden.

»Und, wie stehts um deine Französischkenntnisse?«, fragte Angora.

»Na ja, dürftig bis auf das Cajun, das ich hier in der Gegend aufgeschnappt habe, aber ich bezweifle, dass ich außerhalb von Louisiana weit damit komme. Vielleicht mache ich ja irgendwann einen Kurs. Nummer drei?«

»Eine kleine Nebenrolle in *General Hospital*.«

»Nicht schlecht.«

»Luke und Laura waren wirklich der Hit.« Angora seufzte. »*Die* Ehe ist wahrlich im Himmel geschlossen worden.«

»Wohl eher im Drehbuch. Und wie wolltest du dich in diese Serie reinschmuggeln?«

»Nun ja, ich dachte, wenn ich einmal Miss America bin, stehen mir die Türen zu sämtlichen Fernsehstudios offen.«

»Stimmt, da ist was dran.« Entweder das, oder es war der Tequila, der aus ihr sprach. »Bei mir steht an dritter Stelle ›Ein Drehbuch schreiben‹.«

»Und?«

»Ich kann dir nicht einmal sagen, wann ich das letzte Mal im Kino war.«

»Warum hast du dir eigentlich so hohe Ziele gesteckt?«

»Weil ich große Pläne hatte.« Mit achtzehn schien noch alles möglich. Weltberühmt werden. Weltfrieden. Traummann finden. »Nummer vier?«

»›Den Präsidenten kennen lernen‹.«

»Den amerikanischen?«

Angora biss sich auf die Lippe. »Weiß ich nicht mehr.«

»Na ja, da du dich nicht genau festgelegt hast, darfst du ruhig etwas flexibel sein.«

»Danke. Was steht bei dir an vierter Stelle?«

»›Die Abschiedsrede bei der Abschlussfeier halten‹.«

Angora wippte auf dem Bett. »Das hast du ja, also kannst du das durchstreichen.«

Das tat sie dann auch, allerdings wurde ihr mittlerweile langsam übel von dem widerlichen Getränk – weshalb sie kurzerhand weitertrank.

»Als Nächstes steht bei mir ›Einen schönen Wagen fahren‹.« Angora grinste selbstgefällig. »Kann ich durchstreichen.«

Roxann lächelte ironisch. »Dagegen klingt ›Reiten‹ eher bescheiden.«

»›Eine Kleiderkollektion entwerfen‹.«

»›Die Gesamtausgabe von Shakespeare lesen‹.«

»›Schwimmen lernen‹.«

Roxann hob eine Augenbraue. »Du kannst nicht schwimmen?«

»Nein.«

»Aber deine Eltern haben einen Pool im Olympiaformat.«

»Ja, aber Mutter hat mich nicht hineingelassen – sie hatte Angst, ich würde ertrinken.«

Begreife einer Dees Logik. »›Klavierspielen lernen‹.«

Wieder wurden Angoras Augen feucht.

»Was ist?«

»Als Nächstes steht bei mir ›Einen Arzt heiraten‹.«

Roxann fuhr zusammen. »Immerhin warst du kurz davor. Das lasse ich gelten.«

»Danke«, brachte sie hervor, »aber das wäre nicht fair.«

»Übrigens, was für ein Arzt ist er überhaupt?«

»Ein Fußspezialist.«

»Was, er behandelt Füße? Dann zählt das sowieso nicht – schließlich stirbt man nicht an einem wunden Zeh.«

»Das sagst du doch nur, um mich aufzuheitern.«

»Angora, es gibt nichts, was du dir vorzuwerfen hast.«

Dieses Mal fing Angora richtig an zu weinen. »Ich war nicht fähig, meinen Mann zu halten.«

»Oh Gott, das klingt wie ein Schlagertext.«

Angora wischte sich die Nase am Ärmel ab. »Das wäre meine Nummer dreizehn gewesen – einen Schlager singen.«

»Hey, Vorsicht, das ist mein Lieblings-T-Shirt.«

»Entschuldige.« Angora seufzte. »Ich habe auch nicht erwartet, dass du das mit Trenton verstehst.«

»Und warum nicht?«

»Weil du ohne Mann klarkommst.«

»Erzähl mir jetzt nicht, dass du alles glaubst, was deine Mutter sagt.«

»Damit meinte ich nicht, dass du ohne *Mann* klarkommst, sondern dass du *klarkommst,* auch ohne Mann.«

Verlegen rutschte Roxann hin und her. Es war ihr peinlich, sich eingestehen zu müssen, dass sie, wenn auch nur ein kleines bisschen, neidisch gewesen war, als Angora zum Altar geschritten war. »Ja, schon ... ja.«

Angora deutete auf das ruinierte Kleid, das sich auf dem Boden bauschte. »Daddy hat ein Vermögen für dieses Kleid ausgegeben, ganz zu schweigen von den Blumen und dem Catering.«

»Wenn du deswegen ein schlechtes Gewissen hast, zahl es ihm eben zurück.«

»Wovon denn? Von dem Taschengeld, das er mir gibt?«

Ungläubig kniff Roxann die Augen zusammen. »Du bekommst immer noch Taschengeld?«

»Nur für die Extras.«

Dabei fiel Roxann wieder ein, wie anspruchsvoll Angora sein konnte. »Dann verkauf eben den Ring, wie Trenton gesagt hat, und gib den Erlös deinen Leuten.«

Ihre Cousine starrte auf den riesigen Stein an ihrem Finger. Sogleich kam ein neuer Tränenschwall. »Aber sieh ihn dir doch an – dieser Ring lässt keine Wünsche offen.«

»Oh ja, und gleichzeitig schreckt er jeden potenziellen Bewerber in diesem Land ab.«

Angora schluckte. »Also gut, der Ring geht zurück. Was kommt dann?«

»›Ein Aufbaustudium machen‹.«

»›Eine goldene Kreditkarte bekommen‹.«

»›Parasailing‹.«

»›Eine Kreuzfahrt rund um die Welt machen‹.«

»›Eine gute Schachspielerin werden‹.«

»›Eine berühmte Malerin werden‹.«

»Angora, ich wusste gar nicht, dass du künstlerisch begabt bist.«

»Bin ich auch nicht, aber ich habe genug von diesem abstrakten Blödsinn im Museum gesehen, um es nachzumachen.«

Nachahmen. Heucheln. DU HEUCHLERIN. Verstohlen spähte Roxann über ihre Liste hinweg zu ihrer beschwipsten Cousine und überlegte, ob sie ihr von dem Einbruch und der Nachricht auf ihrem Computer erzählen sollte. Vielleicht lag es an der anderen Umgebung oder daran, dass sie gerade auf ihrem Jugendbett saß, doch die drohende Gefahr schien im Moment weniger greifbar. Dennoch entschied sie sich dagegen und trank ihr Glas aus, den bitteren Geschmack, der in ihrer Kehle brannte, ignorierend.

Angora, die dem Getränk offenbar etwas abgewinnen

konnte, füllte Roxanns Glas trotz deren Protest wieder auf. Als sie sich dem Ende ihrer Listen näherten, spürten sie beide die Wirkung des Alkohols – und anhand der Vorsätze, die die Listen abrundeten, kam Roxann zu dem Schluss, dass sie damals vor Jahren wohl auch die Wirkung des Joints gespürt hatten.

»Bei Nummer einunddreißig«, lallte Angora, »steht ›Ein Tattoo machen lassen‹.«

»Bei mir steht ›Strafverteidigerin werden‹ – ha. Unser Rechtssystem ist ein Witz.«

»Zweiunddreißig: ›Bei einem Stripteasewettbewerb für Amateure mitmachen‹.«

»Was erklärt, warum bei mir bei Nummer zweiunddreißig steht: ›Zuschauen, wie Angora sich bei einem Stripteasewettbewerb für Amateure lächerlich macht‹.« Daraufhin brachen beide in hysterisches Gelächter aus. Roxann wurde jedoch sofort wieder ernst, nachdem sie den nächsten Vorsatz auf ihrer Liste gelesen hatte.

»Was steht da?«

»Tja ... erinnerst du dich noch an Dr. Carl Seger?«

»Was für eine Frage.«

»Ich war damals ziemlich verrückt nach ihm.« Eine glatte Untertreibung.

»Und?«

»Und bei Nummer dreiunddreißig steht hier ... tja ...«

»›Mit Dr. Seger schlafen‹«, ergänzte Angora.

Roxann zog die Stirn kraus. »Woher weißt du das?«

Angora hielt ihre Liste hoch. »Dito. Auch ich war ziemlich verrückt nach ihm. Wie alle anderen Studentinnen.«

»Vermutlich hast du Recht.« Roxann schwelgte in Erinnerungen – der erste Kuss von Carl, die Abende, an denen sie bis in die Nacht hinein gemeinsam für seine Präsentation recherchiert hatten, die besonderen Blicke, mit denen er sie während seiner Vorlesungen bedacht hatte. Sie hatte ihn geradezu angebetet, klarer Fall.

»Er ist immer noch solo, weißt du.« Angora wackelte mit den Augenbrauen. »In dem Rundbrief, den ich vor ein paar Monaten erhalten habe, stand, dass er sich während der Homecoming Week bei einer Auktion als Versteigerungsobjekt zur Verfügung stellt, um Spenden zu sammeln.«

»Das habe ich ebenfalls gelesen.«

Angora seufzte. »Wie viel ein Mann wie er wohl einbringt?«

Roxann zog es vor, darauf keine Antwort zu geben, überschlug jedoch im Kopf das Guthaben ihres Rentenfonds.

Angora gähnte. »Der Rest auf meiner Liste ergibt keinen Sinn – was ist ein ›Spebanker‹?«

»Keinen blassen Schimmer.«

»Na ja, zumindest wollte ich einen besitzen.«

»Du wolltest von allem ein Exemplar besitzen.«

»Was sind deine beiden letzten Vorsätze?«

Roxann sah auf ihre Liste und musste schlucken. *Eine Tochter bekommen. Eine gute Mutter sein.* »Ö ... die kann ich ebenfalls nicht mehr entziffern. Wahrscheinlich haben wir zu diesem Zeitpunkt bereits geschlafen.«

Angora lachte. »Oder wir waren völlig weggetreten. Weißt du, was wir machen sollten, Roxann?«

»Ich will es lieber nicht wissen.«

Der Blick ihrer Cousine war ein wenig verschwommen. »Wir sollten Urlaub machen und dabei ein paar unserer Vorsätze auf den Listen abarbeiten.«

Roxann stieß ein Lachen aus – mit Angora in Urlaub fahren? »Du spinnst.«

»Warum denn nicht? Eigentlich bin ich die nächsten drei Wochen auf Hochzeitsreise.« Ihr Gesicht hellte sich auf.

»Hey – wir könnten doch nach South Bend zur Homecoming Week fahren.«

Roxanns Herz schlug schneller. »Das halte ich für keine so gute Idee.«

»Ach, komm schon, möchtest du nicht auch gern Dr. Seger wiedersehen, um herauszufinden, wie er sich gehalten hat?«

Nichts lieber als das. »Trotzdem ...«

Angoras Schnarchen ließ sie mitten im Satz innehalten. Ihre Cousine war im Sitzen eingeschlafen – das Glas in der Hand und das Diadem noch immer auf dem Kopf.

Roxann stemmte sich langsam hoch, damit ihr nicht schwindlig wurde. Nachdem sie Angora das Glas aus der Hand genommen hatte, bugsierte sie sie in eine liegende Position. Angora gab dabei leise Protestgeräusche von sich und weigerte sich, sich das Diadem abnehmen zu lassen. Anschließend räumte Roxann die Essensreste weg und schlich auf Zehenspitzen aus dem Zimmer – obwohl sie sicher war, dass Angora nicht einmal bemerkt hätte, wenn ein Flugzeug auf dem Dach gelandet wäre.

Sie marschierte zu dem alten Telefon an der Küchenwand und wählte, nachdem sie die Auskunft angerufen hatte, die Nummer von Angoras Eltern. Dee ging an den Apparat, wer sonst.

»Hallo?«

»Dee, hier ist Roxann.«

»Wo ist meine Tochter?«

»Sie ist bei mir, in Dads Haus.«

»Du hast sie gekidnappt.«

»Ach was, sie ist erwachsen.«

»Du hattest schon immer einen schlechten Einfluss auf sie.«

»Angora gehts gut – danke der Nachfrage.«

»Wie, du ...«

»Ich bringe sie morgen Vormittag zu euch, aber keine Sorge, ich werde das Haus nicht betreten. Tschüss dann.« Sie hängte wieder auf und fragte sich, warum manche Leute Kinder in die Welt setzen, wenn sie ihnen doch völlig schnuppe sind.

Einundzwanzig Uhr fünfunddreißig – was für ein Tag. Sie stopfte die Pizzaschachtel in den Müll. Während die Müdigkeit ihr in den Knochen hing, wollte ihr Verstand nicht zur Ruhe kommen. Gestern die Aufregung in Biloxi ... heute die Aufregung in der Kirche ... und jetzt zu Hause, wo sie keine Chance hatte, den Erinnerungen zu entfliehen. Dabei hätte der Alkohol sie eigentlich betäuben müssen, doch stattdessen schien er ihre Sinne geradezu geschärft, die Unruhe, die Schwermut noch verstärkt zu haben.

Ein unbekanntes Geräusch ließ sie aufschrecken. Doch es war nur das Telefon ihres Vaters, das klingelte. Vermutlich war es Dee, die zurückrief. Deshalb sparte sie sich die Mühe dranzugehen. Nachdem es dreimal geklingelt hatte, schaltete sich der Anrufbeantworter im Schlafzimmer ihres Vaters an. Sie hatte ihm das Gerät zu Weihnachten geschickt, obwohl sie sicher gewesen war, dass er es nicht benutzen würde. Der Fairness halber musste sie jedoch eingestehen, dass sie nicht oft genug angerufen hatte, um es herauszufinden.

Da sie neugierig war, was ihre Tante zu sagen hatte, ging sie ins Schlafzimmer und lehnte sich mit verschränkten Armen gegen die Tür, während die raue Stimme ihres Vaters abgespult wurde und der Signalton erklang. Doch statt Dees unerträglicher Fistelstimme war die Stimme eines Mannes zu vernehmen. Eine *vertraute* Männerstimme.

»Mr. Beadleman, hier spricht Detective Capistrano vom Police Department in Biloxi. Ich bin auf der Suche nach Ihrer Tochter Roxann. Falls Sie sie in den letzten vierundzwanzig Stunden gesprochen oder gesehen haben, dann rufen Sie mich doch bitte zurück unter ...«

Sie riss den Hörer von der Gabel und fauchte förmlich in die Sprechmuschel. »Wie können Sie es wagen, bei meinem Vater anzurufen.«

»Ach, wie schön, Sie sind da«, erwiderte er. »Das erspart mir einen Haufen Papierkram.«

Sie krampfte die Hand um den Hörer, wobei sie sich wünschte, es wäre sein Hals. »Wovon zum Teufel reden Sie überhaupt?«

»Ich bin vor kurzem in Ihrer Wohnung gewesen, um unsere Unterhaltung zu Ende zu führen. Renovieren Sie gerade?«

»Sehr witzig.«

»Wissen Sie, wer das getan hat?«

»Ich hatte Sie in Verdacht.«

»Wenn ich einbreche, hinterlasse ich nicht so ein Chaos.«

»Was wollen Sie?«

»Als ich die Verwüstung gesehen habe, kam mir der Gedanke, dass Frank Cape Ihnen vielleicht einen Besuch abgestattet hat, um aus Ihnen das Versteck von seiner Frau herauszupressen.«

»Der Einzige, der etwas aus mir herauspressen wollte, sind Sie, Detective.«

»Dann sind Sie also nicht verletzt?«

»Keine Verletzung und keine Arbeit.«

Er seufzte. »Halten Sie sich deshalb in Baton Rouge auf? Um nach Arbeit zu suchen?«

»Das geht Sie einen feuchten Dreck an. Wie haben Sie mich überhaupt gefunden?«

»Ich habe mir gedacht, dass Sie vielleicht aus Angst nach Hause zu Daddy flüchten.«

Die ungeheuerliche Fehlinterpretation ihrer Familienverhältnisse ließ sie beinahe laut auflachen ... und zugleich weinen. »Ich habe keine Angst.«

»Sollten Sie aber. Ist Ihnen schon in den Sinn gekommen, dass mir ein einziger Anruf genügt hat, um Sie aufzuspüren. Meinen Sie nicht, dass Frank Cape ebenfalls dazu fähig sein könnte?«

»Detective, Sie gehen also davon aus, dass er derjenige war, der meine Wohnung verwüstet hat?«

»Haben Sie denn noch andere Feinde?«

Sie würde ihm bestimmt keine weiteren Verdächtigen liefern – wie Elise oder Richard. »Vielleicht ist meine Wohnung ja zufällig ausgesucht worden.«

»Dann sollten Sie sich überlegen, ob Sie nicht in eine bessere Gegend ziehen wollen.«

Sie lächelte spöttisch. »Das werde ich bestimmt tun, Detective. Nachdem ich Arbeit gefunden habe.«

»Dieses ›Ich-habe-deine-Nummer‹ auf Ihrem Bildschirm – hat das etwas mit dem Einbruch zu tun?«

»Waren Sie etwa auch in meinem Schlafzimmer?«

»Wie sollte ich mich denn sonst davon überzeugen, dass Sie nicht zerstückelt im Schrank liegen?«

Oh. »Ja, die Nachricht stammt von dem Einbrecher, aber ich weiß nicht, wie sie zu verstehen ist.«

»Vielleicht ein Exfreund?« Er klang zweifelnd.

Roxann runzelte die Stirn. »Möglich wäre es, aber eher unwahrscheinlich.«

»Haben Sie Anzeige erstattet?«

»Nein. Zumal ich ja Sie verdächtigt habe.«

Er schnaubte verächtlich. »Haben Sie denn mittlerweile Ihre Meinung geändert, was unsere Zusammenarbeit betrifft?«

»Nein.«

»Ich kann Sie vor Cape schützen.«
»Ich kann mich selbst schützen.«
»Ist Ihr Vater anwesend?«
»Er ist über das Wochenende weggefahren.«
»Sagen Sie mir jetzt nicht, dass Sie alleine sind.«
»Meine Cousine ist auch hier.«
»Nur für den Fall, dass Cape Sie dort aufspürt, ist Ihre Cousine Bodybuilderin?«
»Das nicht, aber sie könnte ihn zu Tode reden.«
»Himmel. Haben Sie wenigstens eine Waffe?«
»Ja, mein Reizgas.«
»*Himmel.* Ich habe die Adresse von Ihrem Vater, bis Tagesanbruch werde ich bei Ihnen sein. Rühren Sie sich nicht vom Fleck.«
»Unterstehen Sie ...« Aber er hatte bereits aufgelegt. Fluchend schlug und trat sie eine volle Minute um sich, bevor ihr klar wurde, dass dies genau die hysterische Reaktion war, die Capistrano erwartet hätte. Also zählte sie bis zehn, um sich wieder zu beruhigen, und rief dann über ihr Handy Tom Atlas an, ihren Ressortleiter bei *Rescue.*
»Hallo, Roxann, ich wollte dich eben anrufen.« Seine Stimme klang gehetzt, höher als sonst. »Wo steckst du?«
»Bei meinem Vater in Baton Rouge.«
»Verschwinde von da, und zwar schnell.«
»Was ist denn los?«
»Nachdem du mich über den Einbruch verständigt hast, habe ich bei der Schwester von Melissa Cape eine Nachricht hinterlassen. Sie hat mich soeben zurückgerufen und mir erzählt, dass Frank sich offenbar auf dem Kriegspfad befindet. Anscheinend ist er hinter dir her, damit du ihn zu Melissa führst. Er hat eine ganze Akte von dir – wo du wohnst, wo du arbeitest, wo du aufgewachsen bist.« Tom

machte eine Pause, um Luft zu schöpfen. »Roxann, er hat damit gedroht, sich deine Familie vorzuknöpfen.«

Ihre Kehle zog sich zusammen – wenn ihrem Vater ihretwegen etwas zustoßen würde, könnte sie das nicht ertragen.

»Leider steht kein Geld für ein Hotel zur Verfügung. Kennst du nicht jemanden, bei dem du für eine Weile untertauchen kannst? Irgendwo, wo Cape dich nicht findet?«

Vom Alkohol immer noch benommen, überlegte sie fieberhaft, bis das freundliche Gesicht von Dr. Nell Oney vor ihrem geistigen Auge auftauchte. »Ich habe eine Freundin, die mit der Organisation in Verbindung steht. Die kann ich anrufen. Ich bin sicher, sie nimmt mich für ein paar Tage bei sich auf.«

»Gut. Halte mich über deinen jeweiligen Aufenthaltsort auf dem Laufenden.«

Daraufhin beendete sie das Telefonat, knipste alle Lichter aus und überprüfte anschließend sämtliche Fenster im Haus, ob diese richtig geschlossen waren. Danach schaltete sie die Außenbeleuchtung an, wobei sie verärgert feststellen musste, dass die meisten Glühlampen dunkel blieben. Frank Cape würde es bestimmt freuen, wenn er wüsste, dass er sie in völlige Panik versetzt hatte. Gleichzeitig verspürte sie aber auch Erleichterung darüber, dass die Gefahr ein Gesicht bekommen hatte, dass sie nun wusste, wer hinter dem Einbruch steckte. Offenbar war es pures Glück gewesen, dass sie sich nicht auf 255 Amberjack, Unit B, über den Weg gelaufen waren.

Mit zitternder Hand wählte Roxann im Schein einer Taschenlampe die Nummer von Dr. Oney und bekam vor Erleichterung weiche Knie, als ihre Stimme erklang.

»Dr. Oney, hier ist Roxann Beadleman. Erinnern Sie sich an mich?«

»Roxann? Selbstverständlich erinnere ich mich. Ich habe über *Rescue* viel Gutes von Ihnen gehört. Haben Sie vor, während der Homecoming Week nach South Bend zu kommen?«

Bei dem freundlichen Klang von Nells Stimme wurde ihr ganz warm ums Herz – ihr war gar nicht bewusst gewesen, wie sehr sie sie vermisst hatte. »Nicht ganz«, entgegnete sie ausweichend. »Aber ich bräuchte für ein paar Tage eine Bleibe.«

»Sind Sie in Schwierigkeiten?«

»Ach, ich habe es bloß mit dem Exmann einer Frau zu tun, die ich vor ein paar Wochen umgesiedelt habe. Er ist ziemlich sauer deswegen.«

»Oh – das kommt mir doch bekannt vor. Die Erfahrung hat gezeigt, dass Hunde, die bellen, nicht beißen, aber trotzdem sollte man es nicht unbedingt darauf ankommen lassen. Außerdem würde ich Sie liebend gern wiedersehen – warum haben Sie sich denn so lange rar gemacht?«

»Ich ... hatte zu tun.«

»Sind Sie mittlerweile verheiratet?«

»Nein.«

»Kinder?«

»Auch nicht. Ich werde alleine kommen.« Dabei warf sie einen Blick in Richtung ihres Zimmers. Das hieß, sobald sie Angora losgeworden war.

»Wann kann ich mit Ihnen rechnen?«

»Kann ich noch nicht sicher sagen – unter Umständen sollte ich die Autobahn meiden.«

»Gute Idee. Nur keine Hektik, wenn Sie da sind, sind Sie da. Wissen Sie noch, wo ich wohne?«

»Ja.« Bei den wenigen Besuchen, die sie Dr. Oney in ihrem gemütlichen Häuschen abgestattet hatte, war es ihr immer schwer gefallen, wieder zu gehen.

»Ich werde einen Haustürschlüssel unter den Blumentopf legen. In letzter Zeit habe ich übrigens öfter an Sie gedacht, Roxann – ich habe nämlich ein altes Foto von Ihnen in dem aktuellen Rundbrief gesehen.«

»Ja, die Kundgebung scheint eine Ewigkeit her zu sein.«

Dr. Oney stieß ein Lachen aus. »Ist sie ja auch. Ich kann es kaum erwarten, Sie wiederzusehen und alle Neuigkeiten zu erfahren.«

Stumm lächelte Roxann in den Hörer. Ihre Laune hatte sich schlagartig gebessert. Sie bedankte sich bei Dr. Oney, legte auf und ließ sich anschließend auf den durchgesessenen Polstersessel ihres Vaters sinken, obwohl es sie am ganzen Körper kribbelte, sofort durchzustarten. Allerdings musste sie erst warten, bis die Wirkung des Alkohols nachließ. Zumindest würde sie weg sein, bevor Capistrano eintreffen würde. Dieser lästige Blödmann. Von seiner Fahrt nach Baton Rouge würde sie ihn nicht abbringen können, aber der Detective brauchte dennoch nicht zu wissen, wohin sie fuhr.

Seufzend lehnte sie sich in der Dunkelheit zurück und zog die Beine hoch. Schon seltsam, dass Angora und sie den ganzen Abend in Erinnerungen geschwelgt hatten und es nun so aussah, als ob sie schließlich doch noch nach South Bend, Indiana, fahren würde. Zurück zu Carl – Nummer dreiunddreißig auf ihrer Liste. Vielleicht wäre das ja die Gelegenheit, endlich den Mann wiederzusehen, der sie damals dazu bewogen hatte, die Welt ein klein wenig zu verändern.

Roxann schloss die Augen und rief sich sein Gesicht in Erinnerung. Zwar hatte sie nie an Vorahnung geglaubt, aber die Reinfälle in letzter Zeit und die Situation, in der sie sich jetzt befand, ließen in ihr unterschwellig das komische

Gefühl aufsteigen, in eine bestimmte Richtung gelenkt zu werden, die für ihr zukünftiges Leben maßgebend sein würde ... und dass Carl Seger dabei eine Hauptrolle spielen sollte.

9 **Lächelnd** winkte Angora der Menge zu. Tausende von Scheinwerfern blitzten auf. Hier stand sie, die frisch gekürte Miss America. Die erste, die bereits die Altersgrenze überschritten hatte. Wer brauchte schon einen Ehemann und eine Karriere, wenn man eine Schärpe und eine Krone hatte?

»Herzlichen Glückwunsch, Angora. Angora ... Angora ...«

»Angora?«

Sie schlug die Augen auf und erkannte blinzelnd ihre Cousine Roxann. Was hatte Roxann denn in Atlantic City zu suchen?

»Angora, die Dinge haben sich geändert. Ich muss weg.«

Erneut blinzelte sie. »Hmm?«

»Wach auf, Angora. Wir müssen los.«

Angora bewegte die Zunge und spürte einen fauligen Geschmack im Mund. »Bäh. Wo bin ich?«

»Bei meinem Dad, und du bist eingeschlafen. Kommst du von alleine hoch?«

»Wieso sollte ich nicht von alleine hochkommen?« Sie setzte sich auf, und in ihrem Kopf schien eine Bombe zu explodieren. »Ohhhhhh.«

»Ich habe dir Aspirin gebracht.«

»Pschscht.«

»Atme tief ein.«

Beim dritten tiefen Atemzug schoss der Inhalt ihres Magens die Speiseröhre hoch. Sie schaffte es gerade noch rechtzeitig ins Bad. Oh Gott, bloß nie wieder Peperonipizza. Am besten überhaupt nie wieder etwas essen. Vielleicht würde sie ja so die zehn Pfund zu viel verlieren, die seit der Pubertät hartnäckig an ihr klebten.

Roxann reichte ihr einen kühlen Lappen, und sie barg das Gesicht darin. Nach und nach kam die Erinnerung an den gestrigen Tag zurück – die Demütigung, die Enttäuschung – am liebsten hätte sie niemals wieder den Kopf hochgehoben. Die nächsten Jahre ihres Lebens erstreckten sich nun vor ihr ... voller Leere ... voller Einsamkeit ... und vor allem alles andere als reich. In den Augen der Familien, die dem Club angehörten, würde sie jetzt eine Versagerin sein, gestempelt mit dem ewigen Makel »Sitzen gelassen«. Und Dee würde ihr dieses Fiasko nie verzeihen.

»Versuch, die Aspirintabletten zu schlucken«, drängte Roxann. »Mir haben sie auch geholfen.«

»Falls ich sterbe«, brachte Angora flüsternd hervor, »dann sorge dafür, dass der Untersuchungsbeamte kein Foto von mir in diesem Zustand macht.«

»Keine Angst – vorher werde ich deine Frisur in Ordnung bringen. Schaffst du es denn zurück zum Bett?«

»Nur wenn du das Bett ins Bad bringst.«

»Na komm schon, hoch mit dir.«

Als Angora wieder aufrecht stand, stöhnte sie auf. Obwohl es bis zum Bett eine Meile zu schein schien, schaffte sie es schließlich dennoch dorthin und ließ sich hineinplumpsen. »Warum eigentlich fühle ich mich so mies und du nicht?«

»Weil mein Körper es gewohnt ist, mehr zu verarbeiten als nur Karotten und Popcorn.«

Natürlich, Roxann hatte Recht. Roxann hatte immer Recht. Der Matchbeutel ihrer Cousine lag auf dem Boden, fertig gepackt. »Hast du eben gesagt, dass du wegmusst?«

»Ja – und zwar so schnell wie möglich. Ich habe eine Jogginghose von Dad gefunden, die du anziehen kannst, und ein Flanellhemd.«

Angora spähte zu der dunklen Fensterscheibe hinüber. »Wie spät ist es überhaupt?«

»Halb fünf.«

»Halb fünf ... morgens?« So früh war sie nicht mehr aufgestanden seit ... eigentlich war sie noch nie so früh am Morgen aufgestanden.

»Tut mir Leid – aber ich muss wirklich dringend los.«

»Zurück nach Biloxi?«

»Ja, aber erst später. Vorher muss ich noch ein paar Sachen erledigen.«

»Nimm mich mit.«

Roxann schüttelte den Kopf. »Ich kann nicht.«

»Ach bitte, Roxann. Ich kann jetzt niemandem unter die Augen treten, jedenfalls vorerst nicht.« Und schon gar nicht in diesem Zustand.

»Gestern Abend habe ich übrigens deine Eltern angerufen, um Bescheid zu geben, dass es dir gut geht.«

»Danke.« Sie biss sich auf die Unterlippe. »Haben sie sich Sorgen gemacht?«

»Oh ja, sehr sogar.«

Ein Splitter Hochgefühl bohrte sich durch die schmerzhafte Enttäuschung, die ihr Herz eingesponnen hatte. Wenn sich ihre Eltern jetzt schon Sorgen machten, dann wahrscheinlich umso mehr, wenn sie sich mit ihrer Rückkehr etwas Zeit ließe. »Ich möchte nicht nach Hause.«

»Na schön, dann bringe ich dich zu einer von deinen Freundinnen.«

Obwohl ihr Verstand noch nicht auf Höchstleistung arbeitete, hatte sie die ungute Ahnung, dass ihr niemand einfallen würde, selbst dann nicht, wenn sie nicht verkatert wäre.

»Angora?«

»Ich überlege gerade.«

Roxann seufzte. »Was ist mit deiner ersten Brautjungfer?«

»Amanda Whittaker? So eng befreundet sind wir nicht.«

»Und warum hast du sie dann gebeten, deine erste Brautjungfer zu sein?«

»Weil sie mich letztes Jahr ebenfalls darum gebeten hat.«

»Komm schon, Angora, da waren doch mindestens zwanzig Mädchen um dich herum.«

»Vierundzwanzig. Weißt du, eigentlich wollte ich dich ja auch bitten, meine Brautjungfer zu sein.«

»Ich bin ... geschmeichelt.«

»Aber Dee ist bei dem Vorschlag fuchsteufelswild geworden, und außerdem war ich mir ziemlich sicher, dass ich dich niemals in ein rosafarbenes Kleid hineinbekommen würde.«

»Dann warst du diejenige, die mir die Einladung geschickt hat?«

Angora nickte. »Ich wusste zwar nicht, ob sie ankommt, aber ich bin froh, dass du sie erhalten hast.«

»Ich auch. Glaube ich zumindest. Angora, du bist also mit keiner von denen, die auf der Hochzeit waren, enger befreundet?«

»Doch, mit den drei Schwestern von Trenton, dachte ich zumindest. Aber ich habe zufällig gehört, wie sie bei meinem Junggesellinnenabschied auf der Toilette hässliche Dinge über mich gesagt haben.« *Die ist nicht gerade die*

Hellste, oder? Nein, und außerdem ist sie zu fett. Mir ist schleierhaft, was Trenton an der findet.

»Und was ist mit deinen Arbeitskollegen?«

»Der Einzige, mit dem ich auch privat zu tun habe, ist mein Chef, und das auch nur, weil er ein Freund von Dee ist.« Ihre Kollegen hatten ihr nur zu deutlich zu verstehen gegeben, dass sie sie nicht in ihrem erlesenen Künstlerkreis aufnehmen wollten, zumal sie die Stelle nur aufgrund ihrer Beziehungen bekommen hatte. Offenbar machte es ihnen besondere Freude, sich über ihren Kopf hinweg über Künstler und Werke zu unterhalten, deren Namen und Bedeutung sie während ihrer Mittagspause nachschlagen musste. Sie war sich sicher, dass sie nur wegen des Shrimpscocktails zu ihrer Hochzeit gekommen waren.

»Aber es muss doch jemanden geben.«

»Vielleicht sollte ich einfach mit dir fahren.«

Doch Roxann schüttelte abermals den Kopf. »Tut mir Leid.«

Angora hob die Arme hoch und erlaubte Roxann, ihr das scheußliche T-Shirt auszuziehen. »Ich mache dir auch bestimmt keine Scherereien.«

»Angora, auch wenn du nichts dafür kannst, aber du machst nichts anderes als Scherereien.«

»Ich weiß.« Sie schniefte.

»Fang jetzt bloß nicht an zu heulen, sonst wird der Brummschädel nur noch schlimmer.«

»Der kann gar nicht schlimmer werden«, murmelte sie, während sie in das Flanellhemd hineinschlüpfte, das Roxann für sie parat hielt. »Aber wenigstens fühle ich mich in diesem String von dir, als hätte ich doch noch eine Hochzeitsnacht gehabt.«

»Du wirst dich besser fühlen, sobald du einmal in deinem eigenen Bett in deiner eigenen Unterwäsche liegst.«

Angora sparte sich eine Widerrede. Sie wusste, dass Roxann sie nicht bei ihrem bevorstehenden Abenteuer gebrauchen konnte, wie aufregend dies auch immer sein mochte. Im Grunde konnte niemand sie gebrauchen. Sie unterdrückte ein Schluchzen in ihrer Kehle und zog eine graue Jogginghose an, in der sie förmlich versank und die sich nach allen Seiten ausbeulte. Sie sah darin einfach unmöglich aus, aber ihre einzige Alternative war ihr Hochzeitskleid, und sie hatte nicht vor, sich erneut in diesen quälend engen Schlauch hineinzuzwängen. »Und was für Schuhe soll ich anziehen?«

»Ich habe ein zweites Paar Sneakers dabei.«

»Aber du hast neununddreißigeinhalb, und ich brauche mindestens einundvierzig.«

Roxann sah überrascht drein. »Du weißt noch meine Schuhgröße?«

Ja, sie wusste noch so manches von Roxann. Tatsächlich hatte sie in diesen wenigen Monaten, die sie zusammen gewohnt hatten, wahrscheinlich mehr über ihre unnahbare Cousine erfahren als irgendjemand sonst. Sie selbst hatte Roxann gegenüber auch mehr von sich preisgegeben als gegenüber irgendwem sonst.

»Tja, vielleicht finde ich ja noch irgendwo ein Paar Latschen von Dad.«

»Lass gut sein«, entgegnete sie, während sie im Stehen den Kopf festhielt, damit er nicht davonsegelte. »Dann ziehe ich eben meine Pumps an. Es lohnt sich nämlich, sie nochmal zu tragen, zumal sie genauso viel gekostet haben wie die Flugtickets nach Hawaii.« Zudem würde Dee ohnehin noch nicht auf sein, um beim Anblick ihrer Erscheinung einen Schock zu bekommen. Sie knüllte das Brautkleid zusammen, für dessen Entdeckung sie so viele Stunden geopfert hatte, und stopfte es sich unter den Arm.

»Ich bin so weit.« Das entsprach zwar nicht ganz der Wahrheit, doch sie wollte Roxann beweisen, dass sie ebenfalls tapfer sein konnte.

Daraufhin hob Roxann ihre Tasche auf und marschierte voran durch das voll gestopfte kleine Haus. Es wirkte ordentlicher und roch auch etwas angenehmer als am Abend zuvor – vor allem für Letzteres war Angoras Magen dankbar. Wann hatte Roxann nur die Zeit gehabt, hier sauber zu machen? Wie immer hatte sie es offenbar fertig gebracht, alles gleichzeitig zu erledigen. Neid durchbohrte Angora wie ein Stachel – gab es eigentlich irgendetwas, was ihre Cousine nicht konnte?

Vor dem Nebeneingang drehte sich Roxann zu ihr um. »Du wartest hier, bis ich dir sage, dass du herauskommen kannst.«

Angora legte die Stirn in Falten. »Warum das denn?«

»Weil ... das hier ist nicht die beste Gegend. Es kommt vor, dass hin und wieder irgendein Obdachloser auf dem überdachten Stellplatz nächtigt.«

Sie beobachtete, wie Roxann vorsichtig nach draußen glitt, die Hand in ihrem Matchbeutel, wahrscheinlich auf der Pfefferspraydose. Ihre Cousine war unglaublich tapfer. Im trüben Licht einer nackten Glühlampe ging Roxann einmal um den Wagen herum, bevor sie ihr das Zeichen gab, herauszukommen.

Angora betrat den unebenen Pflasterboden, knickte prompt mit ihren hohen Absätzen um, riss sich aber sofort zusammen. Draußen war es noch immer dunkel, und die Luft war feucht und kühl. Von einer Mülltonne, die in der Nähe stand, stach ihr ein Gestank in die Nase und spielte kurze Zeit mit ihrem verstimmten Magen. In den kleinen Häusern auf der gegenüberliegenden Straßenseite brannten bereits die Lichter. Die Umrisse von Menschen, die in ihren Küchen herumwerkelten und sich vermutlich anschickten, zur Arbeit im Kraftwerk zu fahren, zeichneten sich ab, und es wirkte irgendwie behaglich. Es war bestimmt schön gewesen, in einer intakten Nachbarschaft zu leben und aufzuwachsen, mit vielen anderen Kindern und voll aufgedrehten Wasserhydranten während der Hundstage im Sommer. Da sie selbst keine Freunde hatte, hatte sie stets gehofft, dass Roxann sie zu sich einladen würde, um mit ihren Freunden zu spielen. Natürlich hätte Dee dazu nie die Erlaubnis gegeben, aber dennoch hatte sie immer an dem Wunsch festgehalten.

Sie öffnete die quietschende Wagentür und zog sich hoch, wobei ihr pochender Schädel sie zusammenzucken ließ, und verstaute anschließend ihr Brautkleid auf dem Rücksitz. Das Wageninnere verströmte einen besonderen Geruch, und unwillkürlich fragte man sich, was für Dinge sich darin wohl ereignet hatten. Vielleicht Beschattungen, bei denen eine Menge Fastfood vertilgt worden war? Oder mehrere Nächte auf einer Luftmatratze, um sich vor dem Gesetz zu verstecken? Oder der Transport von ganzen Familien mit ihren Siebensachen?

Roxann öffnete die Schiebetür des Transporters und stellte eine Kiste in den Fußraum.

»Was ist das?«

»Etwas von dem Krempel aus meinem Zimmer – ich dachte, es wäre endlich an der Zeit, Dad etwas mehr Platz zu verschaffen.« Roxann legte den Matchbeutel auf den Rücksitz, zog die Tür wieder zu und schwang sich auf den Fahrersitz.

»Tut mir Leid, dass du deinen Vater jetzt gar nicht gesehen hast.«

»Vielleicht beim nächsten Mal.«

Trotz ihres benebelten Zustands blieb ihr eine Spur Unsicherheit in Roxanns Stimme nicht verborgen. Was mochte das zu bedeuten haben?, überlegte sie verdutzt. Zugegeben, Onkel Walt war unordentlich und alles andere als reich, aber trotzdem war er ein liebevoller Vater, der so sehr an seiner Tochter hing, dass er in ihrem ehemaligen Zimmer alles beim Alten beließ. Dee hingegen hatte bereits einen Innenarchitekten bestellt, um *ihr* Zimmer in einen Wellnessraum zu verwandeln. So war es ihr bereits zweimal passiert, dass sie aus der Dusche kam und unerwartet Leute vorfand, die gerade ihr Zimmer vermaßen.

Sie beobachtete, wie Roxann versuchte, den Motor zu starten, und dabei den Armaturen ein paar merkwürdige, gezielte Schläge mit der flachen Hand verpasste. Plötzlich gab es einen Knall, sodass Angora mindestens ein paar Zentimeter von ihrem Sitz abhob. »Was war das denn?«

Roxann umklammerte das Lenkrad und bog den Kopf angestrengt zur Seite, um nach hinten sehen zu können. Dann entspannte sie sich wieder und seufzte auf. »Bloß eine Fehlzündung.«

Angora gelang ein zaghaftes Lachen. »Einen Moment lang habe ich gedacht, jemand hätte auf uns geschossen.«

»Nun, das ist ziemlich unwahrscheinlich, selbst in dieser Gegend.«

Dennoch wirkte ihre Cousine ernsthaft beunruhigt, während sie den Wagen rückwärts aus der engen Einfahrt auf die verwaiste Straße manövrierte. »Vielleicht liegt es ja bloß an meinem verstimmten Magen«, machte Angora den Versuch, die momentane Stimmung aufzuheitern, »aber hat der Wagen gestern auch schon so stark vibriert?«

»Gestern warst du auch nicht ganz bei dir«, hielt Roxann sarkastisch dagegen.

»Ohne dich beleidigen zu wollen, aber dein Wagen ist ein Schrotthaufen.«

»Ich brauche keinen BMW.«

»Woher weißt du, dass ich einen BMW fahre?«

»Habe ich auf gut Glück geraten. Keine Sorge – Goldie muckt vielleicht hin und wieder – aber dafür zieht er ganz schön ab.«

»Ist Goldie etwa ein getarnter Agentenschlitten? Steckt unter der Haube vielleicht ein Formel-1-Motor, mit dem du sogar mühelos die Smokies bezwingst?«

»Die *Great Smoky Mountains?* Angora, du siehst zu viel fern. Und unter der Haube steckt ein ganz normaler Achtzylinder.«

»Aber benutzt du ihn denn nicht für deine ... Arbeit?«

Roxann nickte.

»Darfst du mir denn gar nichts darüber erzählen?«

»Meine Arbeit ist nicht annähernd so spektakulär, wie du denkst.«

Aber bestimmt spektakulärer, als die Kopfhörer für die akustische Führung im Baton Rouge River Walk Museum zu desinfizieren. »Woher weißt du überhaupt, wann eine Frau in Schwierigkeiten steckt?«

»Es gibt ein landesweites Netzwerk von Anwälten und Sozialarbeitern, die mit *Rescue* in Kontakt stehen.«

»*Rescue?* Heißt so die Organisation?«

Roxann nickte. »Das ist die letzte Zufluchtsmöglichkeit für Frauen, die von ihrem gewalttätigen Partner loskommen wollen.«

»Und was tut ihr für sie?«

»Wir besorgen ihnen und ihren Kindern eine neue Bleibe. Und in manchen Fällen verschaffen wir ihnen auch eine neue Identität.«

»Ist das legal?«

»In den meisten Fällen schon«, entgegnete Roxann und nickte. »Aber es ist schon ein paar Mal vorgekommen, dass ein Exmann Besuchsrecht erhalten hat, obwohl er nachweislich die Kinder misshandelt hatte.«

»Und?«

»Und in solch einem Fall missachtet die Frau das vom Gericht angeordnete Besuchsrecht, indem sie ihrem Ex den Kontakt zu den Kindern verweigert.«

»Das heißt, sie entführt sozusagen ihre eigenen Kinder.«

»Vom Gesetz her ja.«

Angora zog einen Schmollmund. »Ist es für dich gefährlich, wenn du ihnen hilfst?«

»Es besteht die Möglichkeit, wegen Behinderung beziehungsweise sogar wegen Missachtung der Justiz angeklagt zu werden ... was aber unwahrscheinlich ist.«

»Aber trotzdem ist es gefährlich.«

Roxann warf einen Blick in den Rückspiegel. »Die größte Gefahr ist die, dass der Exmann seine Frau aufspürt. Und es gab auch ein paar ganz Schlaue, die sich an die Fersen von *Rescue*-Mitarbeitern geheftet haben, die ihren Frauen bei der Umsiedlung geholfen haben.«

»Unterliegt das nicht alles höchster Geheimhaltung?«

»Eigentlich schon, aber es gibt immer wieder undichte Stellen. Aus diesem Grund benutzen die Helfer manchmal eine Verkleidung oder einen falschen Namen, wenn sie eine Familie transportieren. Und wir wechseln ständig unseren Wohnsitz.«

Angora beugte sich nah heran. »Und du gehörst zu diesen Helfern?«

»Mhm.«

»Wow. Bist du jemals bedroht worden?«

»Ach ... nicht ernsthaft.« Erneut blickte Roxann in den Rückspiegel – wahrscheinlich eine Art Reflex, schloss Angora.

Sie selbst hatte keine Reflexe, abgesehen von dem Bedürfnis, dass die Farben von ihrem Lippenstift und ihrem Nagellack zusammenpassten. »Bekommst du dafür Geld?«

»Ein wenig, aber für meine Lebenshaltungskosten und ein paar Extras habe ich noch andere Jobs.«

»Was für Jobs?«

Roxann hob die Schultern. »Alles, was sich damit vereinbaren lässt. In letzter Zeit habe ich gekellnert.«

»Du machst Witze.«

»Nicht dass ich wüsste.«

»Oh Gott, wie aufregend – am Tag Kellnerin und nachts Helferin.«

»Weniger aufregend, sondern einfach nur stressig.«

Angora rümpfte die Nase. »Ich wette, du musst hässliche Schuhe tragen.«

Roxann lachte. »Jetzt nicht mehr. Ich bin nämlich gefeuert.«

»Gefeuert? Warum das denn?«

»Weil eine Umsiedlung länger gedauert hat als geplant und ich deswegen zu spät gekommen bin.«

»Wissen die Leute im Restaurant nichts von deiner Nebentätigkeit?«

»Nein. Es ist nämlich besser, es nicht an die große Glocke zu hängen.«

Angora fuhr sich mit der Zunge über die Lippen – das hier war besser als Kino. »Bist du gestern Abend angerufen worden wegen einer ... wie nennt sich das noch gleich?«

»Wegen einer Umsiedlung? Ja.«

Sie seufzte und lehnte vorsichtig ihren schmerzenden Kopf zurück – oh, was für eine Sache. Und währenddessen zog das Leben an ihr vorüber, als wäre sie eine dieser Statuen in dem Seitenflügel des Museums, zu denen nur Schulklassen den Weg fanden, und das auch nur unter Protest.

»Wie fühlst du dich inzwischen?«, fragte Roxann.

»Erbärmlich.«

»Um diese Uhrzeit sind wir in null Komma nichts bei dir zu Hause.«

Sie zog der vorbeifliegenden Gegend, die noch im Dunkeln lag, eine Grimasse. »Von mir aus brauchst du dich nicht zu beeilen.«

»Hey, der heutige Tag kann gar nicht so schlimm werden wie der gestrige.«

»Oh doch. Inzwischen wird Mutter sich alle Argumente zurechtgelegt haben, was ich hätte tun sollen, um Trenton daran zu hindern, mich vor dem Traualtar stehen zu lassen, und gleichzeitig wird sie schon einen Plan ausgeheckt haben, um ihr Gesicht zu wahren.«

»Dee ist wirklich ... hundertprozentig.«

»Und noch im Bett, wie ich hoffe. Wenn ich Glück habe und das Mädchen dichthält, wird Mutter nicht vor dem Abendessen erfahren, dass ich im Haus bin.«

Aber es sollte nicht sein. Die riesige Villa, die Angoras Vater vor fünfundzwanzig Jahren nach Dees Vorgaben gebaut hatte, war hell beleuchtet.

»Ich habe ganz vergessen, wie groß euer Haus ist«, murmelte Roxann.

Angora schluckte. »Ich glaube, ich steh das nicht durch.«

Die Eingangstür ging auf, und die Silhouette ihrer Mutter in einem wallenden Morgenmantel war zu erkennen. Sie wirkte nicht besonders erleichtert darüber, ihr einziges Kind wieder gesund und munter vorzufinden.

»Ich muss mich korrigieren – ich weiß, dass ich das nicht durchstehe.«

Roxann stieß einen verächtlichen Laut aus. »Was kann sie dir schon Schlimmes antun?«

Den Kopf schütteln. Die Augen verdrehen. Mich zur Schnecke machen.

»Oh, das hätte ich fast vergessen.« Roxann drehte sich nach hinten und hob den Deckel der Kiste hoch. »Hier ist noch deine Krone. Und deine Lebensliste.«

Angora setzte sich das Diadem auf und fühlte sich wie immer durch sein Gewicht sofort getröstet. Dann faltete sie mit zitternden Händen die Seiten auseinander. »Irgendwie schien alles viel einfacher, als wir diese Listen geschrieben haben.«

»Es war auch alles viel einfacher.«

»Hast du dir jemals gewünscht, die Zeit zurückdrehen zu können?«, stammelte Angora leise durch einen Tränenschleier hindurch.

Roxann wandte den Blick ab. »Manche Dinge würde ich heute bestimmt ganz anders machen, keine Frage.«

Angora sah wieder zu dem Haus. Selbst aus dieser Entfernung konnte sie erkennen, dass Dee mit dem Fuß auf den Boden klopfte. »Kommst du mit rein, Roxann?«

»Ich glaube nicht –«

»Nur für ein paar Minuten. Wenn du dabei bist, wird sie nicht gleich völlig ausflippen. Ach, bitte.« Sie war sich nicht zu schade, diesen kummervollen Blick aufzusetzen, mit dem sie früher ihre Cousine immer herumgekriegt hatte.

Roxann stieß einen Seufzer aus. »Aber nur für ein paar Minuten.«

»Du hast was gut bei mir.« Angesichts von Roxanns nachdenklichem Gesichtsausdruck fragte sie sich, ob ihre Cousine sich noch an den Pakt erinnerte, den sie seinerzeit miteinander geschlossen hatten. Sie schuldeten sich gegenseitig etwas.

Nachdem sie einmal tief Luft geholt hatte, raffte Angora

ihr schmutziges Brautkleid zusammen und glitt von dem Beifahrersitz. Obwohl sie sich in der Jogginghose und den Pumps albern vorkam, schritt sie tapfer voran, den erlesenen Steinweg hoch, auf ihre wütende Mutter zu. Wie immer brannte in ihr noch ein winzig kleiner Funken Hoffnung, dass Dee die Arme ausbreiten und ihr Trost spenden würde. Aber als Angora in die Reichweite einer Umarmung kam, drehte sich ihre Mutter auf dem Absatz ihrer Pantoletten um und marschierte ins Haus. Angora blieb nichts anderes übrig, als ihr hinterherzugehen. Roxann folgte ihr mit ein paar Schritten Abstand.

Dee rauschte in den Salon, wo sie eine dramatische Drehung um die eigene Achse vollzog, sodass sich der Stoff ihres Morgenmantels bauschte. »Nun?«

»Was, nun?«, entgegnete Angora.

»Nun, was hast du mir zu sagen?«

»Ähm ... Es tut mir Leid, dass ich vor dem Traualtar den Laufpass bekommen habe?«

»Sei nicht frech, junge Dame. Du hast mich und deinen Vater in eine äußerst peinliche Situation gebracht und dich dann einfach aus dem Staub gemacht mit ...« Sie warf einen Blick auf Roxann. »Mit der da. Also wirklich. Und was dich betrifft, Roxann, wie kann man seine gute Erziehung nur so mit den Füßen treten?«

Roxann erwiderte nichts darauf, sondern begnügte sich lediglich mit einem vagen Lächeln.

Der enttäuschte Blick von Dee, mit dem sie Roxann bedachte – er sprach Bände, ähnlich der Enttäuschung einer Mutter gegenüber ihrem geliebten, aber ungehorsamen Kind. Schon immer hatte Angora vermutet, dass Dee sich in ihrem tiefsten Innern Roxann als Tochter gewünscht hätte, mit ihrer Intelligenz und ihrer zugegeben natürlichen Schönheit. Der Umstand, dass Roxann nicht mehr aus ihrem Äußeren machte, verursachte Dee nach wie vor Kopfzerbrechen.

»Es tut mir ernsthaft Leid, dass ich mich so mir nichts dir nichts aus dem Staub gemacht habe, Mutter«, murmelte sie. »Aber ich musste da einfach raus.«

Dees Blick schnellte wieder zu ihr zurück. »Und hast es getrost den anderen überlassen, das Chaos zu beseitigen, das du angerichtet hast.«

»Aber es war Trenton, der es sich plötzlich anders überlegt hat.«

»Der Junge hat eben kalte Füße bekommen, mehr nicht. Hätte deine Cousine sich nicht eingemischt und hättest du dich nicht völlig kopflos verhalten, dann hätte man gestern alles wieder einrenken können ... und du wärst bereits in den Flitterwochen, statt hier in Zigeunerlumpen zu stehen und wie eine Pennerin zu stinken.«

»Es war nicht ihre Schuld«, wandte Roxann ein. »Also hör auf damit.«

Daraufhin drehten sich beide zu ihr um. Mit verschränkten Armen lehnte Roxann am Türrahmen.

»Deine Anwesenheit ist hier überflüssig«, erwiderte Dee spitz. »Und schaff diesen Schrotthaufen aus meiner Einfahrt.«

Roxann stieß sich von dem Türrahmen ab. »War schön, dich wiederzusehen, Angora. Viel Glück in Chicago.«

Angora sah ihr nach, wobei sie das Gefühl hatte, als würde ihr die letzte Verbindung zur Freiheit entrissen. Sie war nicht einmal fähig, ein »Tschüss« hervorzubringen. Als sich die Eingangstür schloss, kamen ihr die Tränen. Sie wandte sich wieder zu Dee. »Mutter, es tut mir wirklich Leid. Ich weiß ... du und Daddy, ihr habt viel Geld für die Hochzeit ausgegeben ...«

»Das Geld ist unwichtig«, unterbrach Dee sie mit einer

wegwerfenden Geste. »Schließlich habe ich eine Versicherung abgeschlossen.«

Ungläubig kniff Angora die Augen zusammen. »Was?«

»Ich habe eine Versicherung über die Rückerstattung der Hochzeitskosten abgeschlossen für den Fall, dass so etwas passiert.«

»Für den Fall, dass ich sitzen gelassen werde?«, sagte Angora fassungslos.

Dee seufzte. »Nun, offenbar hatte ich Recht, nicht wahr?«

Angora erstarrte innerlich, während ihre Beine sich wie von selbst in Bewegung setzten und sie in die Eingangshalle trugen, wo sie zuvor ihre Handtasche auf dem Tisch hatte liegen sehen. Sie stopfte ihre Liste in die Prada-Tasche – Gott sei Dank passte schwarzes Krokodilleder zu allem, selbst zu Flanell – und hängte sie sich über die Schulter.

»Wohin willst du, junge Dame?«

»Bloß weg von hier.« Sie eilte zur Eingangstür, riss sie auf und rannte, soweit es ihre hohen Absätze zuließen, die Eingangsstufen so schnell wie möglich hinunter. »Roxann! Roxann, warte!«

Der Wagen rollte bereits davon, doch zu ihrer großen Erleichterung leuchteten die Bremslichter auf.

Sie lief zur Beifahrertür und zerrte daran, bis diese aufschwang.

»Was ist los?«, fragte Roxann.

»Ich kann hier nicht bleiben. Nimm mich mit.«

»Angora ...«

»Bitte, Roxann.« Sie quetschte ein paar Tränen der Verzweiflung hervor. »*Bitte*.«

10

Roxann musterte Angoras tränenüberströmtes Gesicht. Sie konnte sich die herzlosen Dinge durchaus vorstellen, die Dee von sich gegeben hatte – die Frau war eine richtige Xanthippe. Dennoch, da nach wie vor die Möglichkeit bestand, dass Frank Cape ihr auf den Fersen war, war Angora das Letzte, was sie jetzt gebrauchen konnte. Außerdem wollte sie ihre Cousine nicht in das Dilemma mit hineinziehen.

»Oh Gott, Mutter ist im Anmarsch. *Bitte,* Roxann!«

Sie seufzte. Immerhin war Angora ihre einzige Verwandte, die etwas mit ihr zu tun haben wollte. Die Gesellschaft ihrer geschwätzigen Cousine würde zudem das Gefühl der Einsamkeit lindern, unter dem sie in letzter Zeit litt. Und außerdem ... sollte Frank Cape sie tatsächlich aufspüren, würde eine Zeugin ihn vielleicht abschrecken. Im Außenspiegel konnte sie sehen, dass Dee immer näher kam, mit wehendem Morgenmantel.

»Na gut, steig ein.«

Mit einem glücklichen Jauchzer schwang sich Angora auf den Sitz und zog rasch die Tür zu. »Gib Gas.«

Roxann ließ den Motor aufheulen, der prompt eine Fehlzündung produzierte und eine blaue Rauchwolke hinterließ, von der ihre Tante verdeckt wurde. Jetzt hatte sie wohl endgültig ihr Schicksal besiegelt, was Dees Testament betraf.

Angora lachte wie ein Kind. »Danke, danke, danke. Ich hätte es keine Sekunde länger in diesem Haus ausgehalten.« Dann stieß sie einen Seufzer aus. »Dieses Mal habe ich es mir mit Mutter endgültig verdorben.«

Hätte es Angora bis zur Miss America gebracht, wäre sie bestimmt für ihre passive Agressivität berühmt geworden, die sie mittlerweile regelrecht perfektioniert hatte. So lange die Mustertochter spielen, bis sie es nicht mehr aushielt. Dann aus der Rolle fallen, von Gewissensbissen geplagt werden, unter Tränen gestehen, um Verzeihung flehen und wieder von vorn beginnen. Roxann verlangsamte das Tempo. »Soll ich dich wieder zurückbringen?«

»Auf keinen Fall!«

Beeindruckt beschleunigte Roxann wieder. »Gib Dee etwas Zeit, sie wird sich schon wieder beruhigen.«

Angora schnaubte verächtlich. »Mutter wird sich niemals ändern. Wenn ich mal tot bin, wird sie an meinem Sarg stehen und sich wegen meiner Lachfältchen grämen.«

Dabei hatte sie gestern noch selbst das Radio lauter gestellt, als die Werbung für eine neue Antifaltencreme lief. »Sie meint es nur gut«, sagte Roxann. Tatsächlich aber war Dee einfach durch und durch gehässig, aber es nutzte nichts, Angora noch mehr gegen sie aufzubringen.

Angora rutschte auf ihrem Sitz herum, wobei sie das Schweigen überbrückte, indem sie den Flanellstoff ihrer Hose um den Hüftgurt herum hochzupfte. »Schon komisch – von deiner Mutter weiß ich fast gar nichts mehr«, murmelte sie. »Außer dass sie wie Möbelpolitur mit Zitronenduft gerochen hat.«

Roxann kniff die Augen zusammen – über ihre Mutter hatten sie sich noch nie unterhalten, selbst zu jener Zeit nicht, als sie noch zusammengewohnt hatten. »Sie ... Mum war ständig am Saubermachen. Damals hat Dad nämlich Wert auf ein sauberes Haus gelegt.« Zumindest solange jemand anderer die Putzarbeit erledigte. Und das Kochen. Und auch das Abholen.

»Fehlt sie dir?«

Unerwartet brannten Roxanns Augen. »Natürlich.«

»Ich bezweifle, dass mir Dee jemals fehlen könnte – ist das nicht traurig?«

»Ziemlich«, pflichtete Roxann ihr bei. »Aber ich glaube nicht, dass du das wirklich ernst meinst.«

Angora gab einen nicht zu deutenden Laut von sich. »Roxann, warum haben sich deine Eltern damals scheiden lassen?«

Roxann zwang sich, sich auf den Verkehr zu konzentrieren. »Weil sie nicht zueinander gepasst haben. Damals war Dad ein Tyrann. Hat sie ständig kontrolliert. Eifersüchtig ohne Ende. Und Mum war es schließlich irgendwann Leid, schätze ich.«

»Dabei macht dein Dad den Eindruck, als wäre er ein herzensguter Mensch.«

»Ich habe durchaus noch schöne Erinnerungen an früher«, räumte Roxann ein. »Trotzdem war Dad alles andere als herzensgut. Und als Mom ... als sie beschlossen haben, sich zu trennen, wurde er immer verbitterter.«

»War da ein anderer im Spiel?«

Alles sträubte sich dagegen, ihrer Mutter die Schuld zu geben. »Mutter hatte zwar einen Freund, aber das war rein platonisch.«

»Aber dein Dad hat das nicht so gesehen?«

Roxann schürzte die Lippen und nickte bedächtig. »Deshalb hat er den Kontakt zu ihr auch unterbunden – nicht, weil er allein für meine Erziehung verantwortlich sein wollte, sondern um es ihr heimzuzahlen.«

»Dein Dad hält sehr große Stücke auf dich. An Weihnachten lautet jeder zweite Satz von ihm: ›Roxann ist unglaublich intelligent.‹«

Roxann grinste spöttisch. »Das sagt er bloß, um Dee eins auszuwischen.« Außerdem wusste nur sie, wie es tatsächlich gemeint war – wie oft hatte ihr Vater erwähnt, dass er lieber ein Kind hätte, das »schlau« ist statt »intelligent«. Sie war sich sicher, dass er ihr Diplom eingerahmt hatte als spöttische Erinnerung daran, dass sie nichts aus ihrer Ausbildung gemacht hatte.

»Wohin fahren wir eigentlich?«, fragte Angora, als würde es sie mit einem Mal interessieren.

»Nach South Bend.«

Ihre Augen leuchteten auf. »Zur Homecoming Week?«

»Tja ... ich schätze, das ist der richtige Zeitpunkt. Eigentlich habe ich vor, Nell Oney für ein paar Tage zu besuchen – erinnerst du dich noch an Dr. Oney?«

Angora runzelte die Stirn. »Glaub schon. Hat sie nicht Philosophie gelehrt?«

Roxann nickte. »Und sie hat mich bei *Rescue* eingeführt.« Roxann brauchte keinen Psychiater, um sich einzugestehen, dass Nell für sie damals ein höchst willkommener Mutterersatz gewesen war – weise, beherrscht, aufmerksam. Obwohl sie gern mit dieser Frau, die ein besonderes Interesse für sie entwickelt hatte, in Kontakt geblieben wäre, waren mit der Universität und den dazu gehörenden Menschen zu viele bittersüße Erinnerungen verbunden.

»Habt ihr zwei etwa geschäftliche Dinge zu regeln?«, wollte Angora wissen.

»Sozusagen.«

»Denkst du, es macht ihr etwas aus, dass ich dabei bin?«

»Das nicht, aber trotzdem darfst du mit keinem über das reden, was ich dir über das Programm anvertraut habe.«

»Von allen Leuten weißt du am besten, dass ich ein Geheimnis für mich behalten kann.«

Roxann warf einen Blick zu ihr hinüber, während sich ihr Magen verkrampfte. »Bitte nicht, Angora.«

Für den Bruchteil einer Sekunde funkelte Trotz in Angoras großen blauen Augen, und für einen Moment beschlich Roxann die entsetzliche Befürchtung, Angora könnte an ihren Eltern und der Welt Rache ausüben, indem sie ihr gemeinsames Geheimnis verriet. Es gab nämlich nichts Gefährlicheres als jemanden, der glaubte, nichts mehr verlieren zu können. Sie schluckte.

»Roxann, hast du jemals das Bedürfnis gehabt, jemanden umzubringen?«

Der ernste Unterton in Angoras Stimme ließ bei Roxann sofort sämtliche Alarmglocken läuten. »Jeder ... hat mal Momente, wo er völlig außer sich ist«, entgegnete sie vorsichtig.

»Das meine ich nicht«, erwiderte Angora, den Blick auf Roxann geheftet. »Sondern ernsthaft das Bedürfnis, jemanden umzubringen.« Nervös verkrampfte sie die Hände im Schoß. »Ich zum Beispiel glaube, ich könnte Trenton umbringen, ohne die geringsten Gewissensbisse.«

Ein kalter Schauer rieselte Roxanns Nacken herunter, während ihr wieder einfiel, dass sie sich damals zu Collegezeiten hin und wieder über Angoras seelische Verfassung Gedanken gemacht hatte. »Leidenschaft ist eben ein starkes Gefühl. Manchmal meint man, jemanden zu hassen statt zu lieben.«

Aber Angora schien mit ihren Gedanken ganz woanders zu sein. »Alles, was ich weiß, ist, dass ich mein Leben zu lange mit Warten verbracht habe, weil ich den Versprechungen von irgendwelchen Männern geglaubt habe.« Ihre Stimme hatte einen bitteren Klang angenommen. »Wie kommen diese Mistkerle nur darauf, dass eine Frau ein Gebrauchsgegenstand ist, den man einfach wegwirft, wenn er einem lästig wird?«

Roxann bemühte sich, möglichst viel Trost in ihre Stimme zu legen. »Im Moment bist du noch tief gekränkt, aber bis wir in South Bend sind, wird es dir besser gehen.«

Angoras Augen füllten sich mit Tränen, und ihre Lippen wurden schmal. »Ich schwöre bei meinem Diadem, dass der nächste Kerl, der mich herumschubst, es fürchterlich bereuen wird.«

Ihre Cousine wäre nicht die erste Frau, die vor lauter Demütigung zum Gegenschlag ausholt, wie all diese Interviews von fassungslosen Nachbarn in Morgenmänteln in den Fernsehnachrichten zeigten, deren Kommentar lautete: »So eine nette junge Frau, wer hätte das gedacht?«

Dann erlosch das Funkeln in den Augen ihrer Cousine so rasch, wie es gekommen war, um einem Ausdruck von Zerknirschung zu weichen. »Ich weiß nicht, was ich getan hätte, wenn du gestern nicht aufgetaucht wärst, Roxann. Oder wenn du mich nicht mitgenommen hättest. Scheint so, als würdest du mich immer in letzter Sekunde retten.«

Von plötzlicher Rührung regelrecht übermannt, war Roxann zu keiner Antwort fähig.

»Ich weiß, ich weiß – scheinbar habe ich es ständig nötig, gerettet zu werden.«

»Das habe ich nicht gesagt.«

»Aber gedacht.« Angora holte tief Luft und stieß sie geräuschvoll wieder aus. »Ist schon gut, von jetzt an werde ich mein Leben selbst in die Hand nehmen.«

Roxann verkniff sich eine Bemerkung – das Einzige, was Angora jemals selbst in die Hand genommen hatte, waren ihre Kreditkarten. Trotzig reckte Angora das Kinn vor. »Außerdem brauche ich Trenton nicht – schließlich kann ich jederzeit einen Mann haben, wenn ich das will.«

Als attraktive Blondine war es ihrer Cousine zwar nie schwer gefallen, die Aufmerksamkeit der Männer auf sich zu lenken, doch früher oder später ergriffen sie schnell wieder die Flucht: zu prüde, zu unselbstständig, zu verwöhnt, zu tugendhaft. Angoras Problem lag nicht darin, einen Mann zu »kriegen«, was für keine Frau schwierig sein dürfte. Aber ihn zu halten – das war der Knackpunkt.

»Tatsächlich«, fuhr Angora fort, »kann ich sogar einen finden, der besser aussieht und ein perfekter Liebhaber ist.«

»Und das könntest du beurteilen?«, hakte Roxann sanft nach.

»Ja.« Angora wickelte eine Haarsträhne um ihren Zeigefinger – ein untrügliches Zeichen, dass sie log. Dann seufzte sie auf. »Nein.«

»Lass den Kopf nicht hängen.«

»Roxann, wie viele zweiunddreißigjährige Jungfrauen kennst du?«

Der Wagen schlingerte, wobei Roxann ihn schnell wieder unter Kontrolle hatte. »Du bist immer noch Jungfrau?«

»Ich hätte wohl besser den Mund gehalten.«

»Nicht doch ... Ich bin nur überrascht, mehr nicht, zumal du hübsch bist und auch schon verlobt warst.«

»Und zumal ich schon so alt bin?«

»Wir sind gleich alt.«

»Du hast meine Frage nicht beantwortet. Also, wie viele zweiunddreißigjährige Jungfrauen kennst du?«

»Tja ... ich habe nicht so viele Freundinnen, aber ich bin mir sicher ...« Hilflos verstummte sie. »Na schön, ich kenne keine einzige zweiunddreißigjährige Jungfrau.«

Daraufhin zog Angora eine kleine, rosafarbene Schachtel aus ihrer Handtasche. »Ein Geschenk für die Hochzeitsnacht von Mutter – Kondome.«

»Dee ist wohl noch nicht bereit, Großmutter zu werden, oder?«

»Nein.« Sie zog ein Kondom heraus und las das Etikett. »Diese Dinger sind aus Lammhäuten gemacht.«

»Aus Schafsdärmen.«

»Hä?«

»Eigentlich sind sie aus Schafsdärmen gemacht. Aber ›Lammhäute‹ verkauft sich besser.«

»Oh, das ist krass.«

Roxann zuckte die Achseln. »Das sind die besten, was das Prädikat ›gefühlsecht‹ betrifft. Kompliment an Dee.«

»Weil sie das weiß?«

»Weil sie dich wissen lässt, dass sie es weiß.«

»Ach so. Tja, das einzige Thema, mit dem mir Mutter noch häufiger in den Ohren lag als mit meinen Lachfältchen und meiner Taille war Sex – sie hat gesagt, sie würde mich umgehend aus ihrem Testament streichen, wenn sie herausfinden würde, dass ich nicht bis zu meiner Hochzeitsnacht gewartet habe.« Sie stopfte die Kondomschachtel wieder in ihre Handtasche.

»Und woher sollte sie das erfahren?«

»Von meinem Frauenarzt.«

»Was?«

»Ich bin beim selben Frauenarzt, seit ich fünfzehn bin, und sie hat mir gesagt, er würde es ihr erzählen, falls ich jemals ... du weißt schon.«

Roxann knirschte mit den Zähnen. »Angora, das ist nicht nur unmoralisch, sondern zudem unrechtmäßig. Dein Arzt darf seine Schweigepflicht über deinen ... Zustand nicht brechen, selbst nicht Dee gegenüber. Aber das muss dir doch bekannt sein.«

»Für Mutter gelten andere Gesetze.«

Wie sollte sie nur vernünftig mit einer Frau reden, deren gesunder Menschenverstand von einer selbstsüchtigen, herrischen Mutter paralysiert worden war? »Angora, es ist nichts Verkehrtes daran, in deinem Alter noch Jungfrau zu sein, aber das sollte auf deiner eigenen Überzeugung basieren und nicht auf der deiner Mutter.«

Angora legte den Kopf schief. »Du hast ja so Recht. Ich denke, es ist höchste Zeit, dass ich mir einen anderen Frauenarzt suche. Und meinen sexuellen Horizont erweitere.«

Das klang gut, nur dass Angora wieder einmal »sexell« sagte – wie immer, als wären drei Silben zu anschaulich. »Das ist dein gutes Recht«, pflichtete Roxann ihr bei, einfach weil Angora das Etikett »promiskuitiv« niemals verliehen werden würde, selbst dann nicht, wenn sie es auf einer Schärpe tragen sollte.

»Vielleicht werde ich ja mit einem berüchtigten Playboy ins Bett gehen«, murmelte Angora. »Mit einem ... der es faustdick hinter den Ohren hat. Oder mit einem älteren Mann.« Sie grinste. »Vielleicht schlafe ich ja mit Dr. Seger. Um einen weiteren Punkt auf meiner Liste abzuhaken.«

Roxanns Magen krampfte sich zusammen, aber sie schob es auf die unglückliche Getränkewahl vom vorherigen Abend. »Das ist eine interessante ... Möglichkeit.«

»Wirst du bei der Junggesellenversteigerung für ihn bieten?«

»Darüber habe ich noch gar nicht nachgedacht.« Lügnerin, Lügnerin.

»Dann mal los, lass uns doch einen Mann ersteigern.«

»Bei meinem Budget ist nur einer aus Gummi drin.«

Angora war jedoch von ihrer Idee ganz angetan. »Wie lange brauchen wir noch bis zur Uni?«

»Wenn wir keine größere Pause einlegen, etwa fünfzehn Stunden, schätze ich.«

Angora hüpfte auf ihrem Sitz auf und ab, sodass ihr Diadem verrutschte. »Wie wärs, wenn wir es gemächlich angehen lassen und auf unserer Fahrt ein paar Punkte von unseren Listen erledigen?«

Obwohl Roxann gerne etwas Enthusiasmus an den Tag gelegt hätte, gelang es ihr nicht. »Angora, wir müssen uns nicht an eine dumme Liste halten, die mal in unserem jugendlichen Überschwang entstanden ist.« Überdies verschaffte es ihr ein ungutes Gefühl zu sehen, wie viele der Dinge, die ihr einmal wichtig gewesen waren, unerledigt geblieben waren.

»Ach, komm schon – das wird bestimmt lustig«, beschwatzte Angora sie. »Wie in alten Zeiten.«

Bloß dass, wie sie sich erinnerte, die »alten Zeiten« für keine von beiden wirklich lustig gewesen waren. Von der Seite warf sie Angora einen Blick zu. »Was hast du dir denn so vorgestellt?«

Angora zupfte am Kragen des ausgeblichenen Flanellhemds. »Als Allererstes natürlich ein neues Outfit kaufen.«

Natürlich.

Ihre Cousine deutete vage auf die Karte, die auf dem Sitz zwischen ihnen lag. »Dann such uns mal schnell den Weg zum nächsten Einkaufszentrum, am liebsten eins mit einer Saks-Fifth-Avenue-Boutique.«

Roxanns Antwort war ein Stöhnen.

»Hey, ein paar neue Klamotten könnten dir auch nicht schaden, Süße. Du läufst nämlich noch genauso herum wie damals im College.«

Roxann reckte den Hals, um sich kritisch im Rückspiegel zu mustern. »Ich sehe bestimmt nicht so aus wie früher.« Zum Beispiel hatte sie jetzt diese Fältchen um die Augen. Und fünf graue Haare, alle an einer Schläfe.

»Du machst wohl Witze? Du bist quasi mit der Zeit stehen geblieben.« Mit einem »Ts-Ts« bedachte Angora ihre ausgewaschenen Jeans. »Was jedoch nicht unbedingt von Vorteil ist.«

Klamotten kaufen – eine Grauen erregende Vorstellung. Trotz ihres damaligen Aushilfsjobs in der Boutique hatte sie im Gegensatz zu Angora kein Auge für Farben oder Stil. »Bis Mittag müssten wir in Jackson sein, vielleicht finden wir da ja einen Wal-Mart.«

»Ich meine es ernst.« Angora kam jetzt richtig in Fahrt. »Du könntest dir zum Beispiel die Augenbrauen mit Wachs in Form bringen.«

»Ich ziehe es vor, sie mit einem Flammenwerfer wegzusengen.«

»Und hast du jemals darüber nachgedacht, deine Haare wachsen zu lassen?«

Roxann verdrehte die Augen hoch zu ihren Ponyfransen, die ihr in die Brauen hingen. »Nein. Aber ein Besuch beim Friseur wäre tatsächlich nötig.«

»Es ist wieder in, die Haare lang und glatt zu tragen. Du würdest damit absolut exotisch aussehen.« Sie schnalzte mit den Fingern. »Ich habs – künstliche Haarverlängerung.«

»Du hattest schon immer die fixe Idee, mich umzustylen.«

»Und du hattest schon immer die fixe Idee, deine Klamotten auf dem Flohmarkt zu kaufen.«

Die konnte sie sich wenigstens leisten. Und die jungenhaften Klamotten verstärkten außerdem ihr Image als rebellischer Teenager. Tatsächlich war sie in den späten Achtzigern immer aufgefallen, als die meisten jungen Frauen es mit ihren hochtoupierten Langhaarfrisuren und einem betont auffälligen Kleidungsstil auf die Spitze getrieben hatten. Zwar hatte Carl ihre Individualität bewundert, aber vielleicht wurde sie allmählich ja doch zu alt für Jeans und T-Shirts. Außerdem, da zurzeit der Retrostil wieder stark im Kommen war, lief sie Gefahr, unfreiwillig einem Trend zu folgen – nein danke.

Gähnend lehnte Angora den Kopf zurück. »Sag mal, Cousinchen, hast du eigentlich einen Freund?«

Roxann konzentrierte sich auf die Straßenschilder und fuhr in Richtung Interstate. »Nein. Ich gehe selten aus.« Selbst damals, als sie noch in Birmingham gewohnt hatte, hatten sie und Richard sich selten verabredet. Wenn sie sich einsam gefühlt hatte, war sie in die Kneipe oder das Kaffeehaus gegangen, und wenn er dort gerade zufällig auftrat, war er anschließend mit zu ihr gegangen. Und wenn er sich einsam gefühlt hatte, hatte er mit Essen vom Thailänder vor der Tür gestanden.

»Wie sind die Männer in Biloxi?«

Capistranos Gesicht tauchte vor ihr auf. »Wie das Wetter – drückend und vorhersagbar.« Wahrscheinlich konnte er thailändische Küche nicht ausstehen.

»Fühlst du dich nicht einsam?«

»Dazu habe ich zu viel um die Ohren.« Definitiv ein Mann für Fleisch und Kartoffeln.

»Warst du jemals kurz davor zu heiraten?«

»Nicht dass ich wüsste.« Vermutlich fing er seine Beute noch selbst und erledigte sie mit bloßen Händen.

Angora stöhnte. »Männer sind solche Schweine – wieso können wir dann eigentlich nicht ohne?«

Roxann machte ein finsteres Gesicht. »Wer sagt, dass das auf mich zutrifft?«

»Willst du denn keine eigene Familie gründen?«

»Vielleicht. Irgendwann.« Dabei kamen ihr die beiden

letzten Punkte auf ihrer Liste in den Sinn, wobei die Nebensächlichkeit, einen geeigneten Samenspender zu finden, ein kleines Problem darstellte.

»Irgendwann? Roxann, ist dir eigentlich klar, dass in unserem Alter eine Schwangerschaft bereits mit Risiken verbunden ist?«

Bei ihrer letzten Vorsorgeuntersuchung hatte ihr Frauenarzt genau dasselbe gesagt. Bla, bla, bla.

»So wie ich es sehe, bleibt uns gerade noch ein gutes Jahr, um einen Mann zu finden, mit dem wir dann ein weiteres Jahr anständigen Sex haben, bis wir schwanger werden. Wenn das in unserem Alter überhaupt noch möglich ist. Immerhin werden unsere Eierstöcke auch älter, weißt du. Mit jedem Monat, der verstreicht, werden wir immer unfruchtbarer.«

»Hör auf.«

Angora schniefte beleidigt. »Mag sein, dass es dir nicht wichtig ist, aber ich habe mir immer vorgestellt, einen kleinen Jungen und ein kleines Mädchen zu haben. Ich würde niemals ein Einzelkind haben wollen, weil es einfach zu viel ...«

»Druck ist«, ergänzte Roxann.

»Genau. Aber Onkel Walt hat nie Druck auf dich ausgeübt.«

»Nein.« Sonst hätte er ihr ja Aufmerksamkeit schenken müssen. »Trotzdem glaube ich, dass die meisten Einzelkinder erkennen, dass die Erwartungen der Familie ganz allein auf ihren Schultern lasten.« Wenn sie ihrem Leben keinen Sinn verleihen würde, würde der Name Beadleman stets mit einer koketten Mutter verbunden sein, die ein vorzeitiges Ende gefunden hatte, und einem versoffenen Vater, der wahrscheinlich ausgestreckt in seinem Ruhesessel zu seinem Schöpfer zurückkehren würde.

Angora seufzte. »Diese Art von Druck kann einen zu verrückten Sachen verleiten, wohl wahr.«

»Wie zum Beispiel einen Mann heiraten, um deine Mutter glücklich zu machen?«

Es war nicht ihre Absicht gewesen, sie zu verletzen, aber Angora schloss die Augen und presste die Lippen aufeinander. »Oder Männern die kalte Schulter zeigen, um zur Märtyrerin für misshandelte Frauen zu werden?«

Roxann war derart verblüfft darüber, wie sehr sich Angoras Einschätzung mit ihrer eigenen deckte, dass ihr nichts anderes übrig blieb, als zu lügen. »Das ist doch lächerlich.«

»Ach ja? Dann bist du also offen dafür, einen Mann in dein Leben treten zu lassen? Offen für eine Heirat?«

Unwillkürlich fiel ihr ein, welche Vorteile es hatte, allein zu reisen – beispielsweise musste man keine blöden Fragen beantworten. »Äh, schätze schon. Darüber denke ich eher selten nach. Wenn es passiert, dann passiert es eben.«

»Oh, so ist das also – du glaubst wohl noch an Märchen. Nichts passiert einfach so. Du musst schon ein wenig nachhelfen.«

»Zu welchem Zweck?«

»Nun ja ... um bis in alle Ewigkeit glücklich zu sein, natürlich.«

»Erst gestern hast du vor dem Altar den Laufpass bekommen, und trotzdem glaubst du immer noch an dieses ›glücklich bis ans Lebensende‹?«

»Aber sicher. Was gibt es denn sonst?«

»Wie wärs mit ›zufrieden bis ans Lebensende‹?«

»Kann man denn ohne Mann zufrieden sein?«

Roxann nickte. »Ich jedenfalls bin auch ohne Mann zufrieden.« Das war zu vierundachtzig Prozent wahr.

Angora seufzte. »Dann hast du wesentlich mehr Kraft

als ich. Für mich wäre das nichts, ständig mit verängstigten Frauen zu tun zu haben, permanent umzuziehen und den Job zu wechseln, kein Geld zu haben, auf sich allein gestellt zu sein.« Erneut ein Seufzer. »Du bist wirklich tapfer.«

Roxann runzelte die Stirn. »Danke.«

»Das ist mein Ernst. Man muss Mut haben, um sein Diplom in die Ecke zu feuern und sich für andere in Gefahr zu bringen, für Menschen, die du nicht einmal kennst und vielleicht nie wiedersehen wirst.«

Roxann runzelte noch stärker die Stirn.

»Und dein eigenes Glück zu opfern, damit ...«

»Es reicht, Angora. Sonst werde ich noch rot.«

Wieder stieß Angora einen Seufzer aus.

»Bis jetzt war ich im Glauben, etwas aus meinem Leben gemacht zu haben, und jetzt fange ich wieder ganz von vorne an.«

»Hast du die ganzen Jahre für dieses Museum gearbeitet?«

»Ja, und es war furchtbar. Die behandeln mich dort wie eine Schwachsinnige.«

»Warum arbeitest du dann dort überhaupt?«

»Tja, Miss Streberin, weil ich nach der Uni längst nicht so viele Möglichkeiten hatte wie du. Mit meinem Diplom in Kunstgeschichte konnte ich nicht viel anfangen – Daddy konnte mich nicht einmal in der Hotelbranche unterbringen –, und die Stelle im Museum schien viel versprechend. Als ich erkannt habe, dass ich in einer Sackgasse gelandet war, kannte ich Trenton bereits und wollte in den Kreis seiner Familie aufgenommen werden.« Ihr Lachen klang hohl. »Schätze, ich bin tatsächlich schwachsinnig. Ich war nie eine von den Schlauen wie du. Aber das dürfte dir ja nicht neu sein.«

Nur dass ein hoher Intelligenzquotient einen noch lange nicht schlau macht. Wenn sie wirklich so schlau war, warum hatte sie dann zum Beispiel Angora auf ihrer Flucht mitgenommen? Im Augenblick saß diese Frau da und wartete sehnsüchtig auf einen brillanten Ratschlag von ihr.

»Du kannst niemanden dazu zwingen, dich zu lieben«, entgegnete Roxann bedächtig. »Du bist nämlich ganz allein für deine Gefühle und Taten verantwortlich.« Dieselben Phrasen hatte sie hunderten von Frauen nahe gelegt.

Angora hob den Kopf. »Weißt du, du hast vollkommen Recht.«

Ermutigt redete Roxann weiter. »Gibt es nicht einen kleinen Teil in dir, der erleichtert ist, dass du Trenton nicht geheiratet hast?«

»Nein, ich habe mich wirklich darauf gefreut, einen reichen Mann zu heiraten und mehrere hundert Meilen von meinen Eltern entfernt zu leben.«

So viel zu den magischen Worten.

»Ich bin nicht wie du, Roxann. Ich will alles – einen Mann, ein Haus, Kinder. Ich wäre nicht glücklich, wenn ich anderen dabei helfen würde, ihr Leben zu führen.«

Angesichts dieses zweifelhaften Kompliments war Roxann völlig sprachlos, aber zum Glück zog Angora eine Nagelfeile aus ihrer Handtasche und begann sich die Nägel zu feilen. Alles, was Angora gesagt hatte, entsprach der Wahrheit – sie hatte ihr Diplom tatsächlich weggeworfen, arbeitete mit verängstigten Frauen, zog permanent um, wechselte ständig die Jobs, lebte sparsam und war, jedenfalls die meiste Zeit, allein. Und sie half anderen dabei, ihr Leben zu führen. Also warum klang ihr Lebensstil, der früher von Edelmut und Abenteuer geprägt schien, mit einem Mal so trostlos, wenn jemand anderer ihn beschrieb?

Und was noch schlimmer war, Angora glaubte allen

Ernstes, dass sie Mann, Haus und Kinder geopfert hatte, um ihr Leben anderen zu widmen. In Wahrheit jedoch begann sie sich immer mehr über ihre undankbare Arbeit zu ärgern und auch über all die Not leidenden Frauen, die zwischen ihr und ihrem persönlichen Glück bis ans Lebensende standen.

Bei der Erinnerung an die unheimliche Nachricht auf ihrem Bildschirm erstarrte Roxann. Oh ja, sie war eine Heuchlerin, die sich mit leerem Herzen den Anschein von Wohltätigkeit gab. Sie zählte nämlich auf die Dankbarkeit der verzweifelten Frauen, die sie unterstützte, um die Leere in ihrem Leben zu füllen. Das war nicht fair, geschweige denn akzeptabel.

»Bist du okay?«, fragte Angora. »Du siehst ein bisschen blass aus.«

»Bin noch immer etwas verkatert«, log Roxann.

»Möchtest du, dass ich fahre?«

Angora hatte acht Versuche benötigt, um ihre Führerscheinprüfung zu schaffen. »Nein, ich bin fit. Warum machst du nicht einfach ein Nickerchen?« Nun, da sie die Auseinandersetzung mit Dee hinter sich hatte, war Angora geschafft und gähnte nach jedem Satz. Zudem wollte Roxann in Ruhe ihren Gedanken nachgehen – nicht gerade ein gutes Zeichen nach zehn Meilen Autobahn auf einer Reise, die zwei Wochen dauern sollte.

»Nein ... ich möchte wach bleiben«, widersprach Angora, aber ihre Stimme klang bereits schläfrig. Sie klemmte ihre Handtasche hinter den Kopf und lehnte sich zurück. Ihre Lider flatterten. »Also bitte nicht einschlafen ... bei dem ...«

Wieder einmal machte sich die Nasenkorrektur durch lautstarkes Schnarchen bemerkbar. Roxann schüttelte den Kopf. Erneut fragte sie sich, was sie sich da angetan hatte, und das zum denkbar ungünstigsten Zeitpunkt. Sie korrigierte den Innenspiegel, auf der Hut vor einem Verfolger, aber um diese Uhrzeit waren nur wenige Fahrzeuge auf den Umgehungsstraßen von Baton Rouge unterwegs. Außerdem – sollte Frank Cape ihr gefolgt sein, hatte er wahrscheinlich längst aufgegeben, nachdem er sie bei ihrem Vater nicht angetroffen hatte.

Ihr Vater ...

Sie würde es sich niemals verzeihen, wenn ihm etwas zustoßen würde, nur weil sie dubiosen Umgang pflegte. Bei einem Drive-in bog Roxann ab und bestellte einen großen Becher Kaffee. Anschließend wählte sie die Nummer ihres Vaters auf ihrem Handy an für den Fall, dass er seinen Angelausflug vorzeitig abgebrochen hatte. Doch wie erwartet, sprang sein Anrufbeantworter an, und sie fühlte sich verpflichtet, mit ihm persönlich zu sprechen.

Als der junge Mann ihr den Kaffee durch das Fenster reichte, schwappte der heiße Inhalt über den Rand, sodass ihr der Vorfall mit Capistrano wieder in den Sinn kam. Wäre er an jenem Tag nicht aufgekreuzt und wäre sie nicht gefeuert worden, hätte sie vermutlich ihre Mittagspause für einen kurzen Abstecher nach Hause genutzt, um ihre Einkäufe zu verstauen, und hätte sich vielleicht in der Wohnung aufgehalten, als Frank Cape ihr den Besuch abstattete. Bei dem Gedanken daran bekam sie eine Gänsehaut. Dennoch war es nicht so, dass sie dem Detective für seine Einmischung etwas schuldig war.

Sie nippte an dem Kaffee, warf einen prüfenden Blick in den Rückspiegel und lenkte Goldie auf die Auffahrt zur Interstate. Währenddessen hatte Angora sich nicht einmal gerührt.

NPR war der beste Sender, den sie mit dem alten Kurzwellenradio empfangen konnte. So folgte sie ergeben einer lebhaften Diskussion über Kräuterzucht und war, nach einer lehrreichen Stunde über Nährboden, Sonneneinwirkung und Pflanzenauslese, versucht, die Sache mit *Rescue* hinzuschmeißen und stattdessen Rosmarin und Salbei in ihrer Freizeit zu ziehen. In der Tat vermittelten die bedächtigen Radiostimmen den Eindruck, als könnte der Weltfrieden tatsächlich erreicht werden, wenn jeder nur regelmäßig seine Pfefferminztriebe stutzen würde.

Am frühen Vormittag kam endlich der Rückruf ihres Vaters. Roxann war sich gar nicht bewusst gewesen, wie sehr sie sich Sorgen gemacht hatte, bis seine unverkennbare Reibeisenstimme in der Leitung ertönte.

»Hallo?« Er klang außer Atem, als wäre er soeben erst hereingekommen.

Ihr Herz wurde von einem Dutzend Emotionen übermannt. »Hi, Dad.«

»Roxann – wo steckst du? In meiner Einfahrt sitzt ein Polizist.«

»Hat er dir gesagt, wie er heißt?«

»Capistrano. Meinte, du würdest irgendwie in Schwierigkeiten stecken.«

Sie verdrehte die Augen. »Mir geht es gut, Dad.«

»Und warum ist er dann hier?«

»Das ist ein wenig kompliziert, aber er hat sich wohl in den Kopf gesetzt, mich zu verfolgen.«

»Sherwood hat gesagt, du hättest gestern Abend jemanden dabeigehabt.«

»Ja, Angora.«

Als ihr Name fiel, hörte das Schnarchen ihrer Cousine schlagartig auf, und sie hob den Kopf. Na, großartig.

»Ich dachte, deine Cousine heiratet an diesem Wochenende.«

»Hat sie auch. Ich meine, so war es zumindest geplant.«

Sie räusperte sich und sprach leiser. »Das ist eine lange Geschichte. Ich rufe dich in den nächsten Tagen wieder an und erkläre dir alles.«

Angora blinzelte zu Roxann herüber.

»Sag diesem Detective Capistrano vorerst, dass ich nach Biloxi zurückgefahren bin.«

»Bist du in Gefahr?«, fragte ihr Vater.

»Alles in Ordnung. Wirklich.«

Er stieß einen tiefen Seufzer aus. »So nutzt du also deine Ausbildung? Indem du mit zwielichtigen Gestalten Katz und Maus spielst?«

Sie musste einen Kloß herunterschlucken und kämpfte gleichzeitig gegen das Gefühl an, ein kleines Mädchen zu sein, das gerade etwas Schlimmes angestellt hatte. »Ich melde mich wieder, Dad.« Voller Gewissensbisse beendete sie das Gespräch und drehte sich anschließend mit einem fröhlichen Lächeln zu Angora. »Hast du dich ausgeruht?«

»Ja.« Angora streckte sich. »Worum ging es da gerade?«

»Ich habe meinen Vater angerufen, um ihm zu sagen, dass wir gestern in seinem Haus übernachtet haben.«

»Und wer ist dieser Detective Capistrano?«

»Niemand. Hey, ist das nicht ein Einkaufscenter?«

Wenn jemand leicht abzulenken war, dann war es Angora. »Oh ja! Nimm die Ausfahrt – jetzt hauen wir erst einmal etwas Geld auf den Kopf.«

»Ich habe nicht viel Geld bei mir«, wandte Roxann ein. Tatsächlich hatte sie genau vierzehn Dollar und zweiundzwanzig Cent in ihrer Geldbörse, die nicht einmal aus echtem Leder war.

Angora stieß ein »Pah!« aus. »Wer braucht schon Bargeld, wo ich doch Trentons goldene Kreditkarte habe?«

»Das habe ich überhört.«

11 **Angora** stand hinter Roxann und starrte auf das Spiegelbild ihrer Cousine. »Du siehst fantastisch aus.«

Neid kroch in ihr hoch, aber dann gewann der Stolz über das neue Outfit, das sie für Roxann mit ausgesucht hatte, doch die Oberhand. In dem Spiegel kreuzten sich ihre Blicke. »Ich sehe völlig lächerlich aus.«

Angora stieß einen Seufzer aus – es gab nichts Frustrierendes als eine schöne Frau, die ihre körperlichen Vorzüge verkannte. Wie viele Male hatte sie Dee sagen hören, dass die familientypischen Wangenknochen bei Roxann reine Verschwendung seien? Und eine ihrer beschämendsten Erinnerungen war die, als der Schönheitschirurg mit einem schwarzen Stift die Konturen auf ihre von Gott gegebene Knollennase nach einem Foto von Roxann zeichnete, das Dee mitgebracht hatte.

»Das ist die Nase meiner Mutter«, hatte Dee steif und fest behauptet, »und eigentlich hättest du sie haben müssen.«

Nachdem ihr Kiefer gebrochen und neu gerichtet und ihre Zähne begradigt worden waren, hätten sie und Roxann als Schwestern durchgehen können, abgesehen von den Hüften und den Haaren. Ihre natürliche Haarfarbe war mausbraun, doch Dee hatte sich in den Kopf gesetzt, dass jeder sie für naturblond halten sollte, weshalb Angoras Haare seit dem Kindergarten aufgehellt wurden.

»Du brauchst eben etwas Zeit, um dich an dein neues Aussehen zu gewöhnen«, versicherte Angora Roxann. »Das wird ihn bestimmt von den Socken hauen.«

»Wen?«

»Wen auch immer.«

Roxann gab einen verächtlichen Laut von sich, allerdings blieb Angora nicht die leise Veränderung in ihrer Haltung verborgen, als sie sich zur Seite drehte und ihre gertenschlanke Figur in der braunen Lederhose, der rosafarbenen Bluse und den hohen Stiefeletten musterte. Offensichtlich dachte sie gerade an jemanden.

Roxann zog am Bund der Hose. »Diese Hose liegt bei mir enger an als bei dem Tier, das sie ursprünglich als Haut getragen hat.«

Angora grinste und wandte sich zu der Verkäuferin, die sich dezent im Hintergrund hielt. »Das nehmen wir komplett, und alles andere auch.«

»Angora, es ist mir nicht recht, dass du die ganzen Klamotten für mich bezahlst.«

»Warum denn nicht? Immerhin habe ich dir meine Rettung zu verdanken.« Sie wedelte mit Trentons goldener American-Express-Karte. »Kein Limit.«

Mit elegantem Schwung gab sie der Verkäuferin die Karte. Für Trenton war der totale Bankrott immer noch zu gut nach all dem, was er ihr angetan hatte. Obwohl nun, mit dem zusätzlichen Vermögen von Darma Walker plus dem Erbe ihres verstorbenen Ehemanns, wesentlich mehr als ein Großeinkauf in einem Billigcenter nötig war, um auf ihn Eindruck zu machen, beziehungsweise Angoras Kummer zu lindern.

Die Wut, die seit gestern dicht unter der Oberfläche brodelte, verursachte ihr ein heißes Kribbeln auf der Haut. Ihr Hass auf Trenton war umso größer, weil sie ihm diese wahrscheinlich psychisch bedingten Hautflecken verdankte. Unfähig, sich zu beherrschen, musste sie sich ständig am Hals kratzen wie ein räudiger Köter. Trenton verdiente es wahrlich nicht, bis in alle Ewigkeit glücklich zu sein, jedenfalls nicht, nachdem er ihr Leben zerstört hatte, dieser elende, scheinheilige Mistkerl. Allein der Gedanke, dass sie sich für ihn aufgespart hatte, bereit gewesen war, ihm ihr Leben zu widmen, und das alles nur, weil Dee versprochen hatte, er wäre DER EINZIG RICHTIGE für sie.

»Wir können noch eine Salbe gegen deinen Ausschlag besorgen.«

Roxanns Bemerkung ließ sie abrupt mit dem Kratzen aufhören, wobei sie sich wie eine Zehnjährige vorkam. »Es g-geht schon«, erwiderte sie und nahm wieder Haltung an. Panik überfiel sie ein paar Sekunden lang, während sie versuchte, sich daran zu erinnern, wo sie gerade war – ab und an hatte sie solche Aussetzer.

»Angora?«

Kleiderständer, abgenutzter Teppichboden, dreiseitige Spiegel – ach ja, die Boutique. Sie setzte für Roxann ein Lächeln auf und verdeckte ihren wunden Hals, indem sie rasch den Kragen ihrer neuen Seidenbluse hochschlug. »Als Nächstes Frisur und Make-up.«

Roxann wurde blass. »Hä?«

Schlagartig wieder aufgeheitert, nahm Angora ihre Cousine in einen festen Schultergriff. »Wenn wir fertig sind, wird dich niemand mehr erkennen.« Angesichts von Roxanns plötzlich ernstem Gesichtsausdruck fügte sie hinzu: »Das heißt nicht, dass du jetzt nicht auch schon gut aussiehst.«

»Ja, du hast Recht«, stimmte Roxann ihr zögernd zu, wobei sie sich eine Haarsträhne hinter das Ohr streifte.

»Ein neuer Look könnte mir nicht schaden, wenigstens für ein Weilchen.«

Aha, also legte es Roxann doch darauf an, jemanden zu beeindrucken – Dr. Seger vielleicht? Sie konnte es ihr nicht verübeln – schließlich verfügte er über eine unheimlich männliche Ausstrahlung. Auch sie hatte einmal sehr für ihn geschwärmt, jedoch waren ihre Hoffnungen nicht erfüllt worden. Dennoch beschäftigte er sie auch heute noch in ihren Träumen, in denen sie sich ausmalte, wie es wohl wäre, ihre Jungfräulichkeit an ihn zu verlieren. Bei den Jungs von der Uni, mit denen sie früher ausgegangen war, war es ihr nicht schwer gefallen, die Knie aneinander gepresst zu halten, zumal deren unbeholfene Knutschereien niemals wirklich ihr Interesse geweckt hatten.

Damals in ihrem Abschlussjahr hatte sie eine schattige Parkbank unter Bäumen gegenüber dem Gebäude entdeckt, in dem sich Dr. Segers Büro befand. Von ihrem geschützten Aussichtspunkt aus hatte sie rohen Sellerie und Blumenkohl geknabbert und ihn dabei beobachtet, wie er täglich, wenn das Wetter es erlaubte, auf der Eingangstreppe des Gebäudes sein Mittagessen verzehrte. Der Ablauf war stets derselbe gewesen. Zur Mittagszeit war er mit einer braunen Tüte aufgetaucht, um ein lecker aussehendes Sandwich und eine kleine Tüte Chips zu verzehren zusammen mit einer Flasche Saft, während er nebenbei Zeitung gelesen hatte. Dabei war er kaum zum Lesen gekommen, weil jedes Mädchen, das vorbeikam, auf einen Plausch mit ihm stehen geblieben war oder zumindest »Hallo« gesagt hatte. Kauend hatte er mit einem höflichen Lächeln geantwortet und genickt, wobei es ihm anscheinend nicht bewusst gewesen war, dass er jede Einzelne hätte haben können.

Zugegeben, sie war damals ernsthaft in ihn verliebt gewesen. Jede Nacht hatte sie sich vorgestellt, wie sie ihm auf der Straße begegnen und ihn in eine Unterhaltung verstricken würde, so geistreich und amüsant, dass er sofort erkennen würde, dass sie füreinander bestimmt waren. Bloß dass sie am darauf folgenden Tag wieder dagesessen und die von Dee auferlegte Rohkost gegessen hatte, von Komplexen zerfressen, während andere Mädchen, die beherzter und schlanker waren, mit seinem wundervollen Lächeln belohnt worden waren.

Und dann, eines Tages, war Roxann vorbeigekommen, mit irgendeiner schriftlichen Arbeit, die er sich anschauen sollte. Brennend vor Eifersucht hatte Angora mit ansehen müssen, wie er ihre Cousine doch tatsächlich gebeten hatte, sich neben ihn zu setzen. Während die beiden, die Köpfe zusammengesteckt, eifrig über die Arbeit diskutiert hatten, war sein lecker aussehendes Sandwich in Vergessenheit geraten. Mit lebhaften Gesten hatte er seine Worte unterstrichen, und Roxann hatte förmlich an seinen Lippen gehangen und sich nebenbei Notizen gemacht.

Danach war Roxann immer häufiger aufgekreuzt, um ihm eine Arbeit nach der anderen vorzulegen, für die sie offenbar seinen Rat benötigte. Zwar hatte er, höflich und freundlich wie er war, die Gesellschaft ihrer Cousine toleriert, jedoch war ihm sicher bekannt gewesen, dass Roxann kein Kind von Traurigkeit war und längst nicht so diszipliniert lebte wie Angora.

Zu jenem Zeitpunkt hatten sie und Roxann schon mehrere Jahre nicht mehr zusammengewohnt, sich aber dennoch getroffen, wenn Angora bei einer Aufgabe Hilfe benötigte oder sich auf eine Prüfung vorbereitete. Angora hatte nie ein Wort darüber verloren, dass sie die gemeinsamen Mittagspausen beobachtet hatte beziehungsweise dass sie wusste, dass Roxann in ihn verschossen war. Schließlich hatte sie es sich nicht leisten können, es sich mit ihrer Cousine zu verderben – sie war nämlich auf ihre Hilfe angewiesen gewesen, um die Abschlussprüfung zu schaffen. Also hatte sie wie immer den Mund gehalten und sich darüber den Kopf zerbrochen, weshalb die braven Mädchen immer als Letzte durchs Ziel gingen.

Angora knirschte mit ihren makellosen Zähnen. Sie hatte es so satt, ein braves Mädchen zu sein.

»Erde an Angora.«

Blinzelnd richtete sie den Blick auf Roxann. »Ähm, Entschuldigung.«

Roxann legte den Kopf schief. »Alles okay mit dir? Vielleicht sollten wir uns ja ein Hotel suchen und uns ein wenig ausruhen, wir könnten ja ins Kino gehen. Schließlich hattest du gestern einen harten Tag.«

Am liebsten hätte sie gebrüllt *Mein ganzes Leben ist ein einziger harter Tag,* doch die aufrichtige Besorgnis in Roxanns Blick hinderte sie daran, während in ihrem Innern ein altbekanntes Gefühlschaos herrschte. Wünschte sie sich in dem einen Augenblick noch, Roxann wäre niemals geboren, sehnte sie sich im nächsten Moment unbändig nach ihrer Anerkennung. Gott, es wäre so leicht, Roxann zu hassen – offensichtlich die Hauptursache für all ihre Probleme, aber zugleich auch offensichtlich die Lösung für all ihre Probleme. Einerseits immer wieder für lange Zeit nicht greifbar, andererseits zur Stelle, wenn Angora sie am meisten brauchte. In ihr machte sich das Gefühl starker Zuneigung breit, woraufhin die heftige Feindseligkeit genauso schnell verebbte, wie sie aufgekommen war. »Du versuchst doch bloß, dich vor der Farbberatung zu drücken.«

»Farbberatung? Was ist das denn?«

Angora verdrehte die Augen. »Überlass das alles mir.«

Zu ihrem Erstaunen verhielt sich Roxann tatsächlich wie ein gehorsames, wenn auch misstrauisches Kind, das sich am Schminktisch ganz ihrer Fürsorge hingab. Sogar anschließend, als Angora die Empfehlung von Steve, dem Haarstylisten, zu einer schulterlangen Haarverlängerung unterstützte, die zu den blauschwarzen Strähnen von Roxanns widerspenstigen Borsten passte, verhielt sie sich still. Natürlich beschwerte sich Roxann, dass alles viel zu lange dauern würde, und schrie auf, als ihre Augenbrauen mit heißem Wachs in Form gebracht wurden, aber ansonsten fügte sie sich. Als Steve dann eine Stunde später Roxann auf ihrem Stuhl herumdrehte, war die Verwandlung wirklich bemerkenswert, und dieses Mal konnte Angora der Woge aus Neid nichts entgegensetzen.

Glatte, dunkle Haut, riesige braune Augen, untermalt von ultralangen Wimpern. Zudem diese Wangenknochen und eine gerade, schmale Nase. Von Natur aus rote Lippen, voll und geschwungen, ein kleines, festes Kinn. Gesichtszüge, unglaublich klar und fein, umrahmt von dicken, kurzen Ponyfransen und einer dunklen Mähne. Sie hätte gut als Filmstar durchgehen können.

»Du bist ... sagenhaft«, murmelte Angora.

Roxann stieß ein spöttisches Lachen aus und stand auf, um ihre Kleider abzubürsten. »Vielen Dank für das ganze Verwöhnprogramm, Angora, aber wir machen uns jetzt besser wieder auf den Weg.«

Ihre Cousine war sich ihrer Schönheit einfach nicht bewusst, war es noch nie gewesen. Vor lauter enttäuschtem Neid spürte Angora einen Kloß im Hals. Wäre sie mit feinen Gesichtszügen und einer gertenschlanken Figur gesegnet, wäre sie bestimmt Miss America geworden. Unwillkürlich griff sie nach oben, um ihr Diadem zu berühren, wobei ihr im selben Moment einfiel, dass sie es im Wagen gelassen hatte. Wahrscheinlich hielt Roxann sie für eitel, doch sie konnte es nicht ändern – schließlich waren die

Kronen Zeugnisse ihrer wenigen Errungenschaften. In manchen Nächten, wenn Dämonen ihr den Schlaf raubten, holte sie eins ihrer funkelnden Diademe aus der Drehvitrine, die ihre Mutter eigens dafür hatte anfertigen lassen, setzte es sich auf und ging wieder ins Bett, wobei sie den Kopf hoch auf das Kissen bettete, um die erlesenen Steine nicht zu beschädigen. Das Gewicht des Sieges auf ihrem Kopf war stets ein Garant für angenehme Träume.

»Gern geschehen«, entgegnete sie, während sie Steve für seine Arbeit bezahlte, plus die Schminkutensilien, das Hautpflegeprogramm, die Parfums, Lotions, Shampoos, das Haarspray, das Fönen, den Diffuser, die heiße Dauerwelle, die Behandlung mit dem Lockenstab sowie ein halbes Dutzend weitere Dinge, die für die Schönheit unerlässlich sind ... alles mit der geliehenen Kreditkarte. Wohl bekomms, Trenton. »Denkst du, wir schaffen es bis Mittwoch nach South Bend?«

Im nächsten Moment jagte Roxann ihr einen gehörigen Schrecken ein, weil sie Angora ziemlich unsanft von der Ladentheke wegzerrte. »Sprich gefälligst leiser«, fuhr sie sie im Flüsterton an.

Angora runzelte die Stirn. »Warum?«

»Weil ...« Ihre Cousine wirkte nervös. »Weil wir alleine unterwegs sind – wir können nicht vorsichtig genug sein.«

In Angora stieg Aufregung hoch. »Hängt das etwa mit dem Detective zusammen, der nach dir sucht?«

»Nein. Und jetzt lass uns gehen.«

»Okay.« Sie beugte sich Roxanns Ungeduld und folgte ihr wieder zur Ladentheke, wo sie ihre zahlreichen Tüten entgegennahmen. Doch Roxann wurde ihre Nervosität nicht los, warf einen Blick auf ihre Uhr und durch die Scheibe auf den Parkplatz hinaus. Anscheinend war sie wirklich aufgeregt, Dr. Seger wiederzusehen. Aus heiterem

Himmel kam Angora ein Gedanke – war er etwa der Grund, weshalb Roxann nie geheiratet hatte?

Sie starrte auf Roxanns angestrengtes Gesicht und schürzte die Lippen – endlich hatte sie den schwachen Punkt bei ihrer Cousine entdeckt. Ein wahres Wunder – Roxann war also doch aus Fleisch und Blut.

12 **Roxann** versuchte, einen näselnden Tonfall anzunehmen, um die Stimme vom Band zu imitieren. »Un, deux, trois, quatre, cinq, six, sept, huit, neuf, dix.«

»Du wirst es im Handumdrehen fließend sprechen können«, bemerkte Angora zwischen zwei Pommes frites. Seit dem McMuffin-Frühstück bei McDonald's heute Morgen gab sie sich einem einzigen Fressgelage aus Junkfood hin. Mit von den Fritten fettigen Fingern blätterte sie in einer zerfledderten Ausgabe von *Wie schlafe ich mit einem Mann,* die sie aus Roxanns Kiste mit all dem Krimskrams gefischt hatte.

Roxann schaltete die Kassette ab und bewegte kreisend ihre verspannten Schultern. Letzte Nacht hatte sie nicht besonders gut geschlafen, obwohl Angora ein luxuriöses Hotelzimmer spendiert hatte. Vermutlich war ihre Schlaflosigkeit darauf zurückzuführen, dass sie weder eine gute Matratze noch Daunenkissen gewohnt war. Zudem schien ihr Gewissen über keinen Aus-Knopf zu verfügen. Wenn sie ihre Arbeit bei *Rescue* tatsächlich aufgeben würde, wäre sie dann nicht um keinen Deut besser als die Leute, die auf Dinnerpartys bei Krabben im Blätterteigmantel zwar durchaus gesellschaftliche Missstände ansprachen, jedoch die Meinung vertraten, dass hier die Politiker beziehungsweise die Kirchen oder wer auch immer gefragt seien, ohne sich selbst angesprochen zu fühlen? Und schlimmer noch, würde sie damit nicht eingestehen, dass ihr Vater Recht hatte?

Du liebe Güte, sie war es so leid, sich den Kopf zu zermartern. Vielleicht machte es Angora ja aus diesem Grund nichts aus, andere über ihren Kopf hinweg über sie bestimmen zu lassen – schließlich war das weniger anstrengend, weil man nicht sich selber dafür verantwortlich machen konnte, wenn es im Leben mal nicht so gut lief. Roxann biss sich auf die Unterlippe. Vielleicht waren ihre Ansprüche auch einfach zu hoch. Immerhin hatte niemand das Glück für sich gepachtet, nicht wahr?

»Hast du was gesagt?«, fragte Angora.

Hatte sie etwa laut gedacht? »Nö.«

»Mir war so, als hättest du was gesagt. Wo sind wir eigentlich?«

»Ein paar Meilen hinter Little Rock.«

»Arkansas?«

»Richtig.« Unter dem Vorwand, Angora bei der Erledigung ihrer Lebensliste entgegenzukommen, hatte sie eine eher umständliche Strecke nach South Bend gewählt. So hatten sie heute Morgen einen Zwischenstopp in einem Schwimmbad eingelegt, damit sie Angora einen Crashkurs in Schwimmen geben konnte. Abgesehen davon, dass Angora sich geweigert hatte, den Kopf unter Wasser zu tauchen und partout keine nassen Haare bekommen wollte, war die Schwimmstunde gut verlaufen, sprich: Keine von beiden war ertrunken. Als Angora es schließlich beherrschte, sich wie ein toter Mann im Wasser treiben zu lassen, hatte Roxann ihr das Prädikat »bestanden« verliehen.

In Wahrheit hielt sie sich von der eigentlichen Strecke fern für den unwahrscheinlichen Fall, dass Frank Cape oder Detective Capistrano ihre Fährte aufgespürt hatten. Bei Jackson, Mississippi, war sie links abgebogen und hielt alle vierzig Meilen an, damit Angora pinkeln gehen und sich erneut mit Cola und Süßigkeiten versorgen konnte. Nichtsdestotrotz war die Landschaft überwältigend. Je weiter sie in Richtung Norden fuhren, umso opulenter wurde die Farbenpracht des Herbstlaubs, die die Erinnerung an wundervolle Herbstmonate in Indiana weckte. Bei dem gemächlichen Tempo, mit dem sie unterwegs waren, würden sie Springfield, Missouri, bei Einbruch der Dunkelheit erreichen, bis Dienstagabend in Bloomington, Illinois, sein und Mittwochnachmittag dann in South Bend, Indiana, eintreffen.

Im Moment jedoch mochten beide nicht mehr sitzen, und Roxann war zudem schon ganz benebelt davon, dem Tonband nachzusprechen. Das Abhaken einiger Punkte auf ihrer Lebensliste verschaffte ihr zwar ein minimales Gefühl der Befriedigung, diente allerdings hauptsächlich dazu, vom Rückspiegel abzulenken. In einer Kiste auf dem Rücksitz steckte eine in Leder gebundene Sammelausgabe von drei Shakespeare-Dramen. Die hatte zwar ihr Budget gesprengt, aber sie hatte sich von Angoras Kaufrausch anstecken lassen, genau wie von ihrem Leichtsinn. So hatte sie auch nicht widerstehen können, einen langen hellgrünen Seidenschal zu kaufen, in den sie sich spontan verliebt hatte. Natürlich plagten sie jetzt deswegen Gewissensbisse – eine genetisch bedingte Eigenschaft, von der Angora offenbar verschont geblieben war.

Roxann musste zugeben, dass ihre Cousine es verstand, auf großem Fuß zu leben. Früher hatte sie diesen Hang zur Verschwendung abstoßend gefunden, aber für ein paar Stunden hatte sie sich gestern eingestanden, dass Geld zwar nicht unbedingt glücklich machte, aber dafür definitiv das Leben angenehmer gestaltete. Zwar billigte sie deswegen nach wie vor keine Verschwendungssucht, doch stellte sich bei ihr die Erkenntnis ein, dass Menschen, die über Geld verfügten, nicht automatisch schlecht waren.

Dee natürlich ausgenommen.

»Roxann, hast du jemals einen Vibrator benutzt?«

Roxann kniff kurz die Augen zusammen.

Angora faltete eine Seite des unanständigen Buches wieder zusammen und klappte es zu. »Du bist die Einzige, die ich so was fragen kann. Also, hast du?«

»Äh, sicher.«

»Heißt das, wenn ich einen benutzen würde, dass ich dann keine Jungfrau mehr wäre?«

»Ich ... medizinisch gesehen vielleicht, aber ... es gehört mehr dazu, um seine Jungfräulichkeit zu verlieren als ... eine Penetration.« Diese Unterhaltung träumte sie ja wohl nur.

Angora lehnte den Kopf gegen den Sitz. »Meinen ersten Orgasmus hatte ich in der Waschküche in unserem Wohnheim.«

»Ich glaube nicht, dass ich mir das anhören möchte.«

»Das war an einem Freitagabend, und ich hatte keine Verabredung, also dachte ich, ich werf ein paar Handtücher in die Maschine, zumal die Waschküche völlig leer war.«

Ergeben stellte Roxann sich innerlich auf anschauliche Details ein.

»Ich habe mich also auf die Waschmaschine gesetzt, um zu lesen, und mit einem Mal habe ich mich ganz komisch gefühlt, irgendwie warm. Und dann mitten im Schleudergang, peng!«

Einige Sekunden verstrichen, bevor sie Angoras Worte begriffen hatte. »Du meinst ...«

Angora nickte. »Noch heute wasche ich jeden Samstagabend meine Wäsche. Der Geruch von einem Wäschetrockner macht mich nämlich heiß.«

»Oh ... wow.«

»Du hältst mich für bescheuert.«

»Nein, ich finde, du bist ... einfallsreich.«

»Weißt du, wir sind jetzt beide in unserer sexuellen Hochphase.«

»Was auch immer das heißen mag.«

»Wenn du keinen Freund hast, wie machst du es dann mit dem Sex?«

Roxann wand sich. »Lass es mich einfach so ausdrücken: Ich mache meine Wäsche ungefähr einmal im Monat.«

»Das heißt, jeder auf der Welt macht seine Wäsche?«

»Das ist weniger riskant, vermute ich. Sowohl körperlich als auch seelisch.«

»Aber warum ist es dann so schwer, mit einem Mann eine Beziehung zu führen?«

»Beziehungen sind grundsätzlich nicht einfach, aber wenn dann auch noch Sex dazukommt, endet das meistens in einer reinsten Katastrophe.«

»Aber Frauen wollen Sex und Männer ebenso.«

»Leider nicht zur selben Zeit oder aus denselben Gründen.«

»Dann ist das Ganze also bloß ein Spiel.«

Roxann zuckte die Achseln. »Das ganze Leben ist ein Spiel.«

»Glaubst du nicht, dass es da draußen irgendwo den perfekten Mann für dich gibt?«

»Ich würde mich ja schon mit einem nicht perfekten Mann mit einem Mindestmaß an Feingefühl zufrieden geben.«

»Und wirst du ihn erkennen, wenn du ihn gefunden hast?«

»Das hoffe ich doch sehr, obwohl ich noch gar nicht richtig gesucht habe.«

»Aber was, wenn er auch nicht sucht?«

»Hä?«

»Wenn er nicht sucht und du genauso wenig, wie wollt ihr euch dann jemals finden?«

»Angora, nicht auf Männerjagd zu gehen, raubt mir bestimmt nicht den Schlaf.« Schließlich hatte sie zu viele andere Sorgen, die ihr nachts den Schlaf raubten. »Um mit jemand anderem glücklich zu werden, muss man erst mal mit sich selbst glücklich sein.«

»Dann sind wir also solo, weil wir mit uns selbst nicht glücklich sind?«

Roxann blinzelte. Hatte sie das tatsächlich gesagt?

Angora griff hinter den Sitz und kramte etwas aus der Kiste auf dem Wagenboden hervor. »Lass uns doch die magische Kugel befragen.« Ehrfurchtsvoll hielt sie das Spielzeug in den Händen und kniff fest die Augen zusammen. »Werden Roxann und ich den Menschen finden, bei dem wir Erfüllung finden?« Sie drehte die Kugel um die eigene Achse und kreischte auf. »Ja, definitiv.«

Roxann lachte. »Ich hab dir ja gesagt, dass das Ding kaputt ist.«

»Vielleicht auch nicht – vielleicht haben die definitiven Jas doch ihre Richtigkeit. Außerdem, was wäre so schlimm daran, den Menschen kennen zu lernen, der unsere Erfüllung sein wird?«

»Ich ... muss mich jetzt auf die Straßenschilder konzentrieren.«

Angora deutete auf ein Transparent vor ihnen, das quer über der Straße aufgehängt war. »Little Rock Herbstfestival, vom zehnten Oktober bis zum einundzwanzigsten. Oh, können wir nicht einen Zwischenstopp einlegen?«

»Klar. Ich könnte ein bisschen Bewegung gebrauchen.«

»Und ich habe Kohldampf.«

»An deinem Kinn kleben immer noch Frittenkrümel.«

Einige Meilen weiter die Straße entlang erreichten sie das Wohn- und Gewerbegebiet am Stadtrand von Little Rock.

»Da vorn ist ein Hinweisschild, wo man parken kann«, bemerkte Angora, die aufgeregt auf ihrem Sitz hin und her hopste. »Oh, sieh mal, die vielen Leute – anscheinend ein richtiges Volksfest!«

Ab morgen würde sie Angoras Zuckerkonsum beschränken. Roxann steuerte Goldie auf den Parkplatz und fuhr rückwärts in die Lücke, die der Platzwart ihr zuwies. Als sie mit einem Satz aus dem Van sprang, ertappte sie sich bei einem Lächeln, und das trotz der Sorgen, die sie permanent beschäftigten. In der warmen Abendluft zog der Duft von frischem Popcorn vorüber, und eine Brise trug den Klang einer Drehorgel an ihnen vorbei. Familien bildeten kleine Ketten, indem sie sich an den Händen hielten. Roxann spürte, wie ihre Anspannung allmählich von ihr abfiel. Die engen schwarzen Jeans und das seidige rote T-Shirt fühlten sich zwar noch ungewohnt an, ganz zu schweigen von der neuen Frisur und dem Make-up, aber trotzdem genoss sie die »Verkleidung« – irgendwie kam sie sich dadurch freier vor. Freier, um sich zu amüsieren. Schlagartig wurde ihr bewusst, dass sie vergessen hatte, was es hieß, sich zu amüsieren.

Corn Dogs und Bier standen als Erstes auf Angoras Liste. Roxann gönnte sich dasselbe, obwohl sie es später sicherlich bereuen würde. Als Nächstes fuhren sie Lawinenexpress und BreakDance. Dann entdeckte Angora einen Flugsimulator und überredete Roxann dazu, ihn einmal auszuprobieren. Angora war hinterher so schwindlig, dass man ihr heraushelfen musste. Trotzdem beharrte sie darauf, eines Tages einen Flugschein zu machen.

Roxann blieb nicht verborgen, wie Angoras Selbstvertrauen wuchs, je weiter sie von Dee entfernt war. Gott allein wusste, wie böse diese Frau ihrer Tochter mitgespielt hatte und was für Folgeschäden zurückbleiben würden. Es war gut zu sehen, wie heiter und beschwingt ihre Cousine war, wie sie bei Kinderattraktionen ausgelassen mittobte und lauter alberne Souvenirs erstand. Sie blühte geradezu auf. Zudem wurde sie von den Einheimischen wegen ihrer Krone für irgendeine Berühmtheit gehalten. Als die dralle Verkäuferin am Zuckerwattestand mitbekam, dass Angora diverse Schönheitstitel errungen hatte, bat sie sie, bei der Jury für die Wahl zur Little Miss mitzumachen, die auf dem Festgelände stattfand. Roxann nutzte die Gelegenheit, um sich kurz zurückzuziehen und ein paar Telefonate zu erledigen. Sie vereinbarten, sich in einer Stunde wieder beim Wagen zu treffen.

Der Verdacht, verfolgt zu werden, kam Roxann das erste Mal, als sie am Riesenrad vorbeiging. Auch wenn es nur eine leise Ahnung war, klangen ihr die schweren Schritte hinter ihr doch zu merkwürdig. Sie blieb stehen, um sich etwas zu trinken zu kaufen, und die Schritte des vermeintlichen Verfolgers verharrten ebenfalls. In ihr schrillten sämtliche Alarmglocken. Rasch wandte sie sich um und suchte die Menge über den Rand ihres Bechers hinweg ab, jedoch ohne etwas Verdächtiges zu registrieren. Erleichtert stieß sie den Atem aus – ihre Einbildungskraft spielte ihr allmählich Streiche.

Auf dem Rummelplatz wimmelte es von Teenagern, und in der Luft hing der Brandgeruch von Knallkörpern. Von den Fahrgeschäften warfen die funkelnden Lichter einen bunten Schimmer auf die Gesichter der Zuschauer. Über den Köpfen vor der Achterbahn ertönten Entsetzensschreie, um dann wieder zu verklingen, als die Wagen dröhnend vorbeiratterten. Am Stand mit Gebäck frisch aus dem Steinofen, der klebrig-süße Düfte verbreitete, florierte das Geschäft. Von irgendwoher drang das Jauchzen eines Kindes, sodass Roxann unwillkürlich lächeln musste. Wann nur war aus ihr eine so misstrauische Zynikerin geworden?

Sie steuerte auf eine Ansammlung von Picknicktischen in der Nähe des Ausgangs zu, wo der Lärmpegel niedrig genug sein würde, um zu telefonieren. Zum einen wollte sie sich bei ihrem Ressortleiter melden, zum anderen ihren Vater zurückrufen. Und sie hatte sich überlegt, dass selbst die schreckliche Dee ein Recht darauf hatte, darüber informiert zu werden, dass Angora gut aufgehoben war. Im Moment kamen gerade zwei Jugendliche vorbei, die bei ihrem Anblick anzügliche Pfiffe ausstießen. Auch wenn sie sich äußerlich nichts anmerken ließ, überkam sie ein albernes Hochgefühl, wobei ihr bewusst wurde, dass ihr noch nie, wirklich niemals jemand hinterhergepfiffen hatte. Im College hätte sie den Jungs dafür mit Sicherheit eine Ohrfeige verpasst. Aber mit zunehmendem Alter sah man manche Dinge doch anders.

Sie suchte sich einen freien Tisch und setzte sich, das Gesicht dem Trubel zugewandt. Gerade wurde der Sieger irgendeines Wettbewerbs verkündet, und die Mutter von Billy Conley wurde aufgefordert, ihren Sohn doch bitte möglichst schnell im Zelt für Fundstücke abzuholen. Währenddessen kramte Roxann in ihrer Handtasche nach ihrem Handy, wobei sie ein flaues Gefühl im Magen hatte wegen des bevorstehenden Telefonats mit ihrem Vater. Er würde bestimmt ...

»Endlich sind wir unter uns.«

Beim Klang der drohenden Stimme setzte ihr Herz kurz aus. Langsam hob sie den Kopf, während ihre Hand weiterhin blindlings in der Handtasche wühlte, auf der Suche nach dem Pfefferspray. Der Unbekannte war groß und drahtig, mit lichten blonden Haaren, die über den Kragen seiner Tarnjacke reichten. Er hatte ein kantiges, abgezehrtes Gesicht, und seine Augen standen zu eng beieinander. Frank Cape war alles andere als gut aussehend.

»Kenne ich Sie?«, fragte sie abweisend.

»Nein, aber ich kenne dich«, entgegnete er und umklammerte mit seiner knochigen Hand ihren Unterarm wie ein Schraubstock. »Komm jetzt bloß nicht auf die Idee, irgendeine Waffe aus deiner Tasche zu ziehen. Du sagst mir einfach, was ich wissen möchte, und niemandem passiert etwas.«

Von dem harten Griff fühlten sich ihr Handgelenk und ihre Finger bereits taub an. »Ich habe keinen blassen Schimmer, wovon Sie reden.« Fieberhaft suchte sie nach einem Ausweg – auf der am Tisch festgeschraubten Sitzbank hatte sie das Gefühl, in der Falle zu sitzen.

Er stieß ein dröhnendes Gelächter aus, sodass jemand in ihrer Nähe hätte vermuten können, es handele sich hier um ein Schwätzchen zwischen Freunden. »Von wegen – du hast mir doch Melissa und Regina weggenommen, und ich habe die Absicht, sie mir wiederzuholen.«

»Ich habe sie lediglich am Flughafen abgesetzt. Ich weiß nicht, wo sie jetzt sind.«

»Lügnerin.« Sein Griff wurde härter. »Besser, du redest jetzt Klartext. Ich will gefälligst die Adresse und die Telefonnummer.«

»Die Polizei fahndet nach Ihnen – die wissen, dass Sie bei mir eingebrochen sind«, bluffte sie.

Er stieß einen verächtlichen Laut aus. »Deine Bruchbude war bereits auf den Kopf gestellt, als ich dort war. Schätze, jemand anderer hatte es satt, dass du deine Nase überall hineinsteckst.«

Sie schluckte. »Dann haben Sie nicht die Nachricht auf meinem Computer hinterlassen?«

»Sehe ich etwa aus wie Bill Gates?« Er beugte sich näher zu ihr, wobei er seine scharfen Eckzähne zeigte. »Also, wo stecken die zwei?«

»Ich kann Ihnen nicht helfen.«

»Oh doch, kannst du wohl«, zischte er. »Sonst werden die Leute, an denen dir was liegt, wie die Fliegen sterben.«

Aus ihrem Gesicht wich sämtliches Blut, und ihre Lippen wurden kalt.

Ein laszives Grinsen ließ seine Augen noch schmaler wirken. »Vielleicht sollte ich dich einfach mitnehmen und dich zum Reden bringen.«

»Das wird nicht nötig sein«, ertönte eine ruhige Stimme hinter ihnen.

Roxann sah hoch und erblickte Detective Capistrano, der breitbeinig dastand und gerade einen Paradiesapfel verspeiste. Obwohl sie es sich nur höchst widerwillig eingestand, war sie doch irgendwie froh, den Kerl zu sehen.

»Lass sie los, Cape.«

»Wer bist du überhaupt?«

Er biss erneut in den Apfel. »Derjenige, der dir eine Kugel verpassen wird, wenn du sie nicht loslässt.«

Daraufhin ließ Cape sie tatsächlich los. »Das hier geht dich nichts an.«

»Du wirst verdächtigt, einen bewaffneten Raubüberfall in Biloxi begangen zu haben, bei dem ein Freund von mir so schwer verletzt wurde, dass er seither im Koma liegt.« Er schluckte den Bissen herunter und sah Cape mit schiefem Kopf an. »Was immer du auch treibst, es geht mich sehr wohl etwas an.«

Cape richtete sich auf. »Du bist also ein Bulle?«

»Jau. Und zwar einer von der unberechenbaren Sorte.«

Er warf den Apfel in eine Mülltonne, die in der Nähe stand, und wischte sich die Hand an der Jeans ab. »Nur zu, ich kanns kaum erwarten, dich abzuknallen.«

Daraufhin hob Cape lässig die Hände und setzte ein gewinnendes Lächeln auf. »Ich wollte gerade gehen.«

Capistrano erwiderte das Lächeln. »Deine Rostlaube findest du auf dem städtischen Abstellplatz wieder.«

Das Gesicht des Gangsters verdüsterte sich. »Du hast meinen Wagen abschleppen lassen?«

»Der TÜV ist abgelaufen, und ein Rücklicht fehlt.« Capistrano schüttelte tadelnd den Kopf. »Sicherheit geht vor.«

Daraufhin presste Cape die Lippen zusammen, hielt jedoch den Mund. Nachdem er an Capistrano vorbeigegangen war, drehte er sich dennoch ein letztes Mal um und deutete mit Daumen und Zeigefinger eine imaginäre Pistole an, die er auf Roxann richtete, wobei er den Abzug betätigte – eine unmissverständliche Warnung.

Innerlich bebend erhob sie sich und geriet ins Stolpern, so sehr war sie darum bemüht, möglichst rasch von dem Tisch wegzukommen. Capistrano reagierte blitzschnell, indem er sie mit einem Arm auffing. Brüsker, als es ihre Absicht war, schüttelte sie seinen Arm wieder ab.

»Gern geschehen«, meinte er trocken.

»Woher kommen Sie überhaupt so plötzlich?«

»Aus Akens, einem Kaff in den Sümpfen südlich von Biloxi.«

Sie seufzte. »Und wie haben Sie mich gefunden?«

»Wer so einen auffälligen Untersatz fährt, lockt die Verfolger förmlich an.«

»Aber woher wussten Sie, in welche Richtung ich fahre?«

»Ihr Vater meinte zwar, dass Sie zurück nach Biloxi wollen, aber da ich Sie kenne, habe ich einfach die entgegengesetzte Richtung eingeschlagen.«

Was er wohl für einen Eindruck von ihrem Vater gewonnen hatte? Und umgekehrt, was ihr Vater wohl von ihm hielt? »Sie wollen mich kennen?«

»Und als Ihre Cousine dann anfing, hemmungslos mit einer gestohlenen Kreditkarte einzukaufen ...«

»Sie ist nicht gestohlen.«

»Sie gehört definitiv nicht ihr.«

»Ihr Verlobter hat sie ihr überlassen.«

»Derjenige, der ihr vor dem Altar den Laufpass gegeben hat?«

»Woher wissen Sie das nun wieder?«

»Ihr Vater hat gesagt, dass die Frau, die sein Nachbar gesehen hat, nach Ihren eigenen Angaben Ihre Cousine war. Daraufhin habe ich Ihre Tante angerufen, um das zu überprüfen. Und sie hat mir bereitwillig Auskunft gegeben.«

Oh ja, garantiert.

»Ohne Sie beleidigen zu wollen, aber Ihre Tante ist ein richtiger Drachen.«

Bingo, richtig erkannt. »Was dachten Sie denn, wen ich dabeihabe?«

»Melissa Cape.«

»Das wäre wohl mehr als dumm gewesen.«

Er begnügte sich mit einem Achselzucken als Antwort, was sie maßlos ärgerte. »Und wann haben Sie Cape aufgespürt?«, wollte sie weiter wissen.

»Heute Morgen habe ich ihn zufällig an einer Tankstelle gesehen. Ich habe mir gedacht, dass er Ihnen auf den Fersen ist, also habe ich mich einfach an seine Fersen geheftet.«

»Dann hat er also auch mit meinem Vater gesprochen?«

»Ihrem Vater zufolge nicht.«

»Vielleicht hat Cape ihm ja gedroht.«

Er hob die Schultern, als wolle er damit sagen, dass das durchaus möglich wäre.

Daraufhin musste sie sich erst einmal wieder setzen. Die Vorstellung, dass Frank Cape ihren Vater unter Druck setzte, brachte den Inhalt ihres Magens zum Rotieren. Erneut kramte sie nach ihrem Handy, wobei sie die paar Sekunden nutzte, um die aufsteigenden Tränen zu unterdrücken. »Ich muss ihn dringend anrufen.« Sie drückte auf den Einschaltknopf, doch nichts tat sich. »Verflucht!« Zu ihrer großen Verlegenheit kamen ihr erneut die Tränen. Schnell wischte sie sie weg.

»Hier.«

Sie sah hoch und nahm das winzige Handy entgegen, das er ihr reichte. »Danke.« Nachdem sie hastig die Nummer eingetippt hatte, lauschte sie mit flachen Atemzügen dem Klingelzeichen. Kurz darauf sprang der Anrufbeantworter an, und der Signalton erklang. »Dad, ich bins. Roxann.« Sie bemühte sich, ungezwungen zu klingen. »Ich wollte mich nur mal kurz melden, um zu hören, ob du ... ob alles in Ordnung ist. Mir geht es gut, ich ruf später wieder an.« Schweren Herzens beendete sie den Anruf und gab das Handy zurück.

»Auf mich machte er den Eindruck wie jemand, der gut auf sich selbst aufpassen kann«, bemerkte Capistrano tröstend.

»Hat er denn ... gesund ausgesehen?«

Seine buschigen Augenbrauen schossen nach oben.

»Ich ... fahre nicht so oft nach Hause.«

»Auf mich hat er jedenfalls noch einen recht rüstigen Eindruck gemacht. Wir haben uns bei einer Tasse Kaffee über Angelköder unterhalten. Und er macht sich Sorgen um Sie.«

»Er ist nicht gerade glücklich darüber, wie ich mein Leben führe.«

»Anscheinend ist er der Meinung, Sie sollten mit Ihrem Diplom, das da bei ihm an der Wand hängt, mehr anfangen.«

Sie zog eine Grimasse. »Ich hoffe, er hat Sie nicht gelangweilt.«

»Keineswegs.« Capistrano nahm ihr gegenüber Platz. »Sie sehen anders aus.«

Hieß das nun besser oder schlechter? Ihr stieg die Röte ins Gesicht, verlegen zupfte sie an einer künstlichen Haarsträhne. »Das habe ich meiner Cousine zu verdanken. Es ist ihr Werk.«

»Wo steckt sie überhaupt?«

Roxann holte gerade zu einer Geste aus, um dann wie von der Tarantel gestochen aufzuspringen. »Oh Gott, Cape.«

Sofort schwang er das Bein über die Bank. »Nichts wie los.«

Panik ließ Roxanns Schritte schneller werden. Nachdem sie bei drei Ständen nach dem Weg hatten fragen müssen, fanden sie endlich das weiß-blau gestreifte Zelt, wo die Wahl zur Little Miss Sowieso stattfand. Anscheinend stand der Wettbewerb kurz vor dem Ende, jedenfalls standen all die herausgeputzten kleinen Mädchen in einer Reihe auf einer improvisierten Bühne – mit Ausnahme einer störrischen Kleinen, die sich rücklings auf dem Boden wälzte. Die Sitzplätze waren von übergewichtigen Frauen mit hoffnungsvollen Gesichtern besetzt, und darum herum standen zahlreiche weitere Zuschauer. Roxann ließ den Blick über den Jurorentisch schweifen, aber Angora war nicht zu sehen. Ein leerer Stuhl stach förmlich ins Auge.

»Sie ist nicht hier. Sehen Sie vielleicht Cape irgendwo?«

»Nein. Sie würde doch nicht einfach mit ihm mitgehen, oder?«, raunte er ihr zu.

»Ich glaube nicht, außer er hat sie irgendwie herumgekriegt.« Was bei Angora nicht besonders schwer war.

»Sie haben sie nicht vor ihm gewarnt?«

Roxann schnaubte wütend. »Ich hielt es für besser, dass sie nichts darüber weiß.« Das war doch wohl völlig normal.

Er runzelte die Stirn. »Wie sieht sie denn aus?«

»Blond, hübsch, kurvenreich.«

»Hm.«

Bei seinem Unterton wandte sie abrupt den Blick von ihm ab. Wahrscheinlich würde er sich Hals über Kopf in Angora und ihre ganze Weiblichkeit vergucken.

Mit einem Mal brandete Applaus auf, und Roxann sah zur Bühne, auf der zu ihrem Erstaunen Angora auftauchte, über das ganze Gesicht strahlend und mit einem Klemmbrett in den Händen.

»Ist das Ihre Cousine?«, fragte Capistrano, während er nach vorn starrte.

»Ja, das ist Angora«, murmelte sie.

»Oh ja, in der Tat sehr hübsch.«

Roxann biss sich auf die Unterlippe.

Er neigte leicht den Kopf. »Sie sieht aus wie Sie.«

Daraufhin schlug ihr Puls schneller, und sie musterte sein Profil, das auf sie merkwürdig beruhigend wirkte. Aber unter das Gefühl von Wärme mischte sich schlagartig die Überzeugung, dass eine sichere Ausstrahlung nicht immer eine vorteilhafte Eigenschaft war, und sie hatte vorerst genug von dominanten Männern. Außerdem wusste sie zu wenig von ihm. Vielleicht hatte er ja eine Frau und einen Stall voller Kinder. Zumindest zählte sie ihn zu der Sorte Mann, die Wert darauf legt, Nachkommen zu zeugen.

»Sie müssen nicht hier bleiben«, sagte sie in ungezwungenem Ton und streckte die Hand aus. »Aber danke, dass Sie mir vorhin mit Cape geholfen haben.«

Er sah auf ihre Hand, bis sie sie zurückzog. »Wohin fahren Sie beide überhaupt?«

»Das geht Sie nichts an.«

Er verschränkte die Arme. »Also schön. Dann sagen Sie mir einfach, wo ich Melissa Cape finde, und ich werde Ihnen nie wieder unter die Augen treten.«

»Sie erwarten also als Dankeschön von mir, dass ich Vertraulichkeiten preisgebe?«

Er zuckte die Achseln. »Betrachten Sie es, wie Sie wollen.«

»Oh Mann, und ich habe geglaubt, dass Sie das aus purer Freundlichkeit getan haben.«

»Das ist das erste Mal, dass ich mir vorwerfen lassen muss, freundlich zu sein.«

»Auf Wiedersehen, Detective.«

Er wandte sich wieder der Bühne zu. »Ich denke, ich bleib noch ein Weilchen hier, um Ihre Cousine kennen zu lernen.«

Roxann bohrte die Zungenspitze in die Wange.

Unterdessen fuhr Angora, ganz in ihrem Element, damit fort, das Publikum zu unterhalten, indem sie die jeweilige Little Miss in den Kategorien fotogen, beste Ausstrahlung, talentiert, beste Frisur (die Kleine, die sich auf dem Boden wälzte) benannte und zu guter Letzt die Little Miss Little Rock Fall Festival verkündete. Als die Zuschauermenge sich allmählich auflöste, ging Roxann zu der Treppe, die Angora gerade herabstieg.

»War das nicht ein Heidenspaß?«, platzte Angora begeistert heraus, wobei sie ihr Diadem berührte.

»Oh, sicher. Hör mal, da hat sich was ergeben – wir müssen sofort weiter.«

In diesem Moment verfing sich Angoras Blick irgendwo hinter Roxanns Schulter, woraufhin ihr Gesicht sofort einen katzenhaften Ausdruck annahm. »Hal-lo.«

»Hallo«, erwiderte Capistrano und verpasste Roxann unmittelbar einen sehr undezenten Stoß mit dem Ellbogen.

Sie sah ihn missmutig an. »Angora, darf ich vorstellen, ähm, Mr. Capistrano. Und das ist meine Cousine, Angora Ryder.«

Angora schnurrte. »Haben Sie auch einen Vornamen, Mr. Capistrano?«

Er streckte seine Hand vor, begleitet von einem dümmlichen Lächeln. »Joe.«

Joe. Roxann schürzte die Lippen. Ganz netter Name.

»Eigentlich *Detective* Capistrano.«

»Oooh, ein Detective.« Angora unterbrach sich abrupt. »Detective? Sind wir etwa in Schwierigkeiten?«

Roxann war es mehr als unangenehm, Angora einen Dämpfer zu verpassen. »Detective Joe beschuldigt dich, eine gestohlene Kreditkarte zu benutzen.«

Ruckartig zog Angora die Hand zurück. »Aber die hat mir Trenton gegeben.«

»Ja, das weiß ich«, entgegnete Capistrano verständnisvoll. »Allerdings hat er es sich offenbar anders überlegt. Vorschlag: Sie geben mir einfach die Karte, und ich werde mich bemühen, dieses Missverständnis aufzuklären. Wohin wollten Sie denn fahren?«

»Nach Sou-«

»Angora«, fuhr Roxann mit warnendem Blick dazwischen. »Gib dem Detective einfach die Karte.«

Nachdem Angora die Karte hervorgekramt hatte, gab sie sie ihm und zog dabei ein langes Gesicht. »Ihr Name kommt mir irgendwie bekannt vor.«

Er sah belustigt drein. »Ihre Cousine muss wohl von mir

gesprochen haben. Wir arbeiten nämlich zusammen an einem Fall.«

Roxann verdrehte die Augen. »Lass uns losfahren, Angora.«

»Was ist denn? Wieso hast du es plötzlich so eilig?«

»Sie beide werden von einem gefährlichen Mann verfolgt«, bemerkte Capistrano, »weil Ihre Cousine nicht bereit ist, mit der Polizei zusammenzuarbeiten.«

Angora bekam große Augen. »Stimmt das, Roxann?«

Mit schmalen Augen sah sie Capistrano an. »Des einen Nutzen, des anderen Schaden.«

Er machte ein finsteres Gesicht. »Hören Sie, ich muss noch heute Abend zurück nach Biloxi. Ich kann Ihnen keinen Schutz bieten, sollte Cape Ihnen weiterhin folgen. Also, kommen Sie mit mir, und wir unterhalten uns über Melissa. Ich werde auch dafür sorgen, dass der Kontakt nur über Sie stattfindet, wenn Sie sich dadurch besser fühlen.«

Roxann zögerte.

»Mein Kollege hat eine Frau und zwei kleine Kinder«, fügte er hinzu. »Cape muss seine gerechte Strafe bekommen für das, was er dieser Familie angetan hat, und auch für das, was er seiner eigenen Familie angetan hat.«

Seufzend nickte sie langsam. »Also gut ... Sie haben mich überzeugt.«

Erleichtert nahm er eine gerade Haltung ein. »Schön. Es freut mich, dass Sie zur Vernunft gekommen sind.«

Mit einer Handbewegung gab sie Angora zu verstehen, ihr zu folgen, wandte sich in Richtung Ausgang und schickte sich an, sich einen Weg durch die Menge zu bahnen.

Angora näherte sich ihrem Ohr. »Das heißt, wir fahren jetzt doch nicht nach Sou-«

»Nein«, entgegnete Roxann und zog sie am Arm. »Tut

mir Leid, aber wir müssen unseren Urlaub bis auf weiteres verschieben.«

»Und was ist mit Dr. Seger?«

»*Später,* Angora.«

Capistrano hielt sich dicht hinter ihnen, als sie über den platt getrampelten Rasen marschierten. Über ihnen explodierten die ersten Feuerwerkskörper, blau und violett und golden. Zu einem anderen Zeitpunkt wäre Roxann stehen geblieben, um das Feuerwerk zu genießen. Doch im Moment wollte sie so schnell wie möglich wieder auf der Straße sein. Als sie sich dem Betonhäuschen näherten, in dem sich die Toiletten befanden, drehte sie sich zu Capistrano um. »Macht es Ihnen was aus, wenn wir nochmal kurz auf die Toilette gehen, bevor wir wieder im Auto sitzen?«

Er wirkte auf einmal sehr müde. »Okay. Ich warte solange hier.« Er wandte ihnen den Rücken zu und lehnte sich gegen ein Gatter, wo er in die Brusttasche seines Hemds griff und eine zerknitterte Zigarettenpackung hervorzog.

Roxann packte Angora am Ellbogen, vergewisserte sich kurz, dass er beschäftigt war, und zog sie dann außen um das Häuschen herum mit sich und wieder zurück über die nasse Wiese.

»Was tust du?«, flüsterte Angora.

»Sei still und beeil dich. Ich fahre unter keinen Umständen mit diesem Kerl zurück nach Biloxi.«

Angora quietschte. »Oh, wie aufregend!«

Im Dauerlauf erreichte Roxann den Wagen, und sie schwang sich hinter das Steuer und zog die Tür zu. Angora war ein paar Sekunden hinter ihr, schnaufend und keuchend.

»Von jetzt an wird er noch mindestens fünf Minuten

brauchen, bis er merkt, dass wir abgehauen sind«, sagte Roxann und startete den Motor.

»Meinst du, er wird uns verfolgen?«

»Vielleicht, vielleicht auch nicht«, entgegnete sie, während sie den ersten Gang einlegte und zügig Gas gab. »Wenn er morgen in Biloxi sein muss, hat er nicht so viel Zeit, uns zu verfolgen.« Sie bog auf die geteerte Straße und drückte das Gaspedal bis zum Anschlag durch. »Angora, ich glaube, ich bringe dich wieder zurück nach Baton Rouge.«

»Nichts da, schließlich fängt es gerade an, spannend zu werden.« Sie beugte sich näher. »Wer ist eigentlich Frank Cape? Und wer ist Melissa?«

Roxann zögerte. »Ich will dich da nicht mit hineinziehen.«

Schmollend schob Angora die Unterlippe vor. »Anscheinend traust du mir nicht besonders viel zu.«

»Ich will dich einfach nicht in Gefahr bringen.«

»Du hältst mich für dumm.«

»Ich will dich nicht in Gefahr bringen.«

Angora stiegen Tränen in die Augen. »Roxann, bloß weil ich nicht so schlau bin wie du, heißt das noch lange nicht, dass ich dumm bin.«

»Ich halte dich auch nicht für dumm, Angora.« Roxann stieß einen Seufzer aus. »Bei Melissa Cape handelt es sich um eine Frau, der ich damals geholfen habe umzusiedeln, um vor ihrem Exmann Frank sicher zu sein.«

Die Tränen versiegten im Nu. »Und Capistrano will sie wieder zurückholen?«

»Er will, dass sie gegen ihren Ex aussagt, weil der Capistranos Partner angeschossen hat und der jetzt im Koma liegt. Gleichzeitig ist Frank Cape hinter mir her, weil er ebenfalls versucht, sie zu finden.«

»Um sie von ihrer Aussage abzuhalten.«

»Genau.«

»Wahnsinn. Du bist also die Einzige, die weiß, wo sie ist?«

»Ja.«

»Oh Mann, das ist wirklich viel aufregender als mein Job.«

Roxann sah in den Außenspiegel, verblüfft darüber, dass hinter ihr keine Scheinwerfer zu sehen waren.

Hatte Capistrano die Verfolgung etwa aufgegeben? »Das ist aber noch nicht alles.«

»Ich höre, aber bitte schön der Reihe nach.«

Roxann zählte bis drei. »Ich bin aus Biloxi weg, weil jemand in meine Wohnung eingebrochen ist und eine Drohung auf meinem Computerbildschirm hinterlassen hat.«

»Dann hast du also gar nicht vorgehabt, zu meiner Hochzeit zu kommen?«

Sämtliche Wege endeten immer wieder bei Angora. »Ich habe die Einladung erst am selben Tag erhalten.«

»Oh. War das dieser durchgeknallte Cape, der bei dir eingebrochen ist?«

»Das dachte ich zuerst, aber nachdem er mich vorhin auf dem Festival abgepasst hat ...«

»Was, der war auch da? Hat er dir was angetan?«

Sie schüttelte den Kopf. »Er hat nur versucht, mir Angst einzujagen. Capistrano war rechtzeitig zur Stelle, bevor etwas passieren konnte.«

»Dann hat Joe dir also das Leben gerettet?«

»Das klingt etwas übertrieben.«

»Er ist wirklich zum Anbeißen.«

»Kann ich jetzt zu Ende erzählen?«

»Ist doch aber wahr.«

»Wie auch immer, als ich Cape auf den Kopf zugesagt habe, dass er bei mir eingebrochen ist, hat er das abgestritten.«

»Dann hat er also gelogen.«

»Glaub ich nicht, seine Überraschung war echt.«

»Aber wer könnte noch infrage kommen?«

»Nun ja, schätze, da gibts noch weitere Exmänner, die herausgefunden haben könnten, wo ich wohne, aber das ist mit etwas Aufwand verbunden. Und da Cape Privatdetektiv ist, hat er so seine Quellen.«

»Was stand denn auf dem Bildschirm?«

Roxann atmete tief aus. »Da stand ›Ich habe deine Nummer, du Heuchlerin‹.«

»Und was soll das bedeuten?«

»Weiß ich ehrlich gesagt auch nicht.«

»Das klingt irgendwie sehr persönlich.«

»Ich hatte mal Probleme mit einer ehemaligen Mitbewohnerin, vielleicht ist sie ja nochmal in der Wohnung gewesen.«

»Eine Frau?«

»Ja, Elise James – sie stand in Notre Dame vor ihrer Abschlussprüfung, als wir gerade angefangen haben, aber damals kannte ich sie noch nicht. Du vielleicht?«

Angora überlegte angestrengt. »Ich glaube ... nicht.«

»Die Organisation hat uns eine gemeinsame Wohnung besorgt, als ich nach Biloxi gezogen bin.«

»Und was für Probleme hattest du mit ihr?«

Roxann seufzte. »Das ist wirklich ziemlich persönlich.«

»Och, sag schon.«

»Elise ... hat mich angebaggert.«

Im Halbdunkel des Wageninneren leuchtete das Weiß in Angoras Augen. »Eine Lesbe?«

»Ich glaube, sie hat eher ... herumexperimentiert.«

»Und du hattest kein Interesse daran, auch herumzuexperimentieren?«

»Nein, Angora, hatte ich nicht.«

»Werd doch nicht gleich so zickig. Kannst du denn herausfinden, ob diese Frau bei dir eingebrochen ist?«

»Ich habe keine Ahnung, wie ich sie kontaktieren kann. Elise ist nämlich bei der Organisation ausgestiegen, und keiner weiß, wo sie jetzt steckt.«

»Gibt es noch andere Verdächtige?«

Roxann zog eine Augenbraue hoch – Angora war anscheinend nicht mehr zu bremsen. »Ich habe auch schon an einen Exfreund von mir aus Birmingham gedacht. Wir haben uns vor ein paar Monaten im Streit getrennt.«

»War er denn gewalttätig?«

»Das nicht, aber er hatte einen Hang dazu. Und zudem ein Alkoholproblem, deshalb ist alles möglich.«

»Offenbar suchst du dir die falschen Männer aus.«

Erneut sah Roxann prüfend in den Außenspiegel – kein Capistrano weit und breit. »Das trifft wohl auf uns beide zu.«

»Mit Ausnahme von Dr. Seger.«

Einerseits musste Roxann zugeben, dass er ein Grund war, weshalb sie nach South Bend wollte, andererseits steckte auch der Wunsch dahinter, ihren derzeitigen Problemen zu entfliehen. »Capistrano hat den Wagen von Frank Cape abschleppen lassen, was heißt, dass er ihn vor morgen Früh nicht holen kann. Also müssen wir die Nacht durchfahren, um einen Vorsprung zu bekommen.«

»Okay.«

»Und von jetzt an sind Kreditkarten tabu – sonst ist es zu einfach, uns aufzuspüren. Wenn du Geld brauchst, dann hol es dir von einem Automaten, solange wir noch hier sind.«

Angora seufzte. »Ohne Trentons Karte sitze ich auf dem Trockenen.«

»Und was ist mit deinem eigenen Konto?«

»Das ist leider überzogen – die Hochzeit hat alles verschlungen.«

Roxann drosselte das Tempo. »Angora, ich habe zwar noch ein bisschen Geld, aber trotzdem müssen wir uns jetzt für die nächste Zeit stark einschränken.« Was ihrer Cousine völlig fremd sein dürfte.

Aber Angora streckte die linke Hand aus. Der auffällige Verlobungsring funkelte im Licht. »Nein, müssen wir nicht.«

13

Willkommen zu Hause, meine Liebe.«

Roxann sank in die ausgestreckten Arme von Dr. Nell Oney und atmete ihren vertrauten Vanilleduft ein. Sie verspürte ein großes Gefühl von Dankbarkeit, dass Dr. Oney sich im Laufe der Jahre nicht geändert hatte. Aber als sie die zarten Knochen der Frau unter dem dicken Pullover spürte, wurde ihr klar, wie sehr ihre Mentorin gealtert war – zudem registrierte sie die grauen Strähnen in dem weichen braunen Haar, die Fältchen um den freundlichen Mund. Dennoch war sie nach wie vor eine attraktive Frau, die in Würde alterte.

»Sie sehen fantastisch aus«, sagte Dr. Oney und drückte ihr die Hände.

»Und Sie ebenfalls«, entgegnete Roxann, wobei sie die kalten Hände der Frau sachte drückte. Dr. Oney musste jetzt Anfang fünfzig sein, wie Roxann im Kopf überschlug. Und immer noch allein stehend, abgesehen von den Katzen, die sie bei sich aufnahm. Roxann gegenüber hatte sie einmal erwähnt, dass die Leute von *Rescue* ihre Familie seien. Mit Bestürzung wurde Roxann bewusst, dass dies auch ihr Leben in zwanzig Jahren sein könnte. Und obwohl das Leben in einem Bungalow direkt neben dem Campus in selbst gestrickten Pullovern ein gewisses Etwas hatte, erschien es ihr doch auch unglaublich einsam.

»Darf ich vorstellen, Angora Ryder, meine Cousine. Wir

haben zusammen studiert. Angora, du erinnerst dich bestimmt noch an Dr. Nell Oney.«

»Freut mich«, erwiderte die Professorin und schüttelte Angoras Hand. Dann verengten sich ihre Augen, und sie sah die beiden abwechselnd an. »Sie beide sehen sich auffallend ähnlich – bis auf die Haarfarbe natürlich.«

»Und das Diadem«, fügte Roxann trocken hinzu.

»Dr. Oney, ich hoffe, es macht Ihnen nichts aus, dass ich mitgekommen bin«, sagte Angora. »Roxann hat mich nämlich aus einer heiklen Lage befreit.«

»Aber nein«, entgegnete Dr. Oney. »Und nennen Sie mich bitte ›Nell‹. Dann zeige ich euch mal, wo ihr eure Sachen hinstellen könnt. Im Gästezimmer stehen zwei Einzelbetten.«

Sie folgten Nell, wobei sie vier, nein, fünf Katzen ausweichen mussten. Angora musste unablässig niesen, bevor sie ihre Sachen auf den altmodischen roten Steppdecken in dem winzigen Gästezimmer abstellten. Die Wände waren voller Regale mit abgegriffenen Taschenbüchern – der Beleg für lange, einsame Jahre, wie sie auch vor ihr noch lagen, wie Roxann sich vor Augen hielt. Hatte sie nicht auch nach jedem Umzug direkt einen Ausweis für die Bücherei beantragt?

»Ich habe heute Nachmittag noch zwei Seminare, deshalb mache ich mich jetzt besser auf den Weg«, meinte Nell, die im Türrahmen stand. »Braucht ihr noch etwas, bevor ich gehe?«

Obwohl Roxann am liebsten nach Carl gefragt hätte, verkniff sie es sich und schüttelte lediglich den Kopf. »Wir können Ihnen gar nicht genug danken.«

»Das braucht ihr nicht, wirklich. Aber eins noch, damit ich Bescheid weiß, dieser Cape, der euch verfolgt, wie sieht er aus?«

»Groß, hager, ungepflegt. Er trug eine Tarnjacke, als er mir in Little Rock aufgelauert hat.«

»Haben Sie denn eine Waffe?«

»Pfefferspray. Aber ich hoffe ja, dass er es mittlerweile aufgegeben hat.«

Nell nickte. »Trotzdem kann man nicht vorsichtig genug sein. Habt ihr beide schon Pläne für heute Abend?«

Roxann wechselte einen Blick mit Angora, wobei ihr die Röte in die Wangen stieg. »Äh, tja ...«

»Wir wollten zu der Junggesellenversteigerung«, plapperte Angora dazwischen. »Möchten Sie vielleicht mitkommen?«

Lachend hob Nell die Schultern. »Darüber habe ich mir noch gar keine Gedanken gemacht, aber vielleicht tu ich das. Aber nur als passive Zuschauerin.«

Nachdem sie vereinbart hatten, sich später wieder im Haus zu treffen, verabschiedete sich Nell.

»Findest du sie alt?«, fragte Angora.

»Ich finde uns alt.«

»Früher kam sie mir, ich weiß auch nicht – emanzipierter vor. Cooler. Ohne BH.«

»Menschen verändern sich nun einmal, auch was die Unterwäsche betrifft.« Sie kramte in ihrer Handtasche und runzelte die Stirn. »Hast du vielleicht meine Lebensliste gesehen?«

Angora hörte nicht zu. »Glaubst du, sie ist glücklich?«

»Wer?«

»Na, Nell.«

»Schätze schon. Hast du meine Liste gesehen?«

»Sie hat nicht einmal ein Auto – findest du das nicht ein bisschen rückständig?«

»Sie legt eben auf andere Dinge Wert. Angora, hast du jetzt meine Liste gesehen oder nicht?«

»Nein. Wann hast du sie denn zuletzt in den Fingern gehabt?«

»Ich weiß nicht mehr genau – vielleicht in Springfield.« Wo Angora den Nachmittag damit vertrödelt hatte, in einem Reisebüro ihre Kreuzfahrt um die Welt zu planen, als würde sie schon nächste Woche an Bord gehen. Manchmal schien die Gute in einer anderen Welt zu leben. »Oder vielleicht in Bloomington?«, wo sie sich dagegen entschieden hatten, sich ein richtiges Tattoo stechen zu lassen. Stattdessen hatten sie sich ein Ornament aus Hennafarbe um die Fesseln machen lassen, damit Angora einen weiteren Punkt von ihrer Liste streichen konnte.

»Ich dachte, diese alberne Liste ist dir egal«, stichelte Angora.

»Eigentlich schon ...« Trotzdem war es ärgerlich, eine Liste verlegt zu haben, auf der persönliche Dinge standen. Andererseits waren das wiederum ein paar Verpflichtungen weniger, zumal man sich unmöglich an alle Punkte erinnern konnte. Trotzdem war das wie ... schummeln.

ICH HABE DEINE NUMMER, DU HEUCHLERIN.

Roxann schauderte. Zu wissen, dass einem jemand permanent über die Schulter sah, ließ einen irgendwie das eigene Leben, sämtliche Entscheidungen kritisch betrachten. Hatte sie auch die richtigen getroffen? Oder etwa die falschen? Sie sah auf ihre Uhr – in London war es jetzt sechs Uhr abends.

»Komm schon«, meinte Angora. »Lass uns später auspacken – ich will einen Rundgang über den Campus machen.«

»Ich glaube nicht, dass man das heute noch so sagt.«

Angora packte sie am Arm und zog sie in Richtung Tür. »Irgendwie wirkst du bedrückt – kann es etwa sein, dass dir dieser Cape mehr Sorgen bereitet, als du zugibst?«

Roxann gab keine Antwort. In Wahrheit machte sie sich nämlich mehr Sorgen darüber, Carl wiederzusehen – war das nun belanglos? Immerhin wollte ein gefährlicher Krimineller Informationen aus ihr herauspressen, und ihre einzige Sorge war, wie ihr alter Schwarm wohl reagieren würde, wenn er sie wiedersähe. Und wenn er sie gar nicht erkannte?

»Mach dir keine Sorgen – dieser niedliche, umwerfende Detective hat Cape bestimmt eine Heidenangst eingejagt.«

Als Angora Capistrano erwähnte, verfinsterte sich Roxanns Gesicht. Der war nicht niedlich, höchstens ... ansehnlich. Und er war auch nicht umwerfend, höchstens von der Statur her. Trotzdem hatte er ein unheimliches Gespür für das richtige Timing. Und vielleicht hatte er Cape ja tatsächlich Angst gemacht – zumindest vorerst. Aber Cape würde sich davon nicht abhalten lassen. Oder er würde einfach abwarten, bis sie wieder nach Biloxi kam.

Im nächsten Moment schürzte sie die Lippen – vielleicht würde sie ja gar nicht nach Biloxi zurückkehren. Schließlich war es nicht so, dass sie dort eine Horde von Freunden hatte, die auf sie warteten, geschweige denn eine Arbeit. Tatsächlich würde sie jede Wette eingehen, dass niemand ihr Wegbleiben bemerken würde. Auch Capistrano würde das Interesse an ihr verlieren, sobald sein Partner wieder gesund wäre.

»Ich möchte vorher noch meinen Anrufbeantworter abhören«, sagte sie und verschwand in Richtung Wohnzimmer. Dort entdeckte sie auf einem Glastisch zwar die Station für ein schnurloses Telefon, doch der Hörer selbst musste woanders liegen. Nells Schlafzimmer und Arbeitsraum lagen auf der anderen Seite der Diele, aber Roxann wollte nicht hinter der geschlossenen Tür herumschnüffeln und entschied sich daher zu warten, bis ihr Handy wieder aufgeladen war. Von dem ganzen Fastfood, das sie mit Angora vertilgt hatte, war sie durstig. So suchte sie in einem Küchenschrank nach einem Glas, um etwas Wasser zu trinken, und stieß dabei unerwartet auf einen Vorrat an Medikamenten. Ein paar offenbar rezeptpflichtige Fläschchen kullerten auf die Arbeitsfläche. Antibiotika. Penicillin. Mit einem Mal erinnerte sie sich, dass Nell ein wenig hypochondrisch war – auch das ein Zeichen für ihre Einsamkeit.

Aus heiterem Himmel musste sie husten, und der Gedanke an ihre Zukunft traf sie wie ein Keulenschlag. Sie musste auf der Stelle hier raus. »Lass uns losgehen, Angora.«

Sie gingen die kurze Strecke zum Campus zu Fuß. Die Bewegung tat ihren eingerosteten Muskeln zwar gut, aber ihre neuen Stiefel waren noch nicht eingelaufen und drückten. Mit den neuen Kleidungsstücken und der anderen Frisur müsste ich mich eigentlich wieder jung fühlen, ging ihr durch den Kopf, als sie das Universitätsgelände erreichten. Stattdessen kam sie sich jedoch vor, als wäre sie doppelt so alt, wie auf dem Präsentierteller und geradezu benebelt von all den längst vergessenen Eindrücken, die auf sie einströmten: die Mischung der verschiedenen Architekturstile, der üppige Baumbestand sowie der Wind, der über die Straßen fegte, als würde ihn die Energie der jungen Menschen beflügeln. Obwohl die Wahrscheinlichkeit, Carl über den Weg zu laufen, sehr gering war, streifte ihr Blick jedes einzelne Gesicht, während sie an jeder Ecke heimlich damit rechnete, ihm zu begegnen. Vielleicht hätte sie ihn ja doch anrufen sollen ...

»Es wirkt kleiner, als ich es in Erinnerung hatte«, unterbrach Angora das Schweigen und wandte ihr das Gesicht zu.

Roxann stimmte ihr zu. Sogar die Studenten wirkten kleiner, kompakt und irgendwie verloren. Und so unglaublich jung. Es war ein warmer Mittwochnachmittag, und auf den Gehwegen und Rasenflächen bewegten sich die wenigen Menschen in alle Himmelsrichtungen. Sie wirkten so glücklich und ... unbeschwert. War sie jemals so glücklich gewesen?

»Lass uns da langgehen«, schlug Angora vor, wobei sie auf einen Weg deutete, der nach oben führte und nicht in die Richtung, die Roxann einschlagen wollte – nämlich durch den ältesten Teil des Campus und zufälligerweise an dem Gebäude vorbei, in dem sich laut dem letzten Rundschreiben nach wie vor das Büro von Carl befand.

»Okay«, stimmte sie zu, nicht ohne sich insgeheim dafür zu schelten. Sie würde ihn schon noch zu gegebener Zeit zu Gesicht bekommen.

Während sie weitergingen, deutete Angora auf ein unscheinbares Gebäude, das um die Jahrhundertwende gebaut worden war und auf der Kuppe eines bewaldeten Hügels stand. »Da ist unser altes Wohnheim.«

»Oh ja. Dürfte inzwischen ein gemischtes Wohnheim sein.«

»Glaubst du? Wow, ich wette, dass heutzutage keine mehr als Jungfrau die Uni verlässt.«

Roxann lächelte zustimmend. Um sie herum drängten sich Studenten, die sich lachend gegenseitig anstupsten. Überall sah man Kopfhörer. Trotz des kühlen Wetters wurde viel nackte Haut gezeigt ... Bauchnabel, Oberschenkel und natürlich Dekolletee. Und in Anbetracht des ganzen Körperkontakts, der hier betrieben wurde, schien es tatsächlich so, als würden die Hormone verrückt spielen. Ein großer, athletischer Typ zwinkerte Angora zu und lief rückwärts weiter, um sie vom Scheitel bis zur Sohle zu mustern.

»Das liegt an dem Diadem«, sagte Angora im Brustton der Überzeugung, während sie ihm kurz zuwinkte. »Das wird bestimmt noch lustig.«

»Ach was, der hält dich für eine Dozentin.«

Aber angesichts Angoras verklärtem Gesicht hatte sie ohne Zweifel Pläne geschmiedet, ihrer Jungfräulichkeit den raschen Todesstoß zu versetzen. Roxann biss sich auf die Unterlippe – sie hoffte bloß, dass die Erwartungen ihrer Cousine sich in jeder Hinsicht erfüllen würden. Und dass der Glückliche schon volljährig sein würde.

An jedem Laternenpfahl kündigten gelbe Plakate die Homecoming Week an und forderten in auffälliger Schrift: »Kommt alle!«

Sie war gekommen, fühlte sich allerdings nicht ganz wohl. Hatte nicht einmal jemand gesagt, dies hier wäre das einzig wahre Zuhause? Jedenfalls fühlte sie sich in South Bend noch am ehesten zu Hause. Bei der Erkenntnis, dass ihre vier Jahre hier von tausenden anderen Fußabdrücken und Klausuren und ersten Liebschaften getilgt worden waren, kam sie sich sehr unbedeutend vor. Sie stapften höher und höher, wo der Menschentrubel nach und nach abnahm und das Herbstlaub immer dichter wurde.

»Veranstaltet deine Vereinigung eigentlich etwas Besonderes für die Homecoming Week?«, fragte sie Angora.

Sie zuckte die Achseln. »Ich vermute mal.«

»Hast du zu deinen Schwestern denn keinen Kontakt mehr?«

Angoras Gesicht nahm einen merkwürdigen Ausdruck an, und sie richtete den Blick in die Ferne. »Ich bin ausgetreten.«

»Das wusste ich gar nicht. Und warum?«

Erneut hob sie die Schultern. »Ein paar von den Mädchen haben irgendwann damit angefangen, gehässig zu mir zu sein, zum Beispiel haben sie mir den Spitznamen ›Nonne‹ verpasst, weil ich nicht mit ihren ätzenden Brüdern ins Bett gehen wollte. Tammy Paulen ...« Abrupt blieb sie stehen.

Roxann wandte ihr das Gesicht zu. »Was war mit Tammy Paulen?«

Angora wirkte abwesend.

»Angora, was war mit Tammy Paulen?«

»Sie ... war die Schlimmste von allen.«

Roxann befeuchtete die Lippen und hakte behutsam nach. »Ich dachte, du hast gesagt, dass du Tammy kaum gekannt hast.«

»Hab ich ... auch nicht. Ich glaub, sie wusste nicht einmal meinen Namen.«

»Aber sie hat dich gehänselt?«

Angora nickte. »Als ihr Bruder mitbekommen hat, dass ich noch Jungfrau bin, wollte sie ... wollte sie mich ihm zu seinem Geburtstag schenken.«

Roxanns Magen zog sich zusammen. »Das ist ja krank.«

»Tja, sie hat ihre Strafe bekommen, nicht wahr?«

Roxann überfiel ein kalter Schauer, was nicht an dem Wind lag. »Angora ...«

»Hey, ist er das etwa tatsächlich?« Wie ein Spürhund zeigte Angora auf die andere Straßenseite.

Roxanns Blick folgte ihrem Finger, und ihr Herz machte einen Satz. Es war ihr gar nicht bewusst gewesen, aber der Pfad hatte sie hoch nach oben geführt und zudem genau gegenüber von Carls Büro, wo er ebenerdig vor der geisteswissenschaftlichen Fakultät weiterführte und von wo aus man eine fantastische Sicht durch eine Schneise zwischen den Bäumen hatte. Unbewusst hatte Angora sie zu einem perfekten Aussichtspunkt gelotst.

Natürlich handelte es sich um Carl. Wie üblich saß er auf

der Treppe vor dem Gebäude, kaute ein Sandwich und las ein Buch in der Sonne. Noch immer breitschultrig und schlank, trug er eine Trainingsjacke des Fußballvereins über einem T-Shirt und einem Pullover mit V-Ausschnitt. Im Sonnenlicht schimmerten die silbernen Strähnen in seinem Haar, und die Metallfassung seiner schmalen Brille warf Reflexe: Automatisch drehte sich die Zeit zurück, und Roxanns Zunge klebte am Gaumen. Kein Mann hatte jemals so einen Eindruck bei ihr hinterlassen wie Carl, weder davor noch danach.

»Ich dachte, wir könnten heute Mittag grillen«, meinte Angora, wobei sie mit dem Kopf auf einen dafür vorgesehenen Platz unter ihnen auf der Straße deutete, nur wenige Schritte von der Stelle entfernt, wo Carl gerade saß.

»Klingt gut«, murmelte Roxann.

Über eine Steintreppe gelangten sie wieder nach unten auf die Straße. Zum Glück gab es ein Geländer – in den hohen Stiefeln hatte sie nämlich ganz wacklige Beine. Im Geiste malte sie sich die Szene aus, wie sie sich ihm näherte und was er wohl sagen würde, doch unvermittelt waren sie auf dem Gehweg entlang der zweispurigen Straße, und von der anderen Seite sah er zu ihr hinüber. Sofort hörte er auf zu kauen und wischte sich den Mund ab, um dann genauer hinzusehen. Sie lächelte, und als er sein Buch und sein Essen zur Seite legte und aufstand, überschlug sich ihr Herz. Über die vorbeifahrenden Wagen hinweg winkte sie ihm zu. Er nahm seine Brille ab und überquerte ungeachtet des Verkehrs die Straße.

»Roxann?«, rief er, während er im Laufschritt auf sie zukam. »Roxann, bist du das?«

Er war attraktiver denn je, mit seinen unglaublich hellblauen Augen, umrahmt von schwarzen Wimpern. Seine kohlrabenschwarzen Brauen bildeten einen starken Kontrast zu den silbern melierten Haaren, die über seine hohe Stirn fielen. Dieselbe klassische Nase wie früher, dieselbe hohe Stirn, dasselbe kantige Kinn. Und dasselbe Lächeln – wie konnte sie nur dieses fantastische Lächeln vergessen haben? Es ließ sein ganzes Gesicht strahlen, und es schien auch seinen Körper mit Leben zu erfüllen. Dieses Lächeln war der Energiespender, von dem er und die Menschen um ihn herum zehrten.

Die Umgebung und die Geräusche traten in den Hintergrund. »Ja, Carl, ich bin es.«

14

Ich hoffe, es macht deiner Cousine nichts aus, dass ich dich einfach so entführt habe«, sagte Carl und hielt ihr die Tür zu seinem Büro auf.

»Sie hat gemeint, dass sie sich noch unbedingt ein paar Dinge auf dem Gelände ansehen will«, entgegnete Roxann und schlüpfte unter seinem Arm hindurch. Wieder wurde sie von dem Gefühl ergriffen, zu groß für diesen Raum zu sein. Als wären sämtliche Gegenstände um sie herum nur Kulisse und Carl der Hauptdarsteller auf der Bühne. Sehr unwirklich.

Er trat hinter ihr ebenfalls ein, schloss die Tür und hängte ihre Jacken an einen Haken. Als er sich wieder umdrehte, standen sie einfach nur da und lächelten sich gegenseitig einen ausgedehnten Moment lang an, wie es ein Drehbuch hätte verlangen können. Er war wirklich zum Anbeten ... und Action.

»Du hast dich nicht verändert«, murmelte er. »Noch genauso schön wie früher.«

Sie errötete. »Nicht ganz, aber trotzdem danke.«

»Gott, ich habe dich vermisst.« Er umklammerte ihre Schulter. »Hast du meine Nachricht wegen der Preisverleihung erhalten? Bist du verheiratet? Wie lange bleibst du?«

Sie musste lachen, und er sah verlegen drein.

»Wo bleiben nur meine Manieren? Nimm doch bitte Platz. Möchtest du vielleicht einen Kaffee oder Tee?«

»Nein, danke.« Sie setzte sich auf den Rohrstuhl, den er ihr anbot, und fühlte sich wohl in dem für einen Gelehrten typischen Durcheinander aus Büchern und Unterlagen in dem voll gestopften Arbeitszimmer. Wie oft hatten sie hier zusammen gearbeitet, Schulter an Schulter, Knie an Knie? »Ja, ich habe deine Nachricht wegen der Preisverleihung erhalten, und obwohl ich mich geschmeichelt fühle, werde ich verzichten. Deshalb habe ich nicht zurückgerufen.«

»Ich verstehe.«

»Und nein, ich bin nicht verheiratet.«

Er lächelte. »Ich auch nicht, zumindest bis jetzt noch nicht.«

Sie war sich sicher, dass ihre Freude darüber deutlich in ihrem Gesicht zu lesen war. »Und ich weiß noch nicht, wie lange wir hier bleiben. Wir wohnen übrigens bei Dr. Oney.«

»Oh. Eigentlich habe ich gehofft ...« Er schüttelte den Kopf. »Was solls. Dann heißt das, dass du nach wie vor für diese Frauenberatungsstelle arbeitest, die Nell früher koordiniert hat?«

Sie nickte. »Rund um die Uhr. Zumindest mehr oder weniger.«

Er faltete die Hände und nahm eine feierliche Haltung an. »Ich bin unheimlich stolz darauf, was du aus deinem Leben gemacht hast – die Jugend von heute scheint nämlich kein großes Interesse an sozialer Verantwortung zu haben.«

Sie verhakte die Hände um ihr Knie und verspürte den Zwang, die höflichen Platitüden zu übergehen. »Mir wäre lieber, ich könnte von mir behaupten, dass ich damals der Organisation mit ehrlichen Absichten beigetreten bin, aber wenn ich zurückblicke, habe ich den Eindruck, dass ich nur Zeit totschlagen wollte, bis ich wieder von dir gehört habe.«

Tatsächlich wand er sich etwas, bevor er ein reumütiges Seufzen ausstieß. »Die Befragung vor dem Ausschuss kam zu einem ungünstigen Zeitpunkt.«

Sie nickte bedächtig. »Ich frage mich heute noch, woher sie über uns Bescheid wussten.«

Er zuckte die Achseln. »Irgendwer muss sie informiert haben, obwohl es damals unwesentlich schien, wer dahinter gesteckt hat – schließlich war der Schaden bereits angerichtet. Ich habe angenommen, dass du einem von deinen Kommilitonen von uns erzählt hast.«

Roxann reagierte empört. »Hab ich nicht.«

Doch er glaubte ihr nicht, das konnte sie sehen. »Egal, es tut nichts zur Sache.«

Ein unbehagliches Schweigen entstand, das Roxann aus purem Trotz nicht brechen wollte. Also wartete sie, worauf genau, wusste sie auch nicht – vielleicht auf einen Kniefall samt Entschuldigung dafür, dass er nicht für ihre platonische Beziehung eingestanden war?

»Dann ... bist du also glücklich?«, fragte er.

Sie nickte. »Ich habe nie bereut, wie mein Leben verlaufen ist.«

»Das freut mich.«

Roxann betrachtete die zahlreichen Auszeichnungen an der Wand, darunter ein ganzes Regal voller Fußballpokale. Es kam ihr zwar ein bisschen kindisch vor, seine Errungenschaften zur Schau zu stellen, aber gleichzeitig drängte sich ihr die Frage auf, ob ihr Groll nicht von dem drastischen Beweis herrührte, dass er sein Leben unverdrossen auch ohne sie weitergeführt hatte. »Wie ich sehe, warst du erfolgreich.«

Er lächelte. »Danke.«

Dann redeten sie beide gleichzeitig.
»Ich habe ...«
»... dein Foto ...«
»... in dem Rundbrief ...«
»... gesehen.«
Sie brachen beide in Lachen aus.
»Ich habe immer wieder an dich denken müssen«, sagte er. »Immer wieder habe ich mich gefragt, wo du wohl steckst, was du treibst, was aus dir geworden ist. Als man dich für den Preis nominiert hat, war das für mich die Chance, dich wiederzusehen.«
»Wer hat mich eigentlich nominiert?«
Er grinste verlegen. »Das war ich. Und Nell hat vorbehaltlos zugestimmt.«
»Und warum hast du mich nicht schon früher kontaktiert?«
Er machte eine unbestimmte Geste und schien sichtlich befangen. »Ich ... dachte, du würdest keinen Wert darauf legen.«
»Hab ich auch nicht, zumindest eine Zeit lang.«
»Und wie sieht es jetzt aus?«
Gute Frage. Ohne Zweifel fühlte sie sich nach wie vor zu ihm hingezogen, wie eine flügellahme Motte zum Licht. Aber ob sie ihm jemals den tiefen Riss verzeihen könnte, den er ihrem Herzen zugefügt hatte? »Ich bin keine naive Studentin mehr, Carl.« Ihre Stimme klang gefasster, als sie sich innerlich fühlte – zumindest war das mit der Studentin nicht gelogen.
Er erhob sich von seinem Stuhl und stellte sich vor sie hin. »Das kann ich sehen.« Dann ergriff er ihre Hände und zog sie sachte hoch vom Stuhl und an sich. Sein Körper fühlte sich schlank und fest an, der Beleg dafür, dass er sich immer noch streng an seine vegetarische Diät und

sein Training hielt. Seine Vorliebe für edle Düfte kam ihr wieder zu Bewusstsein, während sie seinen Geruch einatmete. Sanft hielt er sie fest und näherte seine Lippen den ihren, um sie zärtlich und vorsichtig zu küssen. Sehr ... reizvoll. Hatten seine Küsse schon immer so süß geschmeckt? Er sollte wirklich diese flackernde Glühlampe über ihnen austauschen. Und wann waren die Pokale das letzte Mal abgestaubt worden? Ein Klopfen an der Tür ließ sie jählings auseinander fahren – diese Situation kannte sie noch zur Genüge. Genau wie das schuldbewusste Erröten.

Ein junges rothaariges Ding platzte strahlend herein, die Hand am Türknauf. »Dr. Seger ... oh, Entschuldigung.« Schlagartig verflog ihr Lächeln, was ihrer Schönheit allerdings keinen Abbruch tat. »Ich wusste nicht, dass Sie ... Besuch haben.«

»Kelly«, donnerte er mit einem Augenzwinkern. »Haben Sie die Unterlagen dabei, die ich unterschreiben soll?«

»Ja«, antwortete sie, wobei sie Roxann anstarrte. »Aber ich kann auch später nochmal kommen.«

»Das wäre wohl besser«, entgegnete er. »Wir sehen uns ja ohnehin im Seminar.«

»Okay. Tschüss.«

Nachdem die Tür sich wieder geschlossen hatte, lächelte er sie entschuldigend an. »Ich sollte mir endlich einmal angewöhnen, die Tür abzuschließen – meine Studenten platzen nämlich ständig einfach herein.«

Roxann presste die frisch geküssten Lippen zusammen, wobei ihr durch den Kopf ging, dass eine Frau an Carls Seite sich damit abfinden müsste, ihn mit seinen Studenten zu teilen – als Professor war man praktisch Allgemeingut. »Dr. Oney hat gemeint, du würdest nicht mehr so viele Seminare geben wie früher.«

»Das stimmt – dafür betreue ich mehr Studenten als vorher.«

Also kam jede dieser reizenden Studentinnen in den Genuss einer Einzelbetreuung. Im nächsten Augenblick schämte sie sich ... schließlich konnte Carl nichts dafür, wenn seine Studentinnen ihn anhimmelten. Und auch den Mädchen konnte sie wohl am allerwenigsten einen Vorwurf machen. »Tja, dann lass ich dich mal besser wieder an deine Arbeit gehen«, meinte sie, zumal sie das plötzliche Bedürfnis hatte, allein zu sein, um in Ruhe nachzudenken.

»Wann sehen wir uns wieder?«

Lächelnd schlüpfte sie in ihre Jacke. »Ich habe gehört, dass man dich heute Abend ersteigern kann.«

Er wurde rot. »Mir ist schleierhaft, wie ich mich dazu überreden lassen konnte.«

»Vielleicht komme ich ja und treibe deinen Preis in die Höhe.«

»Das würde den Abend erträglich machen.«

»Leider sind meine Finanzen begrenzt«, warnte sie ihn lachend.

Er zog sie an sich. »Du brauchst bestimmt nicht dafür zu bezahlen, um Zeit mit mir zu verbringen. Treffen wir uns doch morgen Abend zu einem romantischen Abendessen bei mir.«

»Hast du nach wie vor dieselbe Adresse?«

Er nickte. »Weißt du noch, wie du dorthin kommst?«

»Ich glaub schon.« Dabei war sie nur einige Male zum Grillen mit anderen Studenten bei ihm gewesen – kein einziges Mal alleine. Zu verlockend.

»Bis dahin ...« Er küsste sie sanft. »Sehe ich dich heute Abend?«

»Ja«, erwiderte sie. Inzwischen fühlte sie sich wieder besser. Beschwingteren Schrittes verließ sie das Gebäude.

Dieses ungute Gefühl eben hatte sich nur eingestellt, weil sie es gewohnt war, dass ihre Treffen mit Carl stets heimlich stattfanden, ohne dass es jemand mitbekommen sollte. Das war nicht ganz unproblematisch gewesen. Aufgrund der Tatsache, dass sie sich körperlich nie wirklich nahe gekommen waren, war ihre Beziehung eher aus dem Stoff, aus dem klassische Liebesromane gemacht waren – eine Verbindung jenseits einer körperlichen Vereinigung. An diese ... neue Freiheit musste sie sich erst noch gewöhnen.

»Roxann?«

Sie drehte sich in die Richtung, aus der die Stimme kam, und stutzte angesichts der Frau, die im Zickzack an den Studenten vorbei über die Wiese rannte. *»Elise.«* Da Elise früher einmal eine erfolgreiche Läuferin gewesen war, unterdrückte sie den Impuls, einfach wegzulaufen.

Mit einem Satz kam ihre ehemalige Mitbewohnerin, deren kupferrote Lockenmähne wild ihr zartes Gesicht umrahmte, vor ihr zum Stehen. Sie trug Shorts und einen Sport-BH, auf dem sich Schweißflecken abzeichneten. »Dann habe ich doch richtig gesehen. Ich wusste gar nicht, dass du zur Homecoming Week herkommst.«

»Das ... hat sich auf den letzten Drücker so ergeben. Eigentlich besuche ich gerade Dr. Oney für ein paar Tage.« Elises Augen wirkten glasig, und ihr Mund war etwas schlaff – offenbar nahm sie eins von diesen so genannten »leistungssteigernden« Mitteln, die sie von einem Typen namens Sid bezog, der immer mit quietschenden Reifen in einem Firebird bei der Sportanlage in Biloxi vorfuhr. »Elise, du warst wie vom Erdboden verschwunden – Tom verliert noch den Verstand, weil er sich den Kopf zerbricht, wo du abgeblieben bist.«

Elise begann, mit den Fingerknöcheln zu knacken – ein

nervöser Tick, der Roxann schon immer wahnsinnig gemacht hatte. Elise hatte wirklich riesige Hände. »Ich konnte einfach nicht mehr, Roxann. Diese ganzen Problemfälle. Mir ist klar, dass ich Tom Bescheid geben sollte. Das hole ich auch nach. Bestimmt.« Nervös flackerte ihr Blick umher, und sie knackte immer noch mit den Knöcheln.

»Wo wohnst du jetzt?«

»In Biloxi, bei einer Freundin, die ich über das Internet kennen gelernt habe.«

Welche Überraschung. »Und seit wann bist du hier?«

»Seit Samstag. Ich habe an einem Marathon teilgenommen, um Geld für das neue Beratungszentrum zu sammeln.« Jetzt fing sie an, mit dem Nacken zu knacken – mehrmals hintereinander.

»Elise, bei mir ist am Freitag eingebrochen worden. Weißt du vielleicht etwas darüber?«

»Nein. Nein, keine Ahnung.« Aber da Elise ihren Blick mied, war sich Roxann nicht sicher, ob sie die Wahrheit sagte. »Roxann ... es tut mir wirklich Leid, wie ich mich ... verhalten habe.«

»Keine von uns beiden hat sich in dieser Situation richtig verhalten«, entgegnete Roxann diplomatisch.

Unruhig verlagerte Elise das Gewicht von einem Bein auf das andere und wippte in ihren Turnschuhen auf den Zehenspitzen. »Mittlerweile ist mir klar geworden, dass die Ursache dafür, weshalb ich die ganzen Jahre so unglücklich war, eine ehemalige Beziehung ist, die ich hier an der Uni hatte und über die ich nie richtig hinweggekommen bin.«

Na klar, was auch sonst.

»Aber ich arbeite daran«, fügte sie mit einem Nicken hinzu, das nicht besonders zuversichtlich wirkte. Unvermittelt brach sie in Lachen aus, ein wildes, künstliches Gackern. »Dumm, dass es das Beratungszentrum nicht schon vor zehn Jahren gegeben hat.« Sie fing an zu zittern, sodass sie sich die nackten Arme rieb.

Roxann streifte ihre Jacke ab und legte sie über Elises Schultern. »Elise, du siehst nicht gut aus – komm, ich bringe dich zur Krankenstation.«

»Nein!« Ruckartig schüttelte sie die Jacke wieder ab. »Es geht mir g-gut, ich muss mich nur wieder bewegen.« Daraufhin trabte sie los, drehte sich jedoch nach ein paar Schritten wieder um, als wäre ihr plötzlich wieder eingefallen, dass Roxann immer noch dastand. »Ich hoffe, wir können irgendwann wieder Freundinnen sein«, rief sie. Dann lief sie weiter, allerdings keineswegs in einer geraden Linie.

Roxann sah ihr nach, bis sie außer Sichtweite war, um sich zu vergewissern, dass sie nicht blindlings auf die Straße rannte oder sogar zusammenbrach. Wieder ein hoffnungsloser Fall, mit einem ausgeprägten Hang zur Selbstzerstörung. Oder auch mit einem grundsätzlichen Hang zur Zerstörung?

Anschließend machte sich Roxann auf die Suche nach einem Trinkbrunnen und erspähte dabei Angora auf einer Parkbank, wo sie gerade den Inhalt ihrer Chipstüte mit den Tauben teilte. Offenbar hatte sie geweint. »Und, wie wars?«, brachte sie stockend hervor.

»Wie war was?«

»Na, wie wars mit Dr. Seger? Habt ihr es auf seinem Schreibtisch getrieben?«

»Hast du jetzt völlig den Verstand verloren? Selbstverständlich nicht!«

Angora warf die Chipstüte in einen Abfallkorb neben der Bank und leckte sich die Finger ab. »So, wie du ihm schöne Augen gemacht hast, hätte mich das nicht gewundert.«

Roxann runzelte die Stirn. »Das ist nicht wahr, und das ist auch nicht fair. Was ist denn los mit dir?«

Angora beugte sich nach vorn, wobei sie sich mit den Ellbogen auf den Knien abstützte, und starrte auf den Boden. »Was mit mir los ist? Eigentlich sollte ich jetzt auf meiner Hochzeitsreise sein.«

Roxann verspürte Mitleid mit ihr, und sie setzte sich neben sie. »Du wirst Chicago lieben. Und in einem Jahr wirst du dich nicht einmal mehr an den Namen Trenton erinnern.«

»Ich kann nicht nach Chicago gehen«, schluchzte Angora. »Ich bin nämlich für diesen Job in der Galerie nicht ausreichend qualifiziert. Das würde keine Woche gut gehen.«

»Die hätten dir die Stelle ja wohl kaum angeboten, wenn du nicht dafür qualifiziert wärst.«

»Ich habe sie nur bekommen, weil ich mein Diplom in Notre Dame gemacht habe.«

»Ich habe den Eindruck, dass du dein Licht unter den Scheffel stellst.«

Sie wischte sich über die Wangen. »Nein. Mutter hat schon Recht – Trenton war *die* Chance für mich, ein gutes Leben zu führen, und ich habe ihn ziehen lassen.«

»Tja, ich sage es dir nur ungern, aber ich glaube, dass er von sich aus die Brücken zu dir abgebrochen hat.«

»Dann sollte ich vielleicht ins Kloster gehen.«

»Aber im Kloster gibt es keine Waschmaschinen.«

Endlich rang sich Angora den Hauch eines Lächelns ab. »Ich wünschte, ich könnte mit dir tauschen.«

Roxann seufzte. »Das würde ich mir im Moment ebenfalls wünschen. Aber leider stecken wir alle in unserer eigenen Haut, nicht wahr?« Dann erhob sie sich und zeigte mit dem Daumen nach hinten über ihre Schulter. »Falls du dich in der Lage fühlst, wieder zu gehen, ich müsste noch unbedingt mein Hemd waschen, damit ich es heute Abend auf der Versteigerung anziehen kann.«

Daraufhin sprang Angora sofort auf und marschierte in die Richtung los, aus der sie gekommen waren. »Du wirst dieses Hemd auf keinen Fall heute Abend anziehen.«

Roxann grinste hinter vorgehaltener Hand. »Wir werden ja sehen.«

15 **In** einem Zug leerte Angora ihr Glas Wein bis zur Hälfte. Es war gerade Pause. Bislang waren sechs Junggesellen vorgestellt worden, und keiner von ihnen war es wert, dass sie ihre Jungfräulichkeit opferte. Kein einziger konnte Dr. Seger das Wasser reichen. Von der Seite warf sie einen Blick auf Roxann und verstärkte den Griff um ihr Glas – warum nur wurde es Roxann immer so leicht gemacht? Schließlich war sie diejenige, die auf dem College Dr. Seger heimlich geliebt hatte. Sie hatte sich wie keine andere seine Gesichtszüge und seine Gewohnheiten eingeprägt, als sie ihn damals jeden Tag bei seiner Mittagspause beobachtet hatte. Sie allein hatte vier Semester lang seine Einführung in Theologie besucht, in der Hoffnung, er würde sie eines Tages bemerken.

Was dann auch irgendwann der Fall gewesen war. Und zwar in ihrem letzten Semester, am einundzwanzigsten April. In der dritten Vorlesung. Sie hatte ein Notizheft auf ihrem Tisch »vergessen« und extra gewartet, bis alle anderen den Raum verlassen hatten, bevor sie wieder hineinging. Dr. Seger war gerade dabei gewesen, die Tafel abzuwischen, und hatte sie zunächst überhaupt nicht bemerkt. Bis ihr das Heft »aus der Hand gefallen war«. Dann hatte er sich umgedreht und gelächelt, mit einem freundlichen »Hallo«.

»Ich habe mein Heft vergessen«, hatte sie gesagt und es hochgehalten.

»Sind Sie denn bei mir im Seminar?«, hatte er gefragt.

»Ja.«

»Deswegen kommen Sie mir so bekannt vor.«

»Ja.« Sie hatte gewartet, bis er mit der Tafel fertig war und anschließend mit seinen Büchern in den Händen von dem Podest stieg. Er wirkte überrascht, dass sie immer noch dastand, aber da sie nun endlich seine Aufmerksamkeit hatte, wollte sie die Gelegenheit um jeden Preis nutzen.

»Schon zum vierten Mal.«

»Wie bitte?«

»Das ist schon das vierte Mal, dass ich dieses Seminar belege.«

Seine Augenbrauen waren in die Höhe geschossen, und er hatte den Blick über ihren dicken Pullover schweifen lassen. »Offenbar mögen Sie Theologie.«

»Eigentlich nicht.« Von seinem Blick hatte sie sich ermutigt gefühlt. Als sie sich im Moment die Situation wieder vor Augen hielt, spürte sie ein mulmiges Gefühl in der Magengegend.

Er hatte auf seine Armbanduhr gesehen. »Wie heißen Sie?«

»Angora Ryder.«

»Nun, Angora Ryder, in welches Seminar müssen Sie jetzt?«

»Ich habe jetzt frei.«

Wieder hatte er sie von oben bis unten gemustert und dann die Lippen geschürzt. »Ich wollte gerade wieder in mein Büro, um dort aufzuräumen. Ich könnte jemanden brauchen, der mir hilft.«

Als Antwort hatte sie gelächelt und war mit ihm zu seinem Büro gegangen, wo er die Tür mit dem Milchglaseinsatz hinter ihnen abgeschlossen hatte.

»Hier platzen nämlich ständig irgendwelche Studenten

herein«, hatte er erklärt. »Deshalb komme ich auch nie dazu, hier mal Ordnung zu schaffen.«

»Womit soll ich anfangen?«, hatte sie gefragt, die sexuelle Anspannung in der Luft ließ sie innerlich erzittern.

Daraufhin hatte er sich auf seinen Bürostuhl gesetzt und sie zwischen seine Beine nach unten auf die Knie gezogen, um ihr einen langen, harten Kuss zu geben, von dem seine Brillengläser beschlugen. Er hatte sich kurz zurückgelehnt, um die Brille abzunehmen, und sie ernst angeblickt. »Ist es das, was du willst?«

Sie hatte genickt, da es von da an kein Zurück mehr gab.

Mit schweren Lidern hatte er sich mit ihrem Pullover abgemüht und ihn zusammen mit ihrem Büstenhalter hochgestreift, um ihre Brüste zu entblößen. Dann hatte er an ihnen gesaugt und geknabbert und dabei leise gestöhnt, während sie eine gewaltige Hitze in sich aufsteigen spürte. Als Nächstes hatte er ihren Kopf nach unten gedrückt, in seinen Schritt, wo seine Hose mit einem Mal offen gestanden hatte. Sie hatte nicht die Zeit gehabt, sich die Techniken vor Augen zu halten, die Roxann ihr mit der Zahnpastatube beigebracht hatte – dazu war alles viel zu schnell gegangen. Abwechselnd hatte sie das Gefühl gehabt, ersticken beziehungsweise erbrechen zu müssen, während er keuchend ihren Kopf auf und ab bewegt hatte. Danach war er zusammengesackt und hatte keinen Mucks mehr von sich gegeben, sodass sie schon befürchtet hatte, er hätte einen Herzinfarkt erlitten. Doch als sie das widerliche Zeug ausgespuckt hatte und es auf seinen teuren Schuhen gelandet war, hatte er sich ziemlich rasch wieder erholt.

»Du bekommst deinen Schein«, hatte er ihr schroff mitgeteilt, war anschließend aufgestanden und hatte ihr dabei geholfen, ihre Kleidung in Ordnung zu bringen.

Schockartig hatte sie in diesem Moment erkannt, dass er

annahm, sie hätte sein Seminar nur deshalb viermal besucht, weil sie zu dumm war, um es zu bestehen, und nicht weil sie in seiner Nähe sein wollte. Sie hatte gerade zu einer Erklärung ansetzen wollen, aber er hatte ihr den Zeigefinger auf die Lippen gelegt.

»Das hier bleibt unser kleines Geheimnis, von dem kein anderer erfährt, sonst könntest du eine Menge Schwierigkeiten bekommen.« Wie ein Schaf hatte sie genickt. Dann hatte er die Bürotür geöffnet, sie mit einem sachten Schubs nach draußen befördert und die Tür hinter ihr wieder geschlossen. Als sie am selben Abend im Bett gelegen hatte, war ihr plötzlich ein Wort bewusst geworden, das er während der Aktion gemurmelt hatte.

»Roxann.«

Natürlich war ihm die Ähnlichkeit nicht verborgen geblieben, und obwohl er keine Ahnung davon hatte, dass sie verwandt waren, hatte er die ganze Zeit nur an Roxann gedacht. Nach dem Vorfall hatte Carl sie keines Blickes mehr gewürdigt. Der eigentliche Schlag ins Gesicht war jedoch abschließend die Tatsache gewesen, dass sie für das Seminar nur ein »Ausreichend« bekommen hatte.

Blinzelnd leerte Angora das Glas mit dem trockenen Chardonnay. Obwohl sie dem Kerl in seinem Arbeitszimmer einen geblasen hatte, hatte er sie heute nicht einmal wieder erkannt. Er hatte lediglich Augen für Roxann gehabt, und das, obgleich zwischen den beiden nie wirklich etwas gelaufen war, falls Roxann die Wahrheit sagte. Wieder einmal erntete Roxann die Lorbeeren.

Sie ging wieder an die Bar, um sich ein weiteres Getränk zu holen. Während sie wartete, brach das Publikum unvermittelt in Applaus aus. Sie wandte sich um und erblickte Dr. Seger persönlich am Mikrofon, wo er mit einer Geste um Ruhe bat. Der Mann war einfach großartig.

»In diesem Raum befindet sich eine Person«, begann er, »die für den Alumni Award nominiert worden ist, weil sie ihr Leben anderen Menschen widmet. Allerdings unterliegt ihre ehrenamtliche Tätigkeit einer strengen Vertraulichkeit, sodass der Ausschuss die Entscheidung gefällt hat, auf die öffentliche Ehrung zu verzichten, um nicht Gefahr zu laufen, dadurch unerwünschte Zuschauer anzuziehen, die den Programmen schaden könnten, denen sie sich widmet.«

Mit den Augen suchte er Roxann unter den Zuschauern, und Angora wusste, was als Nächstes kommen würde.

»Aber zu unserer großen Freude hat die nominierte Person diese Woche den Weg zurück nach South Bend gefunden. Deshalb möchte der Ausschuss ohne viel Aufhebens Roxann Beadleman seine Anerkennung dafür aussprechen, dass sie sich seit zehn Jahren selbstlos für misshandelte Frauen einsetzt. Roxann, würden Sie bitte nach vorne kommen und dieses Zeichen unserer uneingeschränkten Bewunderung für Ihre guten Taten entgegennehmen. Sie verkörpern wahrhaft den Geist einer Alumni Homecoming Queen.«

Angora wollte ihren Ohren nicht trauen. Sie verfolgte, wie Dr. Seger ein Diadem aus einer Holzschatulle hob – eine große, prachtvolle Krone, an der Kristalle baumelten. Im Vergleich dazu sah die, die sie gerade trug, wie ein Spielzeug aus. Sie nahm einen großen Schluck aus ihrem Glas.

Dennoch, das musste sie ihrer Cousine lassen – sie wusste, wie sie mit der Menge umzugehen hatte. Roxann sträubte sich so lange, bis die ungefähr tausend Menschen sie mit lautem, rhythmischem Beifall anfeuerten. Als sie die Bühne betrat, verstummten alle in gespannter Erwartung. Zu allem Überfluss sah sie auch noch großartig aus, obwohl sie sich gegen das kurze rote Kleid, das Angora für sie ausgesucht hatte, entschieden hatte. Stattdessen hatte sie einen schlichten schwarzen Rock, ein schwarzes Top und einen langen limonenfarbenen Schal gewählt. Das perfekte Outfit für die Krone, die Dr. Seger ihr voller Hochachtung aufsetzte.

»Vielen Dank«, sagte Roxann, wobei sie mit einer Hand das Diadem stützte.

Vermutlich ist es ziemlich schwer, dachte Angora verbittert. Das Gewicht einer Krone entsprach gewöhnlich der Bedeutung des Titels. Von ihren wog keine mehr als eine Kartoffel.

»Ich bin sprachlos und fühle mich geehrt«, verkündete Roxann. »Und ich verdiene diese Anerkennung überhaupt nicht ...«

Mit einem zynischen Lächeln sah Angora in ihr Glas und verfolgte weiter, wie ihre Cousine das gesamte Publikum um den kleinen Finger wickelte. Die gute, liebe, aufrichtige Roxann, die ihr Leben anderen Menschen widmete. Angora musste hicksen. Und das tat Roxann nicht, weil es ihr das Gefühl verschaffte, Gutes zu tun, sondern weil sie sich dadurch überlegen fühlen konnte. Aus keinem anderen Grund. Dee hatte schon Recht gehabt, was Roxann betraf. Schließlich war jeder käuflich, auch Roxann, wie sie seit damals, als sie achtzehn waren, wusste. Was wohl die Zuschauer dazu sagen würden, wenn sie auf die Bühne springen und dieses kleine Geheimnis enthüllen würde? Und wenn sie schon einmal dort oben stände, könnte sie genauso gut verkünden, dass die Beschneidung von Dr. Seger schlampig ausgeführt worden war.

Aber beides konnte sie natürlich schlecht preisgeben, ohne sich selbst zu belasten. Zudem war sie auf diese Stelle in Chicago nun mehr denn je angewiesen. Schließlich war dies ihre Fahrkarte, um ein für alle Mal Dees Klauen zu entkommen. Warum zum Teufel war sie nur zurückgekommen? Angora holte sich ein weiteres Glas Wein und versuchte, sich auf Roxanns Rede zu konzentrieren.

»... und mit Demut nehme ich Ihre Anerkennung entgegen.«

Danach brandete erneut donnernder Applaus auf, der, um das Ganze für Angora noch schlimmer zu machen, von stehenden Ovationen begleitet wurde. Sie hatte selbst damals keine stehenden Ovationen bekommen, als sie den hohen Ton bei »When Whoever's in New England's Through With You« auf dem größten Volksfest in Louisiana getroffen hatte. Sie beobachtete, wie Roxann zu ihrem Platz neben Dr. Oney zurückkehrte. Als Roxann dabei den Blick über die Menge schweifen ließ, vermutlich, um nach ihr Ausschau zu halten, versteckte sich Angora hinter einem Kellner. Sie musste sich erst sammeln, bevor sie fähig war, ihrer Cousine zu gratulieren, dieser Heuchlerin.

Dann wurden die Lichter gedämpft und die Versteigerung fortgesetzt. Der nächste Versager präsentierte sich und stolzierte über die Bühne – wo hatten die bloß diese Luschen aufgetrieben? Ungepflegte Haare und Hochwasserhosen. Sie trank weiter, obwohl sie merkte, dass ihre Beklemmung immer größer wurde.

Kurz darauf erschien Dr. Seger erneut auf der Bühne, dieses Mal als Versteigerungsobjekt. Wie Mundwasser spülte sie den Wein zwischen den Zähnen und schluckte geräuschvoll. Warum auch nicht? So lange sie zurückdenken konnte, wollte sie Roxann ähnlich sein – genau wie sie sein. Für den Anfang würde ihr Dr. Seger reichen. Außerdem ... der Kerl stand schwer in ihrer Schuld nach diesem demütigenden Vorfall in seinem Büro vor zehn Jahren. Unabhängig davon, dass der Schuft sich nicht mehr daran erinnerte.

»Bietet jemand einhundert?«, fragte der Auktionator. In der Nähe der Bühne ging eine Hand hoch.

»Einhundert von der Dame in Gelb. Höre ich vielleicht einhundertfünfzig?«

Zaghaft hob Roxann die Hand.

»Einhundertfünfzig von der Queen! Bietet jemand einhundertfünfundsiebzig?«

Wieder schnellte die Hand der Dame in Gelb nach oben.

»Einhundertfünfundsiebzig! Wer bietet zweihundert?«

»Zweitausend«, sagte Angora laut und deutlich.

Darauf setzte fassungsloses Schweigen ein, und sämtliche Augen wandten sich ihr zu. Zuvor hatte ein Anwalt mit achthundert die höchste Summe an diesem Abend erzielt – von einem Bridgequartett, das den Eindruck machte, als hätte es jede einzelne der Damen dringend nötig, ihren Willen zu bekommen, und zwar pronto.

»Haben Sie zweitausend gesagt?«, fragte der Auktionator, wobei er den Arm in ihre Richtung ausstreckte. Dr. Seger blickte selbstgefällig drein.

»Ja«, bekräftigte sie und trat vorsichtig vor, da der Teppich sich irgendwie bewegte. »Zweitausend Dollar.« Das entsprach zwar fast der Summe, die noch übrig war, nachdem sie den Ring versetzt hatte, aber Gelegenheiten wie diese boten sich nur einmal im Leben.

»Zweitausend von der Dame dort hinten! Bietet vielleicht jemand zweitausendeinhundert?«

Die Menge kicherte.

»Versteigert an die Dame für zweitausend Dollar!«

Dieses Mal war der Applaus für sie bestimmt, als sie nach vorn ging, um sich ihre neue Errungenschaft zu sichern und ihren Namen bekannt zu geben. Auf dem Weg überwand sie sich zu einem zaghaften Winken in Roxanns Richtung, das diese mit einem blassen Lächeln erwiderte, aber Angora richtete ihre gesamte Aufmerksamkeit auf Dr. Seger, der sie erst die Treppe hochgeleitete und anschließend hinter die Bühne führte.

»Sind Sie nicht die Cousine von Roxann?«, fragte er.

»Mhm.«

»Tut mir Leid, aber ich habe Ihren Namen vergessen.«

»Angora. Angora Ryder.«

»Richtig.« Er schenkte ihr ein umwerfendes Lächeln, das ihr den Atem verschlug. »Haben Sie mich für Roxann ersteigert?«

Ihr Gesicht wurde ernst. »Nein. Ich habe Sie ersteigert, damit Sie mit mir ausgehen.«

Wie damals musterte er sie von oben bis unten, wobei sein Blick auf ihren Brüsten und Beinen länger verweilte. »Haben Sie hier studiert?«

»Jau.«

»Auch bei mir?«

»Einmal, aber das war kein nachhaltiges Erlebnis.«

Seine Brauen zuckten nach oben. »Haben Sie etwa getrunken?«

»Volltreffer.«

Er lachte. »Gut, ein Happen zu essen wird Sie wieder etwas nüchterner machen. Ich dachte, wir könnten essen gehen und anschließend tanzen.«

»Glingt gut.«

»Sollen wir uns vorher noch von Roxann verabschieden?«

»Nö.«

Er wirkte enttäuscht, nahm es jedoch mit einem Achselzucken hin. »Schön, dann wollen wir mal. Zweitausend

Dollar ist eine Menge Geld. Ich hoffe nur, dass Sie es morgen Früh nicht bereuen werden, ähm ...«

»Angora.«

»Richtig. Angora.«

Sie hakte sich bei ihm ein und schmiegte sich an seine Schulter. »Das werde ich bestimmt nicht.«

16 **Bis** zum Ende der Versteigerung versuchte Roxann, das Lächeln in ihrem Gesicht zu bewahren. Sie nahm Nells Einladung zum Abendessen freudig an, obwohl sie sich eingestehen musste, dass sie Carl noch gerne gesehen hätte, und wenn auch nur für ein paar Minuten. Angoras Verhalten war rätselhaft, um es milde auszudrücken. Wenn sie es nicht besser wissen würde, müsste sie annehmen, dass ihrer Cousine das Vorhaben, ihre Jungfräulichkeit an Carl zu verlieren, durchaus ernst war.

»Sie sind eingeladen«, beharrte Nell, als man sie in dem Restaurant »Utopia« wenige Häuserblöcke weiter zu ihrem Platz in einer Nische führte. »Als frisch gekürte Alumni Homecoming Queen.«

Sie errötete und blickte lächelnd auf die Schatulle hinab, in der die Krone lag, die man ihr verliehen hatte. »Das ist mir unheimlich peinlich, zumal ...«

»Zumal was?«

Sie presste die Lippen zusammen und stieß schließlich einen Seufzer aus. »Zumal ich mit dem Gedanken spiele, meine Arbeit bei der Organisation aufzugeben.«

Nells Lächeln verschwand. »Verstehe.«

»Sind Sie jetzt enttäuscht von mir?«

Nell schüttelte den Kopf. »Das ist allein Ihre Entscheidung, Roxann. Darf ich nach dem Grund fragen?«

Sie nahm einen Schluck aus ihrem Glas Wasser und hob

langsam die Schultern. »Ich bin es leid, ständig auf Achse zu sein. Es muss sich was ändern.«

Ihre Mentorin zog eine Augenbraue hoch. »Wollen Sie sich etwa irgendwo fest niederlassen?«

Abermals ein Schluck. »Vielleicht. Irgendwann schon.«

»Ah, Ihre biologische Uhr tickt wohl bereits.«

Vor ihrem geistigen Auge sah sie diverse Punkte von ihrer Liste aufblitzen. *Eine Tochter bekommen. Eine gute Mutter sein.* »Ich bin mir noch nicht schlüssig, ob ich Kinder haben möchte.«

»Aber Sie hätten nichts dagegen zu heiraten.«

»Vielleicht. Irgendwann einmal.«

Nell hob ihr Glas und lächelte über den Rand hinweg. »Gibt es denn schon einen Kandidaten?«

»Nein.«

»Ich habe mich bereits gefragt, ob Sie nach all den Jahren immer noch eine Schwäche für Carl haben. Schließlich sind Sie beide damals mit einem lachenden und einem weinenden Auge auseinander gegangen.«

»Es wäre gelogen, wenn ich behaupten würde, dass ich in den ganzen Jahren nicht oft an ihn gedacht habe.«

»Heute Abend war nicht zu übersehen, dass er sich sehr darüber gefreut hat, Sie wiederzusehen.«

»Er schien überrascht zu sein, als ich ihn heute Mittag getroffen habe. Haben Sie ihm nicht gesagt, dass ich komme?«

Nell schüttelte den Kopf. »In letzter Zeit haben Carl und ich recht selten miteinander zu tun. Die Arbeit im Büro und für die Kirche beansprucht ihn so stark, dass er nur noch wenige Seminare gibt.«

»Das hat er erwähnt.« Roxann spielte an ihrer Serviette. »Er hat auch gemeint, dass er nie geheiratet hat.«

»Das stimmt.« Nell lachte auf. »Warum ist es nur so,

dass Männer, die nie heiraten, umso faszinierender sind, während Frauen, die ledig bleiben, automatisch zu alten Jungfern abgestempelt werden?«

»Ich habe Sie nie für eine alte Jungfer gehalten.«

Die Professorin zuckte die Achseln. »Es ist mir auch egal, wirklich. Dennoch ist es längst nicht die Erfüllung, wie die Feministinnen uns vor dreißig Jahren glauben machen wollten.«

»Aber Sie haben beruflich viel erreicht.«

»Ja, das hab ich. Trotzdem kann meine Karriere mich nachts nicht wärmen, nicht wahr?«

Roxann blinzelte erstaunt. Auf sie hatte Nell stets asexuell gewirkt, wie jemand, der keinerlei Interesse an so grundlegenden Dingen wie Liebesbeziehungen hatte.

»Oh ja, ich bin immer noch eine Frau.« Erneut musste sie lachen, wurde aber von einem plötzlich einsetzenden Hustenanfall unterbrochen, der immer heftiger wurde, sodass die Leute um sie herum bereits die Köpfe zu ihnen drehten. »Tut mir Leid.« Schwer atmend hielt sie sich ein Taschentuch vor den Mund.

»Offenbar sind Sie krank. Wir sollten wohl besser gehen.«

Nell schüttelte den Kopf und nahm einen Schluck aus ihrem Glas. »Es geht mir gut. Ich habe mir bei dem kühlen Wetter bloß eine Erkältung eingefangen.« Aber ihre Hand zitterte stark.

In diesem Moment kam der Kellner mit Fladenbrot und Hummus. Sie bestellten Suppe und zwei Salatgerichte. Nell sah nach wie vor ein wenig mitgenommen aus, und Roxann fragte sich, ob sie nicht doch krank war, ob sich womöglich eines der Leiden, die sie sich immer einbildete, tatsächlich manifestiert hatte. Sie überlegte gerade, wie sie das Thema diplomatisch zur Sprache bringen konnte, als Nell wieder zu reden begann.

»Roxann, wie gut kennen Sie eigentlich Angora?«

Roxann legte die Stirn in Falten. »Sie ist meine Cousine.«

»Gut, aber wie gut kennen Sie sie? Ist sie immer so unberechenbar?«

Roxann spreizte die Finger. »Wenn Sie damit auf ihr Verhalten bei der Versteigerung heute Abend anspielen ... ich glaube, sie hat sich ein wenig zurückgesetzt gefühlt, weil ich diesen Preis bekommen habe.« Auf ihrem Gesicht erschien ein Lächeln. »Falls Sie es noch nicht bemerkt haben, sie hat eine Schwäche für Diademe. Und es ist ihre Art, sich in den Mittelpunkt zu stellen, indem sie mit Geld um sich wirft. Außerdem hatte sie getrunken.«

»Sie sind aber sehr nachsichtig mit ihr, meinen Sie nicht auch?«

Roxann versuchte, den aufkeimenden Unmut über Nells untypischen Sarkasmus rasch wieder zu unterdrücken. »Sie ist vor vier Tagen vor dem Traualtar sitzen gelassen worden.«

»Tatsächlich? Tja, das ist tragisch. Trotzdem wirkt sie irgendwie ... unstabil.«

»Würden Sie ihre Mutter kennen, wüssten Sie auch, warum.«

»Hat Angora etwa psychische Probleme?«

Erneut runzelte Roxann die Stirn. »Meinen Sie das ernst?«

Nell nickte.

»Nicht dass ich wüsste. Warum?«

»Eigentlich sollte ich nicht darüber reden, aber es ist schon so lange her.«

»Was?«

Vorsichtig sah Nell sich um und beugte sich dann vor. »Haben Sie gewusst, dass Angora damals verdächtigt worden ist, als dieses Mädchen vor Jahren auf dem Unigelände von einem unbekannten Autofahrer tödlich verletzt worden ist?«

In Roxanns Mund verwandelte sich der Hummus in Sägespäne. »Tammy Paulen?«

»Sie erinnern sich an sie?«

»Ja.« Sie musste Nells Worte erst einmal verdauen, während ihr einzelne Gesprächsfetzen aus Unterhaltungen mit Angora durch den Kopf jagten. »Vor kurzem haben wir uns noch abends darüber unterhalten, als mir mein Jahrbuch in die Hände gefallen ist. Angora ist tatsächlich verdächtigt worden?«

Nell nickte.

Jetzt war bestimmt nicht der richtige Zeitpunkt zu erwähnen, dass Tammy Angora ständig geärgert hatte, geschweige denn Angoras Bemerkung wiederzugeben, Tammy habe bekommen, was sie verdiente. »Hat die Polizei denn jemals jemanden deswegen verhaftet?«

»Nein.«

»Tja ... wahrscheinlich gab es ziemlich viele Verdächtige, oder?«

»Genau drei. Nämlich die beiden Jungs, die den Unfall gemeldet haben, und Angora.«

Roxann legte die Finger an die Schläfen. »Warum wusste ich nichts davon?«

»Die Ermittlungen liefen verdeckt, weil der Rektor Angst vor einem Skandal hatte. Mich hat man als Tammys Tutorin hinzugezogen.«

»Ich kann ja noch nachvollziehen, warum die Jungs verdächtigt worden sind, die den Vorfall gemeldet haben, aber wieso denn Angora?«

»So wie ich das verstanden habe, ist immer wieder Angoras Name aufgetaucht, als man Tammys Freundinnen befragt hat.«

»Aber sämtliche von Tammys Freundinnen haben ihrer Studentinnenvereinigung angehört. Angora ist irgendwann ausgetreten, weil die es ihr dort so schwer gemacht haben.«

»Die Vorsteherin hat mir erzählt, dass Angora von der Vereinigung ausgeschlossen worden ist.«

Es stimmte, dass Angora die Angewohnheit hatte, die Wahrheit so zu verdrehen, dass sie selbst in einem günstigen Licht erschien. Dennoch kamen Roxanns Gedanken nicht zur Ruhe. »Aber ... aber trotzdem kann es nicht genügend Beweise gegeben haben, die eine Verhaftung gerechtfertigt hätten.«

»Richtig. Schließlich gab es keine Zeugen. Aber ich habe die Aufzeichnung von Angoras Verhör gesehen, und danach stand für mich fest, dass es zwischen Angora und Tammy heftige Differenzen gegeben hat.«

»Tammy soll nicht gerade ein Unschuldslamm gewesen sein.«

»Das habe ich ebenfalls gehört«, räumte Nell ein. »Und Tammys Freundinnen haben auch zugegeben, dass sie Angora ziemlich übel mitgespielt hat. Sie meinten, sie hätte etwas gegen Ihre Cousine in der Hand gehabt, irgendein Druckmittel.«

»Und was?«

»Das wusste keine, wobei eins der Mädchen ausgesagt hat, dass es ihrer Meinung nach mit einer blonden Perücke zu tun hatte.«

Roxann erstarrte. »Mit einer blonden Perücke?« Sie rang sich ein kurzes Lachen ab. »Das ist ... seltsam.«

»Sie haben auch keine Idee, worauf sich das beziehen könnte?«

Sie versuchte zu sprechen, brachte allerdings lediglich ein Kopfschütteln zu Stande.

Nell hob die zerbrechlichen Schultern. »Sie wissen ja, wie Mädchen untereinander sind – vielleicht hat sie ja herausgefunden, dass Angora nicht naturblond ist oder etwas ähnlich Banales.«

»Vermutlich«, entgegnete Roxann sichtlich erleichtert. »Jedenfalls nichts, was in direktem Bezug zu dem Unfall steht. Außerdem kann ich mir einfach nicht vorstellen, dass Angora etwas damit zu tun hat.«

»Roxann ...« Die Professorin senkte den Blick, stieß einen Seufzer aus und sah sie wieder an. »Glauben Sie, dass Sie eine gute Menschenkenntnis besitzen?«

Roxann wich zurück. »Das hoffe ich zumindest.«

»Ich habe mich unklar ausgedrückt – ich meinte in Bezug auf Ihre Cousine.«

Roxann verkniff sich eine Entgegnung. Hatte es Angora nicht immer wieder fertig gebracht, sie auf ihre Seite zu ziehen? Sie zu Dingen überredet, die ihrer festen Überzeugung widersprachen? War es möglich, dass ihre Cousine kein armes kleines reiches Mädchen war, sondern stattdessen eine Meisterin der Manipulation? Immerhin hatte sie in Dee eine vorzügliche Lehrmeisterin gehabt.

»Angora und ich werden uns für heute Nacht ein Hotelzimmer nehmen.«

»Seien Sie nicht albern, Sie bleiben auf jeden Fall bei mir.«

»Ich möchte vermeiden, dass Sie ein ungutes Gefühl dabei haben, mit Angora unter einem Dach zu schlafen.«

»Das habe ich bestimmt nicht, und außerdem wollte ich Sie keineswegs beunruhigen. Bitte, bleiben Sie.« Nell wirkte ein wenig verzweifelt – offenbar litt sie tatsächlich unter ihrer Einsamkeit.

Roxann berührte Nells Hand. »Danke, dass Sie mir die Wahrheit gesagt haben. Ich werde ein Auge auf Angora haben. Ach übrigens, heute ist mir an der Uni zufällig Elise James über den Weg gelaufen.«

»Der Name kommt mir zwar bekannt vor, aber ich kann ihn im Augenblick nicht einordnen.«

»Sie hat hier ebenfalls studiert, und vor ungefähr einem Jahr hat sie angefangen, für *Rescue* zu arbeiten. Ich dachte, Sie würden sie vielleicht kennen.«

Nell seufzte. »Leider lässt mich mein Gedächtnis immer häufiger im Stich. Ist sie denn nett?«

»Ja, aber schwierig. Wir haben uns in Biloxi eine Wohnung geteilt, aber ich bezweifle, dass Elise jemals mit vollem Herzen bei der Arbeit war. Sie hatte ein paar persönliche Probleme und ist erst vor wenigen Wochen ausgestiegen.« Kein Grund, zu sehr ins Detail zu gehen, sonst würde Nell womöglich noch ein falschen Bild von ihr bekommen.

»Für so eine ehrenamtliche Tätigkeit ist auch nicht jeder Mensch geschaffen. Und wenn jemand schon mit sich selbst Probleme hat, werden die durch den Stress mit Sicherheit nicht weniger.«

Roxann nickte zustimmend. »Ich glaube, als ich sie heute getroffen habe, hatte sie irgendwas genommen. Sie hat nämlich völlig wirr gesprochen, ohne Zusammenhang.«

Nell brach ein kleines Stück von dem Fladenbrot ab. »Worüber hat sie denn gesprochen?«

»Von irgendeiner ehemaligen Beziehung auf dem College, die sie durcheinander gebracht hat.«

»Klingt eher, als hätten die Drogen sie durcheinander gebracht.«

In diesem Augenblick wurde ihr Essen serviert, aber Roxann war der Appetit vergangen, außerdem machte sich ein menschliches Bedürfnis bemerkbar. Sie entschuldigte sich und ging zur Damentoilette, dankbar für einen ungestörten

Moment. Schließlich war sie, seitdem sie aus Baton Rouge weggefahren war, kein einziges Mal allein gewesen, jedenfalls nicht wirklich. Und nun hatte sie das ungute, bedrückende Gefühl, die Rückkehr nach South Bend würde alte Wunden wieder aufreißen. Sie war wegen Carl zurückgekommen, aber warum um alles in der Welt wollte Angora zu einem Ort zurückkehren, mit dem sie so viele schlechte Erinnerungen verband?

Roxann starrte in den Spiegel über dem Waschbecken und dachte nach. Carl! Auch Angora war wegen Carl zurückgekommen. Schließlich hatte sie zugegeben, dass ein Punkt auf ihrer Lebensliste lautete, mit Carl zu schlafen, nachdem sie vermutlich genauso verliebt in ihn gewesen war wie Roxann. Warum nur hatte sie das nie bemerkt?

Wahrscheinlich hatte es Angora einen herben Schlag versetzt, dass Carl sie beim ersten Zusammentreffen nicht erkannt hatte. Roxann zuckte innerlich zusammen. Kein Wunder, dass Angora sich während des restlichen Nachmittags so merkwürdig verhalten und seine Aufmerksamkeit ohne jegliche Skrupel auf sich gelenkt hatte. Nachdem sie vor kurzem erst abserviert worden war, suchte Angora jetzt dringend Bestätigung.

Roxann stützte sich auf das kalte Emaillebecken und versuchte sich zu erinnern, wann ihr Leben das letzte Mal in normalen Bahnen verlaufen war. Als würde ständig eine dicke Wolke über ihrem Kopf und den Menschen schweben, mit denen sie zu tun hatte – sie wollte lieber nicht daran denken, was für unliebsame Überraschungen sie als Nächstes erwarten würden. Von einem Gedanken- und Gefühlswirrwarr gequält, verließ Roxann die Toilette, bevor Nell noch auf den Gedanken kommen könnte, sie hätte sich heimlich aus dem Staub gemacht.

Vor der Toilette befand sich ein Münzfernsprecher, und

Roxann überkam die Sehnsucht, eine tröstende Stimme zu hören. Oder wenigstens eine vertraute. Bevor sie es sich anders überlegen konnte, wählte sie die Nummer ihres Vaters. Beim dritten Klingeln hob er ab.

»Hallo.«

Seine Reibeisenstimme schnarrte in der Leitung, rau und beruhigend. Sie lächelte in den Hörer hinein. »Dad, ich bin es.«

»Roxann, Liebes – bist du okay?«

»Es geht mir gut, Dad. Hat vielleicht irgendjemand nach mir gefragt?«

»Nein. Wo steckst du überhaupt?«

»In South Bend, zusammen mit Angora. Wir sind zur Homecoming Week hier, aber wir fahren bald wieder nach Baton Rouge zurück.«

Er seufzte. »Dee macht mich noch wahnsinnig. Seit dieser Polizist mit ihr gesprochen hat, ist sie davon überzeugt, dass Angora in Schwierigkeiten steckt.«

»Ach was.« Sie kaute auf der Innenseite ihrer Wange. *Noch nicht.* »Hör mal, Dad, hat in deiner Familie eigentlich irgendwer mal unter psychischen Störungen gelitten?«

»Was soll denn diese alberne Frage?«

»Es ist wichtig, Dad.«

»Nun ja ... die Schwester von meiner Mutter ist bis zu ihrem Tod in einer Anstalt gewesen.«

Roxann sog heftig die Luft ein. »Und weshalb?«

»Schizophrenie. Als sie fünfundzwanzig war, hat sie eine Frau aus einem Fenster im zehnten Stock gestoßen.«

Roxanns Augen weiteten sich. »Warum hast du mir das nie erzählt?«

»Du hast mich nie gefragt. Triffst du dich eigentlich mit diesem Detective Capistrano?«

Ihre Augen wurden noch größer. *»Was?«*

»Ob du dich ...«

»Nein, ich treffe mich nicht mit ihm. Wie kommst du denn darauf?«

»Na ja, er scheint ja einiges über dich zu wissen.«

»Dad, das ist sein Beruf.«

»Er hat mir gesagt, ihr würdet zusammen an einem Fall arbeiten.«

»Tja, das stimmt nicht.«

»Außerdem hat er mir gesagt, dass du ernsthafte Schwierigkeiten mit der Polizei bekommen könntest.«

»Tja, auch das stimmt nicht.«

»Und er hat mir von seinem Kollegen erzählt. Ich finde, du solltest ihm helfen.«

Roxann schloss die Augen. »Dad, ich muss los. Halte die Türen und Fenster verschlossen. Ich melde mich nochmal, bevor ich losfahre.«

Daraufhin hängte Roxann den Hörer auf und versuchte, das kurze Telefonat in Gedanken zu rekapitulieren – mit Ausnahme der absurden Fragen über Capistrano. Schizophrenie war vererbbar – war es vielleicht möglich, dass ... nein, Angora mochte etwas flatterhaft sein, aber sie war bestimmt keine Mörderin. Verflixt nochmal, es gab Tage, an denen sie an ihrem eigenen Geisteszustand zweifeln konnte.

Trotzdem wäre es vielleicht wirklich eine gute Idee, Angora so schnell wie möglich wieder nach Baton Rouge zurückzubringen, für den Fall, dass die Gerüchte über Tammy Paulen weiter für Unruhe sorgen sollten. Gleich morgen Früh würden sie losfahren. Was Carl betraf ...

Roxann seufzte. Wenn sie in Biloxi sämtliche Angelegenheiten erledigt hatte, würde sie ja dieses romantische Abendessen in South Bend nachholen können und sehen ... was sich daraus entwickelte.

Mit einem Mal fiel ihr ein, dass sie ihren Anrufbeantworter noch nicht abgehört hatte. Rasch wählte Roxann den Code für die Fernabfrage. Zwei Nachrichten.

»Hallo, Roxann, hier spricht Mr. Nealy. Ihr ehemaliger Freund hat sich heute vor Ihrer Hintertür herumgetrieben – Richard ist sein Name, wenn ich mich richtig erinnere. Wie auch immer, falls er Ihnen Scherereien machen sollte, geben Sie mir einfach Bescheid.«

Dann war vielleicht Richard derjenige, der bei ihr eingebrochen war und die Nachricht hinterlassen hatte. So ein Widerling. Also hatte sie die Stadt umsonst verlassen, zumal sie mit ihm durch einen einfachen Tritt an die richtige Stelle fertig geworden wäre.

Der zweite Anrufer hatte einfach eingehängt, ohne eine Nachricht zu hinterlassen, sodass sie rasch zu Nell an den Tisch zurückkehrte. »Tut mir Leid, dass es so lange gedauert hat – ich habe mich kurzfristig entschlossen, meinen Dad anzurufen.«

»Gut so. Wie klappt es zwischen Ihnen und Ihrem Vater?«

»Wir kommen klar.«

Nell legte den Kopf schief. »Sie haben doch was.«

Angesichts der Wärme in Nells Blick wurde Roxann weich, und sie verspürte das Bedürfnis, sich etwas Luft zu machen. »Sie haben Recht. In unserer Familie gab es jemanden mit einer Geisteskrankheit. Die Großtante von mir und Angora war schizophren.«

Nell nickte betrübt. Ein neuer Hustenanfall setzte ein, dieses Mal noch heftiger als zuvor.

»Ich denke, es ist besser, wenn ich Sie jetzt nach Hause bringe«, sagte Roxann mit gedämpfter Stimme und erhob sich.

»Aber Sie haben noch gar nichts gegessen.«

»Ich habe keinen Hunger, und außerdem haben Sie jetzt Ruhe nötig.« Ohne zu protestieren, ließ Nell sich von Roxann hochhelfen. »Ich vermute, dass die Chancen, ein Taxi zu bekommen, heutzutage nicht viel besser stehen als damals.«

»Leider nicht«, brachte Nell krächzend hervor und lächelte. »Aber das schaffe ich schon – die Wirkung von meinen Medikamenten lässt nach, weiter nichts.«

»Trotzdem wünschte ich, ich wäre mit dem Wagen gefahren, dann müssten Sie jetzt nicht laufen.«

»Kann ich die Damen vielleicht irgendwohin mitnehmen?«

Roxann schloss die Augen und fluchte innerlich. Als sie sie wieder aufschlug, stand Capistrano vor ihnen, ganz der barmherzige Samariter.

17 **Was** machen Sie denn hier?«, fragte Roxann ärgerlich.

»Zu Abend essen – die Scampi waren vorzüglich.«

Nells Griff um Roxanns Arm verstärkte sich. »Ist das der Mann, von dem Sie mir erzählt haben?«

Sie runzelte leicht die Stirn. »Nein, das hier ist nicht Frank Cape. Das ist ... ein Bekannter von mir aus Biloxi.«

»Oh.« Nells Blick wanderte abwechselnd von einem zum anderen.

»Dr. Oney, darf ich vorstellen, Detective Capistrano.«

»Sehr erfreut, Ma'am.«

Nell nickte Capistrano höflich zu und sah dann wieder zu Roxann, als warte sie auf ein Stichwort.

Roxann musterte seinen unschuldigen Gesichtsausdruck und stieß einen Seufzer aus. »Er ist harmlos. Wo haben Sie geparkt, Detective?«

Auf der kurzen Fahrt zu Nells Haus saß Roxann auf dem Rücksitz seines Ford Dooley und wechselte Blicke mit ihm im Rückspiegel. Einerseits war sie wütend darüber, dass er ihr gefolgt war, andererseits war sie wütend auf sich selbst, weil sie ihn unterschätzt hatte.

»Danke«, sagte sie zu Capistrano, als er Nell auf der Beifahrerseite heraushalf. Neben ihm wirkte die zierliche Frau wie eine Zwergin. Capistrano ging sehr behutsam mit ihr um. Vor der Veranda meinte Roxann: »Von jetzt an übernehme ich. Auf Wiedersehen.«

»Ich muss mit Ihnen reden.« Sein Kopf war so groß, dass der Mond dahinter verschwand.

»Das ist jetzt kein guter Zeitpunkt.«

»Es ist wichtig.«

Nach kurzem Zögern warf sie Nell einen entschuldigenden Blick zu.

»Lassen Sie sich ruhig Zeit«, sagte Nell. »Ich gehe ohnehin ins Bett. Wir sehen uns dann morgen beim Frühstück.«

Nachdem die Tür sich geschlossen hatte, wandte Roxann sich wieder Capistrano zu, die Arme über der Brust verschränkt.

Er deutete auf ihre Kleidung. »Sie wirken heute richtig jung.«

»Verzeihen Sie mir, dass ich nicht direkt in Ohnmacht falle.«

»Schwarz ist sowieso nicht gerade meine Lieblingsfarbe. Weiß würde Ihnen besser stehen.«

»Wie lange wollen Sie mich eigentlich noch belästigen?«

»Schon komisch ... als ich Sie das letzte Mal gesehen habe, habe ich Ihren flachen Hintern gerettet.«

»Mein Hintern ist nicht ...« Sie funkelte ihn böse an. »Ich dachte, Sie müssten nach Biloxi zurück.«

Er zuckte die Achseln. »Nachdem Sie mir entwischt waren, habe ich mir gesagt ›Scheiß drauf‹, und das habe ich dann auch getan.«

Sie konnte sich ein amüsiertes Grinsen nicht verkneifen.

»Aber ich hatte etwas Zeit, um mich zu erholen, und dachte, dass der jetzige Zeitpunkt genauso gut wie jeder andere ist.« Er lehnte sich gegen das Verandageländer, als habe er vor, länger dort zu stehen.

»Woher haben Sie gewusst, dass wir hier sind?«

»Erstens hat sich Ihre Cousine bei dem Stadtfest beinahe verplappert, und als sie dann noch etwas von einem Dr. Seger erwähnt hat, den sie treffen wollte, konnte ich mir ausrechnen, dass es sich entweder um einen Arzt oder einen Professor handeln muss. Bei Ihrem Vater habe ich damals Ihr Diplom gesehen. Notre Dame ist in South Bend. Also habe ich zwei und zwei zusammengezählt. Sie würden keine gute Verbrecherin abgeben.«

»Wann sind Sie hier angekommen?«

»Ich habe Ihre Auszeichnung mitverfolgt – wirklich nett. Nur dumm, dass Ihre Cousine Sie bei Ihrem Freund überboten hat.«

Sie schnappte nach Luft.

»Seinetwegen sind Sie hierher gekommen, nicht wahr? Um diesen Dr. Seger wiederzusehen?«

»Sie reden über Dinge, von denen Sie keine Ahnung haben.«

»Nun ja, man muss nicht unbedingt Detective sein, um zu sehen, wie Sie beide sich gegenseitig angesehen haben. Aber er gehört doch wohl schon eher zum alten Eisen, finden Sie nicht?«

Roxann bohrte die Zunge in die Wange. »Was gibt es denn nun so Wichtiges, das Sie mit mir bereden wollten?«

»Pistazie.«

»Wie bitte?«

»Pistazieneis. Dafür habe ich nämlich eine Schwäche, und ich habe gehofft, dass ich Sie überreden kann, mich zu begleiten.« Er spreizte die Finger. »Im Gegensatz zu Dr. Methusalem habe ich nämlich keine Verpflichtung.«

»Sie sind nicht ganz bei Trost.«

»Und Sie sind hungrig, weil Sie nicht zum Essen gekommen sind.«

»Ich bin nicht hungrig.« Aber vor ihrem geistigen Auge

tauchte auf einmal das Bild von einem riesigen Becher mit grünem Eis auf. Ihr verräterischer Magen knurrte daraufhin prompt in die Stille hinein.

Sein Lachen dröhnte durch die Nacht. »Lügnerin. Na los, Sie haben heute Abend sowieso nichts mehr vor.«

Roxann zögerte. »Aber ich werde mich nicht über Melissa Cape unterhalten.«

Daraufhin hob Capistrano die Hände hoch und streckte sie weit von sich.

Roxann gab nach und stapfte zu seinem Wagen. So musste sie wenigstens nicht den Abend mit Boots, Chester, Pumpkin, Buttermilk und Pansy, Nells Katzenhorde, verbringen. Sie wehrte seine Hand ab, mit der er ihr hochhelfen wollte, setzte sich so weit weg von ihm wie nur möglich und blickte starr geradeaus.

»Brrr.« Er schüttelte sich. »Von Ihnen geht aber ein eiskalter Hauch aus.«

»Nun fahren Sie schon los«, erwiderte sie. »Bevor ich es mir wieder anders überlege.«

Daraufhin gab er Gas, und kurz danach saßen sie an der vollen Theke einer Eisdiele, die Erinnerungen wach werden ließ.

»Früher hieß der Laden Duck's«, meinte Roxann, mehr zu sich selbst.

Capistrano reichte ihr den Schokomilkshake, den sie bestellt hatte. In seiner schwarzen Sportjacke, schwarzen Jeans und einem weißen Hemd sah er eigentlich ganz passabel aus. »Sie sind wohl früher öfter hier gewesen?«

»Ich habe hier bedient.«

Er grinste. »Kein Scherz?«

Sie musste ebenfalls lächeln. »Kein Scherz. In Hemd und Schürze und mit Papphütchen. Die Arbeit war nicht anstrengend, und das Trinkgeld war immer gut.«

»Haben Sie für Notre Dame ein Stipendium gehabt?«

»Nein.« Sie nippte an ihrem Shake.

»Ohne unhöflich sein zu wollen, aber wie zahlen Sie eigentlich das Darlehen für Ihr Studium ab, bei dem, was Sie verdienen?«

Roxann blickte kurz zur Seite. »Das geht Sie überhaupt nichts an.«

»Hm. Tja, gibt es denn überhaupt ein Thema, über das wir uns unterhalten können?«

»Haben Sie inzwischen Frank Cape wiedergesehen?«

»Nein. Ich vermute, dass er sich wieder nach Biloxi verzogen hat.«

Die erste gute Neuigkeit an diesem Tag. »Ich habe meinen Anrufbeantworter abgehört. Eine Nachricht war von meinem Nachbarn, der meinte, er hätte einen Exfreund von mir vor meiner Wohnung herumlungern sehen – ich vermute, dass er derjenige war, der bei mir eingebrochen ist. Sollte mein Verdacht zutreffen, dann hat er das Maß jetzt endgültig überschritten.«

»Anscheinend haben Sie viele Exfreunde.«

»So viele nun auch wieder nicht.«

Capistrano zog einen Notizblock hervor. »Wie ist denn Romeos Name?«

»Richard Funderburk.«

»Auch so ein Greis?«

Sie verzog missmutig das Gesicht. »Etwa fünfunddreißig.«

Er notierte auch das. »Muss ich sonst noch etwas wissen?«

Roxann schüttelte den Kopf und nippte wieder an ihrem Shake. Ihr fiel auf, dass die Wunden an den Knöcheln seiner rechten Hand noch nicht verheilt waren. »Mit wem haben Sie sich eigentlich geprügelt?«

»Hm? Oh.« Capistrano blickte auf seine Hand, ballte sie zur Faust und öffnete sie dann wieder. »Mit einem Idioten, der sich seiner Verhaftung widersetzt hat. Einer von vielen.« Er stieß einen Seufzer aus. »Wir zwei, wir haben uns schon mit so manchen Idioten abplagen müssen, nicht wahr?«

Roxann nickte und trank weiter.

Er rutschte auf dem winzigen Hocker herum, der für ihn unheimlich unbequem zu sein schien. »Roxann, ich befürworte nicht gerade, was Sie tun, aber dennoch bewundere ich Ihr Engagement für eine Sache, an die Sie fest glauben.«

DU HEUCHLERIN. Sie war nicht fähig, ihn anzusehen.

»Was ich damit sagen will, ist, obwohl Sie mir gegenüber nicht ehrlich waren in puncto ...«

Sie warf ihm einen warnenden Blick zu.

»... in puncto ... Sie wissen schon, finde ich trotzdem, dass Sie gewissermaßen einen vorbildlichen Charakter haben.«

Sie sah auf und musterte seine braunen Augen, die durch die hellen Wimpern jungenhaft wirkten. Vorbildlich? Was würde er wohl denken, wenn sie ihm erzählte, dass sie *Rescue* nicht aus innerer Überzeugung beigetreten war, sondern weil eine Frau, die für sie eine Art Respektsperson war, sie darum gebeten hatte? Weil sie eine Zuflucht gesucht hatte, um sich von Carls Zurückweisung zu erholen? Und weil es, nachdem sie sich wieder erholt hatte, schlichtweg einfacher gewesen war, zu bleiben und sich zu verstecken? »Danke, aber wie ich schon gesagt habe, Sie kennen mich nicht.«

»Das will ich ja gerade ändern.«

Roxann schnaubte innerlich. So, so, die persönliche Schiene ... ganz neue Taktik. »Sie verschwenden Ihre Zeit, Detective. Über mich werden Sie Melissa Cape niemals finden.«

Capistrano zog eine seiner Augenbrauen nach oben. »Ich dachte, das Thema wäre tabu.«

»Aber aus diesem Grund haben Sie mich doch hierher geschleppt, um zu erfahren, was Sie wissen möchten.«

»Irrtum.« Seine Lippen wurden schmal. »Was ich erfahren möchte, ist zum Beispiel, ob Sie einen Schokoshake einem Eisbecher vorziehen ...«

»Mir war eben danach.«

»Und dass Sie eine schöne Tätowierung am Fuß haben ...«

»Die ist nicht echt.«

»Und dass Sie offenbar häufig exotische Ziele aufsuchen, zumal sie eine Reisearmbanduhr tragen ...«

»Die brauche ich für die Arbeit.« Roxann schenkte ihm ein spöttisches Lächeln. »Sehen Sie? Sie kennen mich eben nicht.« Dann wandte sie den Blick ab und rührte mit dem Strohhalm in dem dickflüssigen Shake herum. *Vorbildlich?* Aber sicher.

Daraufhin blieb Capistrano ebenfalls stumm, aber sie konnte seinen Blick auf sich spüren, sodass sie sich plötzlich nackt vorkam und ein unangenehmes Kribbeln verspürte. Roxann bekam eine Gänsehaut. Ein kalter Schauer durchfuhr ihren ganzen Körper, und sie fing an, mit den Zähnen zu klappern. Ihr Brustkorb schnürte sich zusammen, und ihr Hals schmerzte. Entweder hatte sie sich eine Grippe eingefangen, oder es lag an ihrem schlechten Gewissen.

Er streifte seine Jacke ab und legte sie ihr um die Schulter. Zuerst versteifte sie sich, musste sich im nächsten Augenblick jedoch eingestehen, dass sich der seidige Stoff angenehm auf der Haut anfühlte. Als sie noch jung und ihre Eltern glücklich verheiratet waren, hatte ihre Mutter immer, wenn die beiden von einer Party nach Hause kamen, den Blouson ihres Vaters über ihrem eleganten Kleid getragen. Auf sie hatte das damals sehr intim gewirkt, und sehr erwachsen.

Roxann biss sich auf die Unterlippe – offensichtlich spielte Capistrano gerade ganz den galanten Ritter. Wenigstens war ihr jetzt nicht mehr kalt. Sie zwang sich zu einem Lächeln und wandte sich wieder ihm zu. »Vielen Dank. Tut mir Leid, dass ich eben so schroff war.«

Er hob die beeindruckend breiten Schultern. »Es ist Ihr gutes Recht, mir zu misstrauen.«

Sie gab der Kellnerin ein Zeichen, dass sie ein Glas Wasser wollte. »Nehmen Sie es nicht persönlich – ich traue nun mal niemandem.«

Er tauchte den Löffel in seinen Eisbecher. »Ihr Dad hat mir von Ihrer Mutter erzählt – das tut mir Leid.«

Sofort brauste sie auf. »Was hat er Ihnen erzählt?«

Nach einem prüfenden Blick antwortete er: »Dass sie bei einem Verkehrsunfall ums Leben gekommen ist.«

»Oh.« Sie senkte den Blick auf den Tresen. »Ja, allerdings.«

»Wie alt waren Sie damals?«

»Elf.«

»Das ist hart. Sind Sie ein Einzelkind?«

»Ja. Und Sie?«

»Keineswegs. Sechs Geschwister, drei Brüder, drei Schwestern.«

Großfamilien hatten sie schon immer fasziniert. »Stehen Sie sich nahe?«

Er schürzte die Lippen und nickte. »Oh ja, und das, obwohl wir in alle Himmelsrichtungen verstreut sind. Feine Sache.«

»Und eher selten.«

»Ihre Arbeit hat Sie zynisch gemacht.«

»Ihre Sie etwa nicht?«

»Mag sein«, räumte er ein, drehte seinen Löffel nach unten und leckte ihn ab. »Aber ich versuche immer, die Dinge optimistisch zu betrachten.«

»Wie geht es eigentlich Ihrem Partner?«

Sein Gesicht nahm einen besorgten Ausdruck an. »Unverändert. Aber danke, dass Sie nachfragen.«

In diesem Moment platzte eine sechsköpfige Familie herein und bestellte wild durcheinander rufend, wobei der Kleinste kaum in die Eisvitrine sehen konnte. Bei der Erinnerung daran, wie viel Vergnügen es ihr damals bereitet hatte, einem Knirps ein Waffelhörnchen mit blauem oder pinkfarbenem Eis zu reichen, musste sie lächeln.

»Also, Detective, was hält Ihre Familie eigentlich davon, dass Sie ständig unterwegs sind?«

Er kratzte sich an der Hand. »Meine Eltern haben mich schon vor geraumer Zeit aus ihrer Obhut entlassen.« Er setzte ein entwaffnendes Lächeln auf. »Ach, jetzt verstehe ich, Sie wollen wissen, ob ich verheiratet bin.«

»Ich betreibe lediglich Konversation.«

»Nein, bislang noch nicht. Und Sie?«

»Beileibe nicht.«

»Nicht alle Männer sind so schlimm wie die Schlägertypen, mit denen Sie es durch *Rescue* zu tun haben.«

Sie kniff die Lippen zusammen.

»Wieder ein Tabuthema, schätze ich. Na schön. Was haben Sie also vor, wenn Sie zurück in Biloxi sind? Beruflich, meine ich.«

»Warum wollen Sie das wissen?«

Capistrano häufte den letzten Rest Pistazieneis auf seinen Löffel. »Ich habe ein schlechtes Gewissen wegen Ihrer Kündigung, deswegen dachte ich, ich könnte Ihnen vielleicht dabei helfen, eine neue Stelle zu finden. Zum Beispiel bei der Polizei oder am Gericht.«

Am Gericht? »Da steckt doch mein Vater dahinter.«

»Wieso, wollte er, dass Sie Jura studieren?«

Roxann nickte.

»Und warum haben Sie das nicht getan?«

Sie zuckte die Achseln. »Ich habe das eher für einen Umweg gehalten, um einen gesellschaftlichen Beitrag zu leisten.«

»Sie wirken auf mich auch nicht wie jemand, der Unfallopfer vertreten möchte.« Er legte den Kopf schief. »Aber wie wärs als ... Staatsanwältin?«

Schlagartig hörte sie auf, mit ihrem Strohhalm zu spielen. Das war doch einer der Punkte auf ihrer Lebensliste, die sie unter Einfluss von billigem Marihuana notiert hatte. Sie rang sich ein Lachen ab. »Wohl kaum. Danke für Ihre Bemühungen, Detective, aber ich werde sowieso nicht nach Biloxi zurückgehen.«

»Oh.« Diese Neuigkeit musste er erst verdauen. Capistrano schob seinen Eisbecher zur Seite. »Wo wollen Sie denn hinziehen?«

Erneut zuckte sie die Achseln.

»Etwa hierher? Zu diesem Dr. Seger, nach dem Sie so gaga sind?«

Roxann zog eine Braue hoch. »*Gaga.* Ein Wort, das ich von Ihnen nun wirklich nicht erwartet hätte.«

Capistranos Gesicht wurde ernst. »Der Kerl ist ein Blender, Roxann.«

»Wie bitte?«

»Ihr Professor – er ist ein alter Bock, der gern junge Dinger flachlegt.«

Roxann erstarrte. »Das ist eine grobe Beleidigung. Sie kennen ihn doch nicht einmal.«

»Das ist auch nicht nötig – von der Sorte gibt es einen an jedem College in diesem Land, die Elite-Unis nicht ausgenommen.«

»Von welcher Sorte?«

»Die Sorte lüsterner Professor, der es mit jeder scharfen Mieze in seinen Seminaren treibt.«

Angewidert schüttelte Roxann den Kopf. »Sie wissen nicht, wovon Sie da reden.«

»Ach nein? Zufällig habe ich während der Junggesellenversteigerung ein Gespräch zwischen zwei Studentinnen mit angehört, die sich über den noblen Professor ausgelassen haben, und der Inhalt war alles andere als jugendfrei.«

»Das haben Sie erfunden.«

»Keineswegs, Ma'am.«

Hilflos fuchtelte Roxann in der Luft herum. »Dann haben die beiden gelogen.«

»Haben Sie etwa geglaubt, dass Sie die Einzige sind, mit der er herumgemacht hat?«

Mit einem Satz sprang sie auf, seine Jacke fiel zu Boden. »Fahren Sie mich sofort nach Hause.«

»Warten Sie, das ist mir so herausgerutscht ...«

»Auf der Stelle, Detective. Oder ich gehe zu Fuß.«

Mit einer Serviette wischte sich Capistrano den Mund ab, stand dann langsam vom Hocker auf und bückte sich, um seine Jacke aufzuheben. »Wie Sie wollen.«

Hocherhobenen Hauptes marschierte sie vor ihm her nach draußen. Unablässig kreisten die hässlichen Dinge, die er gesagt hatte, in ihrem Kopf. Sicher, Carl hatte viele Verehrerinnen, doch er würde niemals ... schließlich hatte er es auch bei ihr nie versucht, und das, obwohl sie so sehr in ihn vernarrt gewesen war, dass es ein Leichtes für ihn gewesen wäre.

Nein, das war definitiv nicht wahr. Immerhin war er Diakon und zudem ein anständiger Mensch, dem seine Arbeit und seine Stellung alles bedeuteten. Natürlich war er auch nur ein Mann und lebte bestimmt nicht wie ein Mönch, aber wenn er eine Freundin suchte, dann bestimmt nicht unter seinen Studentinnen.

Capistrano hielt ihr die Wagentür auf und bot ihr die Hand, um ihr hochzuhelfen. Roxann ignorierte ihn und zog sich selber hoch. Er machte die Tür von außen zu und ging vorne um den Wagen herum. Groß, bedächtig, selbstsicher. Seine Überheblichkeit war nicht in Worte zu fassen.

Dann öffnete er die Fahrertür und schwang sich auf seinen Sitz, zog die Tür wieder zu und verharrte stumm, während die Uhr am Armaturenbrett laut tickend die Sekunden verstreichen ließ. »Es tut mir Leid. Jeder hat jemanden aus der Vergangenheit, den er in den Himmel hebt. Es war nicht meine Absicht, Sie zu kränken. Vielleicht habe ich ja auch Unrecht.«

»Davon können Sie ausgehen.«

»Das hoffe ich«, erwiderte er und startete den Motor. Während der Rückfahrt fiel kein einziges Wort. Er fand einen Radiosender mit Countrymusik und pfiff hin und wieder leise mit. Sie konnte es gar nicht abwarten, ihn loszuwerden.

Als er vor Nells Haus einbog, beugte er sich herüber, um die Tür für sie zu öffnen. Er zögerte kurz. »Ich schätze, ich habe jetzt endgültig keine Chance mehr bei Ihnen.«

Fassungslos starrte sie ihn an. »Sie hatten noch nie eine Chance bei mir.«

Er stieß einen Seufzer aus. »Daran sind die Scampi schuld, nicht wahr? Ich wusste, ich hätte mich vom Knoblauch fern halten sollen.«

Sie tastete nach dem Türgriff. »Sie sind ein kompletter Vollidiot, Capistrano, und sollten Sie mir jemals wieder zu nahe kommen, werde ich gegen Sie Anzeige erstatten.«

»Morgen früh fahre ich wieder«, meinte er. »Aber heute Nacht bin ich noch im Holiday Inn zu erreichen, sollten Sie mich brauchen.«

Sie schnitt eine Grimasse. »Wozu auch, Sie degenerierter ...«

»Ich meine, für den unwahrscheinlichen Fall, dass Cape auftaucht.«

»Oh.«

»Und für den unwahrscheinlichen Fall, dass Sie Ihre Meinung ändern sollten über ... grundsätzlich ändern sollten, hier ist meine Nummer.«

ICH HABE DEINE NUMMER

Die schlichte weiße Visitenkarte mit dem einfachen schwarzen Aufdruck schimmerte in dem gedämpften Licht des Wageninneren. Sie riss sie ihm aus den Fingern, machte die Tür auf und sprang auf den Boden, wobei sie sich den Knöchel verstauchte. Leise fluchend humpelte sie an der Motorhaube vorbei auf den Gehweg.

Die Scheibe surrte herunter. »Oh, und noch etwas, Roxann.«

Mit einem Stoßseufzer blieb sie stehen, ohne sich die Mühe zu machen, sich umzudrehen. *»Was?«*

»Viel Erfolg bei Nummer dreiunddreißig.«

Sie wirbelte herum und starrte ihn mit offenem Mund an. Capistrano hielt ein Blatt hoch. Ihre Lebensliste. Sie fühlte, wie Scham in ihr hochstieg.

»Geben Sie das her.« Sie stürzte auf die offene Scheibe zu, aber er zog die Liste aus ihrer Reichweite und grinste unverschämt.

»Vielleicht ist es besser, wenn ich dieses Prachtstück vorerst zur Sicherheit behalte.«

Roxann knirschte mit den Zähnen. »Sie glauben doch nicht im Ernst, dass sie von mir Informationen erhalten im Austausch für irgendeine uralte, alberne Liste.«

Er spitzte die Lippen. »Dessen bin ich mir nicht so sicher ... immerhin enthält sie ein paar pikante Details.«

»Sie sind widerwärtig.«

»Und Sie sehr ehrgeizig.« Er warf einen Blick auf die Liste. »Zumindest waren Sie das einmal.«

»Das sind doch bloß unreife Spinnereien«, presste sie zwischen zusammengebissenen Zähnen hervor. »Die allerdings niemanden etwas angehen.«

»Wenn dem so ist, dann hätten Sie nicht so leichtsinnig sein sollen, die Liste vor der Damentoilette auf dem Kirmesgelände zu verlieren.«

Offenbar hatte sie die Liste zusammen mit ihrem Schlüsselbund aus ihrer Handtasche gezogen, als sie sich aus dem Staub gemacht hatten. Wut schnürte ihre Kehle zu, als sie sich ausmalte, wie er belustigt ihre Liste gelesen hatte. »Sie ... Sie ...«

»Hier.« Capistrano streckte die handgeschriebene Liste durch das offene Fenster. »Nehmen Sie sie schon. Mir ist schleierhaft, warum ich dachte, Sie würden das witzig finden.«

Wieder ein Schlag ins Gesicht. Sie riss ihm die Liste aus der Hand und zerknüllte sie.

»Auf Wiedersehen«, sagte er, die rechte Hand auf dem Lenkrad. »Vielleicht laufen wir uns ja mal wieder über den Weg.« Als sie keine Antwort gab, fügte er mit einem Achselzucken hinzu. »Oder auch nicht.«

Dann fuhr er von dem Bordstein weg, und sie sah ihm nach, bis seine Rücklichter verschwunden waren. Am liebsten hätte sie laut geschrien, stattdessen presste sie die Zähne aufeinander und knurrte. Während sie vor Wut beinahe platzte, zog sich jeder einzelne Muskel in ihrem Körper zusammen, bis ihr bewusst wurde, was für einen lächerlichen Anblick sie abgeben musste. So beschränkte sie sich darauf, mit den Fäusten ihren Schädel zu bearbeiten, bis ihr fast schwarz vor Augen wurde. Irgendwann ging sie schließlich in Richtung Haus, jedoch nicht ohne Capistrano dafür zu verfluchen, dass sie heute Nacht keinen Schlaf finden würde. Der hatte vielleicht Nerven, solche üblen Dinge von Carl zu behaupten. Und sich dann auch noch über ihre Träume lustig zu machen ...

Als sie das Haus betrat, brannte lediglich ein Nachtlicht im Flur, das Nell liebenswürdigerweise angelassen hatte. Sie blieb im Dunkeln stehen und horchte, ob Nell noch wach war, aber nichts regte sich.

Im nächsten Augenblick fuhr sie vor Schreck zusammen. Irgendetwas hatte ihr Bein berührt. Doch dann merkte sie, dass es lediglich eine der Katzen war, und zwar Chester, an dem Nell abgöttisch hing. Roxann streichelte ihn kurz und schlich anschließend auf Zehenspitzen in das Zimmer, das sie mit Angora teilte, unschlüssig, ob sie das Thema Carl zur Sprache bringen sollte. Der Umstand, dass Angora für ihn Feuer und Flamme war, machte die Dinge noch komplizierter.

Vorerst jedoch blieb ihr diese komplizierte Unterhaltung erspart, da Angora noch gar nicht da war. Ein kurzer Blick auf die Uhr sagte ihr, dass es erst Mitternacht war, und da die Clubs nicht vor ein Uhr schließen würden, bestand für sie kein Grund zur Sorge.

Außerdem hatte sie nicht vor, sich über die abscheulichen Anschuldigungen von Capistrano den Kopf zu zermartern. Selbst wenn Angora völlig versessen darauf war, ihre Jungfräulichkeit zu verlieren, war Carl viel zu sehr Gentleman, um das auszunutzen. Vor allem auch deshalb nicht, weil sie miteinander verwandt waren. Roxann legte sich auf die Steppdecke und ließ die Gespräche mit Nell und Capistrano Revue passieren. Beide hatten ihr mehr oder weniger deutlich gesagt, dass sie nicht gerade über die beste Menschenkenntnis verfügte. Sollte es etwa möglich sein ... nicht doch. Carl war ebenso wenig ein Schürzenjäger wie Angora eine Mörderin.

In diesem Augenblick klingelte das Telefon auf dem Nachttisch. Ohne zu zögern hob sie ab, ohne darüber nachzudenken, dass sie nur Gast in einem fremden Haus war. »Bei Dr. Oney.«

»Roxann? Ich ... Ich muss dich unbedingt sehen.«

Zuerst glaubte sie, dass es sich um Angora handelte, doch die Stimme klang anders, und auch die Ausdrucksweise passte nicht zu ihr. »Wer ist da?«

»Elise.« Sie stieß einen dramatischen Seufzer aus wie jemand, der nicht weiß, womit er anfangen soll. »Ich muss dir ... alles erzählen.«

»Was erzählen, Elise?«

»Nicht jetzt, ich bin nämlich ein bisschen wie der Wind. Durch den Wind. Ich bin ein bisschen durch den Wind. Besser morgen ... treffen wir uns doch morgen Mittag an der Kapelle. Und kein Wort zu niemandem.«

Dann hatte sie offensichtlich Schwierigkeiten, den Hörer aufzuhängen. Roxann legte langsam den Hörer auf und fragte sich, ob ihre ehemalige Mitbewohnerin sich am nächsten Tag überhaupt noch an den Telefonanruf erinnern würde. Das war mal wieder typisch für Elise, eine theatralische Entschuldigung zu inszenieren. Elises Leben war ein einziges Drama. Es sträubten sich einem die Haare, wenn sie erzählte, wie sie die Männer, mit denen sie einmal eine

Affäre gehabt hatte und von denen sie sitzen gelassen worden war, vor ihren Ehefrauen bloßgestellt hatte. Elise hatte ernsthafte Probleme.

Aber hatte die nicht jeder?

Danach musste sie eingenickt sein. Roxann wachte auf, weil eine kleine raue Zunge ihr Kinn ableckte – von den Resten des Schokoladenshakes angelockt, keine Frage. Sie verscheuchte Chester und richtete sich auf. Angora war noch immer nicht zurückgekehrt, wie sie feststellen musste. Mittlerweile zeigte der Radiowecker zwei Uhr fünfzehn an. Mehr als genug Zeit, um nach der Sperrstunde wieder zu Hause zu sein. Besorgnis begann an ihr zu nagen – sie wollte lieber nicht darüber nachdenken, was ihre Cousine gerade mit Carl trieb. Und wenn Capistrano doch Recht hatte – was, wenn Carl doch ein notorischer Schürzenjäger war? Sie bezweifelte, dass Angora darauf vorbereitet war, ihre Jungfräulichkeit bei einem One-Night-Stand zu verlieren.

Roxann rieb sich das Gesicht und traf kurz entschlossen eine Entscheidung. Carls Haus war nur zwanzig Minuten zu Fuß entfernt. Sie würde einfach mal vorbeischauen, um ihr Gewissen zu beruhigen, und wieder zurück sein, bevor jemand etwas davon mitbekäme.

Im Dunkeln schlüpfte sie in die Jeans, die sie zuvor angehabt hatte, und zog ihre Turnschuhe an. In dem schwarzen Kapuzensweatshirt würde man sie auch nicht gleich erkennen. In letzter Sekunde fiel ihr noch das Pfefferspray ein, das sie in die Seitentasche ihres Sweatshirts steckte. Dann schlich sie sich zur Hintertür hinaus und seitlich um das Haus herum, wobei sie sich wie eine Verbrecherin vorkam. Auf den Straßen war mehr los, als sie erwartet hatte – anscheinend war den Leuten durch die Homecoming Week nach Feiern zu Mute. Sie beschloss, zwei Fliegen mit einer

Klappe zu schlagen und zu joggen. Das würde ihr auch gleichzeitig eine Ausrede liefern, warum sie sich um diese Uhrzeit draußen herumtrieb, falls sie jemandem begegnen sollte. Sie kam sich töricht vor. Sie war auch töricht. Die beiden waren bestimmt nicht bei Carl zu Hause, und Angora stellte mit ihm auch bestimmt nicht die Sachen an, die sie mit einem Textmarker in dieser Gebrauchsanweisung für guten Sex angestrichen hatte.

Eine halbe Meile später verfluchte sie sich, weil sie nicht daran gedacht hatte, eine Taschenlampe einzustecken. Der Boden war uneben und matschig und die Straßen stockfinster. Oh Mann, sollte Frank Cape es auf sie abgesehen haben, war dies hier seine Chance, und keiner würde es mitbekommen. Mit der Angst im Nacken sah sie ständig nach hinten, aber niemand stürzte sich aus der Dunkelheit auf sie. Obwohl sie wegen des schlechten Weges langsam laufen musste, erreichte sie die Straße, in der Carl wohnte, in fünfzehn Minuten. Dort waren die Bäume höher und standen die Häuser dichter, als sie es in Erinnerung hatte. Am Ende der verwaisten Straße blieb sie stehen, um Atem zu schöpfen, und marschierte anschließend in normalem Tempo auf dem Gehweg weiter, bis das Haus von Carl in Sichtweite kam. In der Dunkelheit war sein eckiger schwarzer 89er Volvo zu erkennen, der nach wie vor gut in Schuss war.

In mindestens zwei Zimmern brannte Licht, was wohl bedeutete, dass jemand zu Hause war.

Vorsichtig ging Roxann darauf zu, wobei sie ständig ihre Umgebung im Auge behielt, mit einem mulmigen Gefühl im Bauch. Aber ihr Bedürfnis, Capistranos Behauptungen zu widerlegen, trieb sie weiter voran. Gleichzeitig verspürte sie das Bedürfnis, sich selbst zu beweisen, dass Carl der Mann war, für den sie ihn so gern halten wollte.

18 **Angora** kratzte sich heftig an Hals und Dekolletee. Ihr Ausschlag juckte immer stärker – bei diesem Tempo würde sie niemals flachgelegt werden. Nachdem Carl sie mit einem guten Essen verwöhnt und sie beim Tanzen aufgeheizt hatte, hatte er sie mit zu sich nach Hause genommen, um ihr sämtliche Erstausgaben von lauter langweiligen Büchern in seiner dämlichen Bibliothek zu zeigen. Dabei war sie sich sicher, dass er sie attraktiv fand, schließlich hatte er den ganzen Abend mit ihr geflirtet. Im Moment jedoch war er mehr mit dem grünen Einband eines in Leder gebundenen Schmökers beschäftigt.

»Und dieses hier habe ich bei einem Garagenverkauf erstanden, als ich gerade Urlaub gemacht habe in den Hamptons ...«

»Carl«, unterbrach sie ihn mit einem verführerischen Lächeln. »Bis jetzt habe ich jeden Raum in diesem Haus gesehen ... nur das Schlafzimmer nicht.«

Erstaunt sah er sie an. »Tja, ich ... war in dem Glauben, dass dies hier eine zwanglose Verabredung ist. Immerhin dient die Versteigerung einem wohltätigen Zweck.«

Angora war irritiert und überlegte, ob sie seine Worte als Beleidigung auffassen sollte. »Ich habe bestimmt keine zweitausend Dollar hingeblättert, um mir einen Vortrag über alte Schinken anzuhören.«

Er lächelte. »Ach nein?«

»Nein. Ich habe zweitausend Dollar ausgegeben, um meine Jungfräulichkeit zu verlieren.«

Mit einem dumpfen Schlag fiel das Buch auf den Boden. »Du bist noch Jungfrau?«

Sie nickte, glücklich darüber, endlich seine Aufmerksamkeit gewonnen zu haben.

Er kam zu ihr und gab ihr einen langen, intensiven Kuss. Sämtliche wichtige Körperteile schienen dabei miteinander in Berührung zu kommen. Als er den Kopf wieder hob, atmete er heftig, und seine Brillengläser waren beschlagen. »Und warum ich?«

Ihr blieb nicht verborgen, dass er hin und her gerissen war zwischen dem Gedanken, sich anständig zu verhalten, und dem Verlangen, ihr die Kleider vom Leib zu reißen. »Bring mich in dein Schlafzimmer, und ich sage dir warum.«

Sich küssend stolperten sie in Richtung Schlafzimmer. Die Einrichtung hier war ein missglückter Versuch, den japanischen Stil zu kopieren – viel Schwarz und Rot und Gold. Behutsam nahm sie ihr Diadem ab und legte es auf seine Kommode. Dann fielen sie gemeinsam auf sein Bett, das unter ihnen auf- und abwogte. Brr – ein Wasserbett. Carl zerrte an ihrem Kleid und Büstenhalter, bis sie bis zur Taille nackt war.

»Also, warum ich?«, flüsterte er, während er ihre Brüste küsste.

Endlich begann es, sich gut anzufühlen. »Weil wir zwei uns schon einmal so nahe gekommen sind.«

Sein Kopf ruckte empor. »Hä?«

»Als Studentin habe ich dir mal in deinem Büro einen geblasen.«

»Ach, tatsächlich?«

Sie runzelte die Stirn. »Das weißt du nicht mehr?«

»Du musst mir wohl ein wenig auf die Sprünge helfen.«

»Ich habe mich übergeben und deine Cole-Haan-Schuhe getroffen.«

»Du warst das?«

»Ich war das.«

Er zupfte sich am Kinn und grinste. »Dann muss es wohl ziemlich gut gewesen sein, wenn du all die Jahre deine Jungfräulichkeit für mich bewahrt hast.«

»Ich dachte mir, dass ich bei dir an der richtigen Adresse bin.«

Zudem hatte die Vorstellung, ihre Jungfräulichkeit an den Mann zu verlieren, den Roxann begehrte, einen ganz besonderen Reiz. Obwohl ihr das üble Spiel durchaus bewusst war, das sie hier trieb, konnte sie nicht anders. Nach all dem Pech, das sie in der letzten Zeit gehabt hatte, stand ihr endlich etwas Glück zu ... und abgesehen davon hatte sie immerhin zweitausend Dollar dafür hingeblättert.

Mit einem Mal richtete er sich auf und fuhr mit den Fingern durch seine Haare. »Moment mal – woher weiß ich, dass das hier morgen nicht auf dem Titelblatt einer Boulevardzeitung erscheint? Und woher weiß ich, dass du Roxann nichts davon sagen wirst?«

Angora blickte ihn missmutig an. »Roxann?«

Er wich ihrem Blick aus. »Sie ist etwas ganz Besonderes.«

Sie spürte einen heftigen Stich – sie war doch auch etwas Besonderes. Warum nur wollte das niemand auf der Welt wahrhaben? Sie zwang sich zu einem koketten Lächeln und rieb ihre nackten Brüste an seinem Arm. »Ich werde es niemandem erzählen, Carl. Damals habe ich auch niemandem davon erzählt.«

»Ja, weil du sonst Ärger bekommen hättest«, entgegnete er. »Nein, das ist zu riskant.« Er schickte sich an, ihr Kleid wieder zuzuknöpfen. »Ich bringe dich nach Hause.«

Angora setzte sich auf. »Das kannst du nicht, jetzt noch nicht.«

»Oh doch, das kann ich sehr wohl. Zieh dich an.«

Sie schluckte, und Verzweiflung machte sich in ihr breit. »Ich kenne da ein Geheimnis.«

Unbeeindruckt hob er die Schultern. »Was für ein Geheimnis?«

Sie biss sich auf die Lippe und zögerte.

»Was für ein Geheimnis?«

»Es betrifft T-Tammy Paulen.«

Plötzlich war er ganz Ohr. »Was ist mit ihr?«

»Ich weiß ... was du getan hast.«

Sein Adamsapfel hüpfte nervös auf und ab. »Wovon redest du überhaupt?«

Sie schmiegte sich an ihn und murmelte: »Ich habe deinen Wagen in jener Nacht gesehen.«

Er versteifte sich. »Was?«

»Ich habe gesehen, wie dein schwarzer Volvo in jener Nacht davongerast ist.« Sie küsste ihn am Hals. »Aber keine Sorge – ich habe nie mit jemandem darüber gesprochen. Ich weiß nämlich, dass es ein Unfall war. Du hättest sie niemals absichtlich umgefahren.«

Er wirkte leicht benommen. »Nein, niemals. Aber ... du hast es wirklich keinem gesagt?«

»Keiner Menschenseele. Weil ich dich geliebt habe, Carl.« Sie küsste ihn, und als er schließlich ihren Kuss erwiderte, fühlte sie sich ihm wieder näher. Nur ein Liebespaar teilte intime Geheimnisse. Und jetzt brach seine Leidenschaft ungezügelt hervor. Sie rissen sich gegenseitig die

Kleider vom Leib, bis sie beide nackt waren. »Nimmst du die Pille?«, fragte er keuchend.

»Nein, aber ich habe ... was dabei.« Daraufhin angelte sie nach ihrer Handtasche auf dem Boden – Dee würde einen Schlaganfall bekommen, wenn sie wüsste, wofür ihr Verhütungs-Set jetzt gebraucht wurde. Als Angora ihm ein Kondom reichte, schürzte er die Lippen. »Eine bewährte Marke.« Nachdem er die Verpackung aufgerissen hatte, erklärte er ihr, wie sie es ihm überstreifen sollte. Mit zitternden Händen folgte sie seinen Anweisungen. Schließlich lag er auf ihr und starrte auf sie herab.

»Oh Gott, du siehst ihr so unglaublich ähnlich.« Er bedeckte ihre Brüste mit Küssen und rutschte zwischen ihre Beine. Er keuchte heftig, und seine Augen wurden glasig. »Angora, wie experimentierfreudig bist du?«

Sie war zwar noch nie besonders sportlich gewesen, aber dennoch würde sie ja wohl durchaus dazu fähig sein, wenigstens mit einer, wenn nicht mit zwei Stellungen zu dienen. »Was schwebt dir denn vor?«

Er stemmte sich über ihr hoch und grinste verschlagen. Seine Brille hatte er abgenommen, und sein grau meliertes Haar fiel ihm in die Stirn. In der Erwartung, dass sich ihre beiden Körper gleich vereinigen würden, drückte Angora ihren Rücken durch. Mit beiden Händen glitt er über ihren Bauch nach oben, knetete ihre Brustwarzen und streichelte schließlich ihren Hals. Beschämt dachte sie an ihren Hautausschlag – bestimmt hatte er ihn bemerkt.

Sachte fuhr er mit dem Daumen über ihre Kehle und verstärkte den Druck. Ihre Aufmerksamkeit war jedoch so sehr von seinem erigierten Glied gefangen genommen, das sich auf sie zubewegte, dass sie überhaupt nicht wahrnahm, wie sein Griff immer enger wurde, bis sie schlucken wollte und es nicht konnte. Sie rang nach Luft und wollte etwas sagen, aber kein Laut drang aus ihrer Kehle. Welch Ironie – da hatte sie zum ersten Mal Roxann von ihrem Platz verdrängt und würde dafür mit ihrem Leben bezahlen müssen.

Um sie herum begann alles zu verblassen, bis ihr schwarz vor Augen wurde.

19

Spöttisch *wedelte Capistrano mit ihrer Lebensliste. »Ihr ehemaliger Professor ist ein alter geiler Bock ... ein alter geiler Bock ... ein alter geiler Bock.«*

Roxann schreckte mitten aus dem Traum hoch und setzte sich kerzengerade in der Dunkelheit auf. Ihr Haaransatz war mit kaltem Schweiß bedeckt. In dem kleinen Gästezimmer war es kühl, weil sie die Tür zugemacht hatte, aber sie schwitzte trotzdem. Immerhin war sie in den Kleidern eingeschlafen, die sie für ihren hinterhältigen Erkundungsgang angezogen hatte. Zum Glück hatte sich ihr gesunder Menschenverstand im letzten Moment doch noch durchsetzen können – schließlich waren Angora und Carl zwei erwachsene Menschen, und sollten die beiden sich körperlich voneinander angezogen fühlen, hatte sie sich gefälligst herauszuhalten.

Roxann warf einen Blick auf Angoras unbenutztes Bett. Offenbar hatten die beiden tatsächlich ihren Spaß miteinander.

Die Leuchtziffern ihrer Uhr zeigten fünf Uhr fünfundvierzig an, im Haus herrschte Stille. Während sie sich mit der Hand über das Gesicht fuhr, schwang sie ein Bein über die Bettkante und schaltete die Nachttischlampe an. Die Hosenbeine ihrer Jeans waren mit Schlammspritzern übersät, und an ihren Turnschuhen, die einen Meter von ihr entfernt auf dem Boden lagen, klebte eine getrocknete Dreckkruste. Unwillkürlich zuckte sie zusammen und stand auf. Sie begann, getrocknete Dreckklumpen von der altmodischen Tagesdecke zu bürsten. Zum Glück hatte Nell in ihrem Haus überall Holzfußboden, sodass sie sämtliche Spuren einfacher beseitigen konnte, bevor ihre Gastgeberin aufstand. Sie hob die dreckverkrusteten Schuhe auf und schlüpfte durch die Tür in die schummrige Diele. Die Morgendämmerung brach bereits an und breitete ihre Lichtstrahlen nach und nach im Haus aus. Leise bewegte Roxann sich in Richtung Küche. Die Tür von Nells Schlafzimmer war geschlossen, und Roxann vermutete, dass Nell sich in ihrem gesundheitlich angeschlagenen Zustand etwas mehr Schlaf gönnte.

Um Nell die Arbeit abzunehmen, schaltete Roxann die Kaffeemaschine an. Erneut jagte Chester ihr einen Schrecken ein, als er aus dem Nichts auftauchte und ihr um die Fußknöchel strich. An der Küchentheke hielt sie ein paar Sekunden inne und überlegte, was sie am besten zu Angora sagen sollte, wenn sie von Carl zurückkehren würde. Sollte sie ihr die Leviten lesen oder ihr gratulieren? Sicherlich konnte sie Angora schlecht vorwerfen, dass sie sich zu ihm hingezogen fühlte. Schon merkwürdig, aber heute Morgen fühlte sie sich überhaupt nicht betrogen, wie sie es eigentlich erwartet hatte. Es war töricht von ihr zu glauben, sie und Carl könnten einfach dort anknüpfen, wo sie aufgehört hatten. Wie entsetzlich naiv von ihr.

Sie riss ein paar Küchentücher von der Rolle ab und schlich, Chester an ihren Fersen, auf die hintere Veranda hinaus, um ihre Schuhe zu putzen. Es war ein herrlicher Oktobermorgen, taufeucht und frisch. Unter ihren nackten Füßen fühlte sie die Kälte der glatten Holzdielen, aber es machte ihr nichts aus. Nell hatte einen ziemlich kleinen Garten hinter dem Haus, und Roxann musste an die

Radiosendung über Kräuterzucht denken – ein weiteres Hobby, das sie wohl als unverheiratete Frau erwarten würde. Sie setzte sich auf den Treppenabsatz, um ihre Schuhe zu putzen, und erstarrte. Hinter ihr erklang ein Stöhnen.

Mit einem Satz fuhr sie herum und stand auf den Beinen. Wenige Meter von ihr entfernt schlief Angora in einem Sessel auf der Veranda, unter einer Wolldecke zusammengerollt und von Tau bedeckt.

Roxann verdrehte die Augen und ging zu ihr hinüber, um sie wachzurütteln. »Angora. Angora, wach auf.«

Erschrocken riss Angora die Augen auf und stieß einen Schrei aus.

»Pscht! Nell schläft noch. Was tust du denn hier?«

Angora brach in Tränen aus.

»Was zum Henker ist denn los mit dir?« Roxann schlug die starre Wolldecke zurück und half ihr, sich aufzusetzen. Ihre blonden Haare waren zerzaust, das rote Kleid völlig zerknittert, die Strumpfhose zerrissen, und ihre Schuhe fehlten.

»Oh, Roxann, es war grauenhaft«, schluchzte sie.

Vom Kinn bis zu den Schultern war ihre helle Haut mit dunklen Flecken übersät. Bei Roxann begannen sämtliche Alarmglocken zu schrillen. »Was ist denn mit deinem Hals passiert?«

Angora betastete vorsichtig die verfärbte Hautpartie. »Er ...« Ihr Weinkrampf wurde immer schlimmer, bis Roxann sie schließlich heftig schüttelte.

»Angora, beruhige dich und erzähl mir, was passiert ist.«

»C-Carl. Er hat mich gew-würgt.«

»*Was?* Und warum hat er dich gewürgt?«

Angora schüttelte den Kopf. »Ich weiß nicht – wir wollten gerade miteinander schlafen, und dann – es tut mir so

Leid, Roxann, ich hätte das nicht tun sollen.« Noch mehr Tränen.

Roxann holte tief Luft, um sich selbst zu beruhigen. »Schon gut, Angora. Hat er dir wehgetan?«

»Ich ... glaube, ich bin ohnmächtig geworden. Ich erinnere mich an gar nichts mehr, bis ich allein in seinem Bett wieder zu mir gekommen bin.« Sie schluckte und wischte sich mit der Hand über die Nase. »Dann bin ich so schnell da raus, wie ich konnte.«

Roxann legte die Finger an die Schläfen, um die Informationen zu verarbeiten. Der Gedanke, dass Carl gewalttätig sein sollte, war für sie unvorstellbar. Andererseits war Angoras Entsetzen nicht gespielt, wie unbeständig ihre Cousine auch immer sein mochte. Die furchtbaren Blutergüsse waren zudem Beweis genug. Hatte Angora ihn vielleicht irgendwie provoziert, dass er ihr gegenüber gewalttätig geworden war? Es spielte keine Rolle – sie musste auf alle Fälle Anzeige erstatten.

»Komm mit rein«, sagte sie. »Wir verständigen die Polizei.«

»Bitte nicht«, flehte Angora, wobei sie die Finger in Roxanns Hemd krallte. »Wenn das bekannt wird, bin ich tot.«

Wie viele Male hatte sie schon erlebt, dass misshandelte Frauen aus Scham geschwiegen hatten? »Sei doch vernünftig, Angora. Wenn Carl dich misshandelt hat, muss er sich dafür verantworten.« Vielleicht würde sie ihm dafür höchstpersönlich einen Kinnhaken verpassen müssen. Capistranos warnende Worte hallten in ihren Ohren.

»Aber ich ... habe etwas ... etwas zu ihm gesagt.«

»Und was?«

»Das kann ich dir nicht sagen«, stieß sie hervor und warf heftig den Kopf vor und zurück.

Roxann musterte das tränenüberströmte Gesicht ihrer

Cousine, von Hysterie völlig verzerrt, die Augen weit aufgerissen. Dies war nicht der geeignete Moment zum Reden. »Na komm, wir machen dich erst einmal sauber.«

Unter Tränen gab Angora nach, nahm ihre Handtasche und stützte sich mit vollem Gewicht auf Roxann, als sie sich durch die Hintertür ins Haus schleppten. »Ich will nach Hause«, schluchzte sie.

»Ich bringe dich heute noch nach Hause«, versprach Roxann. »Sobald wir dieses Chaos geklärt haben. Mal sehen, ob Nell einen Fotoapparat hat.«

»Einen Fotoapparat?«

»Ja, vor Gericht brauchen wir Fotos von dir.«

Angoras Augen traten weit hervor. »In diesem Zustand kann ich mich doch nicht fotografieren lassen.«

»Angora, hier geht es nicht um einen Schönheitswettbewerb. Dies hier ist eine sehr ernste Angelegenheit. Ich weiß schon, was ich tue.« Zumindest dieses eine Mal.

Unvermittelt drangen aus dem Wohnzimmer Stimmen zu ihnen hinüber, eine männliche und eine weibliche. Vielleicht Nell? Als gleich darauf ein Schrei ertönte, ließ Roxann Angora los und rannte zum Wohnzimmer. Dort standen zwei Polizisten im Türrahmen, während Nell im Morgenrock auf der Couch saß, mit entsetztem Gesichtsausdruck.

»Nell, was ist?«

»Sind Sie ...«, begann einer der Polizisten, um dann einen raschen Blick auf einen kleinen Notizblock zu werfen. »Roxann Beadleman und Angora Ryder?«

»Ja«, antwortete sie. Angora hielt sich im Hintergrund, unruhig hin und her laufend.

»Dann muss ich sie beide auffordern, mit uns zur Wache zu kommen.«

Roxann kniff die Augen zusammen. »Hat das damit zu tun, was Carl Angora angetan ...«

»Carl ist tot«, fuhr Nell weinend dazwischen.

Kaltes Entsetzen überfiel Roxann. *»Was?«* Kopfschüttelnd wandte sie sich den Polizisten zu. »Da muss ein Irrtum vorliegen.«

»Leider nicht, Miss. Heute Morgen hat ein Zeitungsjunge den Leichnam von Dr. Seger in seinem Haus entdeckt.«

Roxann umklammerte die Rückenlehne der Couch, um sich zu stützen. »War es ein Unfall? Ein Herzinfarkt?«

»Nein, Mord«, entgegnete der Polizist knapp.

Ihre Knie gaben nach, hinter ihr begann Angora zu wimmern.

»Und aus diesem Grund«, fuhr der Beamte sachlich fort, »müssen Sie uns beide mit auf die Wache begleiten.«

Angesichts der offensichtlichen Tragweite des Geschehens wurde Roxann ganz schwindelig – schließlich wusste jeder, der gestern Abend die Auktion mitverfolgt hatte, dass Angora das Rendezvous mit Carl ersteigert hatte. Die Polizei würde nicht gerade sehr viele Nachforschungen anstellen müssen, um auf Angora zu kommen. In ihrem Kopf schwirrten Satzfetzen aus den merkwürdigen Gesprächen umher, die sie in letzter Zeit mit Angora geführt hatte. Hinzu kam die Enthüllung ihres Vaters, dass ihre Großtante schizophren gewesen war. Angora hatte behauptet, dass Carl sie gewürgt hatte – hatte sie ihn vielleicht in Notwehr getötet? Für Roxann war das Ganze im Moment zu viel.

»Du sagst kein Sterbenswörtchen, Angora«, warnte sie ihre Cousine. »Jedenfalls nicht, bevor du mit einem Anwalt gesprochen hast.«

Einer der Polizisten drehte den Kopf. »Vielleicht werden Sie ja selbst einen brauchen, Ms. Beadleman.«

Sie runzelte die Stirn. »Wieso?«

»Weil Dr. Seger mit einem limonengrünen Schal erdrosselt worden ist. Klingelt es da bei Ihnen?«

20

Hallo?«

Offenbar hatte sie Capistrano aus dem Tiefschlaf gerissen. »Ähm, hi. Hier ist Roxann Beadleman.«

Er ächzte, und man konnte hören, dass er sich aus dem Bett quälte. »Ist Cape aufgetaucht?«

»Nein. Zumindest nicht dass ich wüsste.«

Capistrano stieß einen Seufzer der Erleichterung aus. »Haben Sie etwa Ihre Meinung geändert?«

Die schläfrige Belustigung in seiner Stimme machte sie sofort wieder wütend – anscheinend dachte der Kerl allen Ernstes, dass sie in aller Herrgottsfrühe bei ihm anrief, nur um sich selbst zu einem Rendezvous einzuladen. »Keineswegs, Detective, wieso sollte ich?« Es kostete sie viel Überwindung weiterzureden. »Ich b-brauche Ihre Hilfe.«

Sein Lachen schallte blechern in der Leitung. »Oh, Sie brauchen also mit einem Mal meine Hilfe. Wofür denn – Ärger mit der Karre? Oder sind Sie nur knapp bei Kasse?«

»Gestern Abend ist Carl Seger ermordet worden. Ich bin gerade auf der Polizeiwache.«

Erneut das Rascheln von Bettwäsche. »Was? Werden Sie etwa verdächtigt?«

»Er ist mit meinem Schal erdrosselt worden. Können Sie kommen?« Im Geiste zählte sie bis drei und erwartete, dass er nicht in die Sache hineingezogen werden wolle.

»Bin schon unterwegs.«

Das resolute »Klick« stimmte sie zuversichtlich – auch wenn der Kerl ein arroganter Blödmann war ... im Augenblick hatte sie dennoch einen arroganten Blödmann, der ihr zur Seite stand, bitter nötig.

»War das Ihr Anwalt?«, erkundigte sich einer der Beamten. Detective Warner, wie sie sich ins Gedächtnis rief. Ein guter Bulle.

»Ich brauche keinen Anwalt«, entgegnete sie. »Wo ist meine Cousine?«

»Nebenan«, antwortete ein anderer Polizist – Jaffey, ein mieser Bulle. »Heult sich gerade die Augen aus.«

»Kann ich zu ihr?«

»Damit Sie Ihre Aussagen aufeinander abstimmen können?«

Sie sah ihn missmutig an. »Nein, weil sie vor lauter Angst sonst noch völlig verrückt wird.«

»Das sollte sie auch.« Er beugte sich vor, mit drohendem Blick. »Sie beide sollten Angst haben.«

Roxann kaute auf ihrer Unterlippe und versuchte, das Bild von Carls Leiche mit ihrem Schal um den Hals zu verdrängen – die Vorstellung war einfach absurd. »Ich habe nichts zu verbergen, aber trotzdem möchte ich warten, bis mein Freund – ähm, Bekannter hier ist. Er ist Detective in Biloxi.«

»Kann er Ihnen denn ein Alibi geben?«

»Ja, einen Teil des Abends habe ich mit ihm verbracht.«

»Ist er Ihr Freund?«

»Nein.« Sie und Jaffey starrten sich gegenseitig in die Augen, bis er schließlich den Blick senkte. Sie betete innerlich, dass Angora den Mund hielt, bis der Anwalt eintreffen würde, den Nell empfohlen hatte. Angora hatte ihr untersagt, Dee zu verständigen, und Roxann hatte nachgegeben – vorerst jedenfalls. Trotzdem hatte sie das äußerst

ungute Gefühl, dass Angora alle Unterstützung brauchen würde, die Jackson und Dee Ryder sich leisten konnten.

»Tasse Kaffee?«, bot Warner an.

»Ja, vielen Dank.« Eigentlich wäre ihr im Moment ein Scotch lieber gewesen, andererseits musste sie bei klarem Verstand bleiben, um herauszufinden, was da mit ihrem Schal passiert war. Natürlich hatte sie zuerst vermutet, dass der Schal, der am Tatort gefunden worden war, unmöglich ihr gehören konnte. Nur leider war ihr Schal wie vom Erdboden verschluckt. Außerdem passte die »Mordwaffe« zu einer beschlagnahmten Quittung für den hellgrünen Schal, den sie auf der Fahrt nach South Bend erstanden hatte. Dabei handelte es sich um ein Accessoire, das sie sich normalerweise nie gekauft hätte. Aber der zarte Seidenstoff hatte es ihr angetan, und Angora war der Ansicht gewesen, dass er einen schönen Kontrast zu ihrer Haarfarbe bilden würde. Da gab sie einmal spontan einem Wunsch nach und steckte prompt im Schlamassel!

Im Moment konnte Roxann sich nicht einmal daran erinnern, ob sie ihn gestern Abend getragen hatte. Nell war sich hingegen sicher, dass sie ihn im Restaurant noch um den Hals gehabt hatte. Aber vielleicht hatte sie ihn ja danach verloren, während der leidigen Auseinandersetzung mit Capistrano.

Sie verrenkte den Hals, um einen Blick auf Angora werfen zu können, allerdings war die Sicht in dem Vernehmungsraum eingeschränkt – lediglich an einer Wand gab es eine Glasscheibe ab Taillenhöhe. Die übrigen Wände waren mit demselben grauen Filzteppich verkleidet wie der Fußboden – vielleicht weil sich die Verhörten regelmäßig dagegenwarfen oder weil die Polizisten dabei nachhalfen.

Der Stuhl war unbequem, was ja auch nicht anders zu erwarten war. Die Deckenbeleuchtung war grell und wenig schmeichelhaft, und der Holztisch war am Boden festgeschraubt. Papier und Stifte lagen in Reichweite, vermutlich für den Fall, dass sie sich dazu durchringen sollte, ein Geständnis abzulegen. Seltsamerweise verspürte sie urplötzlich den merkwürdigen Drang, in Lachen auszubrechen. Die ganze Geschichte war einfach bizarr, vollkommen ungewohnt und alles andere als beruhigend.

»Hier.« Warner reichte ihr einen Pappbecher mit Kaffee, an dem sie sich die Zunge verbrannte. Und leider wurde sie davon nicht wach, wie sie sich erhofft hatte, um festzustellen, dass alles nur ein böser Traum gewesen war, dass Angora in dem anderen Bett neben ihr in Nells Gästezimmer lag. Carl war tatsächlich tot. Nein, schlimmer – Carl war ermordet worden.

Im nächsten Moment klopfte jemand gegen die Scheibe, und als sie Capistrano erblickte, der hereinspähte, machte ihr Herz einen Satz. Obwohl sie es sich nur widerwillig eingestand, beruhigte es sie doch, den Detective in ihrer Nähe zu haben.

»Ist das Ihr Freund?«, fragte Jaffey.

»Mein Bekannter«, stellte sie richtig.

Daraufhin winkte er Capistrano herein, und die Männer machten sich miteinander bekannt. Capistrano zückte dabei seine Dienstmarke, ein beruflich bedingter Reflex, wie sie annahm. Er war viel größer als jeder andere im Raum. Und er machte einen erstaunlich aufgeräumten Eindruck dafür, dass sie ihn vor einer Viertelstunde erst aus dem Bett geklingelt hatte. Sie wollte lieber nicht darüber nachdenken, wie sie aussah.

»Sie sehen furchtbar aus«, sagte er.

»Ebenfalls schön, Sie zu sehen.«

»Liegt ein Strafbefehl gegen sie vor?«, fragte er in den Raum hinein.

»Noch nicht«, erwiderte Jaffey.

Capistrano wanderte durch den Raum, um sich an die Wand zu lehnen. »Was ist passiert?«, fragte er Jaffey.

Aber Warner übernahm die Initiative. »Gegen fünf Uhr heute Morgen hat ein Zeitungsbote bemerkt, dass Segers Tür offen stand. Daraufhin ist er ins Haus gegangen, um der Sache auf den Grund zu gehen. Hat den Toten in der Bibliothek entdeckt, erdrosselt mit einem Schal, der Ihrer Freundin hier gehört.«

Roxann schürzte die Lippen. »Nur dass ich keine Ahnung habe, wie er dorthin gelangt ist. Habe ich ihn denn gestern Abend getragen, als wir ...« Sie legte die Stirn in Falten. »... als wir uns voneinander verabschiedet haben?« Die Beamten wechselten viel sagende Blicke, was sie sofort wieder zornig werden ließ.

»Ich kann mich nicht erinnern«, entgegnete er. »Mein Interesse galt nämlich weniger dem Schal.«

Wie konnte er nur? Wie konnte er nur den Anschein erwecken, zwischen ihnen würde irgendetwas sein? Warum zum Teufel hatte sie ihn überhaupt verständigt?

Er richtete den Blick wieder auf Warner. »Der Schal ist ohnehin nur ein reiner Indizienbeweis. Was haben Sie sonst noch?«

»Dreckspritzer auf ihrer Jeans«, erwiderte Warner und zeigte darauf. »Und ein Paar Joggingschuhe mit einer getrockneten Schlammkruste.«

Capistrano wandte sich wieder ihr zu, eine Augenbraue hochgezogen.

»Ich ... konnte gestern Nacht nicht schlafen, also war ich noch joggen.«

»Und wo?«, wollte Jaffey wissen.

Sie schloss die Augen. »Zu Dr. Segers Haus und wieder zurück.«

Capistrano wandte den Blick wieder von ihr ab.

»Mehr wollte ich nicht wissen«, sagte Jaffey und griff nach seinen Handschellen.

»Nein, warten Sie«, beschwor sie ihn mit erhobener Hand. »Ich bin zu dem Haus gelaufen, weil ...«

»Weil?«, hakte einer der anderen Beamten nach.

Sie holte Luft. »Weil man mir gesagt hat, dass Carl ein Schürzenjäger ist und ich mir Sorgen um meine Cousine gemacht habe, die den Abend mit ihm verbracht hat.«

»Sie hat Sie überboten, um mit dem Professor ausgehen zu dürfen«, warf Jaffey dazwischen.

»Das war für einen wohltätigen Zweck.« Ein schwaches Argument, wie sie selbst eingestehen musste.

»Um wie viel Uhr sind Sie denn zu Segers Haus gejoggt?«

»Ungefähr halb drei Uhr morgens.«

»Und was ist dann passiert, als Sie dort angekommen sind?«

»Nichts. Mir ist klar geworden, dass es dumm von mir war, mir Sorgen zu machen, also habe ich einfach auf dem Absatz kehrtgemacht und bin wieder zurückgelaufen.«

»Einleuchtend«, bemerkte Jaffey mit unverhohlenem Sarkasmus.

Sie beugte sich vor. »Sie denken, ich lüge? Warum sollte ich Ihnen erzählen, dass ich zu dem Haus gejoggt bin, wenn ich etwas zu verbergen hätte?«

»Hat Sie jemand gesehen?«

Sie wandte sich an Capistrano. »Ich vermute, dass Sie mir dieses Mal ausnahmsweise nicht gefolgt sind?«

Er schüttelte den Kopf. »Das habe ich mir mittlerweile abgewöhnt.« Dabei musterte er sie scharf.

Sie drehte sich wieder zu Jaffey. »Zumindest habe ich niemanden bemerkt, aber theoretisch könnte mich durchaus jemand gesehen haben, vielleicht einer, der gerade zufällig vorbeifuhr.«

Der Polizist zeigte auf ihren schwarzen Pullover. »Aber Sie waren nicht gerade auffällig gekleidet, oder?«

Sie sparte sich die Antwort – das hatte gesessen.

»Kennen Sie Carl Seger schon länger?«, fragte Warner.

Sie lehnte sich zurück. »Er war mein Professor, als ich hier von siebenundachtzig bis einundneunzig studiert habe, und er hat meine Dissertation betreut.«

»Lassen Sie es mich anders ausdrücken. Kannten Sie Carl Seger auch privat?«

Roxann atmete tief ein und wieder aus, wobei sie sich fragte, wie viel sie preisgeben sollte. Aber wie viel gab es überhaupt preiszugeben? »Wir standen uns nah, allerdings ohne eine sexuelle Beziehung zu haben.« Im Augenwinkel registrierte sie, dass ein leichter Ruck durch Capistrano ging und er seine Aufmerksamkeit wieder ganz auf sie richtete.

»Haben Sie sich nach Ihrem Studium noch mit ihm getroffen?«, bohrte Warner weiter.

»Nein. Kurz vor meinem Abschluss hat man Carl beschuldigt, ein Verhältnis mit einer Studentin zu haben. Nach dem Studium bin ich weg von South Bend und ... ich habe ihn erst diese Woche wiedergesehen.«

»Hatten Sie beide noch Kontakt?«

»Er hat mich zweimal angerufen – das erste Mal ein paar Monate, nachdem ich weg war, um mir mitzuteilen, dass es ihm Leid täte, wie es zum Schluss gelaufen ist. Und dann hat er vor ein paar Wochen eine Nachricht auf meinem Anrufbeantworter in Biloxi hinterlassen, weil er wissen wollte, ob ich den diesjährigen Distinguished Alumni Award annehmen würde. Aber ich habe nicht zurückgerufen.«

»Weil Sie immer noch verärgert waren, wie die Geschichte damals geendet hat?«

Sie runzelte die Stirn. »Nein, weil ich kein Interesse hatte, die Auszeichnung anzunehmen.«

»Dann hat er nichts Persönliches auf Ihr Band gesprochen?«

»Doch, er hat gesagt, dass er mich vermisst.«

»Aber trotzdem haben Sie ihn nicht zurückgerufen?«

»Das habe ich doch eben gesagt.«

Warner nahm links von ihr Platz. »Miss Beadleman, waren Sie die Studentin, mit der Dr. Seger ein Verhältnis gehabt haben soll?«

Sie blinzelte. »Ja ... das habe ich zumindest bislang immer angenommen.«

»Haben Sie jemals mitbekommen, dass er auch mit anderen Studentinnen ein Verhältnis hatte?«

Sie schüttelte den Kopf. »Zwar waren alle Mädchen verrückt nach ihm, aber mir gegenüber hat Carl sich stets wie ein Gentleman benommen.«

»Wer hat Ihnen gesagt, dass er ein Schürzenjäger war?«

»Das war ich«, schaltete sich Capistrano ein und zuckte die Achseln. »Bloß eine Vermutung. Außerdem habe ich zufällig gehört, wie sich zwei Studentinnen über seine Qualitäten außerhalb der Seminare unterhalten haben.«

»Sie haben noch nicht erwähnt, weshalb Sie in der Stadt sind, Detective«, meinte Jaffey.

»Sie haben auch nicht gefragt. Ich bin Miss Beadleman von Biloxi hierher gefolgt. Sie ist nämlich in einen Fall verwickelt, an dem ich gerade arbeite. Ein Schläger namens Frank Cape ist hinter ihr her.«

»Deshalb bin ich auch nach South Bend gefahren«, ergänzte sie. »Um ein paar Tage bei Dr. Nell Oney unterzutauchen, bis Cape das Interesse verloren hat.«

»Wann haben Sie diesen Cape das letzte Mal gesehen?«

»In Little Rock«, antwortete sie und sah Capistrano an, der dies mit einem Nicken bestätigte.

»Und warum ist er hinter Ihnen her?«

Roxanns Blick wanderte zu Capistrano, dann wieder zu den Beamten, und sie stieß einen Seufzer aus. »Frank Cape ist gewalttätig. Ich arbeite für eine Frauenberatungsstelle, und wir haben seine Exfrau und seine Tochter an einen sicheren Ort gebracht. Jetzt denkt er, dass er ihren Aufenthaltsort aus mir herauspressen kann.«

»Hat er Sie bedroht?«

»Ja, und auch meine Familie.« Sie unterbrach sich abrupt und sah Capistrano an. »In Little Rock hat er mir gedroht, dass die Menschen, die mir nahe stehen, wie die Fliegen sterben werden, falls ich ihm nicht sage, wo seine Frau sich aufhält.«

»Der Kerl ist alles andere als ein Musterknabe«, bestätigte Capistrano. »Er hat meinen Partner angeschossen, der seitdem im Koma liegt.«

Daraufhin ging ein Ruck durch sämtliche Beamten, unwillkürlich griffen sie nach ihren Waffen. Dann meinte Jaffey spöttisch: »Sie wollen also damit sagen, dass dieser Cape Ihren Schal entwendet und damit Carl Seger erdrosselt hat, damit Sie ihm den Aufenthaltsort seiner Frau und seiner Tochter verraten?«

»Das habe ich nicht gesagt, aber zum jetzigen Zeitpunkt ist das durchaus realistisch. Officer, meinen Sie nicht auch, dass ich, sollte ich tatsächlich vorgehabt haben, Carl umzubringen, etwas weniger Auffälliges benutzt hätte als meinen Schal, mit dem mich mindestens tausend Leute gestern Abend gesehen haben?«

Als Reaktion knirschte Jaffey mit den Zähnen und nahm dann Stift und Papierblock zur Hand. »Miss Beadleman, ich schlage vor, Sie erklären uns jetzt ganz genau, wo Sie sich zu welchem Zeitpunkt und mit wem am gestrigen Abend aufgehalten haben.«

Daraufhin gab Roxann eine ausführliche Schilderung des Vorabends, soweit sie sich erinnern konnte. Capistrano stützte ihre Aussage bis zu dem Zeitpunkt, als sich ihre Wege getrennt hatten. Für die Zeit danach war sie auf sich allein gestellt.

»Nell schlief bereits, als ich nach Hause kam, und da habe ich beschlossen, den Abstecher zu Carl zu machen. Nein, stimmt nicht – davor habe ich mich noch kurz hingelegt und einen Anruf erhalten.«

»Von wem?«

»Von meiner ehemaligen Mitbewohnerin in Biloxi. Elise James. Sie hat ebenfalls hier studiert und ist zurzeit wegen der Homecoming Week da.«

»Um wie viel Uhr war das?«

»Ungefähr um Mitternacht.«

»Was wollte sie?«

»Es war ein merkwürdiges Telefonat. Sie war zugedröhnt, meine ich. Sie hat irgendwas davon gefaselt, dass sie mir unbedingt alles erzählen muss, und mich gebeten, dass ich mich heute Mittag an der Kapelle mit ihr treffe.«

»Haben Sie eine Vorstellung, was sie damit gemeint hat?«

»Als wir noch zusammengewohnt haben, hatten wir einen ziemlich heftigen Streit. Danach ist sie ausgezogen. Ich vermute, dass sie sich jetzt dafür entschuldigen will. Elise hat nämlich einen gewissen Hang zum Theatralischen.«

»Worüber haben Sie sich damals gestritten?«

»Das ist eine private Angelegenheit.«

»Wir können sie jederzeit selbst befragen«, drohte Jaffey.

Roxann seufzte. »Elise hatte sich in die Idee verrannt, dass sie ... sich zu mir hingezogen fühlt.«

Wie erwartet erntete sie ein allgemeines Grinsen, selbst von Capistrano, dem Flegel.

»Sie ist also lesbisch?«, hakte Jaffey süffisant nach.

»Da müssen Sie sie schon selbst fragen.«

»Sind Sie denn ebenfalls lesbisch?«

»Nein.«

»Bisexuell?«

»Nein.«

»Dann haben Sie sie also nach ihren Annäherungsversuchen rausgeschmissen?«

»Was hat das denn mit dem Mord an Carl zu tun?«

»Nichts, ich finde das Ganze nur höchst amüsant«, entgegnete Jaffey mit einem schmutzigen Grinsen.

»Widmen wir uns wieder dem eigentlichen Thema«, warf Capistrano dazwischen.

Roxann lächelte spöttisch zu ihm hinüber – offenbar durfte er sie belästigen, aber für andere galt das wohl nicht.

»Was war nach dem Telefongespräch?«

»Ich bin für ein paar Stunden eingenickt und dann aufgewacht, ohne wieder einschlafen zu können. Dann habe ich das hier und meine Turnschuhe angezogen, bin zu Dr. Segers Haus gelaufen und wieder zurück, um gleich darauf ins Bett zu gehen.«

»Dr. Oney hat ausgesagt, dass sie nichts gehört hat, weder dass Sie das Haus verlassen haben, noch dass Sie zurückgekommen sind.«

»Ich habe ja auch versucht, möglichst leise zu sein. Außerdem liegen die Schlafzimmer weit auseinander.«

»Was haben Sie gesehen, als Sie vor Dr. Segers Haus waren?«

Roxann hob die Schultern. »Nichts. Nur seinen Wagen, der davor geparkt war.«

»Ein schwarzer Volvo Baujahr neunundachtzig.«

»Richtig.«

»Was sonst noch?«

»Im Haus brannten ein paar Lichter, in zwei oder drei Räumen.«

»Aber Sie haben drinnen niemanden gesehen?«

»Nein. So nah bin ich nicht herangegangen.«

Jaffey setzte sein süffisantes Grinsen auf. »Und Sie sind sich sicher, dass Sie Ihren ehemaligen Schwarm nicht zufällig beim Vögeln mit Ihrer Cousine ertappt haben?«

Sie biss sich auf die Innenseite ihrer Wange und hielt seinem Blick stand. »Absolut.«

»Was hat sie also mit der ganzen Sache zu tun?«

»Angora?«

»Ja.«

»Wir haben hier zusammen studiert.«

»Hat sie Dr. Seger gekannt?«

»Alle haben ihn gekannt.«

»Hat sie ihn auch *näher* gekannt?«

»Nein.«

Jaffey warf einen Blick auf seine Notizen. »Sie wohnt in Baton Rouge?«

Roxann nickte.

»Weshalb ist sie nach South Bend zurückgekehrt?«

»Ich habe wegen ihrer Hochzeit einen Zwischenstopp in Baton Rouge eingelegt, und sie hat beschlossen, mich zu begleiten. Sie hat nichts davon gewusst, dass Cape mich verfolgt.«

»Und was hat der Bräutigam dazu gesagt?«

»Der hat es sich vorm Altar anders überlegt.«

Jaffey stieß einen amüsierten Laut aus. »Oh ja, einer soeben sitzen gelassenen Braut ist durchaus zuzutrauen, dass sie sich dem Erstbesten, der ihr über den Weg läuft, an den Hals wirft.«

»Ich wüsste nicht.« Allerdings war ihr gestern Abend derselbe Gedanke gekommen.

»Wann ist Ihre Cousine von dem Treffen mit Dr. Seger wieder zurückgekommen?«, wollte Warner wissen.

»Das weiß ich nicht. Als ich heute Morgen nach dem Aufstehen nach draußen gegangen bin ...«

»Um die belastenden Spuren von Ihren Schuhen zu entfernen«, fuhr Jaffey dazwischen. »Wir haben nämlich die Küchenrolle gefunden.«

»Als ich auf die hintere Veranda ging, um meine Schuhe zu putzen«, fuhr sie unbeirrt fort, »schlief Angora auf dem Liegestuhl.«

»Haben Sie die Blutergüsse an ihrem Hals bemerkt?«

»Ja, sofort.«

»Hat sie erklärt, wie diese zu Stande gekommen sind?«

Roxann nahm einen Schluck Kaffee.

»Miss Beadleman?«

»Sie hat gesagt, dass sie von Carl stammen.«

»Und wie?«

»Sie hat g-gemeint, dass sie gerade dabei waren ... miteinander Sex zu haben, als er sie plötzlich gewürgt hat.«

»Hat sie einen Grund dafür genannt?«

»Sie meint, sie hätte etwas Provozierendes zu ihm gesagt, aber was genau, hat sie mir verschwiegen.«

»Haben Sie eine Vermutung?«

»Nein, keine Ahnung.«

»Was noch?«

»Angora hat gesagt, dass sie ohnmächtig geworden ist, und als sie wieder zu sich kam, lag sie allein in seinem Bett. Danach hat sie das Haus verlassen.«

»Ist sie zu Fuß zurückgelaufen?«

»Das vermute ich, ja – ihr Kleid war nämlich völlig verdreckt, und außerdem war sie barfuß. Ich konnte ihre Schuhe nirgendwo sehen.«

»Wir haben sie auf der Veranda gefunden. Voller Schlamm, genau wie Ihre. Und auf dem Nachttisch in Segers Schlafzimmer haben wir ein Diadem entdeckt. Uns wurde erzählt, dass Sie gestern Abend für irgendeine Auszeichnung eine Krone erhalten haben?«

»Das stimmt, aber das Diadem gehört Angora. Meins ist ...« Sie hielt inne. Wo war das Ding eigentlich abgeblieben?

»In meinem Wagen«, half Capistrano nach.

Gütiger Himmel, gestern Abend hatte sie wohl alles verlegt. Ihren gesunden Menschenverstand eingeschlossen. Warum sonst wohl war sie zu Carls Haus gerannt wie eine liebeskranke Voyeurin? Sie erstarrte. Anscheinend hatte die jahrelange Arbeit mit Neurotikern auf sie abgefärbt. Lieber Gott.

Jaffey spielte mit seinem Stift herum. »Ich erzähle Ihnen jetzt, was ich glaube – ich glaube, dass Sie sich aus purer Neugier aufgemacht und Dr. Seger dabei ertappt haben, wie er gerade Ihre Cousine würgte. Daraufhin haben Sie Ihren Schal aus der Hose gezogen und ihn erdrosselt. Mag sein, dass Sie das nicht beabsichtigt haben, aber trotzdem ist es geschehen.«

»Das ist absurd«, entgegnete sie kopfschüttelnd. »Ich habe Carl nicht umgebracht.« Beim letzten Wort versagte ihr die Stimme. »Dazu wäre ich nie fähig.«

»Würden Sic sich einem Lügendetektortest unterziehen?«

»Selbstverständlich.«

»Wenn wir also davon ausgehen, dass Ihre Version stimmt«, sagte Warner, »dann haben nicht Sie ihn getötet, aber Ihre Cousine könnte durchaus als Täterin infrage kommen.«

Damit hatte er ihre eigenen Befürchtungen laut ausgesprochen – insbesondere, wenn man auch noch berücksichtigte, was Nell ihr über die Sache mit Tammy Paulen erzählt hatte – doch sie versuchte, sich nichts anmerken zu lassen. »Die Vorstellung fällt mir schwer, dass Angora zu so etwas fähig wäre.« Aber auch Capistrano sah sie mit einem sonderbaren Blick an.

»Kennen Sie jemanden, der sonst als Täter infrage kommen könnte?«, wollte Jaffey wissen.

»Nein, aber ich weiß auch nicht viel darüber, mit wem Carl Umgang pflegte. Da fragen Sie am besten Nell Oney und seine Kollegen.«

»Das haben wir bereits. Übrigens, Dr. Oney hätte Ihnen unbemerkt den Schal entwenden können, oder?«

Roxanns Augen wurden schmal. »Da ich keinen blassen Schimmer habe, wo er mir abhanden gekommen ist, kann ich die Frage nicht beantworten. Aber Dr. Oney gehört zu den wenigen Menschen in meinem Bekanntenkreis, die absolut integer sind. Zudem waren sie und Carl befreundet. Sie wäre niemals fähig, anderen Schaden zuzufügen.«

»Außerdem ist sie gesundheitlich ziemlich angeschlagen«, fügte Capistrano hinzu. »Sie dürfte kaum die Kraft haben, eine Tür aufzubrechen, geschweige denn einen Mann wie Seger zur Strecke zu bringen.«

»Dasselbe gilt für Angora«, setzte Roxann hinzu.

Ein Klopfen an der Tür unterbrach sie, und eine Polizeibeamtin steckte den Kopf herein. »Der Anwalt von der Ryder ist hier.«

»Ich komme gleich«, erwiderte Jaffey. Nachdem die Tür sich wieder geschlossen hatte, drohte er Roxann mit dem Finger. »Wir brauchen Ihre Kleider und Ihre Fingerabdrücke. Und unterstehen Sie sich, die Stadt zu verlassen.« Er sah Capistrano an. »Kann ich mich darauf verlassen, dass Sie sie im Auge behalten?«

»Sicher.«

Sie sah dem Detective in die Augen, wobei sie sich wie ein Kaninchen fühlte, das gerade einer Schlange übergeben worden war.

21 **Angora** sah auf und ergriff skeptisch die Hand des Mannes, der sich ihr als ihr Anwalt vorstellte. Mike Brown war ein kleiner, untersetzter Mann mit krausen braunen Haaren und einer Brille, die ihm ständig auf die Nasenspitze rutschte. Er sah aus wie höchstens neunzehn und war gekleidet wie ein Landwirt – und so roch er auch.

»Verzeihen Sie bitte meine Aufmachung«, sagte er mit einer jungenhaften Stimme, während er sich schwerfällig setzte. »Ich war gerade mit meinem Komposthaufen beschäftigt, als mein Pieper losging.«

Der Begriff »Kompost« war ihr zwar fremd, aber ganz arm konnte der Mann nicht sein, wenn er einen ganzen Haufen davon hatte. Im Moment hatte sie jedoch ganz andere Sorgen. Carl war tot. Tot. *Tot.* Je stärker das Wort in ihrem Kopf widerhallte, umso mehr verlor es seine Bedeutung, seine ... endgültige Bedeutung. Tot, genau wie Tammy Paulen. Und diese Bilder in ihrer Erinnerung, wie sie Carl erdrosselte – waren sie echt? Oder waren sie nach all den überdeutlichen Schilderungen entstanden, die sie vernommen hatte? Sie war zu keinem klaren Gedanken mehr fähig.

Ihr Anwalt zog einen Notizblock hervor und musste mehrere Kugelschreiber ausprobieren, bis er schließlich einen fand, der schrieb. »So, jetzt kanns losgehen. Also, Ms.

Ryder, haben Sie bisher mit irgendjemandem über den Mord gesprochen?«

Sie schüttelte den Kopf und massierte die schmerzende Stelle direkt unterhalb ihres Brustbeins. Ein Übelkeit erregender Druck aus Kummer und Schuldgefühl. Sie hatte sich bereits zweimal übergeben müssen, das erste Mal, bevor sie Dr. Oneys Haus verließen, und das zweite Mal während der Fahrt in dem Streifenwagen. Grundgütiger, sollte Dee zu Ohren kommen, was passiert war, würde sie ihre Geburtsurkunde umschreiben lassen. Und sollte alles ans Tageslicht kommen, dann könnte sie genauso gut für den Rest ihres Lebens ins Gefängnis gehen.

»Ms. Ryder?«

»Ja?«

»Ich habe Sie gefragt, ob Sie etwas zu trinken haben möchten – vielleicht Kaffee oder Wasser?«

Das Einzige, was sie wollte, war, sich auf den Boden hocken und losheulen. »N-nein, danke.«

Er räusperte sich. »Ms. Ryder, ist Ihnen klar, dass Sie verdächtigt werden, Carl Seger ermordet zu haben?«

Sie kniff die Augen zusammen. »Wie alt sind Sie?«

Der Anwalt errötete. »Fünfunddreißig. Ich weiß, ich sehe wesentlich jünger aus, und ich habe eben erst meine Zulassung erhalten, aber ich bin eben ein Spätzünder.«

Oh Mann, darüber wusste sie nur allzu gut Bescheid. »Woher kennen Sie eigentlich Dr. Oney?«

»Sie ist eine alte Freundin der Familie, und sie hat mich zu dem Jurastudium ermutigt.«

»Mr. Brown, ich verfüge leider im Augenblick über wenig Geld.« Angora bezweifelte, dass sie ihr Gebot für Carl zurückerstattet bekäme, und an ihre Eltern würde sie sich wohl kaum wenden können.

»Das ist schon okay«, erwiderte er fröhlich. »Ich arbeite

nämlich nebenberuflich und ehrenamtlich, bis ich meine Sojabohnen ernten kann.«

Ihr Anwalt pflanzte Sojabohnen an? Was genau sind eigentlich Sojabohnen? Anscheinend stand ihr die Ratlosigkeit ins Gesicht geschrieben – er lächelte.

»Ich bin kein Prozessanwalt, Ms. Ryder. Ich werde Sie lediglich während der Polizeiverhöre beraten.« Er runzelte die Stirn. »Woher stammen denn diese Blutergüsse an Ihrem Hals?«

»Carl Seger hat mich gewürgt.«

Seine Miene wurde düster. »Benötigen Sie ärztliche Versorgung?«

Sie schüttelte den Kopf. »Ich möchte das hier einfach nur schnell hinter mich bringen und wieder nach Baton Rouge zurück.«

»Wohnen Sie dort?«

»Ja.«

Er notierte es sich. »Sind Sie verheiratet?«

Sie schluckte den Kloß in ihrem Hals herunter. »Nein.«

Er notierte sich weitere grundsätzliche Informationen auf und zog anschließend ein blaues Taschentuch hervor, mit dem er sich über die Stirn wischte. »Ms. Ryder, nachdem ich den Polizeibericht gelesen habe, muss ich Ihnen leider sagen, dass es nicht gut für Sie aussieht.«

»Aber ich habe Carl nicht ermordet.«

Er nickte wenig überzeugend. »Es handelt sich nicht um Mord, wenn Sie ihn in Notwehr getötet haben.«

Ein Klopfen an der Tür kündigte das Eintreten zweier Polizisten in Zivil an. Nachdem Mike seinen Namen genannt hatte, stellten sich die beiden als Detective Jaffey und Detective Warner vor.

Jaffey sah Angora vernichtend an. »Sind Sie für die Befragung bereit, Ms. Ryder?«

Angora schaute zu Mike, der jedoch stumm blieb, als wolle er ihr die Entscheidung überlassen. Schließlich nickte sie.

»Aber ohne Aufzeichnungsgerät«, bestimmte Mike. »Und ich werde Ms. Ryder unterbrechen, wenn ich der Meinung bin, dass sie sich mit den Antworten selber belasten könnte.«

Mit einem Achselzucken nahmen die Beamten dies zur Kenntnis. Jaffey stützte die Hände auf den Tisch und beugte sich vor. »Ms. Ryder, haben Sie Carl Seger ermordet?«

»Stop«, fuhr Mike dazwischen, wobei er die Hand auf Angoras Arm legte. »Neuer Versuch, Gentlemen.«

Jaffey seufzte und zog einen Stuhl heran. »Na schön. Ms. Ryder, woher kennen Sie Carl Seger?«

Mike zog die Hand zurück und bedeutete ihr mit einem Nicken, dass sie darauf antworten könne.

»Er war Theologieprofessor während meiner Studienzeit in Notre Dame.« Daraufhin fragte Jaffey nach dem Zeitraum, in dem sie studiert hatte, und sie antwortete ebenfalls.

»Haben Sie bei ihm studiert?«

»Ja, ich habe ein paar von seinen Seminaren besucht.«

»Hatten Sie jemals eine sexuelle Beziehung mit ihm?«

Angora rutschte auf dem unbequemen Plastikstuhl hin und her. »Nein, keine Beziehung.«

»Gab es sexuellen Kontakt zwischen Ihnen?«

Sie warf einen Blick zu Mike, der jedoch lediglich seine Brille hochschob. »Einmal«, sagte sie leise.

»Wie hat sich das zugetragen?«

»Er hat mich in sein Büro mitgenommen. Dort habe ich ... ihn oral stimuliert.«

»Mehr nicht?«

Sie schüttelte den vor Scham knallroten Kopf. »Danach hat er mich kaum noch beachtet.«

»Haben Sie sich dadurch minderwertig gefühlt? Waren Sie wütend?«

Angora biss sich auf die Zunge. »Niemand bekommt gern einen Korb, Officer.«

»Hat Dr. Seger öfter Studentinnen in sein Büro mitgenommen?«

»Das weiß ich nicht.«

»Warum haben Sie Dr. Seger nicht bei seinen Vorgesetzten angezeigt?«

Ihr Blick verharrte auf der hässlichen Fingerabdruckfarbe um ihre Nägel. »Ich weiß nicht.«

»Vielleicht deshalb, weil Sie in Dr. Seger verliebt waren und sich bereitwillig darauf eingelassen haben?«

Angora hob den Blick. »Ich war damals jung und naiv. Hinterher habe ich mich gedemütigt gefühlt, ja, deshalb habe ich nie jemandem davon erzählt.« Sie hatte einfach so getan, als wäre es nie geschehen.

»Hatten Sie nach Abschluss Ihres Studiums noch Kontakt zu Dr. Seger?«

»Nein.«

»Aber Sie haben ihn nie vergessen.«

»Ab und an habe ich in den Rundbriefen etwas über ihn gelesen.«

»Ihre Cousine hat uns erzählt, dass Sie vor kurzem vor dem Traualtar sitzen gelassen worden sind.«

Angoras Augen füllten sich mit Tränen. »Und?«

»Das kann bei einer Frau schon einen ziemlichen Hass heraufbeschwören. Jedenfalls genug, um es dem Erstbesten, der ihr über den Weg läuft, heimzuzahlen.«

Warum nur hatte Roxann von ihren Rachegelüsten erzählt? Sie fühlte sich verraten, und der stechende Schmerz in ihrer Brust wurde schlimmer. »Hat Roxann Ihnen erzählt, dass ich das gesagt habe?«

»Haben Sie das denn gesagt?«, hakte Jaffey nach.

»Geben Sie darauf keine Antwort«, warnte Mike sie. »Nächste Frage, bitte.«

»Wann sind Sie Dr. Seger wieder begegnet?«

»Gestern, als meine Cousine und ich in South Bend angekommen sind.«

»Und Sie haben bei der Junggesellenauktion gestern Abend ein Treffen mit ihm ersteigert?«

»Das wissen Sie ja wohl.«

Jaffey stieß einen Pfiff aus. »Zweitausend Dollar sind ein hübsches Sümmchen für ein bisschen Essen und Konversation. Haben Sie mehr erwartet?«

»Ich weiß nicht, was Sie meinen.«

»Vielleicht eine kleine Rache dafür, wie er damals mit Ihnen umgesprungen ist?«

»Ist das eine Frage?«, fuhr Mike dazwischen.

Jaffey runzelte die Stirn. »Was ist passiert, nachdem Sie und Dr. Seger die Auktion verlassen haben?«

»Zuerst haben wir im Utopia zu Abend gegessen, und danach waren wir tanzen im DeSoto's.«

Daraufhin hielt Warner die Hand hoch und überprüfte kurz die Notizen, die er mitgebracht hatte. »Im Utopia? Das ist doch dasselbe Restaurant, in dem Ihre Cousine und Dr. Oney gestern Abend waren.«

»Ich habe sie dort nicht gesehen. Wir saßen in einem Separee.«

»Ms. Beadleman hat ausgesagt, dass sie ihren Schal irgendwann im Laufe des Abends verloren hat. Sie haben ihn nicht zufällig im Restaurant gefunden, um ihn ihr später zu geben?«

»Nein, das war doch sowieso nur ein billiger Fummel.«

Jaffeys Augenbraue schoss nach oben. »Ein billiger Fummel – das muss ich mir notieren. Um wie viel Uhr haben Sie das Restaurant verlassen?«

»Gegen elf Uhr vielleicht? Ich bin mir nicht sicher.«

»Wann den Tanzschuppen – das DeSoto's?«

»Zur Sperrstunde – um ein Uhr morgens?«

»Und was ist dann passiert?«

»Wir sind zu ihm nach Hause.«

»Um miteinander zu schlafen?«

Angora wand sich. »Schätzungsweise ja.«

»Und, haben Sie?«

»Nein.«

»Warum nicht?«

»Wir ... wir wollten, aber dann hat Carl plötzlich angefangen, mich zu würgen.« Ihre Stimme versagte, und sie berührte die Haut an ihrem Hals. »Ich dachte, er will mich umbringen.«

»Deshalb haben Sie ihn umgebracht?«

»Antworten Sie nicht«, warnte Mike erneut.

Doch Angora ignorierte ihn. »Ich bin ohnmächtig geworden. Als ich wieder zu mir kam, war ich allein. Ich habe sofort das Haus verlassen und bin den ganzen Weg zu Dr. Oney gerannt.«

Warner gab ein Räuspern von sich. »Ms. Ryder, was denken Sie, warum hat Dr. Seger Sie gewürgt?«

»Ich ... habe etwas gesagt, was ihn wütend gemacht hat.«

»Und was?«

Wieder warf sie einen Blick zu Mike, der sie mit einem Nicken ermunterte. »Als ich hier studiert habe, ist ein Mädchen namens Tammy Paulen bei einem Unfall mit Fahrerflucht getötet worden.«

Keiner der Männer schien überrascht. »Reden Sie weiter«, forderte Warner sie auf.

»An jenem Abend war ich gerade auf der Rückfahrt zum Wohnheim, und mein Seitenfenster war offen. Ich habe einen Schrei gehört, und als ich um die Ecke gebogen bin, lag sie auf der Straße, und ein schwarzer Volvo raste davon.«

»Dr. Segers Wagen?«

»Ja.«

»Was haben Sie gemacht?«

»Ich wusste nicht, was ich tun sollte – ich stand unter Schock. Also bin ich zuerst weitergefahren, hab dann aber den Wagen am Fahrbahnrand abgestellt. Ich bin zu Fuß zu der Unfallstelle zurückgegangen. Mittlerweile hatte da bereits ein anderer Wagen angehalten. Zwei junge Männer haben sich über sie gebeugt. Da mir klar war, dass die beiden sich um sie kümmern, bin ich ins Wohnheim zurück.« Sie schluckte. »Ich konnte ja nicht ahnen, dass sie bereits tot war.«

»Warum haben Sie bei der Polizei nicht angegeben, was Sie gesehen haben?«

»Weil ... ich nicht gesehen habe, wie es passiert ist. Ich habe lediglich ihren Schrei gehört und den Wagen gesehen. Und je mehr ich darüber nachgedacht habe, umso mehr kam ich zu der Überzeugung, dass ich mich vielleicht getäuscht habe.«

»Sie haben also nicht zwei und zwei zusammengezählt?«

Offenbar hielten die sie für beschränkt. »Selbst wenn Dr. Seger sie angefahren hat, war es trotzdem ein Unfall. Tammy war ... tot, und ich habe keinen Grund gesehen, Dr. Segers Karriere zu zerstören.«

Die Beamten wechselten skeptische Blicke, dann wandte sich Jaffey mit einem schwachen Lächeln an sie. »Ms. Ryder, uns ist bekannt, dass Sie damals zu dem Unfall mit Fahrerflucht verhört worden sind. Nell Oney war die Tutorin von Tammy Paulen und hat uns detailliert Auskunft gegeben. So hat sie beispielsweise erwähnt, dass Tammy Paulen etwas über Sie gewusst hat, womit sie Sie erpresst hat.«

Das Herz rutschte ihr in den Magen – bislang war sie im Glauben gewesen, dass diese Ziege ihr Geheimnis mit ins Grab genommen hatte, aber vielleicht hatte sie ja Nell davon erzählt?

»Was hat das mit dem Mord an Dr. Seger zu tun?«, wollte Mike wissen.

Mit bösem Blick sah Jaffey sie an. »Ich denke, dass es Ms. Ryder höchst gelegen kommt, plötzlich zu behaupten, dass sie Dr. Segers Wagen damals von der Unfallstelle davonrasen sah, zumal Dr. Seger sich jetzt nicht mehr selbst verteidigen kann.« Er deutete mit dem Finger auf sie. »Vielleicht haben ja Sie Tammy Paulen damals angefahren und sehen jetzt Ihre Chance, es auf Dr. Seger abzuwälzen und gleichzeitig auf Notwehr zu plädieren, was den Mord an Seger betrifft.«

Angora schüttelte vehement den Kopf. »Nein, Sie liegen falsch. Außerdem ist mein Wagen damals untersucht worden.«

»Aber erst drei Tage nach dem Unfall. Er war frisch gewaschen.«

Sie gab keine Antwort.

Jaffey schlug mit der flachen Hand auf den Tisch. »Hat Tammy Paulen vielleicht gewusst, dass Sie vor Dr. Seger in die Knie gegangen sind? Hat sie Ihnen damit gedroht, es zu verraten?«

»N-nein. Tammy ist verunglückt, als ich noch im ersten Semester war, und die Sache mit Dr. Seger ist erst in meinem Abschlussjahr passiert.«

»Das behaupten Sie. Was war also dann Ihr großes Geheimnis?«

»Sie müssen nicht antworten«, schaltete sich Mike wieder ein. »Sie hat Ihnen bereits gesagt, was mit Dr. Seger passiert ist. An den Blutergüssen kann man doch sehen, dass der Kerl sie beinahe erwürgt hätte.«

Jaffey zuckte mit den Achseln. »Vielleicht steht sie ja darauf, wenn man ihr beim Sex die Luft abschnürt.«

Angoras Augen weiteten sich. Sie hatte über solche Dinge gelesen – war das vielleicht die Erklärung für Carls Verhalten?

»Ms. Ryder, haben Sie gewusst, dass Ihre Cousine in der vergangenen Nacht bei Dr. Segers Haus war?«

Angora runzelte die Stirn. »Was?«

»Sie ist zu seinem Haus gejoggt, um zu sehen, was da vor sich geht.« Er legte den Kopf schief. »Was hat sie Ihrer Vermutung nach wohl gesehen, als sie durch das Fenster gespäht hat?«

Angoras Magen krampfte sich zusammen. Roxann hatte ihnen nachspioniert? Hatte sie vielleicht zugesehen, als Carl zärtlich zu ihr war? Auch als er sie gewürgt hatte? Aber Roxann hatte heute Morgen auf der Veranda wirklich besorgt gewirkt. Vielleicht hatte sie aber bloß ihr schlechtes Gewissen überspielt? Wenn Eifersucht sie dazu getrieben hatte, ihnen zu folgen, vielleicht war sie ja durchgedreht, als sie sie zusammen gesehen hatte? Vielleicht hatte Roxann Carl mit ihrem Schal erdrosselt, während sie ohnmächtig auf seinem Bett lag. Und jetzt sollte sie für Roxann den Kopf hinhalten.

Plötzlich raubte ihr ein stechender Schmerz im Brustkorb den Atem. Sie krampfte die Hand in ihr Kleid und sackte auf ihrem Stuhl nach vorn.

»Ms. Ryder?« Mikes Stimmer war schriller. »Ms. Ryder, sind Sie okay?«

Sie hatte gerade einen Herzanfall. Sie würde sterben,

und jeder würde behaupten, sie sei eine Mörderin, und Dee würde ihren Leichnam einäschern lassen, um sich die Mühe zu sparen, das Grab pflegen zu müssen.

Der Schmerz wurde so intensiv, dass ihr Magen sich umdrehte. Hinter ihren Augen explodierten grelle Lichter. Jemand packte sie, aber es war Carl, und seine Hände lagen um ihren Hals, pressten das Leben aus ihr heraus. Panisch rang sie nach Luft, und ihre Hände suchten verzweifelt nach Halt. Oh Gott, was für ein verkorkstes Leben sie doch gehabt hatte. Niemand würde ihr auch nur eine Träne nachweinen.

22 **Sie** wird wieder gesund werden«, sagte Capistrano bereits zum zehnten Mal.

Roxann kippte den letzten Schluck Kaffee hinunter. Der Warteraum in der Notaufnahme war voll mit alten Leuten und Müttern, die ihre brüllenden Babys auf dem Arm schaukelten. Jaffey und Warner hatten sich vor zwei Stunden verzogen, allerdings nicht ohne vorher die Anweisung zu geben, dass Angora wieder aufs Revier kommen solle, sobald es ihr körperlicher Zustand erlaube. Währenddessen hatten sich Roxann und Capistrano auf eine dünn gepolsterte Sitzbank in einer Ecke zurückgezogen. »Das hoffe ich.«

»Hat es in Ihrer Familie schon einmal einen Herzinfarkt gegeben?«

»Nein.« Sie warf den Becher in einen überquellenden Abfalleimer neben ihrem Knie. »Nur Schizophrenie.«

Capistrano lachte, aber er wurde sofort wieder ernst, als er sah, dass sie es nicht komisch gemeint hatte. »Im Ernst?«

Roxann nickte. »Mein Dad hat mir vor kurzem erzählt, dass unsere Großtante in eine Anstalt eingeliefert worden ist, nachdem sie jemanden aus dem Fenster gestoßen hat.«

»Hat dieser Jemand den Sturz überlebt?«

»Nein.«

Er beugte sich vor und stützte die Ellbogen auf die Knie. »Und was war der Auslöser für diese Enthüllung?«

»Ich habe ihn gefragt.«

»Warum?«

»Weil Nell mir erzählt hat, dass Angora während unserer Studienzeit verdächtigt worden ist, einen Unfall mit Fahrerflucht begangen zu haben.«

»Wer war das Opfer?«

»Ein Mädchen namens Tammy Paulen. Sie war in derselben Studentinnenvereinigung wie Angora.«

»Und warum hat man sie verdächtigt?«

»Weil die beiden sich nicht ausstehen konnten. Anscheinend hat Tammy Angora mit irgendwas erpresst.«

»Wissen Sie, womit?«

Sie vermied seinen Blick. »Ja. Aber ich kann es Ihnen nicht sagen.«

»War es so wichtig für sie, dass sie Tammy deswegen hätte umbringen wollen?«

»Natürlich nicht.«

»Aber trotzdem halten Sie es für möglich?«

Roxann lehnte sich gegen die Wand. »Keine Ahnung. Wie soll ich es erklären – Angora hat schon immer ein wenig in einer Art Traumwelt gelebt. Sie hat gern Geschichten erfunden, um andere – und vielleicht auch sich selbst – davon zu überzeugen, dass sie ein aufregendes Leben führt.«

»Was für Geschichten?«

»Ach, wo sie schon überall gewesen war und wen sie schon alles kennen gelernt hatte. Das Komische daran war, dass Angora bei Nebensächlichkeiten gelogen hat, die überhaupt nicht relevant waren.«

»Für sie anscheinend schon.«

Roxann nickte. »Als Schönheitskönigin einer Kleinstadt hat Angora sich aufgeführt, als wäre sie die Königin von Saba. Aber in puncto Wahrheitsliebe war sie der unzuverlässigste Mensch, dem ich je begegnet bin.«

»Aber ist ihr zuzutrauen, dass sie ein Mädchen überfährt, nur weil es sie schikaniert?«

Roxann seufzte. »Möglich. Angora ist gut im Verdrängen – ich vermute, das ist ihre Methode, um mit etwas fertig zu werden. Sie haben ihre Mutter ja kennen gelernt, da können Sie sich sicher ausmalen, was für eine Kindheit sie hatte.«

Capistrano nickte.

»Wie auch immer, jedenfalls ist mir der Abend, als wir den Gedenkgottesdienst für Tammy besucht haben, noch gut in Erinnerung. Alle waren völlig traurig und fassungslos, aber Angora war regelrecht aufgelöst. Damals hatten wir zusammen ein Zimmer im Wohnheim, und ich habe mir über ihre seelische Verfassung ernsthafte Sorgen gemacht.«

»Hat sie jemals über den Unfall gesprochen?«

»Damals nicht. Ich wusste auch nichts davon, dass Tammy sie schikanierte. Aber an dem Abend, als wir im Haus meines Vaters übernachtet haben, hat sie ein paar merkwürdige Bemerkungen darüber fallen gelassen. Und am Tag darauf hat sie mir erzählt, dass Tammy gewusst hat, dass sie noch Jungfrau war, und Angora ihrem Bruder als Geburtstagsgeschenk vermachen wollte.«

Er verzog das Gesicht.

»Echt krank, was? Egal, dann hat Angora noch irgendwie gemurmelt, dass Tammy ›ihre gerechte Strafe‹ bekommen habe. Sie hat dabei diesen seltsamen abwesenden Gesichtsausdruck gehabt. Manchmal scheint sie sich regelrecht auszuschalten.«

»Das war es also, was Sie auf der Wache verschwiegen haben?«

»Wie haben Sie das bemerkt?«

»Mir war klar, dass etwas Sie bedrückt. In was für einer Beziehung stand Ihre Cousine zu Seger?«

Für einen kurzen Moment schloss sie die Augen – *stand,* also Vergangenheit. »Sie war in ihn verknallt, wie alle anderen auch, obwohl mir das nicht bewusst war. Nach ihrer geplatzten Hochzeit war sie ganz versessen darauf, endlich ihre Jungfräulichkeit zu verlieren. Ich vermute mal, dass sie sich Carl dafür ausgesucht hat.«

Capistrano zog eine Augenbraue hoch. »Sie ist noch Jungfrau?«

Roxann verspürte einen winzigen Stich von Eifersucht bei dem Unterton, der in seiner Stimme mitschwang. Dabei fiel ihr ein, wie er Angora angesehen hatte. »Ja.«

Er schürzte die Lippen. »Kommt dieses besondere ... Merkmal auch häufiger in Ihrer Familie vor?«

»Sie sind so was von daneben.«

Auf einer Seite zuckte sein Mundwinkel nach oben. »Aha, dann ist Miss eiserne Prinzipien also doch keine eiserne Jungfrau.«

»Gerade wenn ich anfange, Sie einigermaßen erträglich zu finden, machen Sie alles wieder zunichte, indem Sie diese blöden Sprüche von sich geben«, presste Roxann zwischen zusammengebissenen Zähnen heraus.

»Ich brauche eben meine Zeit, um mich an jemanden zu gewöhnen.«

»Sie meinen wohl entwöhnen?« Sie stand auf und stolzierte zur Anmeldung hinüber. »Können Sie mir bitte sagen, was mit Angora Ryder ist?«

Die mondgesichtige Sekretärin sah sie misstrauisch an. »Ist das die Dame, die von der Polizei hergebracht worden ist?«

»Ja, aber sie steht nicht unter Arrest.«

»Einen kleinen Moment.« Die Frau griff zum Telefonhörer und wählte behäbig, wobei sie jede einzelne Bewegung mit einem Seufzer unterstrich. Am liebsten hätte Roxann sie erwürgt, aber angesichts der Umstände verwarf sie diesen Gedanken lieber sofort wieder. Der arme Carl. Oh Gott, in was für ein Chaos sie da geraten waren. Und möglicherweise waren sie dafür auch noch selbst verantwortlich. Aber nach wie vor fiel ihr die Vorstellung schwer, dass Angora Carl ermordet haben könnte. Dennoch waren seine Fingerabdrücke auf Angoras Hals. Auch wenn es nicht seine Absicht gewesen war, ihr wehzutun, hätte er damit eine heftige Reaktion bei ihr auslösen können.

Wäre sie doch bloß in Biloxi geblieben, trotz des Einbruchs, sie hätte ja auch in einem Hotel untertauchen können. Aber nein, stattdessen musste sie sich von dieser Nachricht auf ihrem Computer so einschüchtern lassen. Wie lautete doch noch gleich das Sprichwort über Lügner – ihre Strafe war nicht, dass man ihnen nicht mehr glaubte, sondern dass sie selbst niemandem glauben konnten. Der Betrug, den sie und Angora sich vor Jahren geleistet hatten, hatte eine größere Auswirkung auf sie beide gehabt, als sie sich jemals hätten vorstellen können. Auf ihre Beziehungen zu anderen Menschen, denen sie eigentlich nahe stehen sollten, wozu sie aber nicht mehr in der Lage waren.

Roxann drehte den Kopf und sah zu Capistrano hinüber. Ein kleines Mädchen mit herunterhängenden Zöpfen kam herüber und gab ihm eine Puppe. Er lächelte und tat so, als würde er sich mit der Puppe unterhalten, bevor er sie ihr wieder zurückgab. Das Kind schenkte ihm ein schüchternes Lächeln und rannte wieder davon.

Das Lächeln in Capistranos Gesicht blieb, auch als er Roxanns Blick quer durch den Raum erwiderte. Eigentlich hatte sie erwartet, dass es ihm peinlich wäre, ihn in einem solch unachtsamen Moment zu ertappen, aber er hielt ihrem Blick stand. Mehr noch, sein Blick glitt ihren Körper entlang und musterte die Kleidung, die er ihr geliehen hatte, nachdem die Polizei ihre eigenen in einer Plastiktüte verschweißt hatte. Unter dem riesigen weißen Frackhemd und der schlabbernden Jogginghose kribbelte Roxanns Haut. Bestimmt lag das an dem ganzen Stress, der ungewohnten Nähe zu dem Detective und den zermürbenden letzten Stunden. Warum sonst sollte sie sich plötzlich von diesem Schrank von Detective körperlich angezogen fühlen, der ihr doch nur deshalb nicht von der Seite wich, weil er hoffte, dass sie vielleicht den Aufenthaltsort seiner Zeugin verraten würde? Jetzt war er mit der Musterung ihres Körpers fertig, und erneut trafen sich ihre Blicke, trotz der Leute, die ständig zwischen ihnen hin und her liefen.

Capistrano war der Typ Mann, der aus starkem Holz geschnitzt, aber dennoch attraktiv ist. Mit wem hatte Helen ihn verglichen – Steve McQueen? Er war so ziemlich das Gegenteil von den schlanken, feingliedrigen Männern, mit denen sie bislang Beziehungen gehabt hatte. Ohne den Blick von ihr abzuwenden, rutschte er mit seinem kräftigen Körper auf der Sitzbank nach vorn, ein unmissverständlich aufforderndes Zeichen. Unwillkürlich fuhr sie sich mit der Zunge über die Lippen.

»Ma'am?«

Roxann wandte sich der Sekretärin zu. »Ja?«

»Ms. Ryder wird gerade geröntgt, aber der Assistenzarzt meint, das würde noch etwas dauern, mindestens eine Stunde. Wenn Sie in der Zeit etwas essen wollen ...«

»Kann ich zu ihr?«

Die Frau runzelte die Stirn, überlegte es sich dann aber doch anders und zeigte ihr den Weg.

Roxann folgte ihr durch zahlreiche Gänge und Säle mit Vorhängen als Raumteilern. Mit geschlossenen Augen lag Angora im hintersten Bett, blass, die goldene Mähne fächerartig auf dem Kopfkissen ausgebreitet. Die Blutergüsse an ihrem Hals hatten mittlerweile eine zart violette Farbe angenommen. Zu Roxanns Überraschung saß Angoras Anwalt neben ihrem Bett.

»Ich wusste gar nicht, dass Sie noch hier sind, Mr. ... äh ...«

»Brown«, ergänzte er im Flüsterton und erhob sich. »Eigentlich ist meine Anwesenheit auch überflüssig, aber ich will, dass die Polizei sie vorerst in Ruhe lässt.«

Der Mann war klein und stämmig, mit ehrlichen hellbraunen Augen hinter dicken Brillengläsern. Ein schwacher Geruch von Dung ging von ihm aus. »Wie gehts ihr?«, fragte sie.

»Die vermuten, dass es ihre Gallenblase ist. Irgendwas, das mit einer Fressorgie nach einer Crashdiät zu tun hat.«

Nicht gerade gute Neuigkeiten, aber wenigstens kein Herzinfarkt. »Muss sie operiert werden?«

»Das wissen sie erst, wenn alle Untersuchungen abgeschlossen sind.«

»Als würde es dich interessieren«, sagte Angora aus heiterem Himmel.

Roxann fuhr herum, vollkommen perplex über die Gehässigkeit in Angoras Stimme. »Wie fühlst du dich?«

»Mies. Und ich will dich hier nicht sehen.«

Roxann zuckte zusammen. »Warum das denn nicht?«

»Ich werde mir mal kurz die Beine vertreten«, bot Mr. Brown an und zog sich zurück.

Angoras Lippen waren schmal. »Bist du jetzt glücklich, nachdem ich auf dem Sterbebett liege und dazu noch wegen Mordes angeklagt bin?«

»Erstens liegst du nicht auf dem Sterbebett, und zweitens: Wie kommst du darauf, dass mich die ganze Situation glücklich stimmen könnte?«

»Du hast beim Verhör Sachen ausgeplaudert.« Angora

setzte sich auf, und ihre geröteten Augen füllten sich mit Tränen. »Sachen, die ich dir anvertraut habe. Die Polizei glaubt, dass ich Carl wegen dir und deiner Eifersucht ermordet habe.«

Roxann sah sie fragend an. »Meiner Eifersucht?«

Angora beugte sich vor, die Augen weit aufgerissen und glasig. »Du konntest es nicht ertragen, dass Carl und ich zusammen Spaß hatten, deswegen hast du dich zu seinem Haus geschlichen, um uns nachzuspionieren.«

»Das stimmt so nicht.« Roxann verschränkte die Arme. »Mir sind ein paar schlechte Dinge über Carl zu Ohren gekommen, und ich habe mir um dich Sorgen gemacht. Aber als ich vor dem Haus stand, ist mir klar geworden, dass das ein Fehler war und dass du alt genug bist, um auf dich selbst aufzupassen.«

»Ganz richtig.« Angora warf sich wieder in das Kissen. »Hast du dich nicht schon genug in mein Leben eingemischt?«

Roxann war wie vor den Kopf geschlagen. »Eingemischt? Wenn ich deiner Erinnerung auf die Sprünge helfen darf, ich habe dich mehr als einmal aus ziemlich heiklen Situationen gerettet.«

Angoras Augen wurden schmal. »Und wenn ich dir auf die Sprünge helfen darf, ich habe dich immer anständig dafür belohnt.«

Roxanns Magen krampfte sich zusammen. »Angora, bitte nicht. Das sagst du nur, weil du wütend bist.«

Angora wälzte sich zornig auf dem Bett hin und her und verdrehte die Augen. »Dazu habe ich ja wohl auch allen Grund, oder? Meine eigene Cousine hängt mir einen Mord an. Mir war ja klar, dass mich keiner wirklich mag, aber ich dachte, dir könnte ich wenigstens vertrauen.«

Vorsichtig ließ sich Roxann auf das untere Ende des Bettes sinken, sodass sie auf gleicher Augenhöhe mit Angora war. Das war die beste Methode, um einen aufgebrachten Menschen zu beruhigen. »Angora«, sagte sie in sanftem Ton. »Niemand will dir Böses tun – im Gegenteil, wir wollen dir alle helfen. Wenn du Carl in Notwehr getötet hast, wirst du freigesprochen.«

Aber Angora wurde nur noch aufgebrachter. »Ich habs dir doch gesagt, genau wie der Polizei – ich war ohnmächtig!«

»Ich glaube dir ja«, versicherte ihr Roxann. Zumindest glaubte sie, dass Angora glaubte, ohnmächtig gewesen zu sein.

»Nein, tust du nicht«, widersprach Angora, wobei sie die Knie anzog und die Arme um ihre Beine schlang. »Ich glaube, du hast es getan und willst es mir anhängen. Schon seit unserer Kindheit hast du mir das Leben schwer gemacht – du hattest alles. Du warst hübscher und intelligenter.« Sie verzog das Gesicht und nahm eine typische »Dee-Haltung« ein. »Angora, warum kannst du dir nicht mehr von Roxann abschauen?«

Roxann schluckte einen Kloß im Hals herunter. »Das ist nicht fair von dir.«

»Fair? Erzähl du mir nichts von Fairness.« Sie lachte schrill. »Meine Mutter hätte mich liebend gern gegen dich eingetauscht. Sie wollte dich mehr als deine eigene Mutter.«

»Das ist nicht wahr.«

»Oh doch.« Angora streckte einen farbverschmierten Finger vor. »Der wahre Grund, weshalb dein Vater nach der Scheidung das Sorgerecht bekommen hat, war nicht, weil er dich von deiner Mutter fern halten wollte, sondern weil deine Mutter dich nicht haben wollte.«

Roxann glaubte, keine Luft mehr zu bekommen. »Wie kannst du nur so was Hässliches sagen?«

Aber Angora war nicht mehr zu bremsen. »Das ist die Wahrheit. Deine Mutter hat dich nicht gewollt. Das wusste jeder in der Familie, nur du nicht.«

Roxann stand auf und taumelte rückwärts. Sie schüttelte den Kopf, als wollte sie die lang verdrängten Bilder abwehren, die in ihrer Erinnerung aufblitzten. Die Verhandlung über das Sorgerecht, die ihr so willkürlich vorgekommen war, geplante Treffen mit ihrer Mutter, die ständig im letzten Moment geplatzt waren. Sie hatte immer geglaubt, dass ihr Vater diese Besuche vereitelt hatte, aber vielleicht hatte er ihr ja all die Jahre nur nicht die Wahrheit sagen mögen.

Roxanns Herz klopfte wie wild. Sie wirbelte auf dem Absatz herum und prallte in Capistrano, der, wie sein Gesichtsausdruck verriet, zumindest den letzten Teil der Unterhaltung mitbekommen hatte. Mit hochrotem Kopf stürmte sie an ihm vorbei. »Ich verschwinde.«

Doch er hielt sie am Arm fest. »Dr. Oney hat gerade angerufen. Frank Cape hat ihr einen Besuch abgestattet.«

Panik durchzuckte sie. »Geht es ihr gut?«

Capistrano nickte. »Ja, sie ist nur etwas aufgelöst. Sie möchte Sie sehen.«

Mit einem erleichterten Seufzer stieß Roxann den angehaltenen Atem aus. »Können Sie mich hinfahren?«

»Selbstverständlich.« Er winkte einen Sicherheitsbeamten in Uniform zu sich. »Ich habe sofort die Polizei benachrichtigt, dass sie eine Fahndung nach Cape einleiten soll, und ich habe mir gedacht, dass ich Ihrer Cousine vorsichtshalber einen Beamten vor die Tür stelle, sollte Cape auf die Idee kommen, hier aufzukreuzen.«

Er hatte tatsächlich an alles gedacht, und ja, es war ein angenehmes Gefühl, sich in seine Obhut zu begeben, statt sich selbst um alles kümmern zu müssen. »Vielen Dank.«

Capistrano nickte. Er strahlte dabei eine so gelassene Sicherheit aus, als übernähme er gern die Verantwortung. »Dann lassen Sie uns mal losfahren«, meinte er, mit unverhohlener Sympathie im Blick.

»Roxann«, erklang Angoras zerknirschte Stimme hinter ihnen. »Roxann, lass mich hier bitte nicht allein, während dieser Wahnsinnige draußen frei herumläuft. Es tut mir Leid, was ich da eben gesagt habe. Roxann?«

Aber Roxann hatte vorerst genug von Angoras Launen, und sie war es leid, ihr diese ständig nachzusehen. An der Tür drehte sie sich noch einmal um. »Ich hätte zwar nie gedacht, dass ich das mal sagen würde, Angora, aber du bist wirklich schon fast wie deine Mutter.«

Und Angoras bleich gewordenem Gesicht nach zu urteilen, hatte diese Bemerkung ihr Ziel nicht verfehlt.

23 **Roxann** ließ sich auf den Beifahrersitz von Capistranos Wagen fallen, wobei sie sich fragte, ob jetzt die ganze Welt verrückt geworden war. Und vor gerade einmal einer Woche hatte sie noch geglaubt, ihr Leben sei kompliziert. Ha.

Sie warf einen Blick auf ihre Armbanduhr – sechs Uhr abends, und der längste Tag in ihrem Leben schien noch lange kein Ende zu nehmen. Wäre sie jetzt in England, würde sie um diese Zeit vermutlich ins Bett gehen. Plötzlich fiel ihr etwas ein, und sie fluchte.

»War das für mich bestimmt?«

Sie seufzte. »Nein. Bei dem ganzen Hin und Her habe ich meine Verabredung mit Elise völlig vergessen.«

»Dann rufen Sie sie an. Die Polizei wird ohnehin ein paar Fragen an sie haben.«

»Ich weiß nicht, wo sie zurzeit wohnt, aber ich könnte ja bei den Motels hier in der Gegend nachfragen.« Vor ihrem geistigen Auge spulte sich ihre Begegnung mit Elise wieder ab. »Sie hat gestern übrigens etwas Interessantes gesagt, nachdem sie mich beinahe über den Haufen gerannt hätte.«

Capistrano grinste. »Dass Ihr Körper eine unwiderstehliche Anziehungskraft hat?«

»Sie halten sich wohl für sehr witzig, was? Sie hat gemeint, dass ihre ganzen Probleme auf eine Beziehung während ihrer Studienzeit zurückzuführen sind.«

»Glauben Sie, damit könnte Dr. Seger gemeint sein?«

»Das wäre natürlich ein ziemlicher Hammer.«

»Aber jetzt, wo Seger tot ist, könnte es nicht schaden, das der Polizei zu erzählen.« Erneut grinste er. »Trotzdem ist das längst nicht so interessant, als wenn sie gesagt hätte, dass Ihr Körper einen magisch anzieht.«

»Ach, seien Sie doch still.« Roxann seufzte. »Wann genau ist Cape bei Nell aufgekreuzt?«

»Gegen halb fünf, aber Dr. Oney hat eine Weile gebraucht, bis sie erfahren hat, dass wir im Krankenhaus sind.«

»Die arme Nell«, murmelte sie. »Zuerst der Tod von Carl, und dann das noch.«

»Vielleicht ist das alles ja gar kein Zufall. Vielleicht hat Cape sein Versprechen tatsächlich eingelöst, den Menschen, die Ihnen nahe stehen, etwas anzutun.«

»Aber woher weiß er, dass ich in South Bend bin?«

»Haben Sie eine Kreditkarte benutzt?«

»Ich besitze keine.«

»Ihr Handy vielleicht?«

»Nein, ich habe nur öffentliche Telefone benutzt. Außerdem, wie sollte Cape darauf kommen, dass mir Carl Seger nahe steht? Immerhin habe ich ihn jahrelang nicht mehr gesehen.«

Sein Achselzucken war eine Spur zu lässig. »Aber Sie haben ihn doch einmal geliebt?«

Geliebt – wieder ein Wort, dass sie von diesem Mann auf keinen Fall erwartet hätte. »Carl war der erste Mann, der mich ernst genommen hat, der erste, der mir das Gefühl gegeben hat, dass ich ihm wichtig bin.«

»Und der erste Mann, der Ihnen das Herz gebrochen hat?«

Roxann stieß ein verächtliches Lachen aus. »Wohl wahr,

ich war völlig am Ende, weil er sich nach dem Skandal von mir distanziert hat. Aber ich habe mir eingeredet, dass er mich aus einer Art edlen Zurückhaltung nie besucht hat.« Sie wedelte theatralisch mit der Hand. »Das hat dem Ganzen noch eine besondere Würze verliehen.«

»Und Ihre Gefühle für ihn sind in der ganzen Zeit nie weniger geworden?«

»Doch, schon. Aber die Ungewissheit ist geblieben. Das war damals eine ziemlich harte Erfahrung.«

»Anscheinend«, bemerkte er mit zweifelndem Unterton.

»Waren Sie noch nie richtig verliebt, Detective?«

Er rutschte unruhig auf seinem Sitz hin und her und drehte an dem Radio herum. »Unmöglich, einen anständigen Sender hier reinzukriegen.«

»Anscheinend nicht.« Mit einem amüsierten Grinsen lehnte sie den Kopf zurück. Seine plötzliche Nervosität ließ sie vermuten, dass sie ihn leicht in Verlegenheit gebracht hatte.

Capistrano räusperte sich. »Hören Sie, ich habe unbeabsichtigt mitbekommen, was Ihre Cousine vorhin gesagt hat. Nehmen Sie das nicht so ernst, das ist wahrscheinlich auf die Medikamente zurückzuführen.«

»Nein, das glaube ich nicht.« Sie stemmte sich hoch und starrte durch die Scheibe auf die Menschengruppen, die zur Homecoming Week angereist waren und von denen die meisten vermutlich nichts von dem gestrigen Mord wussten. Falls die Carl nicht gekannt hatten, mochte es ihnen vielleicht sogar gleichgültig sein. »Ein paar Jahre, bevor meine Mutter bei einem Autounfall ums Leben gekommen ist, hat sie mich und meinen Vater wegen eines anderen verlassen. Im tiefsten Innern habe ich das immer gewusst, aber ich habe es anderen gegenüber nie zugeben können. Der andere hat einen blauen Wagen gefahren.«

Er sah sie an, mitleidlos, mit klarem Blick. Dadurch fühlte sie sich ermuntert weiterzureden.

»Und irgendwie habe ich schon gespürt, dass meine Mutter mich nach der Scheidung nicht haben wollte, aber es war leichter zu glauben, dass mein Vater mich von ihr fern hält.«

»Hat er nie mit Ihnen darüber gesprochen?«

»Nein.«

»Wahrscheinlich aus Rücksicht.«

Sie nickte bedächtig. »Wahrscheinlich.« Jahrelang hatte ihr Vater stumm ihren Groll über sich ergehen lassen, obwohl er die ganze Zeit gewusst hatte, dass ihrer Mutter andere Dinge wichtiger gewesen waren. Wichtiger als ein Besuch. Sogar wichtiger als ein Anruf. Sie wischte sich eine Träne aus dem Augenwinkel und schniefte laut und deutlich. Wie sehr sie ihren Vater doch unterschätzt hatte. Und wie sehr sie doch Carl überschätzt hatte. Wen hatte sie noch alles falsch eingeschätzt? Von der Seite warf sie einen Blick auf Capistrano. In letzter Zeit hatte er den Namen Melissa Cape überhaupt nicht mehr erwähnt ... war es vielleicht möglich, dass er ihr aus reiner Selbstlosigkeit zur Seite stand?

Nie. Schließlich hatte er das selbst gesagt – noch nie war jemand auf die Idee gekommen, ihn als einen netten Kerl zu bezeichnen.

Capistrano bremste, um in Nells enge Auffahrt abzubiegen. »Wo steht Ihr Wagen?«

»Hinter dem Haus.«

»Tja, dann ist wohl klar, weshalb Cape Sie hier vermutet hat.«

Roxann runzelte die Stirn. »Warum haben Sie ihn eigentlich nicht schon in Little Rock aus dem Verkehr gezogen?«

»Nichts, was ich lieber getan hätte, aber er hat mir keinen Grund gegeben.«

»Immerhin hat er mich belästigt.«

Er brachte den Wagen zum Stehen. »Ach, haben Sie nicht gesagt, *ich* würde Sie belästigen?«

Sie schnallte den Gurt ab. »Tja, dann verpassen Sie ihm eben beim nächsten Mal einen Schuss ins Knie oder so.«

»Dafür würde ich bestimmt keine Kugel vergeuden«, entgegnete der Detective und schaltete die Zündung aus.

Ein Handwerker brachte gerade ein neues Sicherheitsschloss an der Tür an. Auf ihr Rufen reagierte Nell zuerst nicht. Als sie schließlich doch erschien, konnte ihr Lächeln nicht von ihren verweinten Augen ablenken.

»Es tut mir so furchtbar Leid«, sagte Roxann und drückte Nells Hände. »Es ist meine Schuld, dass Cape hier aufgetaucht ist – hat er Ihnen wehgetan?«

»Nein«, erwiderte Nell und bedeutete ihnen, im Wohnzimmer Platz zu nehmen. »Sie müssen mich entschuldigen, das war alles ein bisschen viel für mich. Zuerst der Tod von Carl, dann werden Sie und Angora verhört, und dann kreuzt auch noch dieser widerliche Kerl auf.«

»Wie ist er denn ins Haus gelangt?«, wollte Capistrano wissen.

»Keine Ahnung«, entgegnete sie. »Beide Türen waren abgeschlossen. Ich war gerade in der Küche, und da stand er plötzlich vor mir.«

»Was hat er gesagt?«

Nervös fuhr sich Nell mit der Zunge über die Lippen. Sie hob Chester vom Boden auf und setzte ihn sich auf den Schoß. Dann streichelte sie ihn fast unbewusst, was für sie vielleicht genauso beruhigend war wie für den schnurrenden Kater. »Er sagte, er sei auf der Suche nach Roxann, weil sie ihn zu seiner Frau und seiner Tochter führen könnte. Er meinte, dass ihm die Polizei keine Angst einjagen würde.«

Capistrano rutschte unruhig in seinem Sessel herum. »Hat er irgendwas angedeutet, was ihn Ihrer Meinung nach in Zusammenhang mit dem Mord an Dr. Seger bringen könnte?«

Nells Augen wurden größer. »Glauben Sie, dass er Carl umgebracht hat? Ich dachte Angora ...«

»Die Polizei ist sich nicht sicher«, unterbrach er sie. »Cape hat gedroht, sich Roxanns Bekanntenkreis vorzuknöpfen. Bitte versuchen Sie, sich genau zu erinnern.«

Angestrengt nachdenkend, zog sie die Brauen zusammen. »Er meinte lediglich, dass ich Roxann ausrichten soll, er würde auftauchen, wenn sie am wenigsten damit rechnen würde. Dann zog er ein Messer aus meinem Messerblock und stieß es in ein Schneidbrett.« Nell begann zu zittern. »Roxann, ich weiß, es widerspricht den Regeln von *Rescue,* aber vielleicht sollten Sie mit seiner Frau Kontakt aufnehmen, um herauszufinden, ob die Möglichkeit zu einer Versöhnung besteht. Oder ob sie wenigstens bereit ist, mit dem Mann zu reden.«

Roxann glaubte, nicht richtig gehört zu haben. »Nell, es hat diese arme Frau eine wahnsinnige Anstrengung gekostet, sich und ihre Tochter in Sicherheit zu bringen und ein neues Leben zu beginnen. Ich kann sie jetzt nicht einfach anrufen und sie überreden, sich wieder mit ihm in Verbindung zu setzen.« Sie sah Capistrano an. »Das haben Sie überhört.«

Er wich ihrem Blick aus.

Aber ihre Mentorin ließ nicht locker. »Es war niemals die Absicht von *Rescue,* das Leben der Helfer zu gefährden. Frank Cape ist gefährlich, und hier ist schon genug

Blut geflossen. Vielleicht kann ich ja mit ihr reden, und Sie bleiben außen vor?«

»Das ist gar keine so schlechte Idee«, bemerkte Capistrano.

Roxann starrte ihn fassungslos an. »Im Gegenteil, die Idee passt mir ganz und gar nicht.«

»Dr. Oney«, sagte Capistrano, »ist Ihnen bekannt, dass Cape ein Raubüberfall zur Last gelegt wird? Wenn Capes Exfrau sich bereit erklärt, als Zeugin gegen ihn auszusagen, können wir ihn festnehmen. Dann braucht niemand mehr Angst vor ihm zu haben.«

Nell warf Roxann einen Blick zu. »Ist das wahr?«

Roxann bohrte die Zunge in ihre Wange, ohne den Blick von Capistrano abzuwenden. »Ja, bis auf den letzten Satz, dass niemand mehr Angst vor ihm zu haben braucht. Sie wissen schließlich selbst, wie oft solche Schlägertypen aufgrund von Verfahrensfehlern schnell wieder auf freiem Fuß sind oder vorzeitig entlassen werden.«

Nell richtete den Blick wieder auf Capistrano. »Kann man sie denn nicht unter Polizeischutz stellen?«

»Sicher.«

»Wo hält sie sich momentan auf?«, wollte Nell von Roxann wissen.

Letztere sprang auf. »Das ist eine vertrauliche Information, Nell.«

»Und als Mitbegründerin dieses Programms bestimme ich, dass in diesem Fall das Wohl der Allgemeinheit absoluten Vorrang vor den Richtlinien hat.« Sie setzte Chester auf den Boden, der beleidigt davontrippelte. »Roxann«, appellierte Nell mit brüchiger Stimme. »Ich möchte vermeiden, dass Ihnen Schaden zugefügt wird.«

»Ich ... ich werde darüber nachdenken.«

Nell nickte zufrieden.

»Ist Cape von selbst wieder gegangen?«, fragte der Detective.

»Nachdem er mir gedroht hat, hatte ich zuerst Angst, er würde mir etwas antun. Aber dann klopfte es an der Vordertür, und er ist durch die Hintertür abgehauen.« Mit einem traurigen Lächeln wandte sie sich Roxann zu. »Es war der Kanzler von der Universität. Er hat mich um meine Unterstützung für die Organisation des Gedenkgottesdienstes für Carl gebeten.«

Wie bei Tammy Paulen. »Gibt es eigentlich Verwandte von ihm, die in der Nähe leben?« Sollte er jemals von seiner Familie gesprochen haben, wenn sie zusammen gewesen waren, konnte Roxann sich zumindest nicht mehr erinnern.

Nell schüttelte den Kopf. »Carl hatte keine lebenden Verwandten mehr. Mir gegenüber hat er mehrere Male erwähnt, dass sein Leichnam verbrannt und seine Asche über dem Campus verstreut werden soll. Ich habe dem Kanzler vorgeschlagen, dass es das Beste wäre, bis nächste Woche zu warten, wenn der Homecoming-Trubel vorüber ist. Vielleicht hat die Polizei bis dahin ja auch den Täter gefasst.« Wieder sah sie Roxann an. »Auch wenn sie Ihre Cousine ist, Roxann, aber ich will nicht, dass Angora ein zweites Mal ungeschoren als Mörderin davonkommt.«

Noch heute Morgen war Roxann bereit, ihre Cousine zu verteidigen. Mittlerweile fragte sie sich jedoch, ob Angora nicht doch womöglich an Schizophrenie litt. Vielleicht hatte die Rückkehr nach South Bend so unmittelbar nach ihrer geplatzten Hochzeit den Ausbruch der Krankheit bewirkt.

Capistrano erhob sich. »Dr. Oney, haben Sie eine Möglichkeit, die nächsten Tage sicher unterzukommen?«

Nell nickte bedächtig. »Ja, bei meiner Schwester in Indy. Ich kann mit dem Bus dorthin kommen.«

»Dann packen Sie am besten gleich ein paar Sachen zusammen, und wir bringen Sie zum Bahnhof«, bot er an. »Bleiben Sie bei Ihrer Schwester, bis ich Frank Cape gefunden habe.«

Nell erhob keine Einwände – sie schien vielmehr erleichtert darüber, das ganze Chaos hinter sich lassen zu können. »Was ist mit Roxann?«

»Ich nehme sie mit zu mir.«

Ungläubig kniff Roxann die Augen zusammen. Ach ja? »Ach ja?«

»Keine Sorge«, meinte er. »In meinem Hotelzimmer stehen zwei getrennte Betten. Aber so kann ich wenigstens ein Auge auf Sie haben.«

So, so, keine Sorge, hatte er gemeint.

24 **Roxann** legte den Hörer wieder auf. »Angora wird morgen Vormittag operiert.« Sie waren in Capistranos Hotelzimmer, jeder auf seiner eigenen »Insel«. Roxann auf dem einen Bett mit dem Telefon, Capistrano auf dem anderen, wo er über einer dicken Akte brütete. Er hatte bereits die von ihr aufgestellte Regel »Ganzkörper-Kleiderzwang« gebrochen, indem er sein Hemd ausgezogen hatte. Roxann hingegen trug nach wie vor ihre Jacke über dem von ihm geliehenen Hemd. Mit geschlossenem Reißverschluss.

Was das »Oben-ohne« betraf, so machte er durchaus eine gute Figur. Männer mit Brustbehaarung hatten bislang keinen großen Reiz auf sie ausgeübt – nicht dass das bei diesem hier anders gewesen wäre. Aber trotzdem war es ... sonderbar, die vielen dunklen Haare auf seiner Brust. Und diese Muskelpakete ...

»Roxann?«

Ruckartig fuhr ihr Kopf herum. »Ja?«

»Ich habe gefragt, wie lange sie im Krankenhaus bleiben muss?«

Sie errötete leicht. »Mindestens noch die Nacht nach der Operation. Aber ich habe ihren Anwalt überzeugen können, eine psychologische Betreuung in Erwägung zu ziehen, solange sie dort ist.«

»Der Kerl hat auf mich wie ein Anfänger gewirkt.«

Sie biss sich auf die Unterlippe. »Das dachte ich anfangs auch, aber der ist schon recht patent. Und außerdem bleibt er die ganze Zeit bei ihr im Krankenhaus.«

»Bei dem Stundenhonorar dürfte da gut was zusammenkommen.«

»Eher nicht, er hat den Fall quasi ehrenamtlich übernommen. Vermutlich um Erfahrung zu sammeln.«

»Und Cape ist noch nicht bei ihr aufgetaucht?«

»Nein. Woran arbeiten Sie gerade?«

Er kratzte sich am Kopf und lehnte ihn dann gegen das Kopfteil des Bettes. »Ich versuche nur, die einzelnen Informationen in dem Mordfall zusammenzufügen. Hin und wieder, wenn ich eine Akte nochmals genau durchgehe, stoße ich dabei auf eine neue Spur.«

Roxann schwang die Beine über den Bettrand, sodass sie ihm gegenübersaß. »Wissen Sie, Sie haben nicht einmal gefragt, ob ich es vielleicht doch getan habe.«

Er sah hoch. »Was?«

»Ob ich Carl umgebracht habe. Immerhin habe ich zugegeben, dass ich in jener Nacht zu seinem Haus gelaufen bin. Und er ist mit meinem Schal um den Hals aufgefunden worden ... aber Sie haben mich nie gefragt.«

Capistrano hob die breiten Schultern. »Unnötig. Sie sind ein ehrlicher Mensch. Hätten Sie es getan, hätten Sie auch gestanden, vor allem da Ihre Cousine die Hauptverdächtige ist.« Er wandte sich wieder seiner Mappe zu.

Diese psychoanalytische Einschätzung von ihr so aus dem Stegreif versetzte ihr einen Stich. Der unehrliche Pakt, den sie vor Jahren mit Angora geschlossen hatte, hatte an ihr genagt, ohne dass es ihr bewusst gewesen war. Sie hatte sich mehr und mehr von ihren Nächsten entfremdet und tunlichst persönliche Beziehungen vermieden. Sie hatte sie quasi auf Eis gelegt und ihre Termine, ihre Verpflichtungen, ihre Arbeit vorgeschoben, obwohl *Rescue* in Wahrheit ein willkommener emotionaler Zufluchtsort für sie gewesen war. Das Traurige daran war, dass sie nach wie vor nicht mit sich im Reinen war – sie würde alle maßlos enttäuschen. Nell. Ihren Vater. Capistrano. Und müsste sie sich dann nicht selbst mit der Lüge auseinander setzen?

»Vielleicht sind Sie ja voreingenommen«, begann sie.

Wieder sah er hoch. »Weil ich Sie anziehend finde?«

Verlegen rutschte sie hin und her und zog den Reißverschluss ihrer Jacke bis zum Kinn hoch. Daraufhin musste er lachen, ein lautes, dröhnendes Gelächter. Roxann runzelte die Stirn. »Wie können Sie überhaupt nur an Sex denken, wo mein Leben doch momentan ein einziger Albtraum ist?«

Er zuckte die Achseln. »Sie sehen eben sexy aus in meinen Klamotten. Außerdem könnte Sie das etwas ablenken.«

Sie zischte zurück: »Jemand, der mir einmal sehr wichtig war, ist vor kurzem ermordet worden. Dann werde ich verdächtigt, und meine Cousine, die ebenfalls verdächtigt wird, liegt im Krankenhaus. Und nicht zu vergessen diese kleine Nebensächlichkeit, dass ein Verrückter hinter mir her ist.«

»Wollen Sie damit sagen, dass Sie nicht in Stimmung sind?«

Als Antwort zeigte sie ihm den Mittelfinger.

»Na schön, na schön«, entgegnete er, scheinbar unbeeindruckt, und wandte sich wieder seinen Notizen zu. »Morgen liegt uns der Obduktionsbericht vor. Außerdem wird der Tatort nach Fingerabdrücken von Cape überprüft.«

Insgeheim staunte Roxann über Capistranos Fähigkeit, problemlos von einem Thema zum nächsten zu schwenken – als wäre keins davon für ihn von Belang. Sie holte tief Luft, um sich zu beruhigen. Er wäre vermutlich begeistert, wenn er wüsste, wie wütend er sie machte. »Kann ich eigentlich eine Unterlassungsklage gegen Cape erwirken?«

»Sicher. Das erledigen wir als Erstes morgen Früh. Dann haben wir wenigstens etwas gegen ihn in der Hand, sollte er sich Ihnen wieder nähern. Und vielleicht sind wir bis dahin schon in der Lage, ihn wegen Mordes festzunehmen.«

So sehr sie auch hoffte, Frank Cape sei der Mörder, so sehr verursachte ihr die Vorstellung, dass er Carl umgebracht hatte, Übelkeit. Wenn der Mann tatsächlich so gestört war, dann war sie ernsthaft froh, dass sie Melissa und ihrer Tochter dabei geholfen hatte, von ihm wegzukommen. Gleichzeitig beunruhigte es sie umso mehr, dass Nell vorgeschlagen hatte, mit dem Schläger zu reden.

Um nicht ständig auf Capistranos nackten Oberkörper starren zu müssen, richtete sie den Blick auf den stumm geschalteten Fernseher. Zu ihrer Überraschung wurde gerade ein Foto von Carl hinter dem Nachrichtensprecher eingeblendet. Sie angelte sich die Fernbedienung neben Capistranos Bein und stellte lauter.

»... Seger war Theologieprofessor an der Universität Notre Dame und trainierte die Uniauswahlmannschaft im Fußball. In den frühen Morgenstunden war der Zweiundfünfzigjährige in seinem Haus in einem Stadtteil von South Bend wenige Meilen vom Universitätsgelände tot aufgefunden worden. Zwar hält sich die Polizei mit Informationen zurück, aber aus sicherer Quelle haben wir erfahren, dass Seger, Junggeselle und Diakon der Universitätskirche, mit einem Damenschal erdrosselt wurde. Der geheimnisvolle Mord ereignete sich mitten im Trubel der Homecoming Week, wo unsere Stadt von Besuchern überfüllt ist. Obwohl die Polizei bereits Verdächtige verhört hat, darunter ehemalige Studenten von Dr. Seger, wurde noch keine Verhaftung durchgeführt. Die Universitätsleitung wird nächste Woche einen Gedenkgottesdienst für Dr. Seger halten.«

Roxann drehte den Ton wieder ab. »Ich kann es immer noch nicht glauben.«

»So ist das oft im Leben«, entgegnete Capistrano, wobei er sich gähnend streckte. »Wollen Sie zuerst unter die Dusche springen, oder soll ich?«

»Machen Sie ruhig. Ich muss zuerst noch ein paar Telefonate erledigen.«

Er stand auf und deutete auf seine Waffe, die in einem Halfter auf dem Fernsehschrank lag. »Wissen Sie, wie man mit dem alten Pete hier umgeht?«

Sie nickte. »Ich war ein paar Mal auf dem Schießstand.«

»Sie ist noch gesichert. Und gehen Sie nicht an die Tür.«

»Ja-ha.«

Er bewegte sich wie eine Raubkatze, langsam und bedächtig, vor allem aber selbstsicher. Lässig. Sexy. Männlich. Die glatte Haut auf seinem breiten Rücken war von einer zehn Zentimeter langen Narbe gezeichnet. Sie war zwar verheilt, aber noch rot, wahrscheinlich nicht einmal ein Jahr alt. Sie zögerte, ihn darauf anzusprechen. Sie hätte ihm gegenüber dann zugeben müssen, dass sie ihr aufgefallen war.

»Ein Steakmesser«, sagte er unvermittelt, den Rücken ihr zugewandt.

»Was?«

Er drehte sich um. »Die Narbe. Eine Frau hat mir ein Steakmesser in den Rücken gerammt, um mich daran zu hindern, ihren Freund zu verhaften, der ihr kurz zuvor den Kiefer gebrochen hat.« Capistrano lächelte ironisch. »Das kommt dabei heraus, wenn man einer Frau den Rücken zukehrt, hat mein Partner damals gemeint.«

»Sieht aus, als wäre es eine schlimme Wunde gewesen.«

»Schlimm genug. Seither weiß ich die Dinge zu schätzen, die wichtig sind.«

»Wie zum Beispiel?«

»Wie zum Beispiel Familie und Freunde und Pistazieneis.«

Auf ihrem Gesicht erschien ein zaghaftes Lächeln. »Sie Glückspilz. Die meisten Menschen verbringen ihr ganzes Leben damit, herauszufinden, was sie glücklich macht.« Sie sprach aus eigener Erfahrung.

»Ich bin darin auch kein Experte«, entgegnete er, wobei er die kräftigen Arme vor der Brust verschränkte, »aber ich habe den Eindruck, dass die Menschen ihr Leben unnötig kompliziert machen, indem sie zum Beispiel versuchen, jemand zu sein, der sie nicht sind, oder indem sie sich ihre Ziele viel zu hoch stecken.«

ICH HABE DEINE NUMMER, DU HEUCHLERIN. *Manche Dinge lassen sich eben nicht kitten, Roxann, egal, wie viel Kleber man dafür verwendet.*

Sie schluckte und deutete auf das Telefon. »Ich sollte mich jetzt wirklich um meine Telefonate kümmern.«

Daraufhin beugte er sich nach vorn, um seine Stiefel und Socken auszuziehen. Verstohlen, aber wie gebannt sah sie ihm dabei zu. Nackte Füße waren ja nun nicht unbedingt der erotischste Teil eines Körpers. Aber allein die Tatsache, dass sie sie sehen konnte, führte ihr die Intimität der Tatsache vor Augen, dass sie sich ein Zimmer teilten. Nachdem er kurz in einer Schublade gewühlt hatte, zog er hellblaue Boxer-Shorts, eine dunkelblaue Pyjamahose und ein weißes T-Shirt hervor. Dann machte er sich auf den Weg ins Bad, wo er an der Tür plötzlich stehen blieb und sich mit einem Grinsen umdrehte. »Sollten Sie es sich zufällig anders überlegt haben ...«

»Vergessen Sie's, Detective.«

Seufzend verschwand er hinter der Tür. Das Wasser wurde aufgedreht, dann stieg er unter die Brause, während sie versuchte, an etwas anderes zu denken. Ach ja ... die Telefonate.

Keine erfreuliche Aufgabe. Zuerst würde sie ihren Vater anrufen, der mittlerweile schon von dem Mord erfahren haben dürfte. Tatsächlich, und er war beunruhigt.

»Ja, Dad. Angora und ich, wir kennen – kannten – beide Dr. Seger. Und wir sind beide verhört worden, weil wir ihn gestern Abend bei einer Veranstaltung an der Uni gesehen haben.« Nun gut, das war nicht die ganze Wahrheit. »Aber es gibt noch keinen Haftbefehl.«

»Wann kommst du zurück?«, fragte er, wobei er mit einem Mal alt klang.

»Bald«, versprach Roxann. »Angora hat eine Gallenblasenentzündung und liegt im Krankenhaus. Morgen soll sie operiert werden, und wir bleiben, bis sie wieder auf den Beinen ist, wahrscheinlich noch ein paar Tage.«

»Weiß Dixie Bescheid?«

»Ich dachte, ich überlasse es Angora, ob sie ihre Mutter benachrichtigen will.«

»Mir gefällt es gar nicht, dass du ganz allein auf dich gestellt bist, während ein Mörder frei herumläuft.«

»Ich bin nicht allein.« Sie zögerte kurz. »Officer Capistrano ist ... in der Nähe.«

»Oh. Na dann, das beruhigt mich etwas.«

In diesem Moment ging die Tür vom Bad auf und Capistrano rief: »Roxann, würden Sie mir bitte meine Seife bringen?« Gleich darauf schloss sich die Tür wieder.

Sie legte die Hand auf die Sprechmuschel und schickte Flüche in Richtung Bad.

»Dann läuft also was zwischen euch beiden?«, wollte ihr Dad wissen.

»Nein, da läuft absolut nichts. Er ist halt da – ach, egal. Eins noch, Dad.« Sie holte tief Luft. »Angora hat da was von Mutter erwähnt ... dass sie das Sorgerecht nicht haben wollte nach der Scheidung.«

Nach ein paar Sekunden des Schweigens sagte er: »Dixie kann einfach die Klappe nicht halten.«

»Warum hast du mir das nie gesagt?«

Er stieß einen Seufzer aus. »In dir war ja schon alles zerbrochen wie diese kleine Teetasse, die du ständig mit dir herumgetragen hast. Ich habe es nicht übers Herz gebracht, dir zu sagen, dass deine Mutter so sehr mit ihrem neuen Freund beschäftigt war, dass sie keine Zeit mehr für dich hatte. Und nach ihrem Tod, tja ... wozu sollte es da noch gut sein?«

Sie blinzelte unter Tränen und lächelte gerührt in den Hörer. »Dad, wenn ich zurückkomme, können wir dann miteinander reden?«

»Aber sicher. Und zwar so lange, wie du willst.«

»Roxann?«, bellte Capistrano hinter der Wand.

»Ich ruf dich bald wieder an«, versprach sie, legte dann auf und stolzierte zu der geschlossenen Tür. »Wie können Sie es wagen, nach mir zu brüllen, wenn ich gerade mitten in einem Telefonat bin! Das war mein Vater.«

»Ihr Vater findet mich sympathisch.« Obwohl seine Stimme gedämpft klang, war sein amüsierter Unterton nicht zu überhören.

»Jetzt nicht mehr, nachdem er weiß, dass Sie in Hörweite unter der Dusche stehen.«

Daraufhin bewegte sich der Türknauf, und sie drehte sich gerade noch rechtzeitig mit dem Rücken zur Tür, bevor sie aufging. Um sie herum breitete sich der Wasserdampf aus, aber sie starrte unbeirrt weiter auf die gegenüberliegende Wand.

»Die Seife?«, meinte er. »Sie ist in meinem Waschbeutel. Entweder Sie holen sie, oder ich hole sie mir selbst.«

»Bin schon dabei«, gab sie rasch zurück und marschierte zu seinem Waschbeutel hinüber.

»In der Seitentasche, eine grüne Seife.«

»Hab sie.« Ein großes Seifenstück, das nach Kiefernnadeln roch. Rückwärts ging sie in Richtung Badtür und streckte die Seife nach hinten aus. »Hier.«

»Danke«, sagte er, nahm die Seife und schloss wieder die Tür.

Seufzend wischte Roxann sich die nasse Hand an ihrer – nein, *seiner* – Jogginghose ab, wobei sie sich vollkommen töricht vorkam. Schließlich war es unangebracht, mit Capistrano anzubändeln, zumal es viel wichtigere Dinge gab, auf die sie sich konzentrieren sollte.

Als Nächstes rief sie Nells Schwester an, nur um sich zu vergewissern, dass Dr. Oney gut angekommen war. Nell würde sich gerade ausruhen, wie ihre Schwester ihr versicherte. Genau wie Chester, die einzige Katze, die Nell unbedingt hatte mitnehmen wollen. Wenigstens war sie in Sicherheit, also eine weniger, um die sie sich Sorgen machen musste.

Roxanns Blick fiel auf Capistranos Akte, und sie sah verstohlen zur Badtür. Im Moment war nur das Summen seines elektrischen Rasierers zu hören. Das gab ihr die Gelegenheit, einen kurzen Blick in die Akte zu werfen. Er hatte eine große, aber ordentliche Handschrift – nicht gerade überraschend. Unter dem Deckblatt stieß sie auf den Polizeibericht von Carls Mord. Mit lauter Abkürzungen und schwer zu entziffern. *18. Okt., 5.05 Uhr. Leichn., w., m., auf Boden d. Bibl. im eig. Haus gefunden, offens. strangul. Bekl. m. Hemd, Hose, 1 Schuh. Damenschal grün um Hals. Einsetz. Leichenst.*

Wieder einmal musste sie einen Kloß herunterschlucken, während sie die Akte flüchtig durchblätterte, bis sie auf einen braunen Umschlag stieß, auf dem »Aufnahmen vom Tatort« stand. Ihr Herz schlug schneller, aber sie konnte nicht anders, als den Umschlag zu öffnen. Mindestens ein Dutzend Schwarzweißfotos glitt ihr in die Hände. Das erste war eine Weitwinkelaufnahme der Bibliothek mit Carls Leichnam. Er lag auf dem Boden neben einer Polstertruhe, die Glieder ausgestreckt, der Kopf merkwürdig verdreht, das Gesicht von der Kamera abgewandt. Unwillkürlich sog sie die Luft ein und legte die Hand über den Mund. Er sah aus wie eine lebensgroße Puppe, ein Requisit in einem Wochenendquiz »Wer findet den Mörder?«.

Ein anderes Foto zeigte seinen Leichnam von oben, wobei auf diesem deutlich der Schal zu erkennen war, der um seinen Hals gewickelt war. Eindeutig ihr Schal. Roxann schnappte erneut nach Luft.

Dann kamen diverse Nahaufnahmen von seinem Leichnam und seiner Kleidung – seine Hände, die Füße, sein Hemd, seine Pantoffeln – einer am Fuß, einer daneben.

Und dann sein Gesicht. Es hatte keinerlei Ähnlichkeit mehr mit dem gut aussehenden, selbstbewussten Mann, wie sie ihn in Erinnerung hatte. Stattdessen wirkte es wie eine Karikatur, an Wangen und Stirn stark aufgedunsen. Sein Kopf war nach links gedreht, die Augen leicht geöffnet. Weit genug, um bei genauem Hinsehen das strahlende Blau ausmachen zu können. Die Fotos glitten ihr aus der Hand und fielen auf den Teppichboden. Ihr entfuhr ein lautes Schluchzen.

»Hey, hey«, sagte Capistrano tadelnd, wobei er sie von hinten in die Arme schloss. »Sie hätten sie nicht anschauen sollen.«

Daraufhin drehte sie sich um und drückte sich an seine

Brust, die einen sauberen, immergrünen Duft verströmte. Seine Haut war noch feucht, und er trug lediglich die Pyjamahose. In seinen Armen fühlte sie sich so zerbrechlich, aber geborgen. Himmel, ein schönes Gefühl, geborgen zu sein. Ihr weiblicher Instinkt begann sich zu regen, und sie schlang die Arme um seinen Hals.

Sein Kuss nahm ihr sämtliche Ängste und spendete ihr stattdessen Geborgenheit und Ruhe. Als sie aufstöhnte, zog er sie hoch und eng an sich, um den Kuss zu intensivieren. Dennoch ließ er ihr die Initiative, ließ sie entscheiden, wann und ob aus diesem Kuss ein Zungenkuss werden würde. Ein paar Herzschläge später hob sie das Bein und legte es um seine Kniekehle – eine unmissverständliche Aufforderung, wie sie meinte.

Seine Hände wanderten über ihren Rücken hinab in die Jogginghose, um sie noch enger an sich zu pressen. Als er den String darunter ertastete, entfuhr ihm ein Stöhnen. Sein ganzer Körper bebte, Roxann musste lachen. Grinsend hob er sie hoch und setzte sie auf die Bettkante. Unter dem dünnen Pyjamastoff war seine Erregung deutlich zu spüren.

Dann kniete er sich vor sie, umfasste ihr Gesicht mit beiden Händen und küsste sie erneut, dieses Mal intensiver, mit forschender Zunge, die mehr erwarten ließ. Ihre Halsmuskeln entspannten sich, und in ihren Körper geriet Bewegung. Sie massierte seine Schultern und seinen Rücken, genoss seine Männlichkeit, seinen robusten Körper.

»Lass mich dich ansehen«, murmelte er, während er sich anschickte, ihr die alberne Jacke auszuziehen. Ihr Schweigen war als stille Zustimmung gemeint. Als er den Reißverschluss aufzog, jagten süße Schauer über ihren Rücken. Es wäre gut für sie beide, den anderen aus der Reserve zu locken, schoss ihr durch den Kopf. Gut, um es hinter sich zu bringen, damit sie getrennte Wege gehen konnten, wenn dieses Chaos endlich vorbei war.

Ihre Jacke landete auf dem Boden, gefolgt von seinem Hemd, das sie getragen hatte. Capistrano löste keine Sekunde den Blick von ihr und kostete ihren Anblick mit einem zufriedenen Lächeln aus. Er küsste sie auf den Hals, auf das Schlüsselbein, bevor er die Träger ihres weißen BH von ihren Schultern streifte, um ihre Brüste mit Küssen zu bedecken. Er zügelte seine Kraft, auch wenn sein kehliges Flüstern und Stöhnen, das mit seinem warmen Atem über ihre Haut streifte, animalisch auf sie wirkte. Sie hatte stets angenommen, dass Männer mit einem stattlichen Körperbau ihre Kraft bewusst einsetzten, um die Frauen einzuschüchtern – immerhin hatte sie durch *Rescue* mit lauter solchen Machos zu tun gehabt. Capistranos forscher Mund brachte sie stärker in Wallung, als sie es je bei sich für möglich gehalten hätte.

Er weiß ganz genau, was er da tut, schoss ihr durch den Kopf, als sie nach Luft schnappte. Aber sie auch? Er war so anders als die Männer, mit denen sie bisher geschlafen hatte. Vielleicht hätte sie vorher ihre Kenntnisse aus dem Sexratgeber für Frauen auffrischen sollen.

Aber alles lief gut, bis es aus heiterem Himmel an die Tür klopfte.

Capistrano unterbrach seine Zärtlichkeiten – zu ihrem großen Bedauern – und ging zur Tür, nicht ohne sich auf dem Weg dorthin seine Pistole zu schnappen. Ein Mann mit nichts als einer Waffe am Leib hatte etwas so ... Fesselndes. Sie rappelte sich auf, um sich zuzudecken.

»Wer ist da?«, sagte Capistrano und richtete die Waffe nach oben.

»Officer Jaffey und Officer Warner, Detective. Bitte machen Sie auf.«

Lautlos stieß Capistrano einen Fluch aus, ließ die Waffe sinken und hob seine Pyjamahose vom Boden auf. Er wartete, bis sich Roxann etwas übergestreift hatte, und öffnete dann die Tür.

Die beiden Detectives stürmten an Capistrano vorbei ins Zimmer. »Roxann Beadleman, Sie sind verhaftet wegen Mordes an Carl Seger.«

25 **Das** Atmen bereitete ihr Schmerzen. Angora drückte mehrmals nacheinander auf den Schwesternknopf, obwohl sie wusste, dass keine von ihnen kommen würde. Die hassten sie nämlich mittlerweile alle. »Schwester!«, brüllte sie, aber es kam nur als heiseres Krächzen aus ihrer Kehle. »Schwester!«

Kurz darauf ging die Tür zu ihrem Privatzimmer auf, und Mike Brown spähte um die Ecke. Angora verdrehte die Augen – der Kerl war zweifelsohne der aufdringlichste Milchbart, dem sie je begegnet war. Auch wenn sie dankbar für seinen Beistand war, hatte die Sache mit der Landwirtschaft inzwischen einiges an Glanz verloren. Mittlerweile wusste sie mehr über die Zucht und den Anbau von Sojabohnenkeimlingen, als sie je hatte wissen wollen. Und über Traktoren. Und über Ackerböden. Und über die Ernte. Und über das Pflügen.

»Ich habe Ihnen Zeitschriften mitgebracht«, sagte er und hielt eine prall gefüllte Plastiktüte empor.

Sie antwortete mit einem widerwilligen Lächeln – schließlich hatte sie ihn darum gebeten. »Danke.«

Er schloss die Tür hinter sich. Wie immer trug er einen Overall. Allerdings keinen von Tommy Hilfiger. »*Der fortschrittliche Landwirt*«, verkündete er, während er die Tüte neben sie auf das Bett plumpsen ließ. »Ich habe sämtliche Ausgaben von einem ganzen Jahr aufgehoben.«

»Äh, danke.«

»Kann ich Ihnen sonst noch was Gutes tun? Ich kann nämlich nicht lange bleiben, weil ich gleich noch die Kühe melken muss.« Mit seinem Babyspeck wirkte er jung und weich. »Aber morgen komme ich wieder.«

Sie klimperte mit den Wimpern. »Könnten Sie einer der Schwestern von mir ausrichten, sie soll ein schmerzstillendes Mittel in meine Infusion geben, damit ich heute Nacht überhaupt schlafen kann?«

Wenn er lächelte, hatte er Grübchen. »Ich werde sehen, was ich tun kann.« Daraufhin verließ er das Zimmer schwerfälligen Schrittes in seinen Arbeitsstiefeln.

Angora lehnte den Kopf nach hinten und starrte an die Deckenfliesen, wobei sie sich fragte, was Trenton wohl gerade trieb und ob er von ihrer schlimmen Krankheit gehört hatte. Hätte sie vorher gewusst, wie viel Aufmerksamkeit man als Krankenhauspatient erfährt, hätte sie das früher schon ausgenutzt. Schließlich war eine Gallenblase nicht gerade ein allzu hoher Preis, wenn man damit sogar Dee einen Schock versetzen konnte. In der Tat hatte Dee am Telefon beinahe mütterlich geklungen, als sie angerufen hatte, um ihr die furchtbare Neuigkeit mitzuteilen, dass sie sich einer Operation unterziehen müsse. Auch war die Infektion, die sie sich zusätzlich eingefangen hatte, von Vorteil. »Komplikationen« stand auf ihrem Krankenblatt. Zumindest hielt ihr das die Polizei vom Leib und bescherte ihr einige Blumensträuße und Genesungswünsche – von ihren Eltern, von ihrem ehemaligen Chef im Kunstmuseum, von Mike Brown und von Roxann.

Roxann. Sie stieß einen Seufzer aus. Die ganze Sache mit Carls Tod war in ein riesengroßes Chaos ausgeartet. Wenigstens verblassten die Blutergüsse allmählich. Am liebsten hätte sie so getan, als wäre es nie passiert, während

Mike sich redlich mühte, sämtliche Hebel in Bewegung zu setzen. So hatte er sie von einer Psychologin von der Universität untersuchen lassen und schien zufrieden mit deren Fazit, wie immer dies auch ausgefallen sein mochte. Ihr hingegen fiel es schwer, zu einer Frau Vertrauen zu fassen, die sich nicht einmal die Beine rasierte.

Aber um wieder auf Carl zurückzukommen – inzwischen war sie zu der Ansicht gelangt, dass dieser Perverse seine gerechte Strafe erhalten hatte. So würde vielleicht einigen Studentinnen eine solche Demütigung und der Liebeskummer erspart bleiben, wie sie sie hatte erfahren müssen. Das Universum befand sich wieder im Gleichgewicht, zumindest was sie betraf.

Dann hörte sie Schritte näher kommen. Sie hatte gerade noch genug Zeit, um ihre Mähne über dem Kissen auszubreiten. Doch es war lediglich Mike, der sich lächelnd die Stirn abwischte, die permanent feucht glänzte. »Die dürfen Ihnen erst in zwei Stunden wieder ein Schmerzmittel verabreichen, Angora.«

»Das ist inakzeptabel«, stieß sie krächzend hervor und griff sich theatralisch an den Magen.

Daraufhin verschwand er wieder und kehrte nach wenigen Minuten zurück. »In einer Stunde. Ich habe der Schwester das Versprechen abgerungen, dass sie Ihnen in einer Stunde etwas gibt.«

Sie schenkte ihm ein freundliches Lächeln. »Vielen Dank.«

Seine Augen leuchteten. »Gern geschehen.«

»Steht der Wachmann noch vor meiner Tür?«

»Ja, aber er sagte, dass er bis jetzt niemanden gesehen habe, auf den die Beschreibung von diesem Cape zutrifft.«

In diesem Moment brach in der Diele ein Tumult los. Angora machte sich in ihrem Bett ganz klein, während

Mike sich mit einer Vase voller Rosen bewaffnete und neben der Tür in Angriffsstellung ging.

»Nicht die, nehmen Sie die mit den Nelken«, zischte sie.

Er tauschte die Vasen aus und ging wieder in Position, um den Eindringling abzufangen. Als der Türknauf sich drehte, wich er ein wenig zurück und hätte fast Dee auf höchst unschöne Art willkommen geheißen.

»Mutter!«, krächzte Angora, ehrlich überrascht. Dann streckte sie schwach die Arme aus, allerdings ohne den Kopf zu heben. Erstens wirkte das Mitleid erregender, und außerdem wollte sie ihre Haare nicht durcheinander bringen.

Einen Moment lang starrte Dee Mike an, bevor sie hereinrauschte. »Darling, dein Vater und ich sind so schnell wie möglich nach unserem Tennisturnier hergefahren.«

Angora rang sich ein schwaches Lächeln ab. »Ihr hättet doch nicht die ganze Strecke auf euch nehmen müssen, nur um mich zu besuchen.«

»Und warum nicht?«, platzte ihr Vater heraus und warf Dee einen strengen Blick zu. »Im Grunde hätten wir schon viel früher hier sein können.«

»Warum steht eigentlich ein Wachmann vor deiner Tür?«, wollte Dee wissen.

»Ach, das ist eine lange Geschichte.«

Ihre Mutter schürzte die dick bemalten Lippen. »Dann fasse dich kurz.«

Fieberhaft überlegte sie. »Nun ja ... da draußen läuft ein Mörder frei herum.«

»Der Mörder von diesem Professor, von dem du mir am Telefon erzählt hast?«

»Genau. Ich, äh, ich habe bei einer wohltätigen Junggesellenauktion einen Abend mit ihm ersteigert.«

Dee blickte sie missbilligend an.

»Deshalb war ich ... die Letzte, die ihn lebend gesehen hat – abgesehen von demjenigen, der ihn umgebracht hat, natürlich.« Jetzt war es raus.

Dee riss die Augen auf. »Dann bist du also in Gefahr?«

Sie seufzte theatralisch. »Zumindest denkt das die Polizei.«

»Herzchen«, sagte ihr Vater und beugte sich weit zu ihr herab. »Wir hatten ja keine Ahnung.«

»Ich wollte euch nicht beunruhigen.«

Dees Augen verengten sich. »Bestimmt hat deine Cousine etwas damit zu tun, oder irre ich mich?«

Angora reckte das Kinn vor. »Die Welt dreht sich nicht einzig und allein um Roxann, Mutter. Übrigens, es geht mir gut, danke der Nachfrage.« Sie täuschte einen kleinen Hustenanfall vor, der allerdings tatsächlich wehtat, und ließ den Kopf zur Seite sinken. »Bei mir sind nämlich Komplikationen aufgetreten, wisst ihr.«

»Wann können wir dich mit nach Hause nehmen?«, fragte ihr Vater.

»Die Ärzte haben mir noch nicht gesagt, wann ich entlassen werde – diese Komplikationen sind nämlich eine ... komplizierte Angelegenheit.«

»Wirst du eine hässliche Narbe behalten?«, wollte Dee wissen.

Natürlich, die Frage konnte nur von Dee kommen. »Ich weiß es nicht.«

Dee seufzte. »Was solls, mit diesen Hüften kannst du ohnehin keinen Bikini mehr tragen.« Sie ließ ihre Donna-Karan-Tasche auf das Bett fallen.

Ihr Vater verkündete, dass er den Leihwagen umsetzen müsse, weil Dee darauf bestanden hatte, dass er auf einen Behindertenparkplatz fährt, damit sie nicht so weit gehen müsse. Nachdem er weg war, wurde Angora bewusst, dass er sich immer dann verzog, wenn etwas in der Luft lag. Innerlich wappnete sie sich gegen die Bombe, die Dee wahrscheinlich gleich platzen lassen würde.

»Überraschung – ich habe deine Hochzeitsbilder mitgebracht!«

Ungläubig kniff sie die Augen zusammen. »Mom, ich habe nicht geheiratet, erinnerst du dich?«

»Nun ja, aber fast, Liebes. Ich habe den Fotografen beauftragt, die Bilder zu entwickeln, die vor der ... mh ... Vermählung aufgenommen worden sind. Hier sind die Abzüge, auf denen deine Augen offen sind.« Sie reichte sie ihr. »Auf den meisten machst du zwar ein etwas komisches Gesicht, aber dafür sehen deine Brautjungfern einfach bezaubernd aus.«

Ihre Mutter hatte Recht – was sie betraf und was die Brautjungfern betraf. Statt am schönsten Tag im Leben vor Glückseligkeit zu strahlen, sah sie verkniffen drein, als hätte sie einen spitzen Stein im Schuh gehabt. Dafür strahlten die Brautjungfern mit dem gelungensten falschen Ich-freue-mich-ja-so-für-sie-Lächeln. Auf den Bildern, auf denen sie allein zu sehen war, wirkte sie beinahe gleichgültig. Dann kam eine großformatige Aufnahme des Springbrunnens mit einer Braut im Vordergrund. Und eine weitere von der Kirche, als die Braut gerade eintrat.

»Hier ist das Foto von uns beiden«, meinte Dee und wischte sich eine imaginäre Träne weg. »Darauf sehe ich richtig traurig aus.«

Auf dem Bild sah Dee wie immer aus. Ob traurig, glücklich, erstaunt – wer konnte das schon sagen? Dee hatte sich nämlich von einem Schönheitschirurgen nahezu sämtliche Gesichtsmuskeln durchtrennen lassen, wenn auch diejenigen, die einen wütenden Gesichtsausdruck verursachen können, sich irgendwie gerettet hatten.

»Und dieses hier von mir und deinem Vater ist einfach großartig. Ich habe es bereits in Großformat bestellt.«

Das Foto war tatsächlich gelungen – ihre Mutter sah darauf schlank aus und zugleich froh, wahrscheinlich darüber, sie bald los zu sein.

»Ich lasse dir übrigens ein Album anfertigen – mit sämtlichen Aufnahmen darin«, sagte Dee.

»Aber ich will gar keins«, flüsterte Angora.

»Ach übrigens, noch eine gute Nachricht – fast jeder, mit dem ich gesprochen habe, hat gesagt, dass du die Hochzeitsgeschenke behalten kannst, dass sie dir zustehen.«

»Mutter, hast du mir nicht zugehört?«

»Bis auf Lilly Barkin, aber auf ihr Pyrex-Service kannst du getrost verzichten. Du kannst ja ohnehin nicht kochen.«

»Mutter, ich will weder irgendwelche Fotos noch irgendwelche Geschenke.« Na gut, eventuell das silberne Teeservice, aber auf den Rest legte sie keinen Wert.

»Stell dich nicht so an, Angora.«

»Ich will einfach nur diesen Tag aus meinem Gedächtnis streichen.«

»Tja, das geht aber nicht, junge Dame, schließlich ist es passiert, und ich durfte hinterher die Wogen glätten.« Dee fächelte sich Luft zu. »Du könntest ruhig etwas Rücksicht auf mich nehmen – immerhin bin ich vor den Augen der ganzen erlesenen Gesellschaft blamiert worden.«

»*Du* bist blamiert worden?«

»Ganz genau. Die Kirche ist nicht aus allen Nähten geplatzt, weil man die Hochzeit von Angora Ryder sehen wollte, Fräulein, sondern weil man die Hochzeit von Dee Ryders Tochter sehen wollte.« Ihre Lippen wurden schmal. »Und selbst das hast du nicht hingekriegt. Meine Güte, Angora, du bist eine totale Versagerin.«

»Ich halte es für besser, wenn Sie jetzt gehen.«

Sowohl Angora als auch Dee fuhren kurz zusammen. Sie hatten beide vergessen, dass Mike Brown nach wie vor im Zimmer war. Irgendwie war er mit der grauen Wand verschmolzen.

Dees Braue schnellte hoch. »Wie bitte?«

»Sie regen sie nur auf. Ich finde, Sie sollten jetzt gehen.«

Angora blinzelte ungläubig – bislang hatte es noch niemand gewagt, ihrer Mutter Anweisungen zu geben.

»Wer sind Sie überhaupt?«, fragte Dee in einem Ton, in dem sie sonst nur mit dem Gärtner sprach.

»Der Anwalt von Ms. Ryder.«

Dee schnaubte verächtlich. »Und wozu sollte meine Tochter einen Anwalt brauchen?«

»Das habe ich dir doch bereits gesagt«, fuhr Angora rasch dazwischen. »Ich war die Letzte, die Dr. Seger lebend gesehen hat.« Sie warf Mike einen warnenden Blick zu – wenn ihre Eltern erfahren würden, dass sie des Mordes verdächtigt wurde ... nicht auszudenken, was dann passieren würde. »Mr. Brown hilft mir bei den Formalitäten mit der Polizei.«

Dee musterte ihn von oben bis unten. »Auf mich macht er eher den Eindruck, als käme er direkt aus dem Stall.« Sie schüttelte den Kopf. »Nein, der ist nichts für dich. Ich werde Bennett anrufen, dass er morgen hierher fliegt, um alles in die Hand zu nehmen. Sie können gehen«, sagte sie zu ihm mit einer wedelnden Handbewegung.

»Mrs. Ryder, das ist allein die Entscheidung Ihrer Tochter.« Dabei hakte er die Daumen unter seine Hosenträger und starrte Dee herausfordernd an.

Dee hielt seinem Blick einige Sekunden stand, dann wurde sie unsicher. »Angora?«, piepste sie Hilfe suchend.

Angora machte einfach nur große Augen. Jeder Mann,

der ihrer Mutter Paroli bieten konnte, war jemand, den sie dringend an ihrer Seite gebrauchen konnte. »Ich entscheide mich für Mr. Brown«, sagte sie leise mit neu gewonnenem Respekt.

»Das heißt, Sie können gehen, Mrs. Ryder«, triumphierte Mike. »Angora braucht Ruhe. Es sind nämlich Komplikationen aufgetreten, wissen Sie.«

Angora hustete erneut, um seine Worte zu bestätigen. Und sie wurde tatsächlich allmählich müde.

Mit einem Mal flog die Tür auf, und die beiden Beamten, die sie verhört hatten, stürmten herein. Der Widerling, Jaffey, blickte sie hämisch an. »Angora Ryder, Sie sind verhaftet wegen des Mordes an Tammy Paulen und Dr. Carl Seger. Sie haben das Recht zu schweigen ...«

Ihre Mutter fing an zu schwanken und fiel gleich darauf mit dem Gesicht nach vorn auf den Boden. Die Polizisten ließen sich davon allerdings nicht beirren. Jaffey sagte mit lauter Stimme seinen Spruch zu Ende, während sie zu dritt Dee in einen Sessel hievten. Kurz darauf kam sie wieder zu sich und begann hysterisch zu kreischen. Sie schrie irgendetwas von der Junior League und davon, ausgebootet zu werden.

»Haben Sie alles verstanden?«, brüllte Jaffey über das Gezeter hinweg.

Angora nickte und stieß einen Seufzer aus. Nur Dee war dazu fähig, die allgemeine Aufmerksamkeit auf sich zu lenken, während ihre Tochter gerade mit Handschellen an ein Krankenhausbett fixiert wurde.

26

Nach dieser einen Nacht in Untersuchungshaft war so ziemlich das Letzte, was Roxann gebrauchen konnte, eine Meute wild gewordener Reporter, die sich auf dem Flur vor dem Büro des Bezirksstaatsanwalts drängelten. Aber das wirklich Allerletzte, was sie sich wünschte, war die Begegnung mit ihrer Tante Dee vor den Augen besagter Reportermeute. Ihre Tante kam gerade aus der Toilette, als sie Roxann erblickte, und ihr Gesicht verfinsterte sich zu einer einzigen lebenden Gewitterwolke.

»Das ist alles deine Schuld!« Jackson hielt seine Frau an der Schulter zurück, während Sicherheitsbeamte einen Kreis um sie bildeten. »Hättest du dich nicht eingemischt, hätte Angora jetzt nicht diesen Schlamassel am Hals.«

Roxann verkniff es sich, Dee darauf hinzuweisen, dass sie in demselben Schlamassel steckte und ihre Tochter daran nicht ganz unschuldig war.

»Du hast ihr das eingeredet, das weiß ich! Angora ist nämlich ein anständiges Mädchen – niemals würde sie mir und ihrem Vater Schande bereiten.«

Roxann blieb stehen. Blitzlichter flammten auf. »Angora ist wegen Mordes verhaftet worden, und du machst dir um den Ruf der Familie Sorgen? Gott, was bist du für eine Hexe.« Vermutlich würden sie diese Stelle für die Nachrichten herausschneiden.

Dees Gesicht wurde purpurrot. »Du bist ein Nichtsnutz. Du bist genau wie dein Vater.«

»Das nehme ich als Kompliment.« Roxann setzte sich wieder in Bewegung, um ihre leichenblasse Anwältin einzuholen. Phyllis Troy hatte zwar die aufwändigste Anzeige im Branchenverzeichnis, aber sie war noch nervöser als Roxann angesichts der bevorstehenden Unterredung mit dem Staatsanwalt. Nicht gerade ein gutes Omen.

Die Tür zum Konferenzraum stand offen. Roxann wartete, bis ihre Tante und ihr Onkel eingetreten waren, um anschließend die Tür hinter Phyllis zuzuziehen, die jetzt sichtlich am ganzen Körper zitterte.

»Kommen Sie herein und nehmen Sie Platz.« Staatsanwalt Robert Dixon machte eine einladende Handbewegung. Er war ein großer, blonder Mann Mitte fünfzig mit der Stimme und dem Auftreten eines Predigers. Er thronte am Kopfende eines Konferenztisches aus dunklem Holz, der von Polsterstühlen gesäumt war. Auf einem der Stühle saß bereits eine junge Frau, die er als seine rechte Hand vorstellte. Ein weiterer Stuhl war von Angoras Anwalt in Beschlag genommen worden, dem mondgesichtigen Mr. Brown. Dieses Mal war er der Situation entsprechend gut gekleidet und ordentlich frisiert. Angora wirkte in ihrem Rollstuhl und ihrem Krankenhaushemd zerbrechlich und mitgenommen. Über ihren Beinen lag eine Decke. Sie mied Roxanns Blick, was dieser nur gerade recht war. Dee und Jackson setzten sich rechts und links neben Angora und hielten ihr jeweils die Hand. Ganz schön traurig, aber vermutlich war es das erste und einzige Mal, dass sie die ungeteilte Aufmerksamkeit ihrer Eltern hatte.

»Wie wars im Gefängnis?«, wandte sich Dixon ohne Vorgeplänkel an Roxann.

»Unangenehm«, antwortete sie. In nur einer Nacht hatte

sich der Gestank der Anstalt in ihrer Haut, ihren Haaren und ihren Kleidern festgesetzt. Dank eines ärztlichen Attests war Angora eben dies erspart geblieben. Bis zu ihrer Anklageerhebung, die heute Morgen stattgefunden hatte, war ihr ein bewachtes Krankenzimmer zugewiesen worden. Beide hatten auf »nicht schuldig« plädiert. Roxann versuchte es sich nicht zu Herzen zu nehmen, dass Capistrano weder im Gerichtssaal noch danach aufgetaucht war. Die kurze Episode im Hotelzimmer war auf einen Moment der Schwäche zurückzuführen, ohne ernsthaften Hintergrund. Sie hatte sich bereits darüber Gedanken gemacht, wie sie Capistrano wieder loswerden würde – aber im Moment gab es Wichtigeres für sie.

Dixon schlug eine Akte auf, die oben auf dem Stapel vor ihm lag. »Das war nicht Ihr erster Gefängnisaufenthalt.«

»Nein. Während meines Studiums bin ich zweimal bei Protestmärschen verhaftet worden.«

Dee stieß ein entrüstetes Schnauben aus. »Das wundert mich kein bisschen.«

Dixon wandte den Blick in ihre Richtung. »Das waren damals friedliche Demonstrationen.«

»Roxann war schon immer eine Unruhestifterin«, legte Dee mit heftigem Kopfnicken los. »Sie übt nur schlechten Einfluss auf Angora aus.« Man hätte meinen können, bei Angora handele es sich um eine Sechsjährige.

Der Staatsanwalt räusperte sich einmal laut, als Hinweis darauf, dass er allgemeines Schweigen wünsche, aber Dee hatte wie immer kein Ohr dafür.

»Meine Tochter würde nie etwas Illegales oder Unmoralisches tun, außer Roxann verleitet sie dazu.«

Angoras Anwalt drehte den Kopf zu Dee. »Mrs. Ryder, würden Sie jetzt freundlicherweise Ihren Mund halten?«

Roxann zwinkerte ungläubig, offenbar hatte sie den Grünschnabel etwas unterschätzt. Nicht nur, dass er clever genug war, um zu merken, dass Dee ihrer Tochter keinen Gefallen tat. Er hatte auch noch den Mut, es ihr ins Gesicht zu sagen. Alle Achtung.

Unterdessen beugte sich ihre Anwältin zur Seite und spuckte braunen Schleim auf den beigefarbenen Teppichboden. Danach stürzte sie auf die Toilette. Als Phyllis zurückkam, voller Entschuldigungen und wieder mit etwas mehr Farbe im Gesicht, versammelte sich die ganze Runde wieder am entgegengesetzten Tischende.

»Dann wollen wir mal direkt loslegen«, sagte der Staatsanwalt. »Ms. Beadleman, Ms. Ryder, wie Sie sich vorstellen können, handelt es sich hier um einen höchst brisanten Fall, der alles bietet, um einen großen Skandal nach sich zu ziehen, worauf die Universität gut verzichten könnte. Aus diesem Grund liegt uns daran, die Angelegenheit so rasch wie möglich aufzuklären.« Er machte eine Pause und ließ den Blick zwischen ihnen hin- und herschweifen, um seinen Worten Nachdruck zu verleihen. »Grundsätzlich sind wir der Meinung, dass Sie beide in den Mord an Dr. Seger verwickelt sind.« Erneut ließ er die Worte sinken. »Aber wer von Ihnen beiden sich als Erste gesprächsbereit zeigt, darf gehen.«

Roxann riskierte einen kurzen Blick auf Angora, die an ihrer Unterlippe nagte. Dee knetete Angoras Hand und redete im Flüsterton auf sie ein, mit flehendem Gesichtsausdruck. Panik durchzuckte sie – Angora würde doch nicht lügen, um die eigene Haut zu retten, oder doch? Ihr Herz klopfte wild. Natürlich würde sie das.

Da ihre Anwältin überflüssig war, beugte sich Roxann vor und klammerte sich an der Tischkante fest. »Sehen Sie den Tatsachen ins Auge, Mr. Dixon. Sie haben nichts in der

Hand außer Indizienbeweise, sonst hätten Sie uns nicht beide verhaften lassen. Sie brauchen einen Augenzeugen, aber den haben Sie nicht. Sie und ich wissen ganz genau, dass, wenn Sie uns vor Gericht bringen, es ein Leichtes sein wird, Zweifel unter den Geschworenen zu säen. Falls das noch nicht reichen sollte, werden wir nachdrücklich auf den Umstand verweisen, dass ich seit einiger Zeit von einem Mann verfolgt werde, der damit gedroht hat, den Menschen, die mir nahe stehen, Schaden zuzufügen, und der im Übrigen nach wie vor frei herumläuft. Sollten Sie uns nicht glauben, dann unterziehen Sie uns einem Lügendetektortest, aber versuchen Sie nicht, uns damit zu ködern, mit einer erfundenen Aussage die andere zu belasten, damit Sie der Presse und der Öffentlichkeit eine Schuldige präsentieren können.«

Dixon zog eine Braue hoch. »Sie hätten das Zeug zur Anwältin, Ms. Beadleman.« Dann erlosch sein Lächeln. »Aber so, wie wir es sehen, hätten Sie zwei auch gemeinsame Sache machen können, um den Mann loszuwerden. Uns liegen nämlich diese zwei Listen hier vor, die von Ihnen beiden stammen und wonach Dr. Seger offenbar das Objekt irgendwelcher sexuellen Fantasien war.«

Roxann klappte den Kiefer wieder zu. »Das sind harmlose Hirngespinste von zwei Teenagern.«

»Wir waren bekifft«, fügte Angora in guter Absicht hinzu.

Roxann schloss die Augen, während Dee sich wieder nicht zurückhalten konnte: »Sehen Sie, sehen Sie, ich habe es Ihnen ja gesagt – Roxann hat einen schlechten Einfluss auf meine Tochter.«

»Vielleicht«, sagte Dixon, »sind Sie beide auch für einen flotten Dreier zu ihm gegangen, und die Situation ist außer Kontrolle geraten. Im Obduktionsbericht steht nämlich, dass Dr. Segers Alkoholpegel beinahe die erlaubte Grenze überschritten hatte. Und er war bereits bewusstlos, als er stranguliert wurde.«

»Er war nicht bei Bewusstsein?«

»Nein – er bekam einen Schlag auf den Hinterkopf mit einem stumpfen Gegenstand.«

Diese neue Information musste Roxann erst verdauen. »Aber angenommen, wir hätten ihn bewusstlos geschlagen und anschließend erdrosselt, wieso sollten wir uns selbst belasten, indem wir ein eindeutiges Beweisstück hinterlassen, nämlich meinen Schal?«

Dixon hob die Schultern. »Manche Mörder finden es reizvoll, ein Andenken zu hinterlassen. Es ist nicht meine Aufgabe, mich in Sie hineinzuversetzen, Ms. Beadleman. Vielmehr besteht meine Aufgabe darin, Ihnen nachzuweisen, dass Sie ein Motiv, die Mittel und die Gelegenheit zum Mord hatten.« Sein Blick wanderte zwischen ihnen hin und her. »Mein Angebot liegt noch für die nächsten zwei Minuten auf dem Tisch, danach sind Sie auf sich gestellt.«

»Was ist denn mit der anderen Mordanklage?«, fragte Mr. Brown mit Blick auf seine Notizen. »Die Studentin namens Tammy Paulen?«

Hilfe suchend wandte sich Dixon an seine Assistentin, die Brown mit einem müden Lächeln antwortete. »Wir sind bereit, die Anklage fallen zu lassen, wenn Ihre Mandantin kooperiert.«

Roxanns Augen traten hervor. Wenn sie *kooperiert?* Genauso gut hätte sie sagen können, wenn sie ihnen Roxann auf dem Präsentierteller serviert. »Wie das?«, hakte sie nach. »Wie kommen Sie dazu, die Anklage fallen zu lassen, wenn eindeutig ein Verbrechen vorliegt?«

Nachdem die Staatsanwältin sich wieder gefangen hatte,

antwortete sie: »Anscheinend sind einige der Akten zu dem Fall Paulen verloren gegangen. Deshalb ... werden wir die Anklage fallen lassen, ohne weitere Rücksichtnahme.«

Ungeduldig klopfte Dixon auf seine Armbanduhr. »Noch eine Minute, meine Damen.«

Über den Tisch hinweg warf Angora ihr einen Blick zu, und Roxann sah dreißig Jahre Schmerz, Neid und Enttäuschung in ihren Augen. Dann setzte Angora zum Sprechen an, klappte den Mund jedoch wieder zu. Unruhig zappelnd saß sie in ihrem Rollstuhl, und in ihren Augen schimmerten Tränen. Dee knetete ihr unablässig die Hand.

Angora könnte alles in einem Aufwasch erledigen, wie Roxann bewusst wurde – die Schuld auf ihre Cousine schieben, ihre ewige Rivalin, und sich gleichzeitig in den Augen ihrer Eltern, denen sie unbedingt gefallen wollte, rehabilitieren. Roxann musste schlucken. Und falls Angora tatsächlich schuldig war, hatte sie noch mehr Grund, sich eine Geschichte aus den Fingern zu saugen. Es war ja nichts Neues, dass Angora hervorragend lügen konnte.

Sie hielt Angoras Blick stand, während die Sekunden verrannen und die Anspannung stieg. Träge summte eine Fliege in dem Lichtschein über dem Tisch. Die Staatsanwältin klickte ununterbrochen in langsamer Regelmäßigkeit mit ihrem Kugelschreiber.

Aufgeregt tuschelte Dee in Angoras Ohr. Als ihre Cousine den Blick von ihr abwandte, beschlich Roxann eine furchtbare Vorahnung. Unvermittelt stieß Angora ihre Mutter von sich weg und räusperte sich.

»Mr. Dixon ... wenn Sie einen Augenzeugen für dieses Verbrechen hätten, wie würde das Urteil ausfallen?«

Oh Gott.

Wippend legte Dixon die Fingerspitzen aneinander. »Da Dr. Seger bereits bewusstlos war, als er stranguliert wurde, handelt es sich definitiv weder um einen Unfall noch um einen Mord im Affekt, geschweige denn um Notwehr. Aus diesem Grund würden wir auf die Höchststrafe für vorsätzlichen Mord plädieren.«

»Und wie hoch wäre die?«, fragte Angora weiter.

»Lebenslänglich.«

Roxann kannte Angora gut genug, um zu erkennen, dass sie eine Heidenangst hatte, die Frage war bloß, wovor. Hatte sie Angst, weil sie befürchtete, dass Roxann etwas durch das Fenster gesehen haben könnte? Falls ja, zog sie in Erwägung, aus Roxann das Bauernopfer zu machen?

»Angora ...«, setzte sie an, aber Dixon unterbrach sie.

»Keine Absprachen, Ms. Beadleman, außer mit Ihrer Anwältin. Nach meiner Uhr verbleiben noch fünfzehn Sekunden.«

Roxann befeuchtete die Lippen und versuchte, Angoras Aufmerksamkeit auf sich zu lenken, doch es funktionierte nicht. *Tu es nicht,* flehte sie innerlich.

»Ich ...«, begann Angora, und sämtliche Augen wandten sich ihr zu.

»Ja?«, drängte Dixon.

Endlich sah sie zu Roxann, mit Verzweiflung im Gesicht. »Ich ... habe meiner Aussage nichts hinzuzufügen.«

Roxann atmete tief aus.

Mit zusammengepressten Lippen klappte Dixon den Aktenordner zu und knallte ihn wieder auf den Stapel. »In Ordnung, damit ist diese Unterredung beendet. Übrigens, meine Damen, wir werden Sie gemeinsam vor Gericht bringen.« Dann erhob er sich und suchte seine Sachen zusammen, bevor er, mit seiner Assistentin im Schlepptau, den Raum verließ.

Roxanns Anwältin war im Laufe des Spektakels eingenickt. Die Frau hatte anscheinend die Angewohnheit, sich im Stressfall einfach auszuschalten. Roxann kritzelte »Sie sind gefeuert« auf ein Blatt Papier, heftete es an die Aktenmappe dieser Blindgängerin und schob sie anschließend auf dem Bürostuhl in den Gang hinaus.

Als sie wieder in das Zimmer zurückkehrte, ging sie auf Angora zu. »Kann ich mit dir sprechen – unter vier Augen?«

»Halt dich bloß von ihr fern«, fauchte Dee sie an. »Angora hätte die Chance nutzen sollen, dich hinter Gitter zu bringen.«

Roxann jedoch wandte den Blick nicht von Angora, die jetzt nickte. »Wartet draußen im Flur auf mich«, sagte sie zu ihren Eltern und dem Anwalt. Nachdem die Tür sich geschlossen hatte, ließ Roxann sich auf den Stuhl fallen, der vor ihrer Cousine stand. »Wie fühlst du dich?«

»Alles andere als riesig«, antwortete sie. »Ich komme mir vor, als wäre ich durch den Fleischwolf gedreht worden, und diese griesgrämigen Krankenschwestern geben mir weniger Schmerzmittel als vorher.«

Roxann musste lächeln. »Anscheinend ist denen nicht klar, dass ihnen eine berühmte Person anvertraut worden ist – nämlich Miss Northwestern Baton Rouge.«

Angora erwiderte das Lächeln, dann füllten sich ihre Augen mit Tränen. »Die Polizei hat mein Diadem einbehalten.«

»Ist das nicht ein komischer Zufall? Du hast eine Krone verloren, und ich habe noch eine herumliegen.«

Ihr Gesicht hellte sich auf. »Ist das dein Ernst?«

Roxann seufzte. »Angora, du weißt am besten, dass ich diese Ehemaligen-Auszeichnung nicht verdient habe. Also tu mir den Gefallen und nimm mir das Ding ab.«

Angora schlug die Augen nieder, biss sich auf die Lippe und lächelte schließlich. »Na schön.« Dann wurden ihre

Augen wieder feucht. »Roxann, es tut mir Leid, dass ich diese furchtbaren Dinge über deine Mutter gesagt habe.«

Roxann drückte ihre Hand. »Ist schon okay. Im Grunde bin ich dir sogar dankbar dafür – jetzt erst ist mir klar geworden, was mein Dad durchgemacht hat.« Sie lächelte. »Und jetzt verstehe ich auch, warum du ihm gegenüber immer so nachsichtig warst.«

Angora nickte. »Dein Dad ist klasse.«

»Oh ja. Aber es ist nett von deinen Eltern, dass sie hergekommen sind.«

»Schon. Hat dein Dad auch vor zu kommen?«

»Nein, ich habe ihn gebeten, nicht zu kommen. Hoffentlich habe ich ihn überzeugen können, dass dies hier ein riesiges Missverständnis ist, das sich in den nächsten Tagen aufklären wird.«

»Ist es das?«, erwiderte Angora. »Ist das hier ein riesiges Missverständnis?«

Roxann holte tief Luft und sah Angora direkt in die Augen. »Angora, ich werde dir jetzt eine Frage stellen, und du musst mir ehrlich antworten. Aber ich schwöre dir, wie immer die Antwort auch lauten wird, ich werde dich nicht im Stich lassen, okay?«

Angora nickte.

»Hast du getan, was der Staatsanwalt uns vorwirft – hast du Carl bewusstlos geschlagen oder ihn mit meinem Schal erdrosselt?«

Angoras Unterlippe begann zu zittern. »Ich habe ihn nicht bewusstlos geschlagen, aber ...«

Roxanns Magen krampfte sich zusammen. »Aber?«

»Aber ich habe ständig dieses schreckliche Bild vor Augen, wie er auf dem Boden liegt mit diesem grünen Schal um den Hals. Und ich habe keine Ahnung, ob das Bild real ist oder ich es mir irgendwie einbilde. Das mache ich manchmal – ich denke so lange über etwas nach, bis ich nicht mehr weiß, ob ich es mir einbilde oder ob es tatsächlich passiert ist.«

»Hast du meinen Schal denn irgendwo herumliegen sehen?«

»Nein, da bin ich mir absolut sicher.«

Roxann lächelte. »Na, dann ist die Sache doch klar. Wenn du meinen Schal nirgendwo gesehen hast, kannst du es auch nicht getan haben.«

Angora bekam einen Schluckauf. »Es sei denn, Carl hat deinen Schal gefunden. An jenem Abend waren wir nämlich im selben Restaurant wie ihr.«

Roxann starrte sie verblüfft an. »Im Utopia?«

»Ja. Ich habe euch zwar nicht gesehen, aber die Polizei hat gesagt, dass du und Nell auch da wart.«

»Das ist richtig.«

»Hast du dort deinen Schal verloren?«

»Möglich«, murmelte sie, wobei sie versuchte, sich zu erinnern. »Ich weiß noch, dass ich auf die Damentoilette gegangen bin und ... und danach ein paar Leute von dem dortigen Telefon aus angerufen habe.«

Angoras Augen wurden groß. »Carl hat damit ebenfalls telefoniert.«

Auf Roxanns Gesicht breitete sich ein Grinsen aus. »Angora, du bist ein Genie.«

»Bin ich das?«

»Oh ja – ich wette, ich weiß, was passiert ist. Zuerst habe ich angenommen, dass der Mörder meinen Schal gefunden und als Mordwaffe benutzt hat, aber vielleicht hat ihn ja Carl gefunden und ihn mitgenommen, um ihn mir später zu geben. Vielleicht lag er schon im Haus, bevor der Mörder kam.«

»Wow, ich bin echt ein Genie.«

Roxann musste lachen. »Und nun, da das eine Geheimnis gelüftet ist, können wir nach weiteren Anhaltspunkten Ausschau halten.«

»Aber was ist mit meiner ... Vision?«

Roxann legte den Kopf schief. »Angora, wie sieht Carl in deiner Vision aus?«

»Er liegt auf dem Boden, wobei er mich direkt ansieht, mit weit aufgerissenen Augen. Er starrt mich durch seine Brille hindurch an.«

»Das widerspricht eindeutig den Aufnahmen von Carl am Tatort – er hatte nicht einmal seine Brille auf.«

Erleichtert atmete Angora tief aus. »Dann habe ich es also doch nicht getan.«

Roxann lächelte. »Ich würde sagen, mit ziemlicher Sicherheit nicht.«

»Gut, wenn du es nicht warst und ich auch nicht, wer dann?«

»Keine Ahnung, aber das werde ich schon noch herausfinden. Aber Angora, du musst mir alles sagen, und ich meine wirklich alles, was in dieser Hinsicht von Bedeutung sein könnte.«

»Alles?«

»Alles.«

Angora seufzte. »Also gut. Weißt du noch, wie du mir damals anhand einer Zahnpastatube beigebracht hast, wie man einem Typen einen ... na du weißt schon ...?«

27 **Hallo,** Melissa?«

»Ja«, erwiderte die weibliche Stimme ein wenig misstrauisch. »Melissa Morgan am Apparat.«

Ihr neuer Zuname – ein Muss. »Melissa, hier ist Roxann von *Rescue*.«

»Roxann? Ich dachte, ich höre nie wieder von Ihnen.«

»Wie kommen Sie und Regina zurecht?«

»Großartig. Sie ist ganz begeistert von Kansas City und auch von ihrer neuen Schule. Sie hat sich ziemlich verändert, ein richtig glückliches Kind.«

»Das freut mich sehr für Sie.«

»Stimmt etwas nicht, Roxann?«

»Um ehrlich zu sein, Melissa, stecke ich gerade etwas in der Klemme, und ich hatte gehofft, dass Sie mir helfen können.«

»Gern, wenn ich kann.«

Nachdem sie einmal tief durchgeatmet hatte, brachte Roxann ihr Anliegen vor und setzte Melissa die Folgen auseinander, für den Fall, dass sie ihre Unterstützung zusagen beziehungsweise ablehnen würde. Zwanzig Minuten später willigte Melissa ein. Roxann bedankte sich bei ihr, legte auf und wählte anschließend von dem öffentlichen Telefon aus die Nummer von Nells Schwester. Nells Schwester hatte offensichtlich von ihrer Verhaftung gehört. Sie zögerte merklich, Nell ans Telefon zu holen, als Roxann sich meldete. Doch Nell kam sofort ans Telefon, nachdem ihre Schwester ihr schließlich Bescheid gegeben hatte.

»Roxann, meine Liebe, geht es Ihnen gut?«

In den folgenden Minuten musste Roxann erst einmal Nell davon überzeugen, dass alles, entgegen der negativen Berichterstattung in den Medien, so weit in Ordnung sei. »Ich denke, der Staatsanwalt stand unter dem Druck, eine Verhaftung vornehmen zu müssen.«

»Glauben Sie immer noch, dass Frank Cape etwas mit dem Mord zu tun haben könnte?«

»Gut möglich. Oder aber ...«

»Oder was, meine Liebe?«

»Dr. Oney, als Carl damals von den Universitätsverantwortlichen zu seinem angeblichen Verhältnis mit einer Studentin befragt worden ist, war da die Rede von mir?«

»Ja, was dachten Sie denn?«

»Nun ja, mir sind ein paar unschöne Dinge über Carl zu Ohren gekommen – so soll er zum Beispiel Scheine im Austausch für sexuelle Gefälligkeiten ausgestellt haben und solche Sachen.«

Dr. Oney schnappte hörbar nach Luft. »So etwas hätte Carl nie getan. *Niemals.*«

Roxann musste unwillkürlich lächeln. »Ich wusste, dass Sie das sagen würden.«

»Was meinen Sie, wann kann ich wieder nach South Bend zurück?«

»Vorerst noch nicht, jedenfalls nicht, solange Cape noch nicht gefasst ist.«

»Aber schon noch rechtzeitig vor dem Gedenkgottesdienst nächste Woche?«

»Das hoffe ich. Ich werde übrigens einen kurzen Abstecher zu Ihrem Haus machen, um meinen Wagen zu holen –

kann ich bei der Gelegenheit irgendetwas für Sie tun? Vielleicht die Katzen füttern? Oder das Blumenbeet gießen?«

»Für die Katzen habe ich ausreichend Futter und Wasser hingestellt, aber ja, ich wäre Ihnen sehr dankbar, wenn Sie meinen Rosmarin gießen könnten.«

»Kein Problem.«

»Roxann, ich habe mir die Sache mit diesem Frank Cape noch einmal gründlich durch den Kopf gehen lassen und bin nach wie vor der Meinung, dass Sie mir die Nummer von seiner Exfrau geben sollten, damit ich mit ihr reden kann. Mir ist nämlich die Vorstellung unerträglich, dass Ihnen etwas zustoßen könnte.«

»Das ist bereits erledigt. Ich habe gerade vor ein paar Minuten mit seiner Exfrau telefoniert, und sie hat mir ihre Unterstützung zugesagt.«

»Da bin ich aber erleichtert. Vielleicht hilft das ja, Frank Cape aus seinem Versteck zu scheuchen – und sollte er tatsächlich der Mörder von Carl sein, dann will ich, dass er dafür seine gerechte Strafe bekommt.«

»Ich ebenso.«

»Ist Melissa in ihrer neuen Umgebung denn glücklich?«

»Ja.«

»Und Regina?«

»Auch. Sogar sehr.«

Nell stieß einen zufriedenen Seufzer aus. »Gut zu wissen, dass die Arbeit der Organisation ihren Zweck nicht verfehlt.«

»Ja, Sie können sehr stolz darauf sein.« Ihr Blick fiel auf ein Taxi. »Nell, hier ist gerade ein Taxi frei, deshalb muss ich mich beeilen. Ich melde mich bald wieder.«

»Wiederhören, meine Liebe.«

Sollte Roxann noch letzte Zweifel daran gehabt haben, dass ihr Foto in sämtlichen Medien erschienen war, der starre Blick des Taxifahrers im Rückspiegel genügte, um diese auszuräumen. Der Mann war dermaßen verängstigt, dass er abfuhr, bevor sie ihn bezahlen konnte. Aber da sie gerade ohnehin knapp bei Kasse war, kam ihr das ganz gelegen. Sie wollte lieber nicht daran denken, was für ein Loch die zehntausend Dollar Kaution in ihr Konto gerissen hatten.

Nells Haus machte einen verlassenen Eindruck, und zum ersten Mal fiel ihr auf, wie heruntergekommen es von außen war. Abblätternder Putz, ein verwilderter Vorgarten und Steinstufen, in denen Lücken klafften. Man hätte es ja damit begründen können, dass ein Mann im Haus fehlte, aber das Haus ihres Vaters sah genauso aus. Es sagte viel über den jeweiligen Bewohner aus, vermutete sie. Anscheinend wurde ein Haus nur in Ordnung gehalten, wenn regelmäßig Besuch erwartet wurde.

Nachdem sie den Gartenschlauch entdeckt hatte, goss sie die Blumen- und Kräuterbeete in der Hoffnung, sie nicht zu ertränken. Hinterher setzte sie sich auf die kalte Steintreppe, um ihren Ressortleiter zurückzurufen. Offenbar war er informiert, jedenfalls hatte er auf ihrer Mailbox ganz aufgelöst geklungen. »Jesus, Maria und Josef, was ist da in South Bend eigentlich los?«

»Ein Bekannter von mir ist ermordet worden, und mich hat man deswegen verhaftet.«

»Dafür, dass du unter Mordanklage stehst, klingst du erstaunlich gelassen.«

»Ja, irgendwie gewöhnt man sich an alles«, gab sie ironisch zurück. »Mach dir um mich keine Sorgen. Ich gehe davon aus, dass der wahre Mörder demnächst einen Fehler begehen wird, wenn er sich in Sicherheit wiegt.«

»Er?«

»Es könnte Frank Cape gewesen sein, obwohl ich dafür

noch keinen sicheren Beweis habe. Er ist mir nämlich nach South Bend gefolgt.«

»Oh mein Gott. Deshalb hat Nell mir also die Nachricht hinterlassen, dass sie ein paar Fragen zum Fall Cape hätte. Offenbar hat sie Angst um dich.«

Roxann musste lächeln. »Ich habe eben mit ihr telefoniert, du brauchst sie also nicht zurückzurufen. Im Übrigen muss es sich nicht um vorsätzlichen Mord handeln, da könnte alles Mögliche dahinter stecken. Allerdings wird es sich nicht vermeiden lassen, dass ich ein paar Tage Urlaub nehme.« Sie stieß die angehaltene Luft aus. »Bei der Gelegenheit muss ich dir sagen, Tom, dass ich aussteigen werde.«

»Was? Warum?«

»Na ja, im Gefängnis bin ich euch wohl kaum eine große Hilfe.«

»Darüber solltest du keine Witze reißen.«

»Im Ernst, Tom, ich werde allmählich zu alt dafür. Die Sache mit Cape hat mir in dieser Hinsicht nämlich die Augen geöffnet.«

»Also gut, schließlich basiert unsere Organisation auf freiwilliger Mitarbeit, was sowohl die betrifft, denen wir helfen, als auch unsere Helfer selbst. Aber solltest du es dir je anders überlegen, ein Anruf genügt.«

»Einverstanden. Danke, Tom. Übrigens, neulich ist mir Elise James zufällig über den Weg gelaufen – hat sie sich vielleicht bei dir gemeldet?«

»Nein, obwohl ich mehrmals auf ihre Mailbox gesprochen habe. Ich habe nämlich noch einen Scheck für sie über mehrere hundert Dollar und weiß nicht, wo ich ihn hinschicken soll.«

»Sie meinte, dass sie dich anrufen wird, aber um ehrlich zu sein, war sie in keiner guten Verfassung.«

»Verstehe. Danke, dass du mir Bescheid gegeben hast.«

Nach dem Gespräch schob sie die Antenne ihres Handys ein und steckte es wieder in ihre Handtasche. Merkwürdigerweise fiel ihr dabei unverhofft ein merkwürdiges Detail an Elise wieder ein – die Frau hatte unglaublich große Hände. Groß und kräftig genug, um jemanden zu erdrosseln? Gedankenverloren schürzte sie die Lippen und fragte sich, ob Capistrano wie versprochen seinen hiesigen Kollegen wohl Elises Personalien gegeben hatte. Selbstverständlich könnten sie diese Spur im besten Fall für fragwürdig halten, zumal er mit einer der Hauptverdächtigen angebandelt hatte. Jedes Mal, wenn ihr dieser dämliche Ausrutscher im Hotel in den Sinn kam, wurde sie wütend.

Aber genug gejammert über ihr chaotisches Liebesleben – ihr blieb nichts anderes übrig, als zum Hotel zu gehen, um ihre Sachen zu holen. Sie würde eben unter einem anderen Namen ein Zimmer buchen und dann vielleicht mithilfe einer Perücke auf eigene Faust Nachforschungen anstellen.

Sie ging ums Haus herum, um zu ihrem Wagen zu gelangen, und blieb wie angewurzelt stehen. Sämtliche Reifen von Goldie waren aufgeschlitzt. Das Gummi war mit einem scharfen Gegenstand buchstäblich zerfetzt worden von jemandem, der dafür beträchtliche Kraft hatte aufwenden müssen. Oder beträchtliche Wut. Erneut überkam sie das ohnmächtige Gefühl, das sie bereits empfunden hatte, nachdem ihre Wohnung verwüstet worden war.

ICH HABE DEINE NUMMER, DU HEUCHLERIN.

Ob Frank Cape dahinter steckte? Ihre Hand glitt in die Handtasche, um das Pfefferspray einsatzbereit zu umfassen, mehr zum eigenen Trost als zur unmittelbaren Verteidigung. Da sie auf dem Rasen keine Fußabdrücke erkennen konnte, musste es schon vor einer Weile passiert sein. Im nächsten Moment erstarrte sie, als sie hinter sich schwere Schritte vernahm.

»Da bist du ja.«

Ruckartig fuhr sie herum und zielte mit dem Spray blindlings auf das Gesicht von Frank Cape, wie sie vermutete. Stattdessen erwischte sie Capistrano. Die Wirkung ließ keine Sekunde auf sich warten – jaulend drehte sich Capistrano um die eigene Achse. Roxann ließ die Spraydose fallen und rannte zum Gartenschlauch, drehte das Wasser voll auf und richtete den Strahl direkt auf Capistrano. Er riss sich sein T-Shirt vom Leib und hielt dem Wasserstrahl stand, wobei er sich wieder und wieder mit den Händen über die geröteten Stellen an seinem Oberkörper wischte. Letztlich war seine starke Brustbehaarung doch zu etwas gut. Sonst hätte er sicherlich weitaus schlimmere Verbrennungen erlitten.

Die ganze Zeit über sagte er kein Wort. Und da Roxann nicht gerade erpicht auf eine Unterhaltung war, konzentrierte sie sich stattdessen auf ihre unmittelbare Aufgabe, den Schlauch zu halten und sich das Lachen zu verkneifen.

Nach einer fünfzehnminütigen Dusche riss er ihr den Schlauch aus der Hand. »Das reicht«, bellte er, drehte den Hahn zu und wickelte vor sich hin brummelnd den Schlauch auf. Seine völlig durchweichte Jeans klebte an seinen Beinen – die wog jetzt bestimmt eine Tonne.

Bedauernd legte Roxann die Fingerspitze an die Lippen. »Tut mir Leid.«

»Zum Teufel, dazu hast du auch allen Grund. Ich fühle mich, als wäre ich auf dem Grill geröstet worden.«

»Ich dachte, du seist Cape.«

»Hat man dir eigentlich nicht gesagt, dass du dich erst vergewissern sollst, auf wen du mit diesem Zeug zielst, bevor du auf den Knopf drückst?«

»Und hat man dir noch nie gesagt, dass man sich nicht von hinten an jemanden heranschleichen soll?«

»Ich habe mich nicht herangeschlichen.«

»Hast du wohl.«

»Ich bin nicht geschlichen.«

»Oh doch, bist du wohl.«

Er streckte beide Hände vor und schüttelte das Wasser ab. »Lass gut sein.« Dann fiel sein Blick auf die Reifen. »Cape?«

»Ich vermute mal.«

Er ging zu dem Wagen und besah einen der aufgeschlitzten Reifen. »Vielleicht hat das arme Ding ja Selbstmord verübt.«

»Sehr lustig. Woher wusstest du, dass ich hier bin?«

»Als ich angerufen habe, hattest du bereits das Gerichtsgebäude verlassen, also habe ich es auf gut Glück hier versucht.« Er zog eine Braue hoch. »Du hattest doch nicht etwa vor, die Stadt zu verlassen, oder doch?«

»Nein. Ich wollte nur meine Sachen aus dem Hotelzimmer holen und mir ein anderes nehmen.«

»Du hast doch ein Zimmer.«

»Ich wollte mir mein eigenes nehmen.«

»Hör mal, wegen dem, was da zwischen uns passiert ist, es tut mir Leid, dass ...«

»Mir tut es auch Leid«, fiel sie ihm mit einem Lächeln ins Wort. »Und von mir aus brauchen wir kein Wort mehr darüber zu verlieren.«

Capistrano zog die Stirn kraus. »Ich wollte eben sagen, dass es mir Leid tut, dass wir mittendrin unterbrochen worden sind.«

Oh. »Tja, in Anbetracht der Tatsache, dass man mich aus dem Hotel in Handschellen abgeführt hat, muss ich dir zustimmen.«

Er seufzte und fuhr sich mit den Händen durch sein rostrotes Haar. »Meinst du, ich könnte mich zuerst abtrocknen, bevor wir unsere endlose Diskussion fortsetzen?«

Daraufhin fischte sie ihren Schlüsselbund aus der Handtasche. »Könnte sein, dass im Wagen ein Handtuch liegt. Ich wollte sowieso einen Blick in den Wagen werfen.«

Das hätte sie lieber nicht tun sollen.

Sämtliche Sitzpolster waren aufgeschlitzt, selbst bei der Rückbank. Die Sachen aus ihrer Kiste lagen überall verstreut. Nachdem sie den verbeulten Karton entdeckt hatte, machte sie sich langsam daran, die Sachen wieder hineinzulegen, wie sie ihr in die Finger kamen – ein Schlüsselanhänger, ein Armband mit Anhänger, die magische Kugel. Von ihren persönlichen Sachen, die sie ständig im Kofferraum mit sich führte, war nichts verschont geblieben – Wolldecken gegen Kälte, flauschige Kinderbodys, unverderbliches Knabberzeug, um hungrige kleine Mägen zu besänftigen, sowie ihr uralter Koffer mit den Verkleidungsutensilien, alles durchwühlt und verstreut. Als Höhepunkt war eine blonde Perücke mit einem gefährlich aussehenden Springmesser an das Armaturenbrett gespießt worden.

Eine blonde Perücke.

Sie meinten, Tammy hätte etwas gegen Ihre Cousine in der Hand gehabt ... wobei eins der Mädchen ausgesagt hat, dass es ihrer Meinung nach mit einer blonden Perücke zu tun hatte.

Ihre Kehle schnürte sich zusammen, sodass sie nach Luft schnappte. Irgendwie war alles miteinander verwoben, Vergangenheit und Gegenwart.

»Was ist los?«, fragte Capistrano. »Roxann, was ist los mit dir?«

DU HEUCHLERIN, ICH HABE DEINE NUMMER, DU HEUCHLERIN.

28 **Es** war eine traurige Ansammlung von Erinnerungsstücken, stellte Roxann fest, als sie den Inhalt der zerbeulten Kiste durchsah. Sie nahm die magische Kugel in die Hand und stellte stumm die Frage: »Ist mein Leben eine einzige Katastrophe?«. Dann drehte sie das Spielzeug.

Ja, definitiv.

Capistrano trommelte auf das Lenkrad seines Ford Dooley. »Verdammt, Roxann, wenn du mir nicht den Grund für deine schlechte Laune nennst, kann ich dir auch nicht helfen.«

»Den Grund? Du meinst die vielen Gründe?«

»Irgendwas hat dir doch eben gründlich die Laune verdorben.«

»Ist der Anblick von Goldie nicht Grund genug?«

»Du hast deinem Wagen einen Namen gegeben?«

»Du deiner Pistole doch auch.«

Er runzelte die Stirn. »Die ganzen Kleider und Perücken – benutzt du das Zeug, wenn du irgendwelche Frauen von A nach B bringst?«

»Ab und zu.«

»Hat die blonde Perücke denn eine besondere Bedeutung?«

Sie musste schlucken. »Immerhin hat ein Messer darin gesteckt.«

»Ich meine die Perücke an sich beziehungsweise ihre Farbe. Ist Melissa Cape blond?«

»Nein, brünett.«

»Glaubst du, das war an Angora gerichtet?«

»Schon möglich.«

»Du verschweigst mir was.«

»Lass es gut sein, Detective. Ich habe einen schlimmen Tag hinter mir.«

Seufzend rutschte er auf dem Handtuch herum, das er über seinen Sitz gelegt hatte. Ein zweites Handtuch lag über seiner nackten Schulter. »Wie ist es denn heute vor Gericht gelaufen?«

»Einsame Spitze.«

»Ich meine es ernst.«

Sie spielte an ihrer weiß-grünen Quaste von Notre Dame herum, an der ein kleiner, goldgefärbter Anstecker mit der Aufschrift »'91« befestigt war. »Nach der Anklageerhebung hat der Staatsanwalt Angora und mir einen Deal vorgeschlagen, falls eine vorhaben sollte, die andere ans Messer zu liefern.«

»Und deine Cousine ist nicht darauf angesprungen?«

»Nein.« Roxann runzelte die Stirn. »Ich dachte, du magst Angora.«

»Mögen?«

»Nun ja, so wie du sie angesehen hast ...« Sie hielt inne, bevor er auf die Idee kommen könnte, dass sie womöglich eifersüchtig war oder etwas ähnlich Dummes.

Er grinste. »Du bist ja eifersüchtig.«

»Träum weiter. Ich dachte eigentlich, wir unterhalten uns über die Unterredung.«

»Hast du den Staatsanwalt über Angora aufgeklärt – über ihre möglichen psychischen Störungen und über ihre Bemerkungen?«

»Nein. Sie hat sich bereits im Krankenhaus von einem Psychologen untersuchen lassen.«

»Und?«

»Und laut ihrem Anwalt ist sie zwar ein verwöhntes Einzelkind mit einem krankhaften Zwang zum Lügen, aber sie würde nie auch nur einer Fliege etwas zu Leide tun. Außerdem hatte ich mit ihr ein ernstes Gespräch unter vier Augen – sie wars nicht.«

»Ich hoffe, du hast Recht.« Er warf einen wachsamen Blick in den Rückspiegel.

»Dennoch hat sie mir ein paar Sachen erzählt, die von Bedeutung sein könnten.«

»Was zum Beispiel?«

Sie ließ die Quaste wieder in die Kiste fallen. »Zum Beispiel, dass sie Seger in seinem Büro einmal einen geblasen hat, als sie noch Studentin war.«

Er stieß einen leisen Pfiff aus. »Hast du nicht gesagt, sie wäre noch Jungfrau?«

»Muss ich dir jetzt eine Definition von ›Jungfrau‹ geben?«

»Das nicht, aber unter ›jungfräulich‹ verstehe ich etwas anderes.«

Roxann zuckte die Achseln. »Alles, was ich dazu sagen kann, ist, dass sie wohl völlig verrückt nach ihm gewesen sein muss.«

»Dann hat Seger aller Wahrscheinlichkeit nach doch außerhalb des Unterrichts Kontakt zu seinen Studentinnen gepflegt?«

Zähneknirschend räumte Roxann ein: »Anscheinend ja.«

»Aber bei dir hat er es nie versucht?«

»Nein.«

»Offenbar hat er dich wirklich gemocht.«

Sie richtete die Augen auf ihn. »Willst du damit etwa sagen, dass Männer die Finger von Frauen lassen, die sie mögen?«

»N-nein. Ich meine damit, dass ein Kerl wie Seger, der junge Dinger ausnutzt, wahrscheinlich eine Grenze zieht bei den Frauen, denen er Respekt entgegenbringt.«

Sie starrte ihn einfach an.

»Ich bin ja schon still.«

»Ist auch besser so.«

Etwa dreißig Sekunden später brach er sein Versprechen wieder. »Hat sie dir sonst noch was Neues erzählt?«

Sie nickte. »An dem Abend, als Tammy verunglückt ist, war sie zufällig mit ihrem Wagen in der Nähe. Zuerst hat sie einen Schrei gehört und dann gesehen, wie ein schwarzer Volvo davongebraust ist.«

»Seger?«

Sie sah aus dem Fenster. »Zumindest hat er ... hatte er einen schwarzen Volvo.« Ihre Stimme versagte, und sie räusperte sich. Gut, sie konnte vielleicht noch glauben, dass Carl sich mit hübschen Studentinnen eingelassen hatte, aber Fahrerflucht begehen ...? Das konnte sie sich nun wirklich nicht vorstellen. Du liebe Güte, immerhin hatte er Ethik gelehrt.

Capistrano schlug einen sanften Ton an. »Es ist nicht deine Schuld, dass Seger nicht der Mann war, für den du ihn gehalten hast.«

»Trotzdem komme ich mir so dumm vor. Wie konnte ich nur so blind sein?«

»Vielleicht hat er sich dir gegenüber ja so verhalten, wie er wirklich sein wollte.«

»Woher kommt denn diese plötzliche Nachsicht?«

Er zuckte die Achseln. »Keiner ist durch und durch gut oder durch und durch schlecht. Selbst unter den Schwerverbrechern sind liebevolle Väter, Männer, die ihre Mutter lieben oder die ihren Katzen extra Sahne kaufen.«

Damit hatte er sie wieder einmal überrascht – und sie sogar ein klein wenig aufgeheitert.

»Also können wir davon ausgehen, dass er kein Heiliger war. Und dass es durchaus möglich ist, dass eine seiner Studentinnen ihn aufgesucht und umgebracht hat.«

Daraufhin schilderte Roxann ihm ihre Theorie, wie der Schal an den Tatort gelangt sein könnte.

»Nicht schlecht«, bemerkte er anerkennend. »Vielleicht können wir ja einen Zeugen aus dem Restaurant auftreiben, der gesehen hat, dass Seger den Schal an sich genommen hat. Eines ist zumindest sicher – solange der Staatsanwalt darauf wartet, dass eine von euch beiden die andere belastet, hat er nicht genug Beweismaterial für eine Verurteilung.«

»Das habe ich ihm bereits gesagt.«

»Du oder deine Anwältin?«

»Ich habe das alles selbst in die Hand nehmen müssen. Das einzig Herausragende an meiner Anwältin ist ihre Anzeige im Branchenverzeichnis. Ansonsten ist sie eine völlig verkrampfte Idiotin.«

Er schürzte die Lippen. »Dafür, dass du nie etwas damit zu tun haben wolltest, kennst du dich in der Rechtsprechung verdammt gut aus.«

Roxann grinste amüsiert.

»Hör zu, es tut mir Leid, dass ich nicht bei der Anklageerhebung da war, aber ich hielt es für besser, in der Zeit nach Cape Ausschau zu halten.«

»Ich vermute, du hast ihn nicht gefunden?«

Capistranos Mundwinkel zuckten. »Richtig, leider nicht. Wahrscheinlich hat er sich einen anderen Wagen besorgt und vielleicht auch sein Aussehen verändert.« Er sah zu ihr hinüber. »Ohne dich beleidigen zu wollen, aber du wärst besser im Gefängnis geblieben. Da wärst du zumindest sicherer.«

»Ich habe heute Morgen übrigens eine Unterlassungsklage gegen Cape eingereicht, wo ich schon mal im Gericht war«, bemerkte sie sarkastisch. »Außerdem habe ich noch mein Pfefferspray.«

»Erinnere mich bloß nicht daran.«

»Mir fällt gerade etwas ein ... ist es möglich, dass Cape meinen Wagen demoliert hat, als er Nell den Besuch abgestattet hat?«

Capistrano schüttelte den Kopf. »Nell wäre das bestimmt aufgefallen, oder den Polizeibeamten, als sie hier waren, um die Anzeige aufzunehmen.«

Roxann lachte trocken. »Auf mich hat die hiesige Polizei bislang nicht gerade den besten Eindruck gemacht, bis auf Warner, der scheint in Ordnung zu sein. Trotzdem bezweifle ich, dass sie einer neuen Spur nachgehen werden, zumal sie ja bereits zwei Verdächtige haben. Hast du sie denn auf Elise hingewiesen?«

Er nickte. »Ja, gestern Abend, als sie dich, äh, mitgenommen haben. Aber du hast Recht – sie sind mir nicht gerade vor Begeisterung über eine neue Spur um den Hals gefallen.«

»Je mehr ich darüber nachdenke, umso größer wird mein Verdacht, dass sie irgendwas mit der Sache zu tun hat.«

»Warum?«

Sie befeuchtete die Lippen.

»Verflixt nochmal, Roxann, raus mit der Sprache.«

Sie stieß einen Seufzer aus – sie konnte jetzt dringend Unterstützung gebrauchen, und Capistrano war derjenige, dem sie noch am meisten vertrauen konnte. »Weißt du noch, dass Nell mir erzählt hat, Tammy hätte irgendwas gegen Angora in der Hand gehabt? Es hat nämlich was mit einer blonden Perücke zu tun.«

»Inwiefern?«

Sie machte eine abwehrende Handbewegung. »Das ist nicht weiter wichtig, aber wer auch immer meinen Wagen demoliert hat, weiß darüber Bescheid und weiß auch, dass ich darüber Bescheid weiß. Und daraus schließe ich, dass Frank Cape nicht der einzige Schuldige ist.«

»Dann weißt du also, was dieses Mädchen gegen deine Cousine in der Hand hatte?«

Roxann wandte den Blick ab. Der Gedanke daran verursachte ihr zu viel Unbehagen – dieses dunkle Kapitel verdrängte sie lieber aus ihrer Erinnerung. Vermutlich ging es Angora genauso, was wiederum erklärte, weshalb sie beide dem Thema ständig auswichen.

»Es betrifft auch dich, nicht wahr?«

Schweigend starrte sie weiter in die andere Richtung.

Entnervt fuhr Capistrano sich mit der Hand übers Gesicht. »Also gut, was auch immer es sein mag – könnte Elise davon wissen?«

»Gut möglich. Falls Tammy es ihr erzählt hat.«

»Waren die beiden Freundinnen?«

»Das weiß ich nicht, aber sie haben hier zumindest zusammen studiert.«

»Aber wie könnte Elise auf Frank Cape gekommen sein?«

»Ich hab keinen blassen Schimmer.«

»Na schön, dann müssen wir also Elise finden.«

»Das hatte ich mir für heute ohnehin vorgenommen.«

Er bog in die Einfahrt des Hotels und parkte den Wagen. »Ach so, du ermittelst jetzt auf eigene Faust?«

Sie nickte und gab ihm einen Zettel.

»Was ist das?«

»Eine E-Mail-Adresse, unter der du Melissa Cape erreichen kannst. Sie hat sich nämlich bereit erklärt, zu einem Gericht in ihrer Nähe zu gehen, sich dort vereidigen und eine Videoaufzeichnung ihrer Aussage darüber, was sie über den Raubüberfall weiß, machen zu lassen. Im Gegenzug erwartet sie aber, dass ihrem Exmann das Sorge- und Besuchsrecht entzogen wird.«

Mit offenem Mund starrte Capistrano sie an. Es war ihr tatsächlich gelungen, ihn zu verblüffen.

»Sie rechnet damit, dass du dich mit ihr in Verbindung setzt«, fügte sie hinzu.

»Das verstößt gegen ein paar Regeln, nicht wahr?«

»Gegen sämtliche.«

Er faltete den Zettel zusammen. »Ich danke dir, Roxann. Auch im Namen von Officer Lafferty und seiner Familie. So oder so, jetzt werden wir Cape schnappen.« Dann legte er den Kopf schief und beugte sich vor: »Aber wenn ich es nicht besser wüsste, würde ich vermuten, dass du mich loswerden willst.«

Ernst erwiderte sie seinen Blick. »Nachdem du bekommen hast, was du wolltest, bist du jetzt wieder frei.«

Capistrano setzt sich wieder aufrecht und konnte sich ein Lachen nicht verkneifen. »Du hast nicht unbedingt eine hohe Meinung von dir selbst, oder?«

»Wie meinst du das?«

»Ich gebe ja zu, dass ich anfangs schon auf Informationen über Melissa Cape aus war, aber inzwischen ... Himmel, mein Interesse ist eben größer geworden.«

»Dein Interesse an dem Fall?«

»Nein, an dir, wenn du es unbedingt hören musst.«

Sie biss sich auf die Zunge und blickte ihm in die Augen. Offensichtlich meinte er es ernst ... zumindest im Moment. Und verflixt nochmal, die Versuchung war groß, sich auf ihn einzulassen. Aber Typen wie Detective Joe Capistrano brauchten einen Menschen mit Engelsgeduld an ihrer Seite. Wie sonst sollten sie sich bei Einsätzen ohne Diskussionen von einer Sekunde auf die nächste auf unbestimmte Zeit davonmachen können. Und sobald dies hier überstanden wäre, würde er sich auf den nächsten Fall stürzen, und auf die nächste Dumme, die das alles mitmachte. Außerdem, selbst wenn dieser Albtraum in diesem Moment vorbei wäre, hätte sie noch so viele andere Probleme zu bewältigen. Sie konnte sich momentan nicht an einen Menschen oder einen Ort binden. Beziehungsweise sich auf eine ... Beziehung einlassen.

»Ich fühle mich geschmeichelt«, erwiderte sie schließlich. »Aber lieber nicht.«

Seine eine Braue schoss in die Höhe. »Lieber nicht? Ist das alles, was du dazu zu sagen hast?«

»Ja«, entgegnete sie kurz, hob den Türgriff an, stieg aus und schlug die Wagentür hinter sich zu.

Gleich darauf hörte sie, wie die Fahrertür ebenfalls zuschlug, und Capistrano kam ihr hinterhergelaufen. »Hey.« Dann packte er sie am Arm, um sie aufzuhalten. »Hey, es tut mir Leid. Ich habe einfach kein Gefühl für das richtige Timing.«

»Das auch«, pflichtete sie ihm bei.

Er nahm ihr die Plunderkiste ab. »Aber ob es dir gefällt oder nicht, ich werde nicht von deiner Seite weichen, solange Cape noch auf freiem Fuß ist.«

Sie kehrte ihm wieder den Rücken zu und marschierte weiter. »Mach, was du willst. Solange du mir nicht in die Quere kommst. Im Moment möchte ich mir so schnell wie möglich ein Zimmer nehmen und mir die längste Dusche der Welt genehmigen.«

»Du wirst aber kein Zimmer bekommen«, wandte er ein.

»Nicht bei dem Andrang, der im Augenblick in der Stadt herrscht. Ich selbst habe nur eins gekriegt, weil ich denen meine Marke unter die Nase gehalten habe.«

»Könntest du denselben Trick noch einmal anwenden, um mir ein Zimmer zu besorgen?«

Er stieß einen Seufzer aus. »Dann kann ich ja gleich ein Lager vor deiner Tür aufschlagen, falls unser Freund aufkreuzt. Sieh mal, deine Sachen sind doch bereits in meinem Zimmer, und dort kann ich auch ein Auge auf dich haben.«

Stumm starrte sie ihn an.

»Ich werde dich auch nicht ... belästigen.«

Roxann kaute auf ihrer Unterlippe herum. »Unter einer Bedingung.«

»Und die wäre?«

»Dass du mir hilfst, in Carls Haus einzubrechen.«

29 **Ich** kann nicht glauben, dass ich das tatsächlich tue«, murmelte Capistrano, während er den Wagen wenige Meter vor Segers Haus am Straßenrand parkte. Mittlerweile war das Wetter umgeschlagen – es nieselte unaufhörlich und war kalt, und der Regen gefror am Boden. Die Antenne des Trucks war bereits von einer Eisschicht bedeckt, genau wie die parkenden Autos.

Roxann streifte sich Wollhandschuhe und eine Wollmütze über. »Da wir Elise nicht auftreiben können, vermute ich, dass sie schon längst wieder über alle Berge ist. Um herauszufinden, was sie mit Seger zu tun hatte, bleibt uns nichts anderes übrig, als seine persönlichen Unterlagen zu durchsuchen – Briefe, Fotos et cetera.«

»Das kann mich meinen Job kosten.«

»Jetzt übertreib nicht so schamlos und folge mir einfach unauffällig.« Daraufhin stieß sie leise die Wagentür auf und glitt in die frostige Dunkelheit hinaus. Sie hörte ein leises Klacken, und im nächsten Moment stand Capistrano neben ihr. Der Mord hatte den Nachbarn offensichtlich Angst eingejagt. Überall verbreiteten Sicherheitsscheinwerfer grelles Licht, was es ihnen nicht gerade einfacher machte. Vorsichtig bewegten sie sich auf den Schatten zu, den die Bäume zwischen Gehweg und den mit Laub übersäten Vorgärten warfen. Sie wählten lieber den Weg über den gefrorenen Rasen statt über den rutschigen Gehweg.

Dabei begegneten sie einer dick vermummten Frau, die gerade mit ihrem Hund unterwegs war, vermieden jedoch jeden Blickkontakt zu ihr.

»Welche Tür nehmen wir?«, fragte Roxann, als sie fast das Haus erreicht hatten. Es fiel auf, weil es das Einzige war, das völlig im Dunkeln lag.

»Die Vordertür«, gab er leise zurück. »Der Trick bei einem Einbruch ist, so zu tun, als würde man zum Haus gehören.« Im nächsten Augenblick runzelte er die Stirn. »Streich das ganz schnell wieder aus deinem Gedächtnis – ich hatte kurz vergessen, mit wem ich es hier zu tun habe.«

Als sie sich der Eingangstreppe näherten, schaltete der Bewegungsmelder plötzlich das Licht an. Vor Schreck wäre sie beinahe ohnmächtig geworden.

»Ganz ruhig bleiben«, flüsterte er.

Roxanns Herz schlug doppelt so schnell, und ein unkontrollierter Schauer jagte durch ihren Körper. Die Vordertür war von der Polizei mit gelbem Klebeband versiegelt worden. In weniger als dreißig Sekunden hatte Capistrano das verschnörkelte Messingschloss geknackt und stieß die Tür auf.

»Was, wenn es eine Alarmanlage gibt?«, wisperte sie.

»Die Polizei hat sich bestimmt nicht die Mühe gemacht, sie einzuschalten.« Wieder runzelte er die Stirn. »Streich das ebenfalls. Und hör auf, ständig Fragen zu stellen.«

Nachdem er die Tür geschlossen hatte, verharrten sie in der Dunkelheit. Als sich ihre Augen daran gewöhnt hatten, zogen sie vorsichtig ihre Schuhe aus. Im Innern des Hauses war es totenstill und kalt. Ein merkwürdiger chemischer Geruch hing in der Luft, vermutlich durch die Spurensicherung verursacht. Es war richtig unheimlich.

»Sein Schreibtisch müsste in der Bibliothek stehen«,

flüsterte sie. »Wenn ich mich richtig erinnere, ist sie da vorne links.«

Nachdem sie das Zimmer gefunden hatten, entfernte Capistrano vorsichtig das Versiegelungsband vor der Tür. Mit einer kleinen Stablampe leuchtete er den Raum ab und schloss Türen und Fensterläden, bevor er eine Schreibtischlampe anknipste. Roxann ließ den Blick durch den Raum schweifen und registrierte das weiße Klebeband auf dem Teppichboden, das grob die Umrisse von Carls Leichnam neben der Polstertruhe nachbildete. Dort hatte er also gelegen. Die schrecklichen Aufnahmen vom Tatort tauchten vor ihrem geistigen Auge auf. Sie holte tief Luft und verscheuchte die Bilder.

An sämtlichen Wänden standen Bücherregale, die Einrichtung verbreitete eine angenehme Atmosphäre – eine Couch mit Mohairbezug, ein Clubsessel aus Leder, ein Schreibtisch aus massivem Kirschholz. Roxann glaubte, einen Hauch von Carls Rasierwasser in der Luft wahrzunehmen, aber vielleicht war es auch nur pure Einbildung. Unfassbar, zwei Tage zuvor hatte er noch gelebt.

»Du nimmst dir die Schubladen vom Schreibtisch vor«, sagte Capistrano, »während ich mich um die Bücherregale kümmere. Lass dabei die Handschuhe an.«

Sie nickte, nahm die Wollmütze ab und machte sich an die Arbeit. Den Gedanken, wie unmoralisch es eigentlich war, ausgerechnet die persönlichen Unterlagen eines Ethikprofessors zu durchwühlen, schob sie tunlichst zur Seite. Die untere Schublade enthielt nur CDs und Kopfhörer. In der nächsten befanden sich Quittungen und Scheckauszüge, ein Taschenrechner sowie abgeheftete Rechnungen – nichts Besonderes, mit Ausnahme der hohen Beträge auf seinen Telefonrechnungen für 0190er-Nummern. Die Erkenntnis, dass Carl nicht nur Studentinnen ausgenutzt, sondern zudem regelmäßig Telefonsex praktiziert hatte, schlug ihr schwer auf den Magen.

In den restlichen Schubladen kam nichts Wichtiges zum Vorschein – Ordner mit Unterrichtsmaterial und Protokolle von Fakultätsversammlungen. Mit einem Seufzer schob sie die letzte Schublade wieder zu. »Hier ist nichts.«

»Hier bis jetzt auch nicht«, entgegnete Capistrano vom Bücherregal her. »Warum fängst du nicht einfach von der anderen Seite aus an?«

Beim Durchsuchen der Bücher verspürte Roxann einen leisen Stich des Bedauerns darüber, dass Carls erlesene Büchersammlung nun einen neuen Besitzer finden würde – wahrscheinlich die Universitätsbibliothek.

»Seine Sammlung kann sich sehen lassen«, murmelte Capistrano.

Mit hochgezogener Augenbraue sah Roxann auf seinen breiten Rücken. Dann beschränkte sich seine Lektüre anscheinend nicht nur auf Krimis. Der Mann hatte allem Anschein nach noch einiges zu bieten.

Sie zog systematisch jedes einzelne Buch heraus und schüttelte es durch, um zu überprüfen, ob Carl etwas zwischen den Seiten versteckt hatte. Die nächste halbe Stunde waren sie ergebnislos damit beschäftigt, die Bücher durchzublättern und wieder ins Regal zurückzustellen. Dann stieß sie auf eine Gesamtausgabe von Shakespeares Werken in einem auffälligen dunkelblauen Einband. Sie zog den ersten Band heraus und hielt inne. »Detective. Ich glaube, ich habe etwas gefunden ...«

Er kam zu ihr herüber. »Leere Buchhüllen?«

Sie hielt das Buch-im-Buch ins Licht. »Ein Tagebuch – 1980 bis 1985.«

»Hier sind noch mehr«, sagte er, wobei er ein weiteres getarntes Exemplar hervorzog. »1986 bis 1990.«

Roxann blätterte durch die Seiten und überflog die Einträge. Wie sie feststellen musste, waren Carls literarische Versuche eindeutig pornografischer Natur. Auf der Suche nach Namen sah sie die einschlägigen Passagen durch – ob er wohl tatsächlich so dreist gewesen war? Offenbar schon.

Janeese L. ... Carla B. ... Marie A.

»Gibt es auch welche ab 1987?«

Capistrano zog die letzten beiden Bände heraus. »Hier. Die nehmen wir am besten mit.«

»Ist das nicht Diebstahl?«

»Rechtlich gesehen handelt es sich um Hausfriedensbruch und Raub. Lass uns verschwinden.«

Sie stellten die Fälschungen zurück ins Regal, machten die Lampe aus und öffneten wieder die Fensterläden und Türen. Dann brachten sie das Versiegelungsband wieder an und gingen auf demselben Weg zurück zur Eingangstür. Capistrano verriegelte von innen die Tür und zog sie anschließend zu.

Plötzlich durchfuhr es sie siedend heiß. »Warte«, sagte sie. »Ich habe meine Mütze vergessen.«

Capistrano seufzte lediglich. »Du bleibst hier, ich hole sie.« Er gab ihr die Tagebücher, brach ein zweites Mal das Schloss auf und verschwand im Innern des Hauses.

In der bitteren Kälte kam ihr wieder zu Bewusstsein, weshalb sie in den Süden gezogen war. Zitternd trat sie von einem Bein auf das andere, um warm zu bleiben.

Roxann nahm seinen Geruch wahr, bevor sie ihn sehen konnte. Im nächsten Augenblick reagierte auch schon der Bewegungsmelder, und Frank Cape stand in vollem Licht vor ihr, das bedrohliche Gesicht von einer schwarzen Wollmütze umrahmt. Ihr Pfefferspray steckte sicher in ihrer Handtasche, und die lag im Ford Dooley, wie ihr kläglich bewusst wurde.

»Capis...«

Cape presste ihr die Hand auf die Lippen und stopfte ihr gleich darauf ein Tuch in den Mund. »Astrein«, meinte er, während er sie vor sich die Treppe hinunterstieß. »Dachte schon, ich müsste deinen Wachhund abknallen und den Bullen noch eine Leiche hier zurücklassen.«

Roxann riss die Augen weit auf.

»Oh ja, ich habe den Professor auf dem Gewissen – hatte nämlich guten Grund dazu. Heutzutage ist nämlich auf niemanden mehr Verlass.«

Ächzend versuchte sie, eine Hand frei zu bekommen. Sie trat ihm gegen das Schienbein, so gut das auf diesem rutschigen Untergrund möglich war. »Halt endlich still«, zischte er ihr zu und verpasste ihr einen brutalen Schlag. »Wir werden meiner Holden jetzt einen Besuch abstatten.«

Vor ihren Augen tanzten Lichter, und Tränen schossen ihr in die Augen. Der widerlich schmeckende Knebel nahm ihr zudem ständig die Luft. Als Nächstes versuchte sie es damit, sich ganz schlaff zu machen. Leider erwies sich das nicht gerade als brillante Strategie, da er sie so viel leichter hinter sich herschleifen konnte. Einer ihrer Schuhe ging dabei verloren. Sie war sich zudem ziemlich sicher, dass ihre Schulter ausgekugelt war. Obwohl sie keine Orientierung mehr hatte, merkte sie, dass sie sich einem Wagen mit laufendem Motor näherten. Cape zerrte sie auf die Beine, wobei er den Griff um ihren rechten Arm lockern musste. Lange genug, dass Roxann den Knebel herausziehen und versuchen konnte, einen Schrei auszustoßen. Leider kam jedoch nur ein schwaches Gurgeln heraus. Sie verpasste seiner Nase einen Stoß mit dem Ellenbogen, und Cape stöhnte auf. Dann fluchte er und zog eine automatische Handfeuerwaffe hervor. »Du willst es einfach nicht kapieren, was?«

Eine entsetzliche Sekunde lang glaubte sie, er würde sie erschießen, aber stattdessen hob er die Waffe, um sie damit zu schlagen.

Mit einem Mal wurde Cape zur Seite geschleudert. Capistrano warf sich mit seinem ganzen Gewicht auf Cape. Das alleine würde sicherlich die meisten schon außer Gefecht setzen, wie Roxann durch den Kopf schoss. Aber nicht so Cape. Ihm war es sogar gelungen, immer noch seine Waffe in der Hand zu halten. Capistrano packte Capes Handgelenk und richtete die Waffe in die Luft. Cape feuerte zweimal.

»Schnell, Roxann, in den Wagen!«, brüllte Capistrano.

Doch anstatt ihm zu gehorchen, hielt Roxann nach einer potenziellen Waffe Ausschau. Hinter dem Sitz von Capes Wagen entdeckte sie einen Wagenheber. Ein weiterer Schuss löste sich, und die Kugel prallte an der offenen Wagentür ab. Roxann zuckte zurück. Sie hatte eine Todesangst, aber sie konnte es doch nicht zulassen, dass Capistrano verletzt wurde, weil er sie verteidigte. Sie würde sich dann verpflichtet fühlen ... ihn mit zu sich zu nehmen oder so. Also kroch sie vorsichtig näher und wartete auf die passende Gelegenheit.

Die beiden Männer wälzten sich im Regen hin und her, während sie weiter aufeinander einschlugen. Roxann schlug mit dem Wagenheber auf Capes Beine, aber da man kaum die Hand vor Augen sehen konnte, war es durchaus möglich, dass sie einige Male unbeabsichtigt den Detective erwischt hatte. Das Nächste, was sie sah, war, wie Cape auf dem Detective lag und seine Waffe gegen dessen Schläfe drückte. Roxann hob den Wagenheber und schmetterte ihn mit voller Wucht auf Capes Rücken. Er brüllte auf vor Schmerz, während Capistrano ihn von sich herunterstieß. Cape wurde zur Seite geschleudert, brachte aber dennoch seine Waffe in Anschlag. Ein Schuss krachte. Roxann schrie auf und schlug die Hände vor das Gesicht.

Als sie einen Blick durch ihre gespreizten Finger riskierte, kniete Capistrano gerade über Cape und fühlte nach dessen Puls.

»Ist er ...?«

»Ja, er ist tot.« Der Detective rappelte sich hoch, humpelte zu ihr herüber und riss ihr den Wagenheber aus der Hand. »Habe ich dir nicht gesagt, du sollst in Deckung gehen?«

»Ich wollte nur helfen.«

Er schleuderte den Wagenheber auf den Boden. »Verdammt, du hättest mich damit beinahe zum Krüppel geschlagen. Wir könnten jetzt beide auch tot sein.«

Zu ihrer größten Verlegenheit füllten sich ihre Augen mit Tränen. Wütend zwinkerte sie die Tränen weg. Von der Kälte spannte ihr Gesicht, und ihre Wangenknochen schmerzten.

Mit beiden Händen umfasste er ihr Gesicht und stieß einen Seufzer aus. Von seiner Nase und seinem Kinn tropfte Wasser. »Bist du okay?«

Roxann schniefte. »Glaub schon. Zumindest scheint nichts gebrochen zu sein.«

Mit dem Daumen strich er über ihre Wange. »Hat er dich geschlagen?«

Sie nickte.

»Dafür sollte ich ihm noch eine Kugel verpassen.«

»Er hat gesagt, dass er Seger umgebracht hat.«

Capistrano stieß ausgiebig die Luft aus. »Tja, dann wollen wir hoffen, dass er am Tatort irgendetwas hinterlassen hat. Ich bezweifle nämlich, dass die Polizei uns glauben wird.«

Aus der Ferne war eine Sirene zu hören. Capistrano hob

den Kopf. »Wenn man vom Teufel spricht. Wetten, dass wir heute Abend den Notruf lahm gelegt haben?« Er sah sie wieder an. »Überlass mir das Reden, wenn sie hier sind. Tu so, als hättest du deine Stimme verloren.«

Roxann runzelte die Stirn.

»Es ist mein Ernst, Roxann. *Sag kein Wort.*« Mit quietschenden Reifen bogen zwei Streifenwagen in die Straße. »Heb die Hände hoch und beweg dich nicht.«

Roxann hob gehorsam die Hände über den Kopf und stand zitternd da, wobei sie sich fragte, ob jetzt wirklich alles besser werden würde ... oder vielleicht noch schlimmer.

30

Dafür könnte ich Sie vom Dienst suspendieren lassen«, drohte Jaffey Capistrano. »Hausfriedensbruch und Raub. Unbefugtes Betreten eines Tatorts.« Er deutete auf die Tagebücher. Sie waren inzwischen aufgequollen, die Tinte begann zu zerfließen, und die Schrift begann, unleserlich zu werden. »Und Unterschlagung von Beweismaterial.«

»Es war meine Idee«, setzte Roxann an, presste aber schnell die Lippen wieder zusammen.

Jaffey wandte sich ihr zu. »Ach, Ms. Beadleman, freut mich, dass Sie Ihre Stimme wieder gefunden haben.« Dann richtete er den Blick wieder auf Capistrano. »Und obendrein ein Toter – noch eine Leiche. Haben Sie eine Ahnung, wie sich das auf den Tourismus hier auswirkt? Auf den Ruf der Universität?«

Unruhig trommelten Capistranos Finger auf den Tisch. »Hören Sie, teilen Sie der Presse mit, dass der Mörder von Dr. Seger von einem Polizisten erschossen worden ist. Dann können die Kinder wieder unbesorgt draußen spielen, die Polizei erntet die Lorbeeren, und alle sind glücklich.«

Staatsanwalt Robert Dixon, der ohnehin nicht besonders erfreut darüber war, spät in der Nacht zur Polizeiwache beordert worden zu sein, schnaubte verächtlich. »Oh ja, sicher, insbesondere Ms. Beadleman und Ms. Ryder – weil sie den Mord an Dr. Seger jetzt einem Toten zuschieben können.«

»Haben Sie Fingerabdrücke von Cape am Tatort gefunden?«, fragte Capistrano.

Jaffey zupfte sich am Kinn, sah zu Dixon und wieder zurück. »Ja«, räumte er schließlich ein. »Wir haben drei Teilabdrücke aus der Bibliothek, die zu Cape passen. Aber das heißt noch lange nicht, dass er Seger umgebracht hat. Im Grunde, Officer, ist es doch ein hübscher Zufall, dass Sie ausgerechnet den Kerl erschossen haben, dem zur Last gelegt wird, Ihren Partner schwer verletzt zu haben.«

»Ich wollte, dass Cape dafür bestraft wird, ja«, gab Capistrano ohne Umschweife zurück, »und nicht, dass er tot ist. Überprüfen Sie doch den Kolben von Capes Waffe mit der Kopfverletzung von Seger, und Sie werden sehen, es passt.«

Von Jaffeys Gesicht konnte er ablesen, dass dies bereits geschehen war – und dass der Kolben tatsächlich passte. »Und warum hat er Seger nicht einfach erschossen?«, meinte Jaffey.

Capistrano zuckte die Schultern. »Vielleicht wollte er die Nachbarn nicht aufschrecken, vielleicht hatte seine billige Knarre gerade Ladehemmung – wir werden es wohl nie erfahren.«

»Ja, weil Sie ihn nämlich erschossen haben«, stichelte Jaffey weiter.

»Es war Notwehr. Roxann gegenüber hat er zugegeben, dass er Seger umgebracht hat.«

Daraufhin wandte sich Jaffey an Roxann. »Er hat also Seger ermordet, um Ihnen Angst einzujagen, damit Sie den Aufenthaltsort von seiner Frau und seiner Tochter preisgeben?«

»So sehe ich das.«

»Würden Sie sich einem Lügendetektortest unterziehen?«

»Ja. Das habe ich bereits angeboten. Detective Jaffey, wenn Sie uns nicht glauben und bezweifeln, dass Cape der Mörder ist, dann möchte ich Sie auf Folgendes hinweisen.« Sie deutete auf die zerstörten Bücher. »Die Tagebücher beweisen, dass meine Cousine die Wahrheit gesagt hat, was Dr. Segers Verhältnis mit seinen Studentinnen betrifft.«

»Dank Ihnen und Detective Capistrano«, entgegnete Jaffey, »geben diese Tagebücher nicht mehr viel Aufschluss.«

»Aber es sind noch mehr«, wandte Roxann ein und sah Dixon an. »Und ich habe genug davon gelesen, um zu wissen, dass Sie auf einen Schlag dutzende, vielleicht sogar hunderte von Verdächtigen haben werden, sowohl ehemalige als auch momentane Studentinnen, jede, die zur Homecoming Week in der Stadt ist. Aus diesem Grund kann ich verstehen, weshalb sie mit einem Mal Zweifel haben, dass Frank Cape den Mord begangen hat – immerhin gibt es zahlreiche andere Möglichkeiten.«

Dixon rieb sich die Augen. Dann zwinkerte er verschlafen und nickte Jaffey zu. »Können wir uns kurz vor der Tür unterhalten?«

Die beiden verließen den Raum, und Roxann zog die Decke, die man ihr gegeben hatte, fester um die Schultern. Sie bezweifelte, dass ihr jemals wieder warm werden würde. »Was denkst du?«

Capistrano seufzte. »Ich denke, dass sie uns misstrauen, aber sie haben keine andere Wahl. Schließlich wollen der Staatsanwalt und Jaffeys Chef dieses Chaos so schnell wie möglich aufgeklärt haben.«

Sie schenkte ihm ein reuevolles Lächeln. »Das will jeder von uns.« Sie nippte an dem Kaffee, der vor ihr stand. »Detective, ich möchte mich entschuldigen.«

Er schien überrascht. »Wofür?«

»Dass ich dich heute Abend da mit hineingezogen habe. Ich habe mir diese verrückte Idee in den Kopf gesetzt und bin damit gründlich auf die Nase gefallen.«

»Aber du hattest Recht.«

»Und du hast meinetwegen einen Menschen töten müssen.«

Er beugte sich vor. »Ich habe einen Menschen töten müssen, weil dieser es provoziert hat. Das macht die Sache zwar auch nicht besser, aber wenigstens weiß ich, dass Cape so manchen Dreck am Stecken hatte. Ende der Geschichte.«

Roxann sah zu der Glastrennwand – die beiden Männer hatten ihr den Rücken zugewandt und diskutierten eifrig. Sie griff nach dem Tagebuch von 1991 und blätterte durch die ruinierten Seiten.

»Was machst du da?«

»Gib mir einfach Bescheid, wenn sie zurückkommen.«

Je nachdem, was für einen Stift Carl benutzt hatte, waren manche Passagen verschwommen, andere ineinander übergegangen und wieder andere völlig verwischt. Leider hatte Carl am liebsten einen Füller benutzt, weil er damit am besten umgehen konnte. Der Eintrag zum 21. April 1991, dem Datum, das Angora ihr genannt hatte, war verschwommen, aber es gelang ihr, in den Klecksen ein paar aufschlussreiche Wörter auszumachen: *blond ... Theologieseminar ... Büro ... Fellatio ... Schuhe.* In ihr stieg die Galle hoch – er hatte nicht einmal Angoras Namen erwähnt. Vermutlich hatte er ihn gar nicht gewusst oder ihn einfach schnell wieder vergessen.

»Bastard«, brummte sie.

»Meintest du mich damit?«, fragte Capistrano.

»Nein, halt weiter die Augen offen.«

Der andere Band stammte aus dem Jahr 1987. Durch die Daten auf ihren Lebenslisten wusste sie noch, wann der Gedenkgottesdienst für Tammy Paulen damals stattgefunden hatte. Der Unfall war zwei Tage zuvor passiert, deshalb fand Roxann die entsprechenden Seiten zwar schnell, musste aber feststellen, dass sie völlig durchweicht waren. Auf einigen Seiten glaubte sie zwar, den Großbuchstaben *T* erkennen zu können, aber sicher war sie sich nicht.

»Leg es besser wieder hin«, bemerkte Capistrano. »Ich glaube, die sind so weit.«

Wenige Sekunden später kamen Dixon und Jaffey zurück. Keiner von beiden machte einen zufriedenen Eindruck.

»Ich werde die Anklage gegen Sie und Ihre Cousine fallen lassen«, verkündete Dixon, »aber nur, wenn Sie beide sich dem Lügendetektortest unterziehen, und nur, wenn Sie dabei glänzend abschneiden.«

Die beste Neuigkeit seit Jahren, so schien es ihr. Sie schluckte und nickte dankbar.

»Sie und Ms. Ryder sind Montagnachmittag in meinem Büro. Und ich erwarte, die Wahrheit von Ihnen zu hören.«

Roxann nickte erneut.

»Was Sie betrifft«, wandte sich Detective Jaffey an Capistrano. »Da Sie sich aus dienstlichen Gründen in South Bend aufhalten, werden wir vorgeben, dass wir Sie gebeten haben, uns bei diesem Fall zu helfen. Für die Öffentlichkeit bedeutet dies, dass Sie im Interesse unseres Polizeireviers handelten, als Sie Cape erschossen haben. Wenn Sie nach Biloxi zurückkehren, werden Sie für die Mindestzeit, die *unsere* Richtlinien nach einer Schießerei vorsehen, Schreibtischdienst schieben, das heißt für fünfundvierzig Tage.«

Capistrano nickte und erhob sich, um Jaffey die Hand zu geben. »Klingt fair.«

»Das ist quasi geschenkt«, kommentierte Jaffey bissig und erwiderte knapp den Händedruck. »Außerdem möchte ich, dass Sie gleich morgen früh Ihren verdammten Hintern aus meiner Stadt bewegen.«

»Abgemacht.«

»Gut, dann rate ich Ihnen beiden, dass Sie schnell verschwinden, bevor wir es uns wieder anders überlegen.«

Roxann sprang auf und marschierte direkt zur Tür. Capistrano bedankte sich noch einmal bei den Männern und ging voraus, als sie die Wache verließen. Sie sprachen erst wieder, als sie in dem Ford saßen, wo sie zitternd darauf warteten, dass der Motor warm wurde und der Beschlag auf der Windschutzscheibe abtaute. »Das war knapp«, bemerkte er.

Die Untertreibung des Jahrhunderts, ging ihr durch den Kopf. Roxann hatte vor Erleichterung ganz weiche Knie. Einerseits war sie froh darüber, dass Carls Mörder gefasst war, und andererseits, dass Melissa Cape jetzt endlich Ruhe hatte – vermutlich würde sie ebenfalls tief durchatmen, wenn sie erfahren würde, dass ihr Exmann tot war.

Tief in ihrem Innern war Roxann unendlich froh darüber, dass letztendlich das Geheimnis, das sie und Angora jahrelang für sich behalten hatten, nun doch nicht ans Tageslicht gekommen war. Es war purer Zufall gewesen, dass Cape ausgerechnet eine blonde Perücke an das Armaturenbrett ihres Wagens gespießt hatte. Sie hatte einfach überreagiert und mehr dahinter vermutet, als tatsächlich der Fall war. Im Grunde war sie vor allem sicher, außer vor sich selbst.

»Wegen des Hotelzimmers ...«, begann Capistrano, während er losfuhr.

»Keine Sorge – ich bin zu erledigt und zu durchgefroren, um zu diskutieren.«

Wegen der Straßenglätte dauerte die Fahrt zum Hotel eine Ewigkeit. »Wie war es denn, hier zu studieren?«, erkundigte sich Capistrano.

»Es war klasse«, antwortete sie. »Ich habe jede einzelne Minute genossen. Zum einen ist das Gelände einfach traumhaft, und die Atmosphäre ... Ich kann es gar nicht beschreiben – alle waren so wissbegierig und Neuem gegenüber aufgeschlossen. Erst hier habe ich gelernt, was intellektuelle Freiheit ist. Obwohl der Campus riesig groß ist, fand ich ihn zu meiner Zeit sehr überschaubar. Als wären wir in unserer eigenen kleinen Welt. Ich wollte gar nicht mehr weg.« Sie lächelte. »Ich weiß, das klingt albern. Hast du eigentlich auch studiert?«

Er nickte. »Ja, Kriminologie in Mississippi State. Aber ich konnte es kaum erwarten, das Studium zu Ende zu bringen und an die Polizeiakademie zu gehen.«

»Gefällt dir dein Beruf?«

»Die meiste Zeit bin ich mit Begeisterung dabei. Und selbst an meinen freien Tagen kann ich mir nichts vorstellen, was mir besser gefallen würde.«

»Muss ein schönes Gefühl sein, seine Berufung gefunden zu haben.«

»Hast du deine etwa noch nicht gefunden?«

Sie schüttelte den Kopf. »Ich habe bei *Rescue* gekündigt.«

»Warum?«

»Weil ich nicht davon überzeugt bin, dass ich damit wirklich etwas bewirken und verändern kann. Irgendwie komme ich mir wie ein Stein im Wasser vor – keiner würde ihn vermissen, wenn er weg wäre.«

»Hm, du solltest dich nicht nur darauf konzentrieren,

was für Auswirkungen das auf das Wasser hat, sondern auch, welche das auf den Stein hat.«

Diese Bemerkung musste sie erst einmal überdenken. Insgeheim fragte sie sich, wie viel Psychologie wohl während eines Kriminologiestudiums vermittelt wurde.

»Das bedeutet also, dass du völlig freie Wahl hast, was deinen zukünftigen Wohnsitz betrifft?«, erkundigte sich Capistrano und wechselte damit in weiser Voraussicht das Thema.

»Ich denke schon.«

Roxann wartete auf einen Kommentar, aber der blieb aus, was noch irritierender war. Schweigend legten sie die restliche Strecke zurück. Ihre ganzer Körper war bleischwer vor Erschöpfung, und ihr Kiefer pochte schmerzlich an der Stelle, wo Cape sie geschlagen hatte. Unter der Decke waren ihre Kleider und Schuhe nach wie vor feucht. Sie wurde ihre Gänsehaut überhaupt nicht mehr los. Obwohl sie eigentlich dringend Angora anrufen sollte, um ihr die guten Neuigkeiten persönlich mitzuteilen, beschloss sie, lieber bis zum nächsten Morgen zu warten. Im Moment wollte sie nichts anderes als Ruhe für die nächsten paar Stunden.

Noch bevor Capistrano die Tür des Hotelzimmers aufgeschlossen hatte, fing Roxann an, sich die nassen Kleider vom Leib zu schälen. Er hatte ja sowieso schon alles gesehen, was sie zu bieten hatte, also war jede Prüderie unangebracht. Capistrano ging direkt ins Bad und drehte die Dusche auf. Währenddessen setzte sie sich aufs Bett, um ihre Socken und den BH auszuziehen.

Als er wieder aus dem Bad kam, deutete er mit dem Daumen auf die offene Tür. »Du zuerst.« Er musterte sie eingehend.

Roxann erhob sich und marschierte auf die Badtür zu,

um sich kurz davor nochmals umzudrehen. »Wir können ja zusammen duschen.«

Dafür brauchte er keine zweite Aufforderung. Schon auf dem Weg zum Bad streifte er sich die Kleider ab. Roxann stellte sich unter die Dusche und zuckte zurück, als das heiße Wasser wie Nadelstiche auf ihre kalte Haut prasselte. Sie wusch sich die Haare und fuhr sich wieder und wieder mit den Fingernägeln über ihre Kopfhaut. Mittlerweile hatte sie sich so an die künstliche Haarverlängerung gewöhnt, dass sie in Erwägung zog, sich die Haare wirklich wachsen zu lassen. Angora würde es bestimmt freuen, dass sie es geschafft hatte, Roxanns Abneigung allem Weiblichen gegenüber ein wenig zu mildern.

Die Tür der gläsernen Duschkabine wurde geöffnet, und Capistrano stellte sich hinter sie. Mit einem dicken, weichen Waschlappen rieb er ihre Arme, den Rücken, den Bauch, schäumte sie mit seiner beruhigend duftenden Seife ein. Langsam, ganz langsam, wurde ihr unter dem Druck seiner massierenden Hände endlich wieder warm. Dann revanchierte sie sich, und es freute sie, wie sehr er ihre Berührung genoss. Als sie mit den Fingern zärtlich über die Narbe an seinem Schulterblatt und über die Blutergüsse an seinen Beinen strich, wurde ihr bewusst, dass der Kampf mit Cape ihn beinahe das Leben gekostet hätte. Und wenn er sein Leben nicht riskiert hätte, wer weiß, was Cape ihr angetan hätte, um sie zum Reden zu bringen?

Als Capistrano ihre Brüste küsste, unternahm sie nichts, um ihn daran zu hindern, auch nicht, als seine Zärtlichkeiten immer intensiver wurden. Und als er sie hochhob und gegen die Kachelwand drückte, um in sie einzudringen, schlang sie bereitwillig die Beine um ihn. Sanft stieß er sein Becken gegen ihres, sodass es ihr den Atem nahm. Sie fielen in einen gemeinsamen Rhythmus, untermalt von lustvollem Stöhnen und zärtlichen Worten. Die wundervolle Harmonie ihrer Körper ließ sie die Wut und Angst und Frustration der vergangenen Tage vergessen. Wie eine Explosion entlud sich ihr Orgasmus, ein Beben, das ihren ganzen Körper erfasste und ihn wenige Sekunden später ebenfalls zum Höhepunkt brachte. Nur langsam beruhigten sie sich wieder, drehten das Wasser ab, wickelten sich in Handtücher ein und fielen ins Bett.

»Das hat überhaupt nichts zu bedeuten«, murmelte sie in seinem Arm.

»Ich weiß«, gab er flüsternd zurück.

Ihre Träume waren intensiv und aufwühlend, unzusammenhängend und schrill. Carl, Elise, Richard, Dee, Cape. Jeder wollte ein Stück von ihr haben. Schlimmer noch – sie hatten ihr Geheimnis entdeckt und erpressten sie damit.

Roxann schreckte hoch. Das Zimmer war dunkel, aber zwischen den zugezogenen Vorhängen sickerte bereits das Tageslicht hindurch. Sie drehte den Kopf, um auf die Uhr zu sehen – Sonntagmorgen halb elf. Sie nahm sich vor, heute Abend die Messe im Dom der Universität zu besuchen. Schließlich hatte sie einige Dankgebete zu sprechen.

Aber im Moment lag sie um Capistrano geschlungen, als wären sie zusammengewachsen. Ihre Handtücher hatten sich mit den Bettlaken verheddert, und sie konnte nicht so recht feststellen, welches Bein zu wem gehörte. Er gab einen tiefen Seufzer von sich. Sie hob den Kopf und nutzte die Gelegenheit, ihn ausführlich zu betrachten.

Sein Profil wirkte nach wie vor kantig, selbst im Schlaf. Dafür war seine Stirn glatter als sonst und seine Mundpartie gelöst, sodass er Jahre jünger wirkte. Sein Bartschatten, dunkler als sein rot-braunes Haar, zeichnete sich unter der Haut ab. Die zerzausten Haare gaben ihm ein jungenhaftes Äußeres. Sie konnte sich gut vorstellen, wie er mit fünfundzwanzig, achtzehn, zwölf, selbst mit sechs Jahren ausgesehen hatte.

In diesem Augenblick rührte sich Capistrano, und seine Umarmung wurde unabsichtlich stärker. Kein unangenehmes Gefühl. Sein Kopf lag auf zwei Kissen, während das Laken bis zu seiner Taille herabgerutscht war. Kräftige Schultern und Arme, eine beeindruckende Brustmuskulatur und eine schmale Taille. Sie kam zu dem Schluss, dass seine behaarte Brust ihr doch gefiel – wie ein schützender ... Pelz. Das Laken wölbte sich über seiner erigierten Männlichkeit, und ein süßer Schauer fuhr ihr durch den Unterleib.

Dies hier war der Typ Mann, der Karrierefrauen dazu brachte, ihre klassischen Pumps für eine Milchpumpe in Zahlung zu geben, wurde ihr bewusst. In Gegenwart eines Mannes, der so viel Männlichkeit ausstrahlte, konnte eine Frau gar nicht anders, als sich ungemein weiblich zu fühlen. Wahrscheinlich sträubten sich ihre Eierstöcke genau in diesem Moment gegen ihre Empfängnisverhütung.

In einer Ecke des Zimmers ertönte plötzlich ein Klingelton – sein Handy. Da er sofort aufsprang und mit drei Schritten den Raum durchquerte, konnte sie sich vorstellen, dass er es gewohnt war, derart aus dem Schlaf gerissen zu werden.

»Ja?«, sagte er und rieb sich mit Daumen und Zeigefinger die Augen. Seine Haare standen wild in alle Richtungen ab. Sekunden später lächelte er – wer auch immer am anderen Ende der Leitung war, war offensichtlich ein willkommener Anrufer. »Oh, hi, Betty ... nein, alles okay. Hab nur eine lange Nacht hinter mir.«

Sie setzte sich auf, schwang die Beine über die Bettkante und bedeckte sich mit einem Handtuch. Sie spürte jeden einzelnen Knochen im Leib.

»Wirklich? Das ist ja großartig. Ich fahre heute noch nach Hause, dann werde ich morgen mal vorbeischauen ... aber sicher, bis dann.« Er legte auf, das verschlafene Gesicht voller Lachfältchen. »Das war die Frau von meinem Partner – Lafferty ist heute Morgen aus dem Koma erwacht. Der Arzt meint, er hätte gute Chancen auf eine völlige Genesung.«

Roxann erwiderte sein Lächeln. »Das sind ja gute Neuigkeiten.« Und ein passender Abschluss für ihre gemeinsame Zeit. An seinem bedauernden Gesichtsausdruck konnte sie ablesen, dass er genau dasselbe dachte.

»Ich dachte, ich statte Angora noch heute Vormittag einen Besuch im Krankenhaus ab«, meinte sie betont ungezwungen. »Und ich muss unbedingt ein paar Leute anrufen, Melissa, Nell, Dad und ... den Automobilclub.«

Er nickte. »Schätze, ich sollte mich ebenfalls auf den Weg machen.«

Ihre letzte Beziehung für nur eine Nacht war so lange her, dass sie ganz vergessen hatte, wie peinlich der Morgen danach sein konnte. Nach einem unbehaglichen Schweigen drehte er sich um und verschwand im Bad – eine Strategie, die sie selbst schon mehrmals angewendet hatte. Also nutzte sie die Gelegenheit, um sich hastig anzuziehen, ihre Haare zu ordnen und die Bettlaken glatt zu ziehen – ein zerwühltes Bett machte so einen ... vorwurfsvollen Eindruck. Dann rief sie ihren Automobilclub an und beauftragte ihn, Goldie zur nächsten Reifenwerkstatt zu schleppen.

Der Anruf bei Melissa fiel ihr nicht leicht, aber da sie dabei war, als Frank starb, fühlte sie sich verpflichtet, es ihr persönlich mitzuteilen. Melissa brach in Tränen aus, und Roxann fragte sich, wie erleichtert Melissa sein musste, diesen Kerl endgültig los zu sein.

Sie sprach gerade mit ihrem Vater, als Capistrano wieder

aus dem Bad auftauchte, rasiert und gekämmt. Irgendwie machte es sie nervös, dass während des Telefonats mit ihrem Vater ein nackter Mann im Zimmer stand.

Angestrengt wandte sie die Augen von ihm ab. »Bis Mittwoch dürfte ich wieder in Baton Rouge sein.«

»Bringst du Angora nach Hause?«

»Ich vermute, sie fährt mit ihren Eltern, sobald wir hier alles hinter uns gebracht haben.«

»Kannst du denn etwas länger bei mir bleiben?«

»Wenn ... es dir nichts ausmacht.«

»Ich würde mich freuen«, entgegnete er. »Und jetzt, wo der Fall gelöst ist, wirst du dich weiter mit diesem Capistrano treffen?«

Ihr Blick fiel auf den Detective, der mittlerweile in seine Jeans geschlüpft war und gerade ein T-Shirt über den Kopf streifte. Hinter vorgehaltener Hand sagte sie gedämpft in die Sprechmuschel: »Dad, ich habe mich auch vorher nie mit ihm getroffen.«

»Richte ihm aus, dass ich ihm dafür danke, dass er auf mein bestes Stück aufgepasst hat.«

Sie blinzelte ungläubig. »O ... kay.« Noch nie zuvor hatte ihr Vater sie sein *bestes Stück* genannt. »In ein paar Tagen bin ich bei dir, einverstanden?« Dann legte sie auf, den Kopf voller Fragen.

»Bestimmt ist dein Vater erleichtert«, bemerkte Capistrano, während er einen dunkelgrünen Pullover über das T-Shirt zog.

»Ich soll dir seinen Dank ausrichten, weil du ... auf mich aufgepasst hast.«

Er schürzte die Lippen und setzte sich auf die gegenüberliegende Bettkante, um Socken und Turnschuhe anzuziehen. »Es war mir eine Freude«, meinte er, ohne aufzublicken. Nachdem er sich die Schuhe zugebunden hatte, stand er auf. »Hast du jemanden wegen deines Wagens verständigt?«

Seine Frage machte sie wütend, weil er mit einer Selbstverständlichkeit davon auszugehen schien, dass man sie an alles erinnern musste. »Auch wenn es kaum zu glauben ist, Detective, aber ich bin schon lange selbstständig. Und abgesehen von irgendwelchen Irren, die mich verfolgen, bin ich bis jetzt ganz gut allein klargekommen.«

Seine Brauen zuckten nach oben. »Ich bekomme allmählich den Eindruck, dass du dir partout nicht helfen lassen willst.«

»Das stimmt nicht.«

»Na schön, dann willst du dir also partout nicht von mir helfen lassen.«

Roxann verschränkte die Arme und schüttelte den Kopf. »Hör auf damit, Detective. Was letzte Nacht passiert ist ... war – waren zwei Menschen, die sich zufällig gegenseitig gebraucht haben. Aber nur für diese Nacht.«

»Wie du meinst.« Er stopfte seine Kleider in seine Reisetasche und zog den Reißverschluss zu. »Soll ich dich zum Krankenhaus fahren?«

Wieder schüttelte sie den Kopf. »Danke, aber ich muss noch ein paar Telefonate erledigen.«

»Das Zimmer ist bis zum Ende der Woche bezahlt.«

»Das wäre überhaupt nicht nötig gewesen«, protestierte sie.

»Es ist im Voraus bezahlt«, wiederholte er ärgerlich. »Himmel, Roxann, wieso lässt du dir niemals helfen? Hast du etwa Angst, dass du dadurch jemandem näher kommen könntest?«

Sie schob das Kinn vor. »Sprich nicht so mit mir – du kennst mich schließlich überhaupt nicht.«

Er schlang sich die Tasche über die Schulter und klemmte seinen Aktenordner unter den Arm. »Darauf hast du mich ja nun schon mehrmals hingewiesen.« Er lachte kurz auf. »Ich hoffe, du wirst mit dem fertig, was immer dich daran hindert, wirklich zu leben.« Daraufhin ging er zur Tür und zog sie auf. »Falls ja ... du hast ja meine Nummer.«

31

Das Klicken der sich schließenden Tür dröhnte wie ein Knall in ihren Ohren. Steif saß Roxann auf dem Bett und kämpfte gegen alberne Tränen an. Sie hatte nicht vor, sich in eine Beziehung drängen zu lassen, deren einzige Basis Sex war. Obwohl sie zugeben musste, dass sie sich an seine Gesellschaft gewöhnen könnte. Aber im Moment musste sie sich darauf konzentrieren, ihr Leben wieder in den Griff zu bekommen – Arbeit und eine Wohnung finden, sich mit ihrem Vater aussöhnen. Wie üblich erwartete Capistrano als Mann von ihr als Frau, Platz für ihn in ihrem Leben zu schaffen, da er schließlich – wie hatte er es noch ausgedrückt – *an ihr Interesse hatte.* Was für ein Blödmann.

Roxann zog die Nase kraus und beugte sich nach unten, um ihre kaputte magische Kugel aus der Plunderkiste auf dem Boden zu nehmen. Mit amüsiertem Grinsen, wobei sie sich eingestand, dass sie etwas Herzklopfen hatte, fragte sie: Ist Detective Joe Capistrano vor lauter Liebe ganz verrückt nach mir? Dann drehte sie das Spielzeug.

Verlass dich nicht darauf.

Das hatte sie davon – ihr Liebesleben in einer Nussschale. Jetzt waren ihr auch noch die *Ja, definitiv* ausgegangen.

Sie rief im Krankenhaus an und verlangte Angoras Zimmer. Sie hatte vor, Angora vorab in groben Zügen über Dixons Angebot zu informieren. Später würde sie ihr im Krankenhaus alle Einzelheiten persönlich erklären.

»Hallo?«, meldete Angora sich.

»Hi, hier ist Roxann.«

»Na endlich – du warst ja wie vom Erdboden verschluckt. Hast du die gute Neuigkeit schon gehört? Wir sind doch keine Mörderinnen.«

Roxann musste lachen. »Ja, Gott sei Dank. Dann bist du also über Cape informiert?«

»Vor ein paar Stunden hat die Polizei eine Pressekonferenz abgehalten. Zur Feier haben wir uns rotes Jell-O geleistet.«

»Wir?«

»Ja, Mutter, Dad, Mike und ich. Ach, und Nell wollte auch kommen.«

Roxann runzelte die Stirn. »Nell?«

»Sie sucht dich, also habe ich ihr gesagt, sie soll herkommen, weil ich sicher war, dass du anrufen oder vorbeischauen würdest.«

»Seit wann ist sie wieder in der Stadt?«

»Sie hat den Nachtbus genommen. Sie meinte, der Kanzler von der Uni hätte sie heute Morgen um zwei Uhr angerufen, um ihr die gute Neuigkeit wegen Cape mitzuteilen. Kommst du auch?«

»Ja. Dixon besteht übrigens nach wie vor darauf, dass wir uns dem Lügendetektortest unterziehen – und zwar morgen Nachmittag.«

»Und danach können wir nach Hause?«

»Sobald du fit genug bist.«

»Mir tut zwar noch alles weh, aber ich darf gehen.«

»Mir tut auch alles weh. In ein paar Minuten bin ich bei dir. Ach ... ist Dee da?«

»Nö. Sie ist mit Vater essen gegangen. Sie haben mir versprochen, einen Mimosa-Cocktail für mich hereinzuschmuggeln.«

»Brauchst du sonst noch was?«

»Eine Packung Ho Hos wäre nett.«

Roxann musste grinsen. »Ich werde sehen, was ich tun kann.« Nachdem sie Angora noch die Nummer des Hotels und ihre Zimmernummer gegeben hatte, hängte sie auf. Zum ersten Mal seit Wochen, wenn nicht sogar seit Monaten, fühlte sie sich besser. Die Vorstellung, dass sie beinahe für einen Mord verurteilt worden wären, den sie nicht begangen hatten, war selbst im Nachhinein noch erschreckend. Wieder schnappte sie sich die magische Kugel und drehte sie mehrmals herum.

Ja, definitiv.

Ja, definitiv.

Ja, definitiv.

»Aha, jetzt willst du doch wieder«, murmelte sie.

In diesem Augenblick klingelte das Telefon. Sie erschrak derart, dass ihr die Kugel aus der Hand fiel. Während sie nach dem Hörer griff, konnte sie beobachten, wie die Kugel unter das Sideboard rollte. Wahrscheinlich war es Angora, um sie zu bitten, ihr eine Jumbotüte Cheetos mitzubringen. »Hallo?«

»Spreche ich mit Roxann Beadleman?«, fragte eine Frauenstimme.

»Ja. Wer ist da?«

»Mein Name ist Tanya Chasen – Sie haben sich gestern wegen der aktuellen Adresse von Elise James an die Ehemaligen-Vertretung gewandt.«

»Richtig, mir ist nämlich bekannt, dass sie bei einigen Wohltätigkeitsveranstaltungen mitgewirkt hat – deswegen dachte ich, dass das Büro ihre aktuelle Adresse hat.«

»Sind Sie eine Freundin von Elise?«

»Ja. Bis vor ungefähr zwei Monaten haben wir sogar zusammen gewohnt.«

»Oh. Es ist mir furchtbar unangenehm, dass ich diejenige bin, die Ihnen das sagen muss, aber Elise ist ... tot.«

Roxanns Kehle schnürte sich zu. »W-was ist passiert?«

»Eine Überdosis. Vor ein paar Abenden ist ihre Leiche auf der Toilette eines hiesigen Clubs entdeckt worden, ohne Ausweis. Im Leichenschauhaus war sie zunächst als Jane Dee registriert, bis jemand auf die Idee kam, mit einem Foto von ihr in unserem Büro nachzufragen. Wir haben sie anhand eines Fotos identifiziert, das vergangenes Wochenende beim Marathon aufgenommen worden ist.« Der Frau versagte die Stimme. »Sie hat den zweiten Platz erzielt.«

Überdosis. Roxann war zwar schockiert, aber nicht wirklich überrascht – schließlich schien Elise fest entschlossen zu sein, mit allen möglichen Aufputschmitteln russisches Roulette zu spielen und dabei gleichzeitig wie ein Leistungssportler bis an die Grenzen zu gehen. Roxann bedankte sich bei der Frau und legte auf. Carl war tot. Elise war tot. Das ging beinahe über ihren Verstand.

Nachdem sie die Nachricht einigermaßen verdaut hatte, schickte sie ein stummes Gebet für Elise in den Himmel. Roxann wurde von Gewissensbissen geplagt, weil sie Elise verdächtigt hatte, ihre Wohnung durchwühlt und – schlimmer noch – Carl umgebracht zu haben. Die arme Elise war ein völlig konfuser Mensch gewesen, der ständig nach einer Ausflucht und einem Allheilmittel gesucht hatte. Aber in ihrem kurzen Leben hatte sie weder das eine noch das andere gefunden.

Roxann seufzte und machte sich auf die Suche nach der magischen Kugel. Gleichzeitig sagte sie sich, dass es ihr bestimmt wesentlich besser gehen würde, sobald sie Angora und Nell treffen würde. Sie legte sich auf den Bauch und tastete unter dem Sideboard nach dem Spielzeug, wobei sie lieber nicht daran denken wollte, was sonst noch alles darunter liegen mochte.

Sie fühlte ein Blatt Papier. Es war eine Kopie von der ersten Seite des ärztlichen Untersuchungsberichts zu Carls Tod. Sie musste aus Capistranos Akte gefallen sein. Sie warf einen Blick darauf und dachte erneut, wie unnötig Carls Tod doch gewesen war. Hätte sie doch bloß auf Capistrano gehört und sich früher um eine Videoaussage von Melissa gekümmert, dann hätte die ganze Tragödie wahrscheinlich verhindert werden können. Frank Cape hätte nie einen Fuß nach South Bend setzen müssen. Sie presste die Lippen zusammen und spürte, wie ihr die Tränen hochstiegen, als ihr Blick plötzlich auf Carls vollen Namen fiel. Seine mittlere Initiale war zwar auf der Glastür seines Büros eingraviert, wie sie sich erinnern konnte, aber sie hatte ihn nie gefragt, wofür der Buchstabe stand.

Während Roxann auf den Namen starrte, durchfuhr es sie siedend heiß. Die Parallele schien ihr zunächst zu ungeheuerlich. Aber nachdem sie im Geiste diverse Anhaltspunkte, Unterhaltungen und Beobachtungen durchgegangen war, nahm ihre vage Theorie allmählich Form an, bekam ein Gesicht. Ihre Eingeweide krampften sich zusammen, und sie brach in Schweiß aus.

Angora.

32 **Ihre** Wunden begannen erneut zu jucken. Angora wand sich in dem Krankenhausbett hin und her und versuchte, das Ziehen zu verdrängen, um sich dann wieder ihrer Broschüre *Runter mit den Pfunden!* zu widmen, die ihre Mutter ihr aufgenötigt hatte.

»Wenn Sie anstelle eines Eisbechers eine gefrorene, zerdrückte Banane essen, sparen Sie zweihundertzwanzig Kalorien. Wenn Sie sich normalerweise einmal in der Woche Eis gönnen, verlieren Sie sagenhafte vier Pfund in einem Jahr.«

Zwei lausige Kilo? In einem ganzen Jahr? Wen wollten die eigentlich damit beeindrucken – schließlich war eine gefrorene Banane kein Eis, sondern bloß eine blöde gefrorene Banane. Sie biss ein Stück von einem Schokoladenkuchen ab, klappte die Broschüre wieder zu und suchte nach spannenderer Lektüre. Doch der ganze Stapel bestand nur aus demselben Mist – weniger essen, mehr Sport, blablabla.

Mike Browns Sammlung von *Der fortschrittliche Landwirt* lag noch unberührt da. In ihrer Langeweile schlug sie eine der Zeitschriften auf und rümpfte die Nase: »Düngen oder nicht düngen«, »Die Gefahren der Monokultur«, »Die Entsorgung von flüssigem Schweineabfall«. Dennoch erweckte ein Punkt in dem Inhaltsverzeichnis ihre Aufmerksamkeit. »Hackbraten – ein Genuss.«

Als sie ungefähr sechs Jahre alt war, hatte ihre Mutter eine kleine alte Frau namens Liza eingestellt, die den unglaublichsten Hackbraten mit Kartoffelpüree und Bratensauce machte. Aber da sie schon mit sechs pausbäckig gewesen war, hatte ihre Mutter ihre Portion auf wenige Happen reduziert, egal, wie sehr sie um mehr gebettelt hatte. Aber Liza, dieser Schatz, hatte ihr nach dem Abendessen immer einen Teller auf ihr Zimmer geschmuggelt. Doch als Dee Angora unter der Bettdecke dabei erwischt hatte, wie sie ein Stück Weißbrot in die Sauce tunkte, hatte sie Liza auf der Stelle entlassen und sie durch ein Klappergestell ersetzt, das Spinat als Hauptnahrungsmittel betrachtete. Bäh.

Mit wässrigem Mund wandte sie sich dem Rezept zu. Zu wissen, wie man Hackbraten zubereitet, schien nämlich eine gute Grundvoraussetzung zu sein. Oooh, da war sogar ein Bild – ein wunderbarer, saftiger Fleischbrocken, von einer zarten Kruste bedeckt, garniert mit sahnigem Kartoffelpüree, das in dunkler Bratensoße schwamm. Himmlisch. Ein himmlischer Genuss. Unaufhörlich lief ihr das Wasser im Mund zusammen.

Es klopfte an der Tür, und hastig deckte sie sich wieder zu – ihre Eltern waren zurück. »Herein«, flötete sie und schob noch rasch den Schokokuchen und die Zeitschrift unter ihr Kissen. Mit dem Ärmel ihres Morgenmantels fuhr sie sich über den Mund und setzte ein zurückhaltendes Lächeln auf.

Herein kam Trenton, der Letzte, mit dem sie gerechnet hätte, tadellos gekleidet in beigefarbener Hose und einem mintgrünen Kaschmirpullover, den sie ihm zum Geburtstag geschenkt hatte.

»Hallo, Angora.«

Ihr Kiefer klappte herunter, während sie sich fieberhaft an die Gemeinheiten zu erinnern versuchte, die sie sich zurechtgelegt hatte, um sie ihm bei nächstbester Gelegenheit an den Kopf zu werfen. »Äh, hi.«

»Du bist wahrscheinlich überrascht, mich zu sehen.«

Sie nickte, ausnahmsweise sprachlos.

Er ging auf das untere Bettende zu. »Ich habe von deinem ganzen Schlamassel gehört und wollte mich persönlich davon überzeugen, dass es dir gut geht.«

Dann war sie ihm also doch nicht ganz egal. »W-wann bist du hier angekommen?«

»Vor ungefähr einer Stunde bin ich gelandet.«

»Wo ist Darma?«

»Wir sind nicht mehr zusammen.«

Ihr Herz hob sich. »Und warum nicht?« Weil er endlich wieder zur Vernunft gekommen war und erkannt hatte, dass Angora die Liebe seines Lebens war.

»Sie wollte, dass ich einen Ehevertrag unterschreibe, und das wars dann.« Er deutete auf ihren Magen. »Wie fühlst du dich?«

»Besser. Die haben mir die Gallenblase entfernt und ein paar Gallensteine.«

»Deine Mutter und ich haben dich immer davor gewarnt, so viel zu essen.«

Hätte sie vor der Hochzeit nicht mit dieser Diät angefangen, wäre alles gut gewesen. »Dann haben sich bei mir noch Komplikationen eingestellt. Eine Infektion – der Arzt meinte, er hätte noch nie so eine schlimme Entzündung gesehen.«

»Ja, so etwas darf man nicht auf die leichte Schulter nehmen. Haben sie dich an den Tropf gehängt?«

»Ja, bis gestern.«

»Deswegen siehst du so aufgedunsen aus.«

Sie sah ihn missmutig an. »Weißt du, dass man mich wegen Mordes verhaftet hat?«

»Deine Mutter sagte, die Anklage ist aufgehoben worden.«

»Richtig, allerdings war ich eine Zeit lang die Hauptverdächtige.«

Er lachte. »Mann, die Polizei hier muss wirklich eine Truppe von Komikern sein, wenn die dich für fähig halten, einen Mord zu begehen. Im Club war das der Witz des Tages.« Erneut brach er in Gelächter aus und wischte sich die Tränen aus den Augenwinkeln. Was eigentlich als Kompliment zu verstehen gewesen wäre, wurde durch seinen Sarkasmus zunichte gemacht – als wäre sie nicht einmal klug genug, um einen Mord zu begehen.

»Ich war die Letzte, die den Professor lebend gesehen hat. Wir waren nämlich verabredet.«

Er steckte die Hände in die Hosentaschen. »Habt ihr zwei denn, äh ... du weißt schon?«

»Miteinander geschlafen? Das geht dich nichts an.«

Trenton räusperte sich. »In der Zeitung stand, dass du ihn bei einer Junggesellenauktion oder so ersteigert hast.«

Jetzt musste sie doch lächeln. »Ja, ich habe meinen Verlobungsring versetzt, und so hatte ich gerade etwas Kleingeld über.«

Nervös zupfte er an seinem Halsausschnitt. »Na schön, das geschieht mir recht. Ich wollte dir ohnehin einen größeren kaufen.«

»Wie bitte?«

»Ich habe einen Riesenfehler begangen, Angora, und ich kann es dir nicht verübeln, wenn du mir nicht verzeihst, aber ich möchte gern, dass wir wieder zusammen sind.«

In ihrem Innern brach ein Sturm der Gefühle los – hatte sie sich nicht immer und immer wieder ausgemalt, dass er irgendwann doch angekrochen käme?

»Wir sind füreinander geschaffen, Angora. Du kennst mich, und du weißt, was ich denke.«

»Vergangenen Samstag habe ich nicht gewusst, was du denkst.«

»Nachdem du all die Jahre gewartet hast, hast du hoffentlich nicht mit diesem Mann geschlafen, oder etwa doch?«

Sie schüttelte den Kopf.

Erleichtert stieß Trenton die Luft aus. »Siehst du? Deine innere Stimme hat dich davon abgehalten. Dir war klar, dass du für mich bestimmt bist. Wir könnten die Hochzeit im kleinen Kreis nachholen und anschließend nach Hawaii fliegen für, sagen wir, zehn Tage, und nach unserer Rückkehr einen Riesenempfang geben.«

»Aber ich habe nicht einmal ein Kleid ...«

»Ich kauf dir eins von Versace.«

»Und die Kirche ...«

»Deine Mom hat gesagt, wir könnten die Hochzeit in eurem Haus abhalten.«

»Du hast mit meinen Eltern darüber geredet, bevor du mit mir gesprochen hast?«

Er seufzte. »Ja, schließlich hatte ich bei der ganzen Familie etwas gutzumachen. Deine Eltern waren sehr verständnisvoll. Was meinst du dazu, Angora? Wir können immer noch nach Chicago ziehen und gemeinsam eine neue Karriere beginnen. Du wirst die Boutiquen dort lieben.«

Sie schob das Kinn vor. »Ich kann auch ganz allein nach Chicago ziehen.«

»Aber du wärst von deinen Eltern finanziell abhängig, um zurechtzukommen.«

Damit hatte er Recht, verflixt nochmal. Die Stelle in der Galerie beruhte größtenteils auf Provisionsbasis, und sie würde eine Weile brauchen, um sich einen festen Kundenstamm aufzubauen.

»Heirate mich, Angora, und du wirst wie eine Königin leben.«

»Aber ... Trenton, liebst du mich überhaupt?«

Er schnaubte entrüstet. »Selbstverständlich liebe ich dich. Wir sind uns so ähnlich. Wenn ich dich nicht lieben würde, würde ich mich selbst nicht lieben.«

Sie biss sich auf die Unterlippe und musterte sein Gesicht – er sah unglaublich gut aus, war unglaublich klug und hatte unglaublich gute Beziehungen. Und zudem einen hervorragenden Geschmack. Vermutlich würde sie nie wieder in ihrem Leben so einen wundervollen Mann wie Trenton finden. Und egal, wenn er sie auch ständig demütigte – würde sie nicht zuletzt lachen, sobald sie miteinander verheiratet wären? *Sie hat ihn zurückgewonnen,* würde es im Club heißen.

Es klopfte wieder, und ihre Eltern traten ein. Dee machte ein hoffnungsvolles Gesicht. »Freust du dich, Trenton zu sehen, Liebling?«

Sie rang sich ein Lächeln ab.

»Und ist es nicht wundervoll, dass ihr beide euch nach allem doch wieder vertragen werdet?«

Wenn sie Trenton heiratete, wäre ihr Mutter überglücklich – bestimmt wäre dann der ganze Ärger vergessen, den sie ihnen in letzter Zeit eingebrockt hatte. Für ihren Vater war ihre Verhaftung ein schwerer Schlag gewesen. Er war in letzter Zeit deutlich gealtert.

Und bot Chicago nicht die Chance, endlich etwas aus ihrem Leben zu machen? Schön, die Kunstbranche war nicht ganz so glamourös, wie sie sich vorgestellt hatte – die meisten Künstler kleckerten mit Fingerfarben herum, um sich ihre Ausschweifungen leisten zu können –, aber trotzdem war die Stelle in Chicago eine Riesenchance. Und wofür war sie denn sonst noch auch nur halbwegs qualifiziert?

»Ja«, antwortete sie ihrer Mutter. »Wirklich wundervoll.«

Trentons Erleichterung war deutlich zu spüren. Die ganze Anspannung fiel von ihm ab, und sein Lächeln strahlte tatsächlich Wärme aus. »Du wirst es nicht bereuen, Angora.«

Dee strahlte über das ganze Gesicht. »Trenton wird bis morgen Abend bleiben, und dann fliegen wir alle gemeinsam nach Hause.«

Angora schüttelte jedoch den Kopf. »Nein, ich fahre mit Roxann zurück.«

Schlagartig erlosch Dees Lächeln. »Das kann nicht dein Ernst sein. Schließlich hast du dieser Zigeunerin den ganzen Schlamassel zu verdanken.«

»Meine Entscheidung steht fest, Mutter. Wenn ich einmal in Chicago bin, werde ich Roxann vielleicht nie wieder zu Gesicht bekommen. Ich erwarte ja nicht, dass du dafür Verständnis aufbringst, aber das ändert nichts an meiner Entscheidung.«

»Ich weiß nicht ...«

»Dixie«, schaltete sich jetzt ihr Vater ein. »Du hast doch gehört, was deine Tochter gesagt hat.«

Angora war nun nicht mehr zu bremsen. »Am besten nehmt ihr direkt den nächsten Flug zurück, damit Daddy morgen wieder ins Büro gehen kann, und du kannst schon einmal mit den Hochzeitsvorbereitungen anfangen. Such das Brautkleid aus, die Blumen, du hast völlig freie Hand.«

Ihre Mutter war vollkommen verblüfft. Kein Wunder, beim ersten Mal hatten sie schließlich stundenlang über Kleinigkeiten diskutiert. »Tja ... in Ordnung, Liebes.«

»Bist du sicher, dass die Autofahrt nicht zu beschwerlich für dich wird?«, erkundigte sich ihr Vater fürsorglich.

»Roxann wird schon auf mich Acht geben.«

»Aber ich bin gerade erst gekommen«, wandte Trenton ein.

Sie schenkte ihm ein sanftes Lächeln. »Wir haben doch noch unser ganzes Leben, um zusammen zu sein. Roxann und mein Anwalt werden gleich hier eintreffen, und davor würde ich mich gern noch etwas ausruhen.« Zudem legte Dee sicherlich keinen Wert darauf, mit einem der beiden zusammenzutreffen.

Völlig perplex sahen sich ihre drei Besucher an, aber sie fügten sich und verabschiedeten sich von Angora. Ihr Vater umarmte sie vorsichtig. Ihre Mutter deutete ein Küsschen an, ohne ihre Wange zu berühren. Trenton küsste sie auf die Stirn. »Wir sehen uns in ein paar Tagen.«

Sie nickte und verfolgte mit angehaltenem Atem, wie die Tür sich hinter ihnen schloss. Sie war so sehr daran gewöhnt, wie Luft behandelt zu werden, dass ihr diese plötzliche Aufmerksamkeit regelrecht unbehaglich war. Nachdem sie den Kuchen und die Zeitschrift unter ihrem Kissen hervorgeholt hatte, kuschelte sie sich in ihr Bett und begann genüsslich zu kauen.

Tja, nun würde sie also doch noch einen Arzt ehelichen. Alles würde nach ihren ursprünglichen Plänen verlaufen, und sie würde mit Trenton glücklich sein bis an ihr Lebensende. Sie würden sich blendend verstehen – sie würde ihm den Ausrutscher mit Darma verzeihen. Immerhin hatte sie sich ebenfalls einen kleinen Ausrutscher mit Carl geleistet.

Und alles wäre ... gut.

Sie las das Rezept für den Hackbraten durch und kam zu dem Schluss, dass selbst sie sich die Zubereitung dieses Gerichts zutrauen würde, dann blätterte sie in der Zeitschrift weiter und stieß auf eine fabelhafte Rezeptsammlung von leckeren Schnellgerichten – selbst gemachte Makkaroni mit Käsesauce, Buttermilchkekse, heißer brauner, süßer Kartoffelkuchen. Sobald sie ihre eigene Küche hätte, könnte sie sich zubereiten, was immer sie wollte. Und falls es Trenton doch mal nicht schmecken sollte, könnte sie zusätzlich auch noch seine Portion verputzen.

In diesem Augenblick klingelte ihr Telefon. Mike Brown teilte ihr mit, wann und wo der Lügendetektortest morgen Nachmittag stattfinden würde. »Ich kann Sie hinfahren«, bot er an. »Ich muss zwar vorher noch die Schwarte vom Schinken ziehen, aber bis dahin dürfte ich längst fertig sein.«

Sie hatte das vage Gefühl, dass mit »Schinken« und »Schwarte« keine dicken Schmöker gemeint waren. »Mike, ich möchte Ihnen für alles danken, was Sie für mich getan haben, und ich würde Ihnen gern wenigstens eine Aufwandsentschädigung zukommen lassen.«

»Ach was, lassen Sie es gut sein«, entgegnete er. »Es war mir bereits ein Vergnügen, Sie kennen gelernt zu haben.«

Sie stellte ihn sich vor, wie er gerade seine Brille hochschob. »Hat mich ebenfalls gefreut«, erwiderte sie.

»Also dann bis morgen«, meinte er fröhlich. »Rufen Sie mich an, wenn Sie etwas brauchen.«

Als Angora wieder auflegte, kam ihr in den Sinn, dass Mike Brown vermutlich zu den Männern zählte, die eine ganze Menge Hackbraten mit Sauce vertilgen konnten. Verflixt nochmal, wahrscheinlich stellte er sogar seinen eigenen Hackbraten her.

Sie nahm die Fernbedienung in die Hand und schaltete den Fernseher ein. In sämtlichen Lokalnachrichten waren der Mord an Carl und der Tod von Frank Cape das Topthema. Sie zitterte am ganzen Körper, wenn sie daran dachte, dass sie selber gerade noch davongekommen war. Offenbar hatte sie einen besonders guten Schutzengel, der sie heil aus diesem Chaos geführt hatte.

Plötzlich zuckte sie zusammen. Der Klinikalarm war ausgelöst worden, und sie konnte das regelmäßige Hupintervall zuerst nicht einordnen. Ruckartig setzte sie sich auf, die Hand gegen ihren Verband gedrückt. Im nächsten Moment ertönte die Lautsprecheranlage.

»Achtung, Achtung! Der Feueralarm wurde ausgelöst. Verlassen Sie bitte Ihre Zimmer und begeben Sie sich zu dem nächsten Ausgang. Das Sicherheitspersonal wird dafür sorgen, dass sämtliche Räume evakuiert werden. Achtung, Achtung! Der Feueralarm wurde ausgelöst ...«

Ihr Herz schlug wie wild, als sie die Beine über die Bettkante schwang. Durch die Bewegung machte sich ihre Wunde wieder bemerkbar. Ein brennender Schmerz durchfuhr ihren Körper. Sie schnappte nach Luft. Ihr Zimmer lag im achten Stock – wie sollte sie es bloß die Treppe herunterschaffen?

In diesem Augenblick flog ihre Zimmertür auf, und Angora stieß einen Seufzer der Erleichterung aus, als sie Nell Oney erblickte. »Dr. Oney, Gott sei Dank, dass Sie da sind. Können Sie mir helfen? Dort drüben sind meine Pantoffeln, und meine Jacke hängt im Schrank.«

Doch stattdessen schloss Dr. Oney die Tür von innen ab und kam mit einem Lächeln auf sie zu. »Es handelt sich um falschen Alarm.«

33 **Roxann** knallte den Hörer auf – Angoras Leitung war nach wie vor besetzt. Der Panik nahe, hastete sie die Treppe hinunter und hinaus auf den Parkplatz. Innerlich betete sie darum, dass Capistrano noch nicht abgefahren war. Es würde nämlich eine Ewigkeit dauern, ein freies Taxi zu bekommen. Sie erspähte den Ford Dooley, der gerade davonfuhr. Ihre Erleichterung gab ihr Kraft, und sie rannte, aus Leibeskräften schreiend und mit den Armen fuchtelnd, hinter dem Wagen her. »Warte! Capistrano, warte!« Gerade als sie die Hoffnung schon aufgeben wollte, leuchteten die Bremslichter auf. Sie geriet ins Stolpern, schöpfte kurz Atem und stürzte dann auf den Wagen zu.

Er machte die Wagentür auf. »Was ist los?«

Sie war so außer Atem, dass sie Mühe hatte zu sprechen. »Müssen ... zum Krankenhaus ... schnell.« Dann riss sie die Beifahrertür auf und sprang in den Wagen.

Capistrano gab unverzüglich Gas, während sie ihn dirigierte. »Ist Angora etwas zugestoßen?«

»Weiß nicht ... sicher ... aber glaube ... sie ist in Gefahr.«

»Wer bedroht sie?«

»Nell.«

»Was?«

Sie holte tief Luft und versuchte, ihren Atem zu beruhigen. »Ich habe das Deckblatt von dem ärztlichen Untersuchungsbericht unter dem Sideboard im Hotelzimmer gefunden. Carls zweiter Vorname ist Chester.«

Er runzelte die Stirn. »Ich verstehe nicht.«

»Nells Lieblingskatze, an der sie abgöttisch hängt, heißt ebenfalls Chester.«

Er kratzte sich an der Schläfe. »Aha.«

»Ich glaube, dass sie all die Jahre über heimlich in ihn verliebt gewesen ist. Vermutlich hat sie Frank Cape dazu angestiftet, Carl umzubringen.«

»Das ist eine gewagte Theorie, Roxann.«

»Eben nicht. Mir ist nämlich etwas eingefallen, was Cape mir gesagt hat, als er zugegeben hat, Carl ermordet zu haben. Er meinte, er hätte guten Grund dazu gehabt und dass auf niemanden mehr Verlass sei. Ich denke, Nell hat ihn mit einem Tauschgeschäft geködert – er bringt Carl um, und sie besorgt ihm dafür Melissas neue Adresse.«

»Hat sie sie denn herausgefunden?«

»Das nicht, aber sie hat sämtliche Hebel in Bewegung gesetzt. So hat sie nicht nur mich mehrmals darauf angesprochen, sondern auch meinen Ressortleiter extra deswegen kontaktiert. Und ich erinnere mich noch deutlich an ein Gespräch mit ihr, bei dem sie mich über Melissa und Regina ausgefragt hat.« Fassungslos schüttelte sie den Kopf. »Ich habe Nell gegenüber nie ihre Namen erwähnt.«

»Aber wie hat sie Kontakt zu Cape aufgenommen?«

»Ich schätze über Elise James – Elise hat nämlich nicht gerade den besten Umgang gepflegt.« Sie fuhr sich mit der Zunge über die Lippen. »Elise ist übrigens auch tot. Sie ist an einer Überdosis gestorben, die zusätzlich mit irgendwas gestreckt war. Aber ich frage mich allmählich ...«

»Sag schon.«

»Ich frage mich, ob Nell vielleicht diejenige war, die ihr das Zeug gegeben hat. Immerhin nimmt sie selbst regelmäßig Medikamente, und ich bin einmal in ihrem Küchenschrank zufällig auf eine Ansammlung von verschreibungspflichtigen Schmerzmitteln gestoßen, mit der man eine ganze Elefantenherde hätte töten können.«

Wieder einmal schoss seine Augenbraue in die Höhe. »Was noch?«

»Sie hat versucht, im Fall Tammy Paulen den Verdacht auf Angora zu lenken, was sie mir gegenüber mit Angoras Labilität begründet hat. Ich wette, dass sie das nicht nur mir erzählt hat.«

»Um Seger zu decken.«

»Vermutlich.«

Er deutete auf die Aktenmappe. »Weißt du noch, an welchem Tag Tammy Paulen den tödlichen Unfall hatte?«

»Ja, am zweiten Dezember 1987.«

»Such mal in der Mappe die Kopie von Segers Terminkalender heraus. Es müssten vier oder fünf Seiten sein, die zusammengeklammert sind.«

»Warum? Wonach genau soll ich suchen?«

»Es ist bloß eine vage Vermutung, aber geh doch mal die Termine auf seiner Liste durch, an denen er Vorträge gehalten hat.«

Sie fand die Kopie, auf der Segers Termine aufgelistet waren. Es handelte sich um eine Zusammenfassung, die auch eine endlose Aufzählung der Seminare enthielt, die er gegeben hatte. Roxann orientierte sich an den Daten und hielt plötzlich inne. »Vom neunundzwanzigsten November bis zum dritten Dezember hat Carl ein Seminar in Philadelphia abgehalten.«

Capistrano stieß einen leisen Pfiff aus. »Ist es möglich, dass er seinen Wagen während seiner Abwesenheit jemandem geliehen hat?«

»Da kommt nur jemand infrage, der selber keinen Wagen hat.« Sie schloss die Augen. »Ich kann es nicht fassen. Angora hat mir nämlich erzählt, sie habe Carl gesagt, dass sie damals gesehen hätte, wie sich sein Wagen vom Unfallort entfernt hat.«

»Dann wusste er also, dass Dr. Oney es gewesen war.«

»Ganz genau. Vielleicht hat er ja Nell danach angerufen und ihr gedroht, sie zu erpressen. Vielleicht hat sie daraufhin Kontakt zu Cape aufgenommen und ihm den Handel vorgeschlagen beziehungsweise Druck gemacht, weil der Deal bereits abgesprochen war.«

Capistranos Lippen wurden schmal. »Wenn wir darauf gekommen sind, dass Seger mit dem Unfall nachweislich nichts zu tun gehabt haben kann, dann sind wir vielleicht nicht die Einzigen. Und wenn Angora ihre Zeugenaussage nicht machen kann ...«

Bestürzt nickte sie. Nell ... einsame Nell. War sie im Laufe ihres Einsiedlerlebens womöglich verrückt geworden?

Er griff nach seinem Handy. »Wie heißt das Krankenhaus?«

»Heilig Kreuz.«

Daraufhin wählte er eine Nummer und verlangte über die Auskunft eine Direktverbindung. »Den Sicherheitsdienst, bitte«, sagte er. »Es ist dringend.« Dann runzelte er die Stirn. »Was? ... Wann? ... Vielen Dank.«

Er legte wieder auf. »Das Krankenhaus ist wegen eines vermeintlichen Brandes evakuiert worden. Die Feuerwehr ist bereits unterwegs.«

»Hältst du das für einen Zufall?«, fragte sie.

Unter seinem Sitz zog er eine blaue Sirene hervor, kurbelte die Scheibe herunter und setzte sie aufs Dach. »Schatz, auf dieser Welt gibt es recht wenige Zufälle.«

34 **Angora** gestattete Nell, ihr Kissen aufzuschütteln und die Krümel aus dem Bett zu entfernen. »Danke.«

»Ich habe Ihnen etwas mitgebracht«, sagte Nell und hielt eine weiße Tüte hoch. »Doughnuts mit Marmeladenfüllung und Milch.«

Angora lächelte – vielleicht hatte sie Dr. Oney bislang falsch eingeschätzt. Aus irgendeinem Grund hatte sie nämlich den Eindruck gehabt, dass die Frau sie nicht leiden kann. »Vielen Dank. Das Essen hier ist nämlich furchtbar.«

Daraufhin reichte Nell ihr einen Doughnut und machte die Milchtüte auf. »Nur zu, essen Sie. Ich habe mir bereits einen genehmigt.«

Angora runzelte die Stirn, da nach wie vor die Durchsage über die Lautsprecher erklang. »Wenn es wirklich keinen Brand gibt, warum stellen die dann den Alarm nicht ab?«

»Wahrscheinlich müssen sie auf die Feuerwehr warten, weil nur die ihn abstellen kann.«

Angora biss in den Doughnut – die himmlischste aller Speisen ihrer Ansicht nach. Dee würde so etwas nicht einmal im Haus dulden. Ooh, und Vollmilch. Wow. Sie nahm einen großen Schluck und verzog gleich darauf das Gesicht. »Die schmeckt aber seltsam.«

»Sie ist aber frisch«, versicherte Nell ihr. »Ich habe sie eben in der Cafeteria gekauft.«

»Hm. Muss wohl daran liegen, dass ich nur fettarme Milch gewohnt bin.«

»Wahrscheinlich«, stimmte Nell zu.

Erneut biss sie ein großes Stück Doughnut ab und nahm einen großen Schluck Milch. »Roxann wollte auch gleich kommen.«

»Schade, dass ich sie verpassen werde. Ich kann nämlich nur ganz kurz bleiben.«

»Roxann hält große Stücke auf Sie, wissen Sie.«

Nell machte ein bekümmertes Gesicht. »Ich auf sie ebenfalls.« Dann erhob sie sich und ging im Zimmer auf und ab, die Hände auf dem Rücken verschränkt, als würde sie gerade eine Vorlesung halten. »Mir ist zu Ohren gekommen, dass Sie Lügen über Dr. Seger verbreitet haben.«

Schlagartig hörte Angora auf zu kauen. »Hä?,« meinte sie mit vollem Mund.

»Mike Brown behauptet, Sie hätten gegenüber der Polizei angegeben, oralen Sex mit Carl in seinem Büro praktiziert zu haben.«

Sie schluckte den Rest herunter und versuchte zu sprechen, aber ihre Kehle war ganz trocken und kribbelte. Sie stürzte einen weiteren Schluck Milch herunter und lehnte den Kopf zurück. »Ich habe nicht gelogen. Es ist ... wirklich passiert.«

»Du miese, kleine, gefräßige Lügnerin«, sagte Nell mit ruhiger Stimme.

Doch Angora war sich nicht sicher, ob sie sie richtig verstanden hatte. Irgendetwas stimmte nicht mit ihr. Ihr Kopf fühlte sich ganz merkwürdig an, und sie verspürte ein Brennen im Magen – sowohl von innen als auch von außen.

»Er hat auch gesagt, dass Sie gesehen hätten, wie Carl in jener Nacht, in der Tammy Paulen umgekommen ist, von der Unfallstelle weggefahren ist.«

»Das ... stimmt.« Stöhnend presste sie die Hand auf den Magen.

»Das sind bereits zwei Lügen, Angora. *Ich* habe nämlich Carls Wagen gefahren. Als ich diese kleine Schlampe auf der Straße gesehen habe, habe ich sie einfach überfahren.« Sie stieß ein hässliches Lachen aus. »Statt langsamer zu werden, habe ich richtig Gas gegeben. Sie war nämlich schwanger, weißt du. Mir hat sie erzählt, das Baby sei von Carl, aber auch sie war eine Lügnerin.«

Daraufhin näherte sich Nell dem Bett und hob Angoras Hand. Sie legte mehrere halbe Kapseln hinein und schloss anschließend Angoras Finger zu einer Faust.

Angora war nicht in der Lage, sich zu wehren – sie hatte keinerlei Kontrolle mehr über ihren Körper. Sie konnte nichts anderes tun, als dabei zuzusehen, wie Nell ihre Hand über den Ausziehtisch führte und die leeren Kapselhüllen, auf denen sich nun nur ihre Fingerabdrücke befanden – Nell selber trug Handschuhe –, herunterfallen ließ, wo sie neben der Milchtüte liegen blieben.

»Aber das bleibt alles unter uns, Angora. Du darfst dein Wissen mit ins Grab nehmen. Was nicht mehr allzu lange dauern dürfte angesichts der Menge an Schlaftabletten, die ich in dieser Milch hier aufgelöst habe.«

Angoras Zunge schien in ihrem Mund immer dicker zu werden. Sie war zwar nicht mehr in der Lage zu sprechen, aber sie konnte jedes einzelne Wort verstehen.

»Ich dachte, die würden dich hinter Gitter bringen. Schließlich habe ich dir extra diesen Bauerntrottel besorgt, der sich für einen begnadeten Staranwalt hält. Er hat mich immer schön auf dem Laufenden gehalten, weil er im

Glauben war, dass ich dir helfen würde.« Erneut brach sie in Gelächter aus. »Ich glaube, der arme Blödmann hat sich in dich verliebt.«

»Helfen ... Sie mir«, wisperte Angora.

»Aber das tu ich doch. Sieh mal, es ist allgemein bekannt, wie labil du bist. Hast du übrigens gewusst, dass es in deiner Familie einen Fall von Schizophrenie gab? Die ist nämlich vererbbar. Das weiß ich, weil meine Mutter selbst schizophren war.« Wieder lachte sie. »Aber ich komme vom Thema ab. Du warst depressiv, Angora. Zuerst hast du vor dem Traualtar den Laufpass bekommen, dann die ganze Sache mit Carl und schließlich die Operation. Dein Kummer hat dich derart überwältigt, dass du dir mit Tabletten das Leben genommen hast, die du aus meinem Küchenschrank gestohlen hast. Als ich meine Schwester in Indy besucht habe, habe ich nämlich extra darauf hingewiesen, dass irgendjemand meine Medikamentenvorräte geplündert hat.« Sie seufzte. »Siehst du, so wird jeder glauben, dass du einfach aufgegeben hast.«

Verzweifelt kämpfte Angora dagegen an, das Bewusstsein zu verlieren. Das war nun schon das dritte Mal innerhalb von drei Tagen, dass sie glaubte, sterben zu müssen. Hatte Dee nicht immer gesagt, aller guten Dinge sind drei. Wo war denn im Moment ihr Schutzengel? Oh Mann, dieses Mal würde sie wohl dran glauben müssen, und schuld daran war ihre Gier auf Doughnuts mit Marmeladenfüllung.

35 **Roxann** rannte durch den Flur und suchte Angoras Zimmernummer. Auf dieser Etage war der beißende Brandgeruch sogar noch intensiver, obwohl sie nirgendwo Rauch gesehen hatte. Capistrano war direkt hinter ihr, gefolgt von zwei Männern des Sicherheitsdienstes. Nachdem sie die acht Stockwerke hochgerannt war, ließ ihre Kondition sie jetzt langsam im Stich. »Hier!«, rief sie und rüttelte am Türknauf. »Sie ist verschlossen.« Sie spähte durch das schmale, beschlagene Sichtfenster, konnte allerdings nichts erkennen.

Capistrano warf sich mit ganzer Kraft gegen die Tür, doch sie gab nicht nach. Er zog sich den Ärmel seines Pullovers über die Faust, schlug damit das Sichtfenster ein und spähte in den Raum. »Angora ist noch drin. Anscheinend alleine.« Dann steckte er den Arm durch die Öffnung, um die Tür von innen zu entriegeln.

Roxann stürzte als Erste ins Zimmer. Angora war leichenblass. Neben ihr lagen eine angebrochene Packung Doughnuts und eine kleine Milchtüte, um die lauter Kapselhüllen verstreut waren. »Rufen Sie einen Arzt«, brüllte sie die beiden Wachleute an. *»Sagen Sie, dass man ihr eine Überdosis Tabletten verabreicht hat, vielleicht ist sie sogar vergiftet worden.«*

»Du bleibst hier«, sagte Capistrano. »Ich werde Oney suchen.«

Aber Roxann ließ sich nicht aufhalten. Von den Wachleuten lieh sich Capistrano ein Funkgerät, das er in seine Jackentasche stopfte. Dann zog er ein Kärtchen aus seiner Brieftasche und wählte auf seinem Handy eine Nummer, während er die angrenzenden Zimmer überprüfte.

»Hier ist Detective Capistrano von der Kriminalpolizei Biloxi. Ich habe einen Notfall im Heilig-Kreuz-Krankenhaus. Möglicherweise ein Mordversuch. Bei der Verdächtigen handelt es sich um Dr. Nell Oney, weiblich, weiß, circa fünfzig Jahre alt, einsfünfundfünfzig groß, etwa fünfundfünfzig Kilo. Die Verdächtige ist vermutlich zu Fuß geflüchtet. Fordere Suchtrupp an, um die Gegend zu durchkämmen. Und verständigen Sie Detective Warner und Detective Jaffey.«

Gleich darauf fanden sie die Ursache der Rauchentwicklung – ein schwelender Wäschecontainer in einer Abstellkammer. Mit dem Funkgerät verständigte der Detective den Sicherheitsdienst und machte die Tür wieder zu. Vermutlich waren im ganzen Gebäude mehrere solcher Brände gelegt worden. Systematisch suchten sie die Räume ab und nahmen sich daraufhin das Stockwerk darunter vor. Aber Roxann befürchtete, dass Nell schon längst aus dem Gebäude verschwunden war. Auf der siebten Etage drang plötzlich ein wohl bekannter Laut an ihr Ohr – ein Husten. Offenbar hatte Nell der Rauch, für den sie selbst verantwortlich war, zu stark zugesetzt. Roxann stupste Capistrano an und deutete auf die Tür einer Damentoilette. Erneut funkte er die Wachmänner an und befahl ihnen, die Polizei zu benachrichtigen, dann zog er seine Dienstwaffe. Roxann kamen die Tränen. Er bedeutete ihr, sich nicht von der Stelle zu rühren, und schlich sich an die Tür heran.

»Dr. Oney«, rief er. »Wir sinds, Detective Capistrano und Roxann. Wir wissen, dass Sie da drin sind und was passiert ist. Kommen Sie heraus, und wir werden gemeinsam eine Lösung finden.« Dann entfernte er sich rückwärts von der Tür.

Wenige Sekunden später kam Nell heraus, mit aschfahlem Gesicht und rot geränderten Augen. Sie hielt die Hand vor den Mund. Der Hustenanfall war diesmal so heftig, dass ihr ganzer Körper zitterte. Sie rang nach Luft und zeigte mit einem knochigen Finger auf Roxann. »Ich habe versucht dich zu schützen«, japste sie. »Auch ich habe Carl geliebt, aber ich habe dich geschützt, als ich dich fortgeschickt habe.«

Roxann musste schlucken. Sie war unfähig, in dieser gebrechlichen Frau mit den weit aufgerissenen Augen ihre ehemalige fürsorgliche Mentorin Nell wiederzuerkennen. »Die ganzen Jahre über ... habe ich Ihr Märchen über den Untersuchungsausschuss, dem Carl sich angeblich stellen musste, geglaubt. Sie haben alles erfunden, weil Sie wussten, dass ich gehen würde.«

»Stimmt. Er war völlig verrückt nach dir, aber mir war klar, dass er sich nie ändern würde. Der Kerl ließ doch bei jedem hübschen Ding, das ihm gerade über den Weg lief, die Hose runter.«

Roxann sah Capistrano an, der ihr bedeutete, Nell weiter am Reden zu halten. »Wie konnten Sie so sicher sein, dass er mir nie nachkommt, nachdem ich aus South Bend weg war?«

»Ich war mir nicht sicher. Aber ich habe Carl gesagt, wenn er sich nicht von dir fern halten würde, würde ich publik machen, dass Tammy Paulen von ihm schwanger war, als sie starb.«

Roxann zwinkerte ungläubig. Wieder war ein fehlendes Puzzlestück aufgetaucht. »Sie haben Tammy umgebracht, nicht wahr?«, fragte sie mit sanfter Stimme.

Nell lächelte. »Du bist wesentlich schlauer als Carl.«

»Er hatte keine Ahnung, bis Angora es ihm erzählt hat.«

Nell wurde von einem weiteren Hustenanfall geschüttelt und sank gegen die Tür. Roxann wollte zu ihr, aber Capistranos Arm versperrte ihr den Weg. »Möchten Sie sich hinsetzen, Ma'am?«

Wieder sog sie tief die Luft ein, sodass sich ihr zierlicher Brustkorb hob. Sie schüttelte den Kopf. »Nein, ich möchte noch einiges loswerden, bevor man mich abführt.« Sie schluckte und fuhr sich mit der Hand über den Mund. »Carl hat mich an jenem Abend angerufen, als Angora bei ihm war. Er meinte, wenn ich jemals verbreiten würde, dass diese Paulen schwanger war, könnte er beweisen, dass ich sie umgebracht habe. Dann sagte er, dass er dich immer noch lieben würde, Roxann, und dass ich ihn nun nicht mehr daran hindern könnte, eine Beziehung mit dir einzugehen.«

Eine bittersüße Enthüllung. »Also haben Sie Frank Cape zu ihm geschickt, und zwar mit dem Schal, den sie aus dem Gästezimmer genommen haben?«

Nell gab einen Laut des Bedauerns von sich. »Von da an lief alles schief. Ich habe zu Frank gesagt, wenn er mir einen Gefallen tun würde, könnte ich herausfinden, wo Melissa sich versteckt hält.«

Roxann wurde übel bei dem Gedanken, dass Nell bereit gewesen war, einer Frau in den Rücken zu fallen, die sich Hilfe suchend an die Organisation gewandt hatte, die sie selbst mitgegründet hatte.

»Der Idiot sollte es so aussehen lassen, als ob Angora Carl umgebracht hätte. Danach erzählte er mir, dass der Schal bereits in der Bibliothek gelegen und er gedacht hatte, er würde Angora gehören. Am liebsten hätte ich Frank eigenhändig dafür umgebracht, dass der Verdacht auf dich gefallen ist.«

»Carl war an dem Abend in demselben Restaurant wie wir«, murmelte Roxann. »Dort muss ich auch meinen Schal verloren haben, und er hat ihn wohl gefunden.«

Nells Lächeln war reuevoll. »Das alles war vorher nicht absehbar.«

»Und wie sind Sie an Cape geraten?«, wollte Capistrano wissen.

»Elise hatte in Biloxi ein Verhältnis mit ihm.«

Roxann befeuchtete die Lippen. »Elise ist tot, wissen Sie.«

Nells Lachen wurde von einem trockenen Husten unterbrochen. »Oh ja, ich weiß. Elise und ich standen uns nah, als sie hier studiert hat. Carl hat ihr ebenfalls schlimm zugesetzt, deshalb habe ich sie unter meine Fittiche genommen. Sie war einfach zu zart besaitet, um mit Enttäuschungen umgehen zu können. Die ganzen Jahre über hat sie mich immer angerufen, wenn sie sich mal wieder mitten in einer Krise befand. Ich habe versucht, ihr nach Möglichkeit zu helfen, habe ihr zum Beispiel Arbeit verschafft.«

»Dann haben Sie sie also nach Biloxi geschickt«, sagte Roxann, der nach und nach die Zusammenhänge klar wurden.

Nell nickte. »Als dein Bild in dem Rundbrief erschienen ist, wurde Carl ziemlich ungeduldig. Er hat mich gebeten, ihn in Ruhe zu lassen – er wollte dich nämlich unbedingt wiedersehen.« Sie lächelte traurig. »Aber ich habe mich geweigert und ihm gesagt, dass er nach wie vor die Finger von dir lassen soll. Schließlich hat er genug Frauen übel mitgespielt, mich eingeschlossen.«

Roxann wollte ihren Ohren nicht trauen. »Dann haben Sie also Elise darauf angesetzt, mich auszuspionieren?«

»Ich wollte dich nur schützen, verstehst du das nicht?« Nells Unterlippe bebte. »Ich hatte nie ein Kind, Roxann. Du bist für mich wie eine Tochter.«

Roxann biss die Zähne zusammen, um sich zurückzuhalten. Nells Vorstellung von Liebe war so verworren, dass man es kaum nachvollziehen konnte. »A-aber warum haben Sie Elise umgebracht?«

»Das war nicht geplant, aber ich habe euer Telefongespräch bei mir zu Hause mit angehört. Danach bin ich zu ihr, um sie davon abzubringen, dir alles zu erzählen. Für ihr Schweigen hat sie Tabletten verlangt. Die Pillen hätten ihr keinen Schaden zugefügt, wenn sie nicht mehr als eine genommen hätte.«

Doch jeder, der Elise gekannt hatte, wusste auch, dass sie nie genug hatte bekommen können. Vor Zorn krampfte sich Roxanns Magen zusammen. »Aber warum ausgerechnet Angora?«, stieß sie mit brüchiger Stimme hervor. »Sie hat mit der ganzen Sache überhaupt nichts zu tun.«

Nells todbleiches Gesicht nahm plötzlich einen boshaften Ausdruck an. »Ihretwegen musste ich Carl umbringen lassen.« Ihre Augen wurden schmal. »Und ich bin endlich hinter euer kleines Geheimnis gekommen. Wie kannst du dann behaupten, Angora wäre unschuldig?«

Roxanns Herzschlag beschleunigte sich.

»Zugegeben, es hat eine Weile gedauert«, räumte Nell ein. »Aber irgendwann habe ich darüber nachgedacht, was Tammy mir einmal erzählt hat – nämlich dass es etwas mit einer blonden Perücke zu tun hat. Und dann ist bei mir mit einem Mal der Groschen gefallen, als ich gerade bei meiner Schwester war. Plötzlich ergab alles einen Sinn.«

In diesem Augenblick schwang die Tür zum Treppenhaus auf, und Detective Jaffey erschien mit zwei Polizisten in Uniform, die Waffen im Anschlag.

»Alles in Ordnung«, rief Capistrano ihm zu. »Dr. Oney wird keine weiteren Probleme verursachen.« Dann richtete er den Blick wieder auf sie. »Oder etwa doch?«

Sie schüttelte den Kopf und wurde erneut von einem Hustenkrampf übermannt, bis sie spuckte. »Ich sterbe«, sagte sie zu Roxann mit Tränen in den Augen.

»Was?«

»Ich habe Lungenkrebs. Die Ärzte meinen, ich hätte noch ungefähr drei Monate zu leben.«

Daraufhin schob Roxann Capistranos Arm beiseite und ging zu ihr. Minutenlang hielten sie sich im Arm, und Roxann versuchte sich einzureden, die alte Nell wieder vor sich zu haben. Jaffey kam auf sie zu. »Jetzt übernehmen wir.«

Sie sah ihr hinterher, als sie sie abführten. Nell fiel das Gehen sichtlich schwer. Roxann ließ sich an der Wand entlang auf den Boden gleiten, erschöpft und erschlagen. Währenddessen unterhielt sich Capistrano mit Jaffey und gab ihm eine Zusammenfassung von Nells Geständnis. Dann sprach er mit jemandem über das Funkgerät und kam anschließend zu ihr herüber, um sich neben sie zu setzen.

»Angora kommt durch.«

Sie schloss die Augen und sprach ein stummes Dankgebet. »Ist dieser Albtraum endlich vorbei?«

Er schürzte die Lippen und nickte. »Außer, du willst auch noch ein Geständnis ablegen?«

Das bezog sich definitiv auf das Geheimnis, das Nell angedeutet hatte. »Nein. Für heute bin ich geschafft.« Sie stemmte sich hoch, und Capistrano tat es ihr gleich. »Ich weiß gar nicht, wie ich dir danken soll«, murmelte sie.

»Weißt du wohl«, erwiderte er mit ernstem Blick aus braunen Augen.

Aber ihr Kopf schwirrte zu sehr, um ihm den Gefallen zu tun. »Tut mir Leid, Detective. Das steht nicht zur Diskussion.« Dann trottete sie auf das Schild mit der Aufschrift »Ausgang« zu.

36 **Wir** können die Fahrt auch um einen Tag verschieben, wenn du dich noch nicht fit genug fühlst«, sagte Roxann, während sie den Rollstuhl durch den Gang schob.

Angora drehte den Kopf nach hinten. »Ich fühle mich gut. Ich will einfach nur so schnell wie möglich weg von hier.« Sie trug die Krone, die Roxann ihr überlassen hatte, und einen blauen Pashminaschal um die Schultern. Sie wirkte wie eine Diva, als sie das Krankenhaus verließ, und in der Tat hatte sie in der Stadt eine gewisse Berühmtheit erlangt, seit Dr. Oneys Machenschaften ans Tageslicht gekommen waren.

Alle auf der Schwesternstation winkten ihr hinterher. »Auf Wiedersehen, Angora.«

»Wiedersehen«, flötete sie und winkte zurück. »Ich danke euch allen. Danke.«

Roxann schob sie zum Nebenausgang, wo Goldie, frisch überholt, sie erwartete. Und Mike Brown. Er trug Arbeitskleidung und eine John-Deere-Schildmütze, machte ansonsten jedoch einen sauberen Eindruck. Er lächelte Angora zu und hantierte umständlich mit den Sachen herum, die er in den Händen hielt, um die Mütze abzunehmen, als sie auf ihn zukamen. Ohne Umschweife drückte er ihr einen Strauß wilder Blumen in die Hände.

»Die habe ich heute Morgen eigenhändig gepflückt«, bemerkte er, wobei er nervös an seiner Mütze und dem dicken Päckchen in seinen Händen herumspielte. »Gleich nach dem Melken.«

»Nach dem Melken von was?«, entgegnete Angora und vergrub die Nase in dem Strauß.

»Kühe«, antwortete er und schob seine Brille hoch. »Und ein paar Ziegen.«

»Ich wusste gar nicht, dass man Ziegen melken kann.«

»Aber sicher«, sagte er ernst. Dann klopfte er auf das offensichtlich schwere Päckchen in seiner Hand. »Und ich habe Ihnen einen Schinken mitgebracht.«

Angoras Augen wurden groß. »Einen Schinken?«

Auch Roxann war sichtlich beeindruckt. Damit hatte er auf jeden Fall einen Volltreffer gelandet.

»Ich lege ihn am besten direkt in den Wagen«, meinte er.

Roxann zog die hintere Wagentür auf, und er stellte das Päckchen in den Fußraum unterhalb der hinteren Sitzbank, wo sie für Angora eine Liegemöglichkeit geschaffen hatte. Neue Sitzbezüge verdeckten den Schaden, den Frank Cape – oder Nell – mit einem Messer angerichtet hatte. Sie war sich inzwischen nämlich nicht mehr sicher, wer nun eigentlich für was verantwortlich war. War es nun Elise gewesen, die in ihr Apartment eingebrochen war und nach Nells Anweisung die Nachricht auf ihrem Computer hinterlassen hatte? Aber Nell hatte damals noch nichts von ihrem Geheimnis gewusst, sodass das Wort *Heuchlerin* vielleicht ein dummer Zufall gewesen war. Hatte sie denn solche Gewissensbisse gehabt?

Offenbar schon.

Mike half Angora aus dem Rollstuhl und hob sie praktisch in den Wagen, wo er sie vorsichtig auf die Rückbank legte und sie fürsorglich zudeckte. »Sie sehen wie eine Königin aus«, hauchte er leicht außer Atem. Es war nur zu offensichtlich, dass er sich in Angora verliebt hatte.

Angora strahlte über das ganze Gesicht. »Vielen Dank, Mike.«

»Es tut mir Leid, dass Dr. Oney mich benutzt hat, um Ihnen Schaden zuzufügen.« So schnell, wie die Worte aus ihm heraussprudelten, musste es ihm wohl schon seit einiger Zeit auf dem Herzen gelegen haben.

»Das konnten Sie ja nicht ahnen«, erwiderte Angora und berührte seinen Arm. »Es ist nicht Ihre Schuld.«

»Trotzdem werde ich mich von nun an besser ausschließlich meiner Farm widmen.«

»Ich halte Sie für einen tollen Anwalt«, entgegnete Angora, und Roxann freute sich, dass das Kompliment aufrichtig klang. »Ich weiß es wirklich zu schätzen, wie Sie sich für mich eingesetzt haben.« Daraufhin zog sie ihn etwas näher zu sich und hauchte ihm ein Küsschen auf die Wange.

Mike wurde knallrot und stülpte verlegen seine Mütze von innen nach außen. Dann holte er seine Brieftasche hervor und zog eine Visitenkarte heraus. »Auch wenn Sie vermutlich keinen Wert mehr darauf legen, jemals wieder einen Fuß in diese Gegend zu setzen, wäre es mir dennoch eine Ehre, Ihnen meine Farm zu zeigen, falls Sie zufällig in der Nähe sein sollten.«

Sie nahm die Karte an sich und nickte. »Und mir wäre es ebenfalls eine Ehre, sie besichtigen zu dürfen.«

»Auf Wiedersehen, Ma'am.« Er setzte sich die Mütze wieder auf und marschierte davon, zu einem weißen Chevrolet Suburban, der in der Nähe geparkt war.

Roxann lächelte. »Bist du startbereit?«

Angora sah auf. »Ja. Auf nach Hause.«

Roxann schob die hintere Tür zu, kletterte hinter das

Lenkrad und stellte den Rückspiegel so ein, dass sie Blickkontakt hatten. »Was für ein Abenteuer.«

»Wohl wahr. Ganz ehrlich, Roxann, ich hatte ja nicht die leiseste Ahnung, dass es auf dieser Welt so viel Leid und ... Böses gibt. Oder vielleicht habe ich es auch gewusst, aber ich hätte doch nie erwartet, dass es mich einmal persönlich trifft. Schließlich habe ich bislang ein ziemlich behütetes Leben geführt.«

»Bereust du es denn, dass du mitgekommen bist?«

Angora überlegte einen Augenblick und schüttelte schließlich den Kopf. »Ich weiß zwar nicht, wie ich es erklären soll, aber es kommt mir vor, als hätte alles, was in den letzten Wochen passiert ist, einen Sinn. Als hätte ich mein ganzes Leben lang die Luft angehalten und darauf gewartet, sie endlich herauslassen zu können.« Sie runzelte die Stirn. »Natürlich konnte ich nicht ahnen, dass es solche Ausmaße annehmen würde.« Sie machte ein trauriges Gesicht. »Roxann, es ist nicht ein einziger Tag vergangen, an dem ich unser damaliges Abkommen nicht bereut habe.«

Roxann stützte sich auf das Lenkrad, ihr Puls beschleunigte sich. »Dasselbe gilt für mich.«

»Meinst du, es hat irgendwas damit zu tun, was wir gerade hinter uns haben?«

»Du meinst als eine Art Strafe? Ich bezweifle, dass all diese Menschen sterben mussten, nur um unser Gewissen wachzurütteln. Aber vielleicht war das alles ja doch zu irgendetwas gut.«

Angora biss sich auf die Unterlippe. »Gibt es denn etwas, was wir jetzt deswegen unternehmen könnten?«

Roxann drehte sich nach hinten, um direkt mit ihr zu reden. »Wir könnten jederzeit die Karten auf den Tisch legen.« Wie oft hatte sie schon zum Telefonhörer gegriffen, um einen anonymen Tipp abzugeben und die Sache in Bewegung zu bringen? Aber da sie sich gegenseitig geschworen hatten, über die Sache zu schweigen, hatte sie sich schließlich immer wieder an ihren Teil der Abmachung gehalten.

»Welche Auswirkungen könnte das für uns haben?«

»Schwer zu sagen. Im schlimmsten Fall müssten wir mit einer Strafanzeige rechnen.«

»Nicht schon wieder.«

»Aber das halte ich eher für unwahrscheinlich, insbesondere nach dem ganzen Skandal, dem die Uni in letzter Zeit ausgesetzt war.« Sie seufzte. »Und natürlich hätte das auch privat Konsequenzen.«

»Mutter würde mir das nie verzeihen. Trenton wäre bestimmt völlig entrüstet. Und den Job in Chicago könnte ich vergessen.« Sie stieß ein kurzes Lachen aus. »Aber vielleicht wäre das alles ja auch gar nicht so schlimm.«

»Du willst also nicht nach Chicago?«

»Zumindest will ich Trenton nicht heiraten.«

Roxann stimmte ihr zwar aus vollem Herzen zu, behielt ihre Meinung jedoch für sich.

»Ich bin es nämlich leid, ständig das zu tun, was andere von mir erwarten. Manchmal wünsche ich mir sogar, Mutter hätte damals mein Gesicht so gelassen, wie es war, damit ich einfach ... ich selbst sein könnte. Gewöhnlich und mollig, aber dafür glücklich. Du weißt schon – ein einfaches Leben führen mit einem anständigen Mann und ein paar Kindern.« Über ihre Wangen kullerten Tränen. »Ich glaube, ich habe mich in M-Mike B-Brown verliebt.«

Roxanns Brauen schossen in die Höhe. »Was?«

»Er ist so gut zu mir – noch nie hat ein Mann den Hut vor mir gezogen und mir Blumen beziehungsweise einen Schinken geschenkt.« Sie schniefte. »Mike bringt mich zum Lachen, und in seiner Gegenwart fühle ich mich endlich einmal zufrieden.«

Obwohl die Vorstellung von Angora, die ein Leben in der Highsociety gewohnt war, als Frau an der Seite eines pausbäckigen Bauern aus der tiefsten Provinz auf den ersten Blick urkomisch war, schien sie Roxann nach einiger Überlegung ... nein, schien nach wie vor weit hergeholt.

»Angora, du allein entscheidest, was dich glücklich macht. Aber mir würde es überhaupt nicht gefallen, wenn du lediglich einen Vorwand suchst, um vor Trenton und deinen Eltern wegzulaufen, um dir die Auseinandersetzung mit ihnen zu ersparen.«

»Nein, nein, ich habe keinesfalls vor, mich davor zu drücken. Ich werde ihnen direkt die Wahrheit sagen und anschließend die Verlobung mit Trenton lösen.«

»Wir könnten uns auch gleich um die andere Sache kümmern, solange wir noch hier sind, vorausgesetzt, wir sind uns einig.«

»Ich ... denke, wir sollten es tun«, entgegnete Angora. »Was meinst du?«

Roxann nickte. »Bin ganz deiner Meinung.« Obwohl sie sich die Enttäuschung ihres Vaters ausmalen konnte, wog die Erleichterung, endlich ein reines Gewissen zu haben, deutlich mehr. »Bist du sicher, dass du das durchstehst?«

»Das nicht, aber ich werde es überleben. Glaubst du, Mike wird immer noch an mir interessiert sein, wenn er das erfährt?«

»Ich vermute schon.« Sie lächelte und startete den Motor, um gleich darauf die Richtung zur Uni einzuschlagen. Ihr Magen krampfte sich kurz zusammen, und ihre Nackenmuskeln spannten sich an. »Das wird einiges verändern, weißt du.«

»Ich weiß.«

37 **Roxann** drückte sich tief in den betagten Ohrensessel, der im Wohnzimmer ihres Vaters stand. Ihr zitterten die Knie, und ihr Mund war so trocken, dass sie Mühe hatte, das zu sagen, was sie loswerden musste.

»Sag schon«, drängte ihr Vater aus seinem Fernsehsessel, der sich ausnahmsweise in gerader Position befand angesichts des ernsten Gesprächs, das sie führten. »So schlimm kann es doch nicht sein, Roxann.«

Sie holte tief Luft. »Dad, Angora und ich haben ein Abkommen getroffen, als wir achtzehn waren. Ich habe für sie sowohl den Eignungstest für das College als auch die Aufnahmeprüfung für Notre Dame absolviert.« Sie schluckte einen Kloß herunter. »Und während des Studiums habe ich noch alle Prüfungen für sie abgelegt, bei denen sie befürchtet hat, durchzufallen.«

Er kniff kurz die Augen zusammen und zog die Mundwinkel nach unten. »Im Austausch wofür?«

»Sie hat mir Geld gegeben, damit ich mein Studium finanzieren konnte.«

»Dann hast du gar kein Stipendium bekommen?«

»Nein, dafür waren meine Noten nicht gut genug.«

Er schüttelte den Kopf, die Augen fassungslos.

»Aber im Studium hast du doch lauter Einsen bekommen – du warst sogar Rednerin bei der Abschlussfeier.«

Sie sprang auf, wanderte unruhig ein paar Schritte auf

und ab und ließ sich wieder in den Sessel plumpsen. »Im Studium habe ich mich auch sehr angestrengt, weil ich mir selbst etwas beweisen wollte, vielleicht auch aus einem Schuldgefühl heraus wegen der Sache mit Angora.«

Die Hand ihres Vaters zitterte deutlich, es brach ihr beinahe das Herz. »Und wie hast du das eigentlich angestellt? Wissen die Dozenten denn nicht einmal, wer in ihren Seminaren sitzt?«

Bislang erfüllte der Verlauf des Gesprächs ihre schlimmsten Befürchtungen. Roxann stieß einen Seufzer aus. »Man hat uns ständig gesagt, wie ähnlich Angora und ich uns sehen würden. Also habe ich ... eine blonde Perücke aufgesetzt, wenn ich für sie die Prüfungen geschrieben habe.« Sie beugte sich vor. »Dad, ich hatte damals und ich habe auch heute noch ein furchtbar schlechtes Gewissen deswegen. Eigentlich wollte ich nach meinem Abschluss an der juristischen Fakultät weiterstudieren, aber das habe ich mit meinem Gewissen nicht vereinbaren können – ich hatte das Gefühl, als hätte ich meinen Abschluss nicht verdient.«

»Tja, stimmt ja auch.« Er erhob sich und ging zu dem alten Fernsehschrank hinüber. Er blickte nach draußen auf den Rasen, den er, wie sie vermutete, eigens für ihren Besuch auf Vordermann gebracht hatte. Die Sonne schien auf sein schütteres Haar, seine hängenden Schultern. Mit Bestürzung bemerkte sie plötzlich, dass seine Schultern bebten. Bei der Beerdigung ihrer Mutter hatte ihr Vater seine Tränen zurückgehalten, während sie es geschafft hatte, ihn an einem sonnigen Mittwoch im Spätoktober zum Weinen zu bringen.

Sie unterdrückte die Gefühle, die sie zu überwältigen drohten, und ging zu ihm hinüber, um seine Schulter zu berühren. »Dad, ich habe mir einen schrecklichen Betrug geleistet, und es tut mir unendlich Leid, dass ich dich so enttäuscht habe.«

»Im Gegenteil«, erwiderte er mit brüchiger Stimme. »Ich bin derjenige, der dich enttäuscht hat, Roxann. Die ganze Zeit war ich ein verbitterter, distanzierter Vater, der jedes Mal, wenn er dich ansah, die Frau gesehen hat, die er geliebt und verloren hat. Ich habe einfach vorausgesetzt, dass du dein Leben nach meinen Vorstellungen ausrichtest, und als du das nicht getan hast, habe ich das für puren Trotz gehalten.«

Daraufhin drehte sie ihn zu sich herum und sah in sein Gesicht. Es war von Reue und Gewissensbissen gezeichnet. »Dad, ich habe das nicht aus Trotz getan, sondern vielmehr aus Scham. Nach meinem Abschluss konnte ich weder dir noch sonst jemandem offen ins Gesicht sehen. Ich habe mich selbst dafür gehasst, was ich getan habe.«

Sein Kinn begann zu wackeln. »Ich hätte für dich da sein müssen.«

Sie umarmte ihn fest. »Ab jetzt werden wir füreinander da sein.«

Er löste sich aus ihrer Umarmung, mit besorgtem Blick in dem faltigen Gesicht. »Roxann, ich muss dir diese Frage stellen – hat der Betrug irgendetwas mit den ganzen Morden zu tun?«

»Nein.« Sie rang sich ein reuevolles Lächeln ab. »Bis auf den Umstand, dass ich eine Nachricht auf meinem Computer als Drohung missverstanden habe, dass mir irgendjemand auf die Schliche gekommen ist. Mein schlechtes Gewissen hat sich prompt gemeldet, sodass ich richtig Panik bekommen habe. Aus diesem Grund bin ich abgehauen, noch bevor ich gewusst habe, dass Frank Cape hinter mir her war.«

»Heißt das, dass die Nachricht nicht von diesem Cape stammte?«

»Zumindest hat er das geleugnet, obwohl der Hang zum

Lügen noch eine seiner harmlosesten Charakterschwächen war. Aber es wäre auch meiner ehemaligen Mitbewohnerin zuzutrauen gewesen.«

»Die, die jetzt ebenfalls tot ist?«

»Richtig. Vielleicht hielt sie es ja für einen dummen Scherz, wer weiß.«

»Wie hat denn die Nachricht gelautet?«

»›Ich habe deine Nummer, du Heuchlerin.‹«

Nachdenklich kratzte er sich an der Schläfe und schnaubte verächtlich. »Ich glaube, das ist ein Zitat.«

»Wirklich?«

Daraufhin machte er sich daran, in mehreren seiner Bücher nachzuschauen. »Wo hab ich das bloß gelesen? In irgendeinem Buch ... oh, da ist es ja.« Er hielt ein gebundenes Buch mit einem eingerissenen Schutzumschlag hoch. *Mac Tomlin, Gumshoe.* Er blätterte es ein paar Sekunden lang suchend durch. »Hier ist die Szene, auf Seite hundertvierundzwanzig. Die Verdächtige sagt zu Tomlin, dass er niemals beweisen könnte, dass sie ihren Mann umgebracht hat. Und Tomlin entgegnet daraufhin ›Ich habe deine Nummer, du Heuchlerin‹.«

Roxann wollte es bereits als merkwürdigen Zufall abtun. Aber dann fiel ihr wieder ein, was Capistrano gesagt hatte – dass es auf dieser Welt nur sehr wenige Zufälle gebe. *Schatz.* Nachdem ihr nachträglicher Ärger über seine Bemerkung wieder verflogen war, kam sie zu dem Schluss, dass die Sache mit dem Zitat Richard Funderburk ähnlich sehen könnte, um seine Intelligenz unter Beweis zu stellen. Und auch Cape als Privatdetektiv käme infrage – vielleicht war Mac Tomlin ja sein Idol gewesen. Vorausgesetzt, der Kerl hatte überhaupt lesen können.

»Wahrscheinlich werde ich nie erfahren, wer dahinter steckt«, sagte sie.

Nachdem ihr Vater das Buch in ein Regal zurückgestellt hatte, nahm er wieder in seinem Fernsehsessel Platz. »Ich bin froh, dass du mir den Betrug gebeichtet hast, Roxann, aber du musst das wieder in Ordnung bringen.«

Sie nickte. »Angora und ich haben bereits mit dem Dekan für Prüfungsangelegenheiten und einigen Verwaltungsratmitgliedern über unsere Strafe gesprochen, bevor wir aus South Bend weggefahren sind. Da sie die Zulassungsanforderungen nicht erfüllt hat, ist Angora ihr Diplom wieder aberkannt worden. Und mir hat man sämtliche Ehrentitel entzogen.«

»Aber ihr werdet nicht wegen Betrugs angeklagt?«

»Nein. Man war der Meinung, die Verantwortlichen an der Uni hätten es uns mit ihrer Nachlässigkeit leicht gemacht. Ich glaube, die waren sogar erleichtert, dass wir *sie* nicht verklagt haben.«

»Dann darfst du dein Diplom behalten?«

»Ja.«

Er atmete tief aus. »Hat es Angora sehr schwer genommen? Das arme Mädchen ist mit dieser Rabenmutter nämlich schon gestraft genug. Bei der hatte sie ja nie was zu melden.«

»Im Grunde war sie erleichtert, glaube ich. Angora hat zwar ihre Fehler, aber sie hat trotzdem einen guten Kern.«

»Bloß dass Dixie ihr das für den Rest ihres Lebens vorhalten wird.«

Roxann lächelte. »Irgendwie habe ich das Gefühl, Angora geht zurück nach South Bend, um dort zu leben und damit auch Abstand zu ihrer Mutter zu gewinnen.«

»Ach ja?«

»Ja, sie hat dort nämlich jemanden kennen gelernt – ihren Anwalt, der hauptberuflich Sojabohnen züchtet. Er hat tatsächlich den Mut gehabt, Dixie zu sagen, sie soll die Klappe halten.«

Ihr Vater musste grinsen. »Hört sich an, als wäre der Junge schwer in Ordnung.« Dann presste er die dünnen Lippen zusammen und machte erneut ein sorgenvolles Gesicht. »Und was wirst du jetzt tun, mein Herz?«

Roxann lehnte sich in dem Sessel zurück und ließ den Blick durch das Zimmer schweifen. »Ich habe gehofft, dass du mich für eine Weile hier aufnimmst. Für Kost und Logis könnte ich ja kochen und putzen. Und unter Umständen brauche ich beim Lernen deine Unterstützung.«

»Beim Lernen?«

»Ja, für den LSAT.«

Seine Augen begannen zu glänzen. »Du willst zur juristischen Fakultät?«

»Vorausgesetzt, ich schaffe die Aufnahmeprüfung.«

Er machte eine wegwerfende Handbewegung. »Das schaffst du doch mit links.« Dann stand er auf, sichtlich aufgewühlt. »Wie wäre es mit einem Kaffee? Nicht doch – bleib sitzen, ich kümmere mich darum.«

Roxann lehnte sich wieder zurück, und zum ersten Mal seit Jahren fühlte sie eine angenehme Entspannung. Sie schloss die Augen und lockerte jeden einzelnen Muskel im Körper. Das letzte Mal, dass sie sich so leicht und unbeschwert gefühlt hatte, war an dem Morgen jenes Tages gewesen, an dem sie später feststellen sollte, dass ihre Mutter sie nicht wie üblich zu Hause auf der Veranda erwartete. Dies war auch der letzte Tag gewesen, wie ihr bewusst wurde, an dem sie sich beschützt und geliebt gefühlt hatte. Dennoch war es nicht zu spät, sich mit ihrem Vater auszusöhnen. Und es gab tatsächlich ein paar Menschen auf dieser Welt, denen etwas an ihr lag – zum Beispiel Helen aus dem Restaurant, ihr Nachbar Mr. Nealy, Angora sowie einige Leute von *Rescue.*

»Was ist eigentlich aus diesem Capistrano geworden?«, rief ihr Vater aus der Küche.

Allein bei der Erwähnung seines Namens verspannten sich ihre Muskeln wieder. »Er ist zurück nach Biloxi.«

»Triffst du dich noch mit ihm?«

Sie seufzte. »Dad, ich habe mich schon vorher nicht mit ihm getroffen.«

»Hast du denn vor, ihn zu treffen?«

Sie hatte bereits den Mund geöffnet, um Nein zu sagen, geriet aber plötzlich ins Stocken. Warum fiel es ihr eigentlich so schwer zuzugeben, dass sie sich in Joe Capistrano verliebt hatte? Weil er sie dazu gebracht hatte, ihr Leben und ihre Ziele zu hinterfragen? Carl hatte ständig von sozialer Verantwortung gepredigt, obwohl er reihenweise Studentinnen ausgenutzt hatte. Capistrano jedoch ging tagtäglich auf die Straße, um Verbrecher zu fangen, damit die Menschen nachts beruhigter schlafen konnten. Er hatte ihr die Augen geöffnet, dass ihre Aufgabe darin bestand, das Zivil- und Strafrecht zu verbessern, statt es zu umgehen.

Vielleicht galt sein Angebot ja nicht unbegrenzt. Vielleicht sollten sie jetzt die Chance nutzen und einfach ... weitersehen.

Ich hoffe, du bewältigst das, was immer dich daran hindert zu leben. Falls ja ... du hast ja meine Nummer.

»Roxann?«, meinte ihr Vater, der im Türrahmen stand. »Ich habe gefragt, ob du vorhast, dich mit dem jungen Mann zu treffen?«

Sie richtete sich auf und griff nach ihrer Handtasche. »Dad ... hast du was dagegen, wenn ich dein Telefon für ein Ferngespräch benutze?«

»Nur zu.«

Capistranos Visitenkarte hatte in ihrer Tasche zwar ziemlich gelitten, seine Handynummer war aber noch lesbar. Mit klopfendem Herzen wählte sie seine Nummer. Nach dem ersten Klingeln legte sie jedoch direkt wieder auf. Sie redete sich kurz selbst ins Gewissen und wählte erneut. Es klingelte, und sie legte wieder auf. Wieder wählte sie die Nummer, ihre eigene Feigheit verfluchend. Es klingelte einmal, zweimal, dreimal, bevor er dranging.

»Ich dachte, ich warte mal ab, ob du wieder sofort auflegst«, begrüßte er sie mit amüsiertem Unterton.

Sie runzelte die Stirn – ihr Vater hatte anscheinend eine Rufnummerübermittlung. »Es hätte auch mein Vater sein können, der dich anruft. Außerdem kann ich ja jetzt wieder auflegen.«

»Nein, bitte nicht. Ich habe dich vermisst.«

Sie schluckte. »Ich dich auch.«

»Siehst du, das war doch gar nicht so schwer, oder?«

»Ich werde kommen, um dich zu sehen.«

»Anderenfalls wäre ich eben zu dir gekommen.«

»Meinst du, das klappt mit uns beiden, Detective?«

»Schließlich habe ich mich nicht umsonst von dir verbrühen, mit Pfefferspray attackieren und mit einem Wagenheber verdreschen lassen.«

Unwillkürlich musste sie lächeln, und ihre Anspannung war vorbei.

EPILOG

Voll bepackt mit Briefen stieg Roxann auf der Beifahrerseite des Ford Dooley ein.

»Anscheinend bist du eine berühmte Frau«, bemerkte Capistrano.

»Ich habe seit Ewigkeiten meine Post nicht abgeholt.«

»Heißt das jetzt, dass ich dich jedes Wochenende, an dem du mich besuchst, herumfahren darf?«

Sie schüttelte den Kopf angesichts seiner Albernheit, um dann den Stapel durchzugehen, wobei sie Reklame und Rechnungen direkt aussortierte. Ein Brief von Richard mit einem Poststempel aus Birmingham entlockte ihr ein abschätziges »Ha«.

»Was ist das?«

»Ein Brief von einem Exfreund.«

Er zog ein beleidigtes Gesicht. »Und was, wenn er dich zurückhaben will?«

»Ich stehe nicht zur Verfügung«, trällerte sie und riss den Umschlag auf. Heraus segelte ein Fünfzig-Dollar-Schein.

Liebe Roxann,

ich hoffe, dir geht es gut. Ich dachte, es freut dich, wenn ich dir mitteile, dass ich mittlerweile bei den AA bin und jetzt schon seit fast fünf Monaten keinen Tropfen mehr angerührt habe. Eine der Therapiephasen sieht vor, dass man die Menschen um Verzeihung bittet, die man schlecht be-

handelt hat, um den Schaden möglichst wieder gutzumachen, den man angerichtet hat. Vermutlich verdanke ich dir mein Leben, weil du mir den Anstoß zu einer Therapie gegeben hast, wofür ich dir aus ganzem Herzen danke. Außerdem ist mir eingefallen, dass ich dir noch fünfzig Mäuse schulde.

Liebe Grüße, Richard

»Spendiert uns dein Ex etwa ein Abendessen?«, fragte Capistrano.

»Weniger. Du spendierst das Abendessen und er mir ein Fachlexikon, das ich dringend brauche.«

Sie zog einen zweiten Umschlag hervor, der über *Rescue* an sie adressiert war.

»Noch ein Brief von einem Exfreund?«

»Nein, aber es gefällt mir, wenn du eifersüchtig bist.«

Der Brief stammte von Melissa Cape Morgan.

Liebe Roxann,

schon komisch, dass ich nicht einmal Ihren Familiennamen kenne, wo ich Ihnen doch so viel zu verdanken habe. Regina und ich waren noch nie zuvor so glücklich – wir schließen Sie jeden Abend in unser Nachtgebet ein. Ich habe ein Bild beigefügt, das Regina für ihre »tapfere Heldin« gemalt hat. Herzlichen Dank für alles.

Melissa und Regina

Mit Buntstiften hatte Regina die damalige »Rettungsaktion« zum Flughafen dargestellt. Darauf war Roxann in einem langen roten Umhang und mit hohen roten Stiefeln abgebildet. Roxann musste lächeln, und ihr wurde warm ums Herz. Vielleicht hatte sie in all den Jahren doch Gutes bewirkt. Gleich morgen würde sie Tom Atlas anrufen, um ihn zu fragen, ob sie das Programm vielleicht auf Teilzeitbasis unterstützen könnte.

Die Postkarte, die ihr als Nächstes in die Hände fiel, enthielt eine kurze, aber herzliche Nachricht von Nell Oneys Schwester, die Roxann ihren Dank dafür aussprach, dass sie an dem Gedenkgottesdienst teilgenommen hatte. Ein sehr trauriges Ende – Nell hatte zum Schluss unter furchtbaren Schmerzen gelitten. Roxann schluckte den Kloß in ihrem Hals herunter und betete im Stillen, dass Nell jetzt an einem besseren Ort war.

Zu guter Letzt zog sie einen dicken, quadratischen Umschlag hervor und konnte sich das Grinsen nicht verkneifen. »Der ist von Angora.« Als sie ihn aufriss, purzelten Fotos in ihren Schoß.

Liebe Roxann,

ich dachte, ich vermittle dir einen persönlichen Eindruck von dem Leben auf einer Farm. Mir gefällt es hier sehr gut, vor allem mit den ganzen Tieren. Und natürlich mit Mike, der ein wahrer Schatz ist. Vergangenen Mittwoch sind wir vom Friedensrichter getraut worden, und während der Zeremonie habe ich immer wieder an dich denken müssen. Im Sommer erwarten Mike und ich ein Baby – wir sind beide schon ganz aufgeregt. Mutter ist darüber zwar weniger erfreut, aber inzwischen hat sie sich damit abgefunden.

In Liebe, Angora

PS: Da Mike nebenbei noch einen Dünge-Service betreibt, bringt er mir jetzt bei, wie man ein Flugzeug fliegt.

Auf den Fotos war eine pausbäckige Angora abgelichtet, die kaum wiederzuerkennen war. Ihre Haare waren hellbraun – vermutlich ihre Naturhaarfarbe –, sie trug robuste

Kleidung und Schuhe und hielt eine kleine Ziege im Arm. Eine andere Aufnahme zeigte sie in der Küche, wo sie bis zu den Ellbogen in Teig steckte und in die Kamera lächelte. Beim dritten Bild handelte es sich um einen Schnappschuss von ihr und Mike bei der Trauung. Angora trug ein knielanges weißes Kleid und einen weißen Hut und hielt einen Strauß mit getrockneten Wildblumen in der Hand, wobei sie über das ganze Gesicht strahlte. Mike trug einen Anzug mit Hemd und Fliege und sah aus, als hätte er gerade einen Sechser im Lotto gewonnen. Auf dem letzten Foto war Angora zu sehen, wie sie im Cockpit eines Propellerflugzeugs saß und winkte.

»Was ist so komisch?«, wollte Capistrano wissen.

»Angora verblüfft mich immer wieder. Wer hätte im Traum daran gedacht, dass sie einmal auf einer Farm glücklich werden würde?«

Er lachte. »Ich wette, das liegt mehr an dem Bauern als an der Farm selbst.«

»Sie bekommen ein Baby.«

»Alle Achtung, das ging aber schnell.«

»Angora hatte es ziemlich eilig mit dem Kinderkriegen. Sie meinte einmal, dass in unserem Alter die Fruchtbarkeit allmählich nachlässt.«

Er schürzte die Lippen. »Hm. Dann sollte ich vielleicht wegen dieses einen Punkts auf deiner Lebensliste, ›eine Tochter bekommen und eine gute Mutter sein‹, besser mal aktiv werden.«

»Sollte das eben ein Antrag gewesen sein«, entgegnete sie amüsiert, »dann solltest du noch etwas an deinen Worten feilen.«

Er hielt vor ihrem Apartment am Straßenrand. »Du weißt, dass ich dich liebe«, erwiderte er. »Schließlich helfe ich dir beim Umzug, verflixt nochmal.«

Sie sprang aus dem Wagen. »Tja, da musst du dir schon noch was Besseres einfallen lassen.«

Er holte sie ein und umfasste ihre Taille. Dann gab er ihr einen innigen Kuss und hob den Kopf. »Na schön, wie wärs mit ›Lass uns heiraten und einen Haufen Kinder machen‹?«

Sie grinste. »Ist die Frage theoretisch gemeint?«

Verlegen kratzte er sich am Kopf, als wäre ihm soeben erst bewusst geworden, was er gesagt hatte. »Äh, nein. Im Gegenteil.«

Sie zuckte die Achseln. »Von mir aus.« Dann drehte sie sich um und marschierte auf den Hintereingang zu.

»Von mir aus?«, wiederholte er, dicht auf ihren Fersen. »Mehr hast du dazu nicht zu sagen?«

»Von mir aus, *Detective*.«

»Schon besser«, sagte er und näherte seinen Mund erneut ihren Lippen. Im nächsten Moment vernahmen sie ein lautes Räuspern. Mr. Nealy stand auf seiner Vorderveranda, einen Besen in der Hand. »Ein schöner Tag«, bemerkte er, aber seine Mundwinkel waren missbilligend heruntergezogen.

»Hallo, Mr. Nealy – erinnern Sie sich an Joe Capistrano?«

»Ja«, säuselte er. »Hallo, junger Mann.«

»Hallo, Sir.« Capistrano flüsterte ihr ins Ohr: »Er hasst mich.«

»Sei still«, flüsterte sie zurück. »Mr. Nealy, ich habe einen Tisch, den ich Ihnen gern schenken würde – darf ich ihn Ihnen herüberbringen?«

»Sicher«, erwiderte er etwas weniger missmutig.

Auf dem Küchenboden stapelten sich lauter Kisten, voll gepackt mit den wenigen Kleidern, dem Geschirr und den anderen Habseligkeiten, die sie besaß. Sie stellte sich vor einen kleinen Holztisch mit gedrechselten Beinen, auf dem zuvor ihr Telefon gestanden hatte. »Den habe ich einmal in einem Antiquitätenladen entdeckt«, bemerkte sie. »Ich glaube, er wird Mr. Nealy gefallen.«

»Soll ich ihn hinübertragen?«

»Danke, das mach ich schon.«

Ihr Nachbar hielt bereits die Hintertür zu seiner Wohnung auf, als sie herauskam. Sie hielt den Tisch hoch. »Was meinen Sie?«

Endlich erschien auf seinem Gesicht doch noch ein Lächeln. »Bestimmt findet sich bei mir ein Plätzchen dafür. Vielen Dank, Roxann.«

Daraufhin betrat sie seine Wohnung. Sofort schlug ihr der Geruch von Zedernholz, Mottenkugeln und Einsamkeit entgegen. Seine Einrichtung war spärlich, aber gepflegt.

»Stellen Sie ihn einfach dort drüben neben dem Bücherregal ab.«

Sie kam seiner Aufforderung nach und bestaunte seine Büchersammlung. »Mein Dad hat ebenfalls eine Schwäche für Bücher«, sagte sie, wobei sie im nächsten Augenblick stutzte, als ihr ein vertrauter Einband ins Auge stach. Wut kroch in ihr hoch. Sie zog ein Exemplar von *Mac Tomlin, Gumshoe* hervor und sah Mr. Nealy scharf an. Dann schlug sie Seite hundertvierundzwanzig auf und las laut vor: »›Ich habe deine Nummer, du Heuchlerin.‹« Geräuschvoll klappte sie das Buch wieder zu und blickte ihn erneut an. »Kommt Ihnen das bekannt vor, Mr. Nealy?«

»N-nein«, stammelte er mit rotem Gesicht.

Sie stemmte die Hände in die Hüften. »Dann sind Sie also in meine Wohnung eingebrochen und haben diese Nachricht hinterlassen?«

Abwehrend hielt er die Hände hoch. »Ich bin nicht eingebrochen – ich habe den Zweitschlüssel benutzt, den Sie mir für Notfälle gegeben haben. Aber ich bin bestimmt nicht eingebrochen.«

»Sie haben meine Sachen durchwühlt!«

»Ich habe lediglich ein bisschen umgeräumt, wobei ich sehr aufgepasst habe, nichts kaputtzumachen.«

»Sie haben mir eine Todesangst eingejagt!«

Er machte ein reuevolles Gesicht. »Ich wollte Ihnen doch bloß einen ganz kleinen Schrecken einjagen, damit Sie vielleicht zu mir kommen und ...«

»Sie um Hilfe bitten?«

»Äh, ja.«

Ungläubig schüttelte sie den Kopf. »Das glaube ich einfach nicht.«

»Bitte erzählen Sie es nicht der Polizei«, flehte er. »Ich habe mich bloß so einsam gefühlt, Roxann.«

»Und Sie werden auch in Zukunft einsam bleiben, wenn Sie nicht damit aufhören, mit anderen Leuten Ihre Spielchen zu treiben – was Sie getan haben, war ganz abscheulich.« Sie streckte die Hand vor. »Geben Sie mir meinen Schlüssel zurück.«

Daraufhin zog er den Schlüssel aus der Brusttasche seines Hemds und drückte ihn ihr in die Hand. Wütend bohrte sie die Zunge in die Wange. Sie wollte lieber nicht daran denken, wie oft er wohl während ihrer Abwesenheit in ihrer Wohnung gewesen war.

»Es tut mir Leid«, sagte er. »Ich wollte doch bloß Freundschaft schließen.«

Sie stieß einen Seufzer aus. »Mr. Nealy, Sie brauchen eine Freundin, die eher in Ihrem Alter ist.«

»Aber ich kenne niemanden.«

Sie musste sich sehr beherrschen, um nicht die Geduld zu verlieren. »Gehen Sie ins Rigby's und verlangen Sie einen Tisch in Helens Bereich. Und seien Sie nett zu ihr.

Wenn Sie Glück haben, geht sie vielleicht mit Ihnen aus.« Dann drohte sie ihm mit dem Finger. »Aber stellen Sie bloß nie wieder so etwas an.«

»Bestimmt nicht«, entgegnete er.

Langsam ging sie in ihre Wohnung zurück. Wenn man bedachte, dass die Mätzchen eines alten Mannes solch eine Lawine von Ereignissen in ihrem Leben hatten auslösen können. Das war der Beweis, wurde ihr bewusst, wie tief sie in ihre Schuldgefühle verstrickt gewesen war.

Capistrano beugte sich gerade über die Arbeitsplatte in der Küche, als sie hereinkam. »Du wirst nicht glauben ...« Sie unterbrach sich, als sie sah, dass er auf einem gelben Blatt Papier etwas anstrich. »Was tust du da?«

Grinsend hielt er ihre Lebensliste hoch, die sie bereits zerknüllt hatte. Mittlerweile war sie wieder geglättet und sogar eingerahmt. »Die habe ich zwischen deinen beschlagnahmten Sachen entdeckt, nachdem die Polizei sie wieder herausgegeben hat, und ich dachte mir, du solltest sie aufbewahren.«

Punkt dreiunddreißig hatte er mit einem schwarzen Filzstift dezent durchgestrichen. Lächelnd strich sie mit der Hand über den Glasrahmen. »Danke.« Dann stutzte sie. »Hey, Moment mal, Punkt eins ist ja auch durchgestrichen – die Rucksacktour durch Europa.«

»Klingt für mich wie ein hervorragendes Ziel für die Flitterwochen.«

Sie stürzte in seine Arme und warf einen Blick auf ihre Armbanduhr. »In London ist es jetzt genau sieben Uhr abends.«

»Augenblick mal«, sagte er. »Das war doch eben ein Ja, oder?«

Sie wandte sich von ihm ab und kramte in einer der Kisten, bis sie ihre magische Kugel in der Hand hatte. Mit geschlossenen Augen hielt sie sie andächtig empor. »Soll ich Super Detective Joe Capistrano heiraten und ihm als Sexsklavin für die nächsten vierzig ...«

»Fünfzig.«

»... fünfzig Jahre dienen?« Sie schlug die Augen wieder auf und drehte das Spielzeug um die eigene Achse.

Ja, definitiv.